PART1-7
多益TOEIC
狠準單字

全音檔下載導向頁面

https://www.globalv.com.tw/mp3-download-9789864544479/

掃描QR碼進入網頁（須先註冊並保持登入）後，按「全書音檔下載請按此」，可一次性下載音檔壓縮檔，或點選檔名線上播放。
全MP3一次下載為zip壓縮檔，部分智慧型手機須先安裝解壓縮app方可開啟，iOS系統請升級至iOS 13以上。
此為大型檔案，建議使用WIFI連線下載，以免占用流量，並請確認連線狀況，以利下載順暢。

前言

《多益 TOEIC PART 1~7 狠準單字》重磅推出！
獻給所有渴望突破高分的考生

　　介紹一下我自己：我就是那位擁有全球最多次多益考試應試紀錄的保持人（我參加過 500 次以上多益考試），並以多次滿分證明實力的講師。我同時也是許多多益教材的作者，我擁有超過20年的廣播教學經驗，且主持「Soop廣播」已有10年之久，一直穩定地累積自身實力並持續提升考場實戰感。

　　本書的製作過程並不容易。為了讓內容更加完善，我不僅分析韓國最新的多益試題，甚至連日本的多益考題也一併研究，整體耗費了相當長的時間。期間，我在以自己名字命名的「金大鈞語言學院」進行多益滿分教學，請那些為了從900分以上衝刺到滿分的學員協助蒐集必考單字，也得到了在日本參加多益考試的韓國僑民及當地講師的幫助。

　　每一回多益考試大約會出現 5 至 10 個新的單字，要一個個補充進來真的非常費時。蒐集這些單字與撰寫過程雖然辛苦，但我相信這樣的努力一定會結出甜美的果實，也相信準備多益的考生們會感受到這份實戰感。

　　本書是根據我親自參加多益考試所整理的最新及高頻單字編撰而成，堪稱目前最精準的新制多益單字寶典。最近剛參加過考試的讀者一定有所共鳴。現在，就是由各位讀者來親自讀一讀、評價、並幫忙傳播口碑的時候了。

　　我建議讀者們一開始先將主標詞彙每天快速瀏覽一次，接著再搭配其基本意思與例句學習，睡前則可播放線上mp3音檔來聽。我自己也在多益考試前一晚這麼做，這也是我能夠考出滿分的祕訣。天下沒有白吃的午餐。許多人都是透過每天一套題目的斯巴達式訓練，才取得滿分。但如果你希望花較少的時間就有好成績，那就從精讀這本書開始吧！它將會是你備考路上的好夥伴。

　　本書分為兩大結構：「LC 的 PART 1、2、3、4 常見單字與解題技巧整理」以及「RC的PART 5、6、7 高頻率出題的單字」。不論是剛接觸多益的新手，還是高分

考生卻不熟悉新單字的人，都可以從標示五顆星到一顆星的 PART 5/6/7 單字清單中挑選重點內容練習，PART 1/2 還標註了正解出現的頻率百分比，方便你集中火力學習。有選擇地學習之後，建議還是全部反覆讀熟。

這本書能夠順利出版，感謝非常多人的幫助。首先感謝爽快答應出書的代表朴孝相先生，以及到最後一刻還不斷增補整理單字的總編輯金炫小姐。

感謝幫忙以考生視角整理單字的金大鈞多益滿分家教班學員們，包括：金智妍、金自憲、金洙憲、金宜善、張仁序、金敏雅、金雄煥、金章元、金珍孝、金海娜、孫有彬、崔叡琳、崔成鎮、蔡準亨、河於英、宋周元、金孝貞、國敏熙、金泰坤、趙允廷、金健太，衷心感謝。與他們的一對一教學和單字整理成為本書的根基。

也特別感謝遠在日本參加多益考試並告訴我當地趨勢的東京大學 Jax 先生。

感謝英式英語錄音作業中提供協助的 Paul Matthews，他每天閱讀一本書，並參與本書的最終校對。作為一位持續學習、保有語感的母語人士，他對我提出的多益問題展現出純正英語語感與深厚的閱讀底蘊。

感謝一直幫我報名考試的弟弟金度鈞，以及為我祈禱的妹妹金貞延、金信炯。最後，這本書獻給在天上的母親朴貞子、父親金基文。感謝上帝，也感謝所有讀者。

金大鈞

插畫／李旭然

本書特色

① 可從高頻率出題的單字開始學習

　　本書最核心的部分是 PART 5、6、7，根據單字的出題頻率進行分類。雖然所有多益單字都重要，但對於時間有限、有心情壓力的考生來說，知道哪些是最應該優先記憶、對高分特別有幫助的單字，是非常關鍵的。本書以星級標示單字出現的頻率，讓你可以根據自身需求進行策略性學習。

② 標註多益滿分講師預測的正解單字

　　本書以底色標記了過去實際出現在多益試題中的正解單字，以及未來很有可能再出題的單字及用語。這類單字之所以重要，是因為多益考試的特性就是常出現重複用字、詞，這對於考前複習、尤其是考前一天的最後衝刺特別有用。

③ 收錄最多的「最新多益實戰單字」

　　作者是參加超過 500 次多益考試的資深應試者，甚至遠赴日本參加考試，對多益的熱情與專業堪稱無人能及。每回考試大約會出現 5～10 個新單字，本書收錄了作者親自應試中出現的所有新單字，即便是在錄音截稿前都持續補充，內容緊跟最新趨勢，幫助讀者掌握當前的多益命題方向。

④ 公開讓你多拿 1 分的多益答題祕訣

　　「金大鈞＝多益答題祕訣」。作者徹底顛覆了韓國的多益學習方式，他認為只要掌握出題規律，就能提升分數。這些規律不只是表面的出題形式，還包含心理誘導等技巧。他以多年考試經驗，完全掌握。多益命題邏輯，除了建立基本實力之外，也公開了能幫助考生額外加分的祕訣。令人驚訝的是，儘管他已經公開

這些訣竅，多益的整體出題邏輯至今仍未改變，這些方法至今依然有效。在本書中，他也毫無保留地分享了這些技巧，並在相關單字下面詳盡解說目前多益的出題趨勢，幫助學習者與考生在備考時更加精準掌握。

❺ 提供多版本的音檔

本書全篇錄製了三種音檔版本：「美式與英式混合版本」、「純美式版本」與「純英式版本」，讀者可依自己的學習習慣選擇收聽。

❻ 完全忠於「多益單字書」的概念

本書貫徹作者主張：「多益單字書只需主標單字、正確解釋與例句就足夠。」因此去除了與多益無直接關聯、容易造成學習負擔的冗長說明與單字，將焦點放在真正考得出來、對考生實用的單字與用語，致力於提供最大效益的內容給學習者與考生。

本書架構說明

本書內容分為 PART 1/2/3/4 的歷屆常見單字、統整 PART 5/6/7 的高頻單字、PART 6 的連接副詞，以及 PART 7 的同義詞（synonym）列表。其中最核心的部分是 PART 5．6．7 的高頻出題單字統整，其編排方式如下：

> 這些單字依據出題頻率篩選後，按字母順序整理。每個單字旁邊都附有標準 K.K. 音標來協助發音，即使不掃描 QR 碼也能大致掌握發音。如有需要，也會補充替換詞，擴展字詞的理解與應用。雖然每一個字彙或詞語的解釋很重要，但學習與其相關的表達用語更加重要。如果時間有限無法學習整句，也務必至少掌握單字和其相關用法。

TOEIC

PART 5/6/7

New Updated List
★★★★★

在歷屆考題中，出現超過 5 次以上的字詞，列表中的每一個單字都相當重要、必須最優先記憶的字詞。

一般	依據個人需求，優先閱讀 PART 5、6 或 7 的單字清單（已依出題頻率以五顆星到一顆星標示），以及 PART 1、2 中標註正解率百分比高的部分，以便集中學習必要內容。
初學者	建議只學習主標字詞、後面的片語（phrase）及其下方的簡短說明即可。
中高程度者	建議完整學習每一個主標字詞、後面的片語（或慣用語），及其以下的說明，並連同例句一起熟讀，更能加深理解與應用。

內頁音檔以 QR 碼方式提供，為「純美式」發音版本，可對照書中內容掃描聆聽，免按上下鍵搜尋，快速地讓音檔與內容互相搭配。透過每日通勤、走路、做家事或睡前播放音檔，不需額外花時間，也能自然培養聽力與語感，讓多益字彙在生活中無痛融入、潛移默化記憶。

☐ **a few** [əˈfju] – a few visuals (a.) 一些圖片資料　★★★★★
● a few/few 後面需接複數名詞。雖然是基本內容，但仍有許多考生常常答錯。
A few visuals will help to illustrate the concept more clearly.
一些圖片資料將有助於更清楚說明這個概念。

主標字詞（粗體標示）提供一個常見的用法及其中文解釋其中以顏色標示的部分即為該主標字詞的中文解釋。另外，此主標字詞在英文例句中也會以顏色標示，且在例句的中文解釋中，則以粗體標示。此外，部分主標字詞提供常見「替換用語」，即等號（=）後面的粗體文字。

☐ **abruptly** [əˈbrʌptlɪ] (= **suddenly; in a quick and unexpected manner**) – abruptly change direction 突然／出其不意地改變方向　★★★★★
● 用來描述意料之外的變化或情況，是近期 TOEIC 閱讀題中，在前後文突然出現語意變時，常見的單字。
The CEO **abruptly** changed direction last week, surprising the entire team.
執行長上週突然改變方向，讓整個團隊都感到驚訝。
● 和 abruptly 一起出現的常見搭配用語如下：
　abruptly end 突然結束　　abruptly leave 突然離開
　abruptly stop 突然停止　　abruptly cancel 突然取消

☐ **adversely** [ædˈvɝslɪ] – adversely affect (adv.) 不利地影響　★★★★★
The new law may **adversely** affect small businesses.
新法可能會對小型企業產生不利影響。
● 是多益常考的副詞選擇題裡的正確答案單字。

星星數越多，代表該單字在考試中出現的頻率越高，因此是比其他單字更應該優先學習的重要詞彙。

☐ **aim** [em] – aim to improve the service (v.) 以改善服務為目標　★★★★★
● 常以「aim to-V」的形式出現。
She **aims to** become a successful entrepreneur. 她的目標是成為一位成功的創業家。
● aim 是動詞與名詞同形單字，請記住「The aim/purpose/goal/objective is to-V」這種句型！具有「目的」意涵的名詞，與不定詞形容詞的用法經常搭配一起使用。
Our **aim** is to provide the best customer service. 我們的目標是提供最好的客戶服務。

以●標示的這部分，詳細說明該字詞在現行多益考試中的出題趨勢與應特別留意的重點。

☐ **alleviate** [əˈlivɪ͵et] – alleviate pain (v.) 緩解疼痛　★★★★★
● 該單字中的 lev 含有「輕的（light）」之意，因此能讓物體變輕而舉起來的工具就叫做 lever（槓桿）。
The medication helped **alleviate** her symptoms. 這種藥物有助於緩解她的症狀。

☐ **alternative** [ɔlˈtɝnətɪv] – an alternative solution (a.) 替代的解決方案
★★★★★
The team proposed an **alternative** plan to avoid potential risks.
團隊提出了一個避免潛在風險的替代方案。

曾經出現在正確答案中，或作者預測未來可能重複出題的字詞，以底色標示。方便考生在備考的最後衝刺中能夠集中火力學習。

New Updated List | 75

PART1-7
多益TOEIC
狠準單字

全音檔下載導向頁面

https://www.globalv.com.tw/mp3-download-9789864544479/

掃描QR碼進入網頁（須先註冊並保持登入）後，按「全書音檔下載請按此」，可一次性下載音檔壓縮檔，或點選檔名線上播放。
全MP3一次下載為zip壓縮檔，部分智慧型手機須先安裝解壓縮app方可開啟，iOS系統請升級至iOS 13以上。
此為大型檔案，建議使用WIFI連線下載，以免占用流量，並請確認連線狀況，以免中斷載檔。

掃描本書第1頁下方的 QR 碼進入網頁，下載全書壓縮檔並解壓縮後，會看到「美式發音」、「英式發音」、「美式＋英式混和發音」3個資料夾，也就是本書所提供的三種版本的語音檔案。

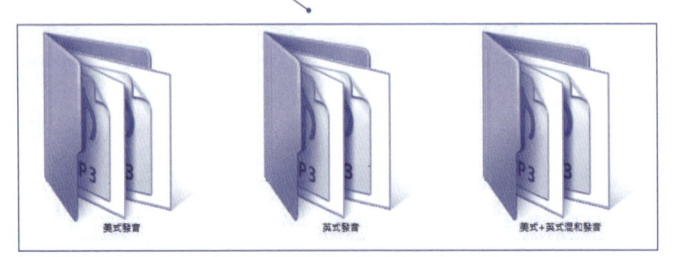

美式發音　　英式發音　　美式＋英式混和發音

除了前面提到過的內頁QR碼的「純美式」發音（女音），這裡的混合版本是以美式英語朗讀（女音）「單字－用法－例句」，接著再以英式英語朗讀（男音）相同內容。由於 TOEIC 考試中可能出現多種口音，因此建議平時多加聆聽混合以及純英式發音的版本。

MEMO

目錄

前言
本書特色
本書架構說明

PART 1 結合解題技巧的 Part 1 單字總整理

PART 1 照片描述題中常出現在考題答案的單字	14
PART 1 常考的基本核心單字總整理	23
多益 Part 1 常考的動詞（verbs）	24
多益 Part 1 常考的名詞（nouns）	27
多益 Part 1 常考的形容詞（adjectives）	33
多益 Part 1 常考的介系詞（prepositions）、副詞（adverbs）	35

PART 2 整理 Part 2 中常出現的句型，搭配解題祕訣一起學習

PART 2 技巧總整理 + 常考表達彙整	38

PART 3/4 歷屆常見的基礎與重要用語總整理

PART 3/4 歷屆考題中常見的同義替換用語（paraphrasing）	56
PART 3/4 重要單字與表達用語彙整	59

PART 5/6/7 歷屆考題常見的單字及用語總整理

PART 5/6/7　New Updated List ★★★★★	74
PART 5/6/7　New Updated List ★★★★	86

PART 5/6/7 New Updated List ★★★	**149**
PART 5/6/7 New Updated List ★★	**299**
PART 5/6/7 New Updated List ★	**359**
PART 6 連接副詞（conjunctive adverbs）總整理	**364**
① Contrast/Concession：對比／讓步	**364**
② Addition/Supplementation：補充／追加	**366**
③ Cause/Effect：原因／結果	**366**
④ Sequence/Time：順序／時間	**367**
⑤ Condition/Supposition：條件／假設	**368**
⑥ Comparison/Similarity：比較／相似	**369**
⑦ Conclusion/Summary：結論／總結	**370**
PART 7 歷屆常見的同義字詞列表（Synonyms List）	**372**
多益常考的「be + 形容詞／過去分詞 + for」用語總整理	**397**
「How + 形容詞／副詞 + 主詞 + 動詞」句型總整理	**399**
索引 INDEX	**401**

PART 1

結合解題技巧的
Part 1 單字總整理

先滅眼前的火！
重要的事情先處理！

TOEIC

PART 1

照片描述題中
常出現在考題答案的單字

001 當有多人聚集的畫面時，包含 gather（聚集）的句子通常是正確答案的機率頗高（約 60%）。

Some people are **gathered** beneath the tent. 幾個人**聚集**在帳篷下。

Some people are **gathered** at a table for a meal. 幾個人**聚集**在餐桌前用餐。

Colleagues have **gathered** in a room. 同事們已**聚集**在一間會議室裡。

002 當聽到 wearing（穿著，背著，配戴著）這個分詞時，該選項是正確答案的機率高達 80%。

She is **wearing** gloves. 她**戴著**手套。

cf putting on 比較強調「動作」，常出現在作為誤導的選項；相對地，wearing 較著重於描述狀態，通常是正確答案。

She's **wearing** a backpack. 她**背著**一個背包。

003 若聽到 holding（拿著）、grasping（抓著）、grabbing（緊握著）等分詞，正確率達 80%。

Some people are **holding** a tray of food. 有些人**拿著**裝有食物的托盤。

The woman is **holding** a hammer. 那位女士**拿著**一把榔頭。

A vase is **holding** some flowers. 花瓶裡**插著**一些花。

The men are **holding** a container. 這些男人**提著**一個容器。

She's **grasping** a rod. 她**緊握著**一根桿子。

A man is **grabbing** a cup of coffee. 一名男子**抓著**一杯咖啡。

004 若是描述正在觀察某物的照片，出現 examining（觀察、檢查）、looking into（往裡面看）、glancing at（瞥…一眼）等動詞時，正解的機率約 70%。

He's **examining** some plants. 他正在**查看**一些植物。

One of the men is **examining** a document. 其中一名男子正在**查看**一份文件。

They are **examining** some merchandise. 他們正在**查看**一些商品。

A tire is being **examined**. 有人正在**檢查**輪胎。

A woman is **looking at** a document. 一位女士正**看著**一份文件。

A woman is **looking into** a car hood. 一位女士正**往**汽車引擎蓋**裡看**。

A woman is **glancing at** her watch. 一位女士**瞥了一眼**她的手錶。

They're **glancing** out the window at a statue. 他們透過窗戶**瞥了一眼**外面的雕像。

They're **gazing at** a large painting. 他們正**凝視著**一大幅畫。

* gaze at：凝視，注視某物

005 當句子中同時出現「站著」、「看著」、「坐著」等描述時，「坐著（seated, seating）」的選項是正解的機率最高，依序是：seated > sitting > standing。

People are **seated** in individual cubicles. 人們**坐在**各自的隔間中。

There are some windows by a **seating** area. 一個**座位**區旁邊有幾扇窗戶。

A **seating** area is unoccupied. **座位**區是空著的。

Some people are **seated** on their motorcycles. 有些人**坐**在他們的摩托車上。

A woman is **standing** beside the trash bin. 一位女士**站在**垃圾桶旁邊。

006 當聽到 display（展示，陳列）、on display（展示中）、are displayed（被展示出來）等相關字眼時，該選項正確率達 **90%**。

Merchandise **is displayed** in wooden boxes. 商品**陳列**在木箱中。

Some flowers are **being displayed** as a centerpiece.
有一些朵花被用作中央裝飾**展示**。

Some merchandise is **being displayed** for sale. 有些**正在展示**的商品販售中。

A selection of food items is **on display**. 各式食品**正展示中**。

Some musical instruments have **been displayed**. 有一些樂器**已經展出**。

007 當聽到 resting（放著，靠著）或 relaxing（休息中）時，該選項正確率約為 **70%**。

The man is **resting** his arm on a counter. 男子把他的手臂**靠**在櫃檯上。

A woman is **relaxing** by the beach. 一位女士正在海邊**放鬆休息**。

A group of friends is **relaxing** by the pool. 一群朋友正在泳池邊**放鬆休息**。

008 當聽到 extend（延伸，展開）時，該選項正確率約為 **60%**。

A path **extends** along the water. 一條小路沿著水面邊緣**延伸**出去。

A structure **extends** over railroad tracks. 一棟建築物**橫跨**在鐵道上。

009 當聽到 alone（獨自一人）時，該選項正確率超過 **90%**。

A woman is **alone** in the dining area. 一位女士**獨自**待在用餐區。

010 當聽到 mount（安裝，固定）時，該選項正確率約為 **70%**。

A telephone has been **mounted** on a countertop. 一部電話被**安裝**在流理臺上。

011 當聽到 shadow（影子，陰影）時，該選項正確率約為 **75%**。

Shadows are being cast on a walkway. 陰影籠罩在一條步道上。

Trees are casting shadows over a lawn. 樹蔭覆蓋在草坪上。

Some rocks are casting shadows on the beach. 一些岩石的影子投射在海灘上。

012 當聽到 using（使用）時，該選項正確率約為 70%。

Some people are **using** a ramp to disembark from a boat. 有些人正使用坡道從船上下來。

A man is **using** a vacuum to clean out the car. 一名男子正在用吸塵器清理車子。

She's **using** walking sticks. 她正在使用助行拐杖。

He's **using** a knife to open a package. 他正在用刀子打開包裹。

013 如果聽到 occupied（已被佔用）或 unoccupied（空著的），正解的機率有 80%。

The conference room is **occupied**. 會議室正在使用中。

Some seats are **unoccupied**. 有些座位是空的。

A seating area is **unoccupied**. 某個座位區是空著的。

014 如果聽到上位概念（統稱）單字，是正確答案的機率有 80%。

像是 chair（椅子）、table（桌子）、stool（板凳，沒有靠背的椅子）這些單字，用一個字來總括就是 furniture（家具）。這種能用來涵蓋多個具體詞彙的綜合性單字，就是所謂的「上位概念單字」。TOEIC 常出現的上位概念單字還有：equipment（設備）、furniture（家具）、luggage（行李）、merchandise（商品）、vehicle（交通工具）等。

Some **luggage** is being unloaded from a car. 一些行李正從一輛車上卸下來。

A woman is paying for some **merchandise**. 一位女性正在支付一些商品的費用。

cf 補充：merchandise 為不可數名詞

He's driving a farm **vehicle**. 他正在駕駛一輛農用車。

cf vehicle 可說是上位概念中的代表性單字之一。

015 如果動詞 line（排成一列）出現在選項句中，是正確答案的機率有 80%。

People are **lining** up to buy snacks. 人們正在排隊買點心。

Some benches **line** an outdoor walkway. 一些長椅沿著戶外的人行道排放著。

Some bottles are **lined** up on a wire shelf. 一些瓶子在一個鐵絲層架上排列著。

Trees **line** a walkway for pedestrians. 樹木沿著人行步道排列。

016 如果聽到介系詞 in front of（在…前面），是正確答案的機率有 80%。（這是最近常出現的考點。）

Some signs have been posted **in front of** a building. 一些標誌張貼**在**一棟建築物**前**。

A box of tissues is **in front of** a window. 一盒面紙放**在**窗戶**前**。

A presenter is standing **in front of** the group. 一位演示者站**在**這個團體的**前面**。

Drawers have been positioned **in front of** the window. 抽屜已被擺放**在**窗戶**前**。

She's seated **in front of** the piano. 她坐**在**鋼琴**前**。

People are standing **in front of** an entrance. 人們正站**在**入口**前方**。

017 聽到 overlook（俯瞰…）時，是正確答案的機率有 70%。

雖然 overlook 也有「忽視，寬恕」的意思，但在 <Part 1> 中，通常是以「俯瞰」的意思出題。

A pedestrian bridge **overlooks** the water. 一座行人天橋**俯瞰著**水面。

018 聽到 lead to（通往）時，是正確答案的機率有 70%。

Steps **lead** down **to** the ocean. 步道**通往**海洋。

019 聽到 strolling（散步）時，是正確答案的機率有 60。

Some people are **strolling** in a park. 有些人在公園裡**散步**。

The men are **strolling** past the bench. 那些男人正**漫步**經過那長椅。

One of the women is **walking** on a paved road.
其中一位女性正**走**在鋪過的道路上。

cf 類似單字 walking 也經常出現在正確答案的句子中。

020 聽到 piled（堆積的）時，該句子通常是正確答案。

Some sacks have been **piled** in a wheelbarrow. 一些袋子已被**堆放**在手推車裡。

Books have been **piled** up by a glass door. 書本被**堆放**在玻璃門旁邊。

021 若句中出現難度較高的單字，該句子有 70% 機率是正確答案。例如：

square [skwɛr] 正方形的

The table has a **square** base. 桌子下方有個**方形**底座。

litter [ˋlɪtɚ] 弄亂；垃圾（可當名詞與動詞）

Broken pots have **littered** the factory floor. 碎裂的鍋子**散落在**工廠地板上。

disembark [͵dɪsɪm`bɑrk] 下船，下車
Passengers are **disembarking** from a boat. 乘客正從船上**走下來**。
windowsill [`wɪndo͵sɪl] 窗台
A plant has been placed on a **window** sill. 一個盆栽被放在**窗台**上。
crouch down [`kraʊtʃ`daʊn] 蹲下
The man is **crouching down** by some plants. 那名男子正**蹲在**一些植物旁邊。
border [`bɔrdɚ] 與…接壤，形成邊界
The river **borders** the town on the east side. 這條河在東側**與**小鎮**接壤**。

022 請留意 curb / curve 等發音接近的字彙。

working: [`wɝkɪŋ] 運作中的，工作的／**walking:** [`wɔkɪŋ] 走路的
coffee: [`kɔfɪ] 咖啡／**copy:** [`kɑpɪ] 複製，影印
pass: [pæs] 經過／**path:** [pæθ] 小徑，道路
lid: [lɪd] 蓋子／**lead:** [lid] 引導，通往
curb: [kɝb] 路邊／**curve:** [kɝv] 曲線，彎曲
globe: [glob] 地球，地球儀／**glove:** [glʌv] 手套
drawer: [drɔr] 抽屜／**door:** [dor] 門
meet: [mit] 見面／**meat:** [mit] 肉類

例如，若照片中桌上放著兩個**地球儀**，

正解 The **globes** are different sizes. 這些地球儀的大小不同。
誤答 The **gloves** are on the desk. 手套在桌上。

023 容易混淆的單字

escalator: [`ɛskə͵letɚ] 電扶梯／**elevator:** [`ɛlə͵vetɚ] 電梯
microscope: [`maɪkrə͵skop] 顯微鏡／**telescope:** [`tɛlə͵skop] 望遠鏡
microphone: [`maɪkrə͵fon] 麥克風

024 多益 Part 1 中須注意發音的單字：

aisle: [aɪl] 走道，通道
bow: [baʊ] 鞠躬 cf **bow** [bo] 弓（武器）
choir: [`kwaɪɚ] 合唱團
climb: [klaɪm] 爬，攀登
cupboard: [`kʌbɚd] 碗櫥，櫃子
debris: [də`bri] 碎片，殘骸

fasten: [ˋfæsn̩] 綁，繫，扣上

kneel: [nil] 跪下

He's **kneeling** down on a tile floor. 他正**跪在**磁磚地板上。

route: [rut] 路線，路徑

sew: [so] 縫紉

The woman is **sewing** a dress. 那位女士正在**縫**一件洋裝。

sow: [so] 播種

The farmer is **sowing** seeds in the field. 農夫正在田裡**播種**。

saw: [sɔ] 鋸

The carpenter is using a **saw** to make a table. 木匠正在用**鋸子**做桌子。

vase: [vez] 美式發音／[ves] 英式發音，花瓶

cf 在 TOEIC 測驗中，這個字常以英式發音出現。

025 易混淆的相似詞彙

crate: [kret] 木箱，塑膠箱／**carton:** [ˋkɑrtn̩] 紙箱

She is using a **crate** to carry the fruits. 她正在用一個**木箱**搬運水果。

He is carrying a **carton** of eggs to the refrigerator.
他正將一**盒**雞蛋搬到冰箱裡。

canopy: [ˋkænəpɪ] （戶外用）遮陽棚，帳篷／**awning:** [ˋɔnɪŋ] （建築物上架設的）遮雨篷

They are installing a **canopy** over the outdoor seating area.
他們正在戶外座位區上方安裝**遮陽棚**。

The workers are attaching an **awning** to the front of the building.
工人們正在建築物前方安裝**遮雨篷**。

026

is being 這種用法通常會用於有人正在做某件事的情況，但有些動詞像是 display，即使用被動進行式，也不一定表示有人正在動作，而是單純描述「正在展示中」的狀態。

Some luggage **is being** pulled across a plaza. 有些行李**正被**拉過廣場。

Hats **are being displayed**. 帽子**正在展示中**。

027 句子裡若出現下列字彙或短語，該句子常常是正確答案。

beverage: 飲料

She ordered a **beverage** with her meal. 她點了一份**飲料**配餐。　★★★★★

wearing: 穿著

The children **wearing** uniforms are playing. 穿著制服的孩子們正在玩耍。 ★★★★

holding: 拿著，抓著

She is **holding** a bouquet at the station. 她在車站**拿著**一束花。 ★★★★

be about to water: 正要去澆水

The gardener is **about to water** the plants. 園丁**正要去**給植物澆水。 ★★★★

in front of: 在…前面

He has parked his bike **in front of** the store. 他把腳踏車停**在店門前**。 ★★★★

line: 排隊，隊伍

A **line** is forming outside the cafe. 咖啡廳外正排起**隊伍**了。 ★★★★

refrigerator: 冰箱

The milk is in the **refrigerator**. 牛奶在**冰箱**裡。 ★★★★

vehicle: 車輛

The **vehicle** is parked outside the house. 這輛**車**停在屋外。 ★★★★

dining: 正在用餐

A couple is **dining** by the window. 一對情侶正在窗邊**用餐**。 ★★★

looking at: 正在看

He is **looking at** a map on the wall. 他**正看著**牆上的地圖。 ★★★

working on: 正在處理，從事

The engineer is **working on** a blueprint. 工程師**正在處理**一份藍圖。 ★★★

gathered / gathering: 聚集／正在聚集

People are **gathering** in the square. 人們正**聚集**在廣場上。 ★★★

on display: 展示中

A new exhibit is **on display** at the museum. 一項新展品**正在博物館展出**。 ★★★

browsing: 隨意翻閱，瀏覽

She is **browsing** through books in the library. 她正在圖書館**翻閱**書籍。 ★★★

removing: 脫下，移除（本意為「移除」）

He is **removing** his shoes at the door. 他正在門口**脫**鞋。 ★★★

container: 容器

The **container** is filled with water. 這**容器**裝滿了水。 ★★★

light fixtures: 照明裝置

The light **fixtures** in the hall are modern. 大廳裡的**照明裝置**很現代化。 ★★★

occupied: 有人使用中

照片描述題中常出現在考題答案的單字 | 21

The restroom is currently **occupied**. 廁所目前**有人使用中**。 ★★★

envelope: 信封

He placed the letter in an **envelope**. 他把信放進了**信封裡**。 ★★★

be arranged: 被整理，排列好

The books have been **arranged** alphabetically. 這些書已按照字母順序**排列好**。 ★★★

grasping: 緊抓，緊握

The toddler is **grasping** his mother's hand. 這名幼兒**緊抓著**他媽媽的手。 ★★

potted plant: 盆栽，花盆植物

A **potted plant** sits on the ledge. 窗台上擺著一個**盆栽**。 ★★

be seated: 坐下，就座

The audience will soon **be seated**. 觀眾們很快就會**入座**。 ★★

reaching for: 伸手拿取

She is **reaching for** a high book. 她正**伸手去拿**擺在高處的書。 ★★

extend: 延伸，擴展

The picnic area can **extend** to the field. 野餐區可以**延伸**到草地上。 ★★

casting a shadow: 投下影子

The building is **casting a shadow**. 那棟建築投下了一片陰影。 ★★

be decorated with: 用⋯裝飾

The hall will **be decorated with** flowers. 這個大廳將會**用**花來**裝飾**。 ★★

vent: 通風口，排氣口

The kitchen **vent** is above the stove. 廚房的**排氣孔**位於爐子上方。 ★★

Cf. ventilation 是「通風」

stool: 高腳椅

He is sitting on a **stool** at the bar. 他坐在酒吧裡的**高腳椅**上。 ★★

be propped against: 靠在⋯上，支撐在⋯上

The ladder **is propped against** the wall. 梯子**靠在牆上**。 ★★

be mounted: 被安裝／固定／附著

A sculpture will **be mounted** in the park. 公園裡將**擺設**一座雕像。 ★

A clock **is mounted** on the wall. 牆上**掛著**一個時鐘。 ★

The TV **is mounted** on the wall. 電視**安裝**在牆上。 ★

a bale of hay: 一捆乾草

There is **a bale of hay** in the barn. 穀倉裡有**一捆乾草**。 ★

TOEIC

PART 1

常考的基本核心單字總整理

多益 Part 1 常考的動詞（verbs）

02.mp3

- [ ] **accept** 接受，答應
- [ ] **add** 添加，增加
- [ ] **address** 演講，處理（問題等）
- [ ] **adjust** 調整，校準
- [ ] **adorn** 裝飾
- [ ] **alternate** 輪流，交替進行
- [ ] **approach** 接近，靠近
- [ ] **arrange** 整理，排列
- [ ] **ascend** 上升，登上
- [ ] **assemble** 組裝，聚集
- [ ] **attach** 貼上，附加
- [ ] **bake** 烘烤（如麵包）
- [ ] **be** 是，在
- [ ] **bend** 彎曲，屈身
- [ ] **block** 封鎖，阻擋
- [ ] **board** 搭乘（交通工具），登上（船等）
- [ ] **browse** 瀏覽，隨便看看
- [ ] **bundle** 捆綁，打成一束
- [ ] **button up** 扣上鈕扣
- [ ] **carry** 搬運，提，背
- [ ] **cast** 投擲，投射（光等）
- [ ] **chat** 閒聊，聊天
- [ ] **check** 檢查，確認
- [ ] **chop** 剁，切碎
- [ ] **climb** 攀爬，登上
- [ ] **clip** 剪，修剪
- [ ] **clean** 清理，打掃
- [ ] **close** 關閉，閉上（眼睛）
- [ ] **compose** 作曲，構成
- [ ] **cross** 穿越，交叉
- [ ] **crouch** 蹲下，彎腰
- [ ] **cut** 切割，剪
- [ ] **demolish** 拆除，摧毀
- [ ] **detour** 繞行，改道
- [ ] **direct** 指揮，引導
- [ ] **disembark** 下（船、飛機等），登陸
- [ ] **dismantle** 拆卸，解體
- [ ] **distribute** 分發，分配
- [ ] **dive** 潛水，跳水
- [ ] **do** 做，執行
- [ ] **dry** 弄乾，晾乾
- [ ] **empty** 倒空，清空
- [ ] **enter** 進入，輸入
- [ ] **erect** 建立，豎立
- [ ] **examine** 檢查，調查
- [ ] **exhibit** 展示，展出
- [ ] **extend** 延伸，擴展
- [ ] **face** 面對，面臨
- [ ] **fall** 掉落，跌倒
- [ ] **fasten** 固定住，繫緊
- [ ] **feed** 餵食，供給
- [ ] **fill** 裝滿，填滿
- [ ] **film** 拍攝，攝影
- [ ] **fish** 釣魚，捕魚
- [ ] **fix** 修理，修補
- [ ] **fold** 摺疊，對摺

- [ ] **gather** 收集，聚集
- [ ] **glance** 瞥一眼，匆匆看
- [ ] **grasp** 抓住，理解
- [ ] **greet** 打招呼，迎接
- [ ] **hang** 懸掛，掛上
- [ ] **have** 擁有，持有
- [ ] **hold** 抓住，握住，保持
- [ ] **illuminate** 照亮，裝設照明
- [ ] **inflate** 充氣，使膨脹
- [ ] **install** 安裝，架設
- [ ] **iron** 熨燙，燙衣服
- [ ] **jot down** 匆忙記下，快速用筆記下
- [ ] **kneel** 跪下
- [ ] **know** 知道，了解
- [ ] **leaf through** 翻閱，快速瀏覽
- [ ] **lean** 傾斜，倚靠
- [ ] **lean against** 靠在…上
- [ ] **lift** 提起，抬起
- [ ] **line** 排隊，使排成行
- [ ] **look** 看，望
- [ ] **lounge** 懶洋洋地坐著，休息
- [ ] **make** 製作，製造
- [ ] **measure** 測量，量
- [ ] **mend** 修補，修理
- [ ] **mop** 用拖把清潔，拖地
- [ ] **move** 移動，搬動
- [ ] **mow** 割（草），修剪
- [ ] **notice** 注意到，察覺
- [ ] **open** 打開，開啟
- [ ] **operate** 操作，運行，經營
- [ ] **overlook** 俯瞰，忽略
- [ ] **pack** 打包，裝箱
- [ ] **paddle** 划槳

- [ ] **partition** 分隔，用隔板分開
- [ ] **pass** 傳遞，經過
- [ ] **pay** 支付，付出
- [ ] **pick** 摘，挑選
- [ ] **plug** 插入插頭，塞住
- [ ] **point** 指，指向，指出
- [ ] **polish** 擦亮，打磨
- [ ] **pour** 倒，灌
- [ ] **print** 印刷，列印
- [ ] **prop** 支撐，支起
- [ ] **prune** 修剪（枝葉）
- [ ] **pull** 拉，拖
- [ ] **push** 推，按
- [ ] **reach** 到達，伸手碰到
- [ ] **rearrange** 重新安排，重新整理
- [ ] **reflect** 反映，反射
- [ ] **remove** 移除，拿掉
- [ ] **repair** 修理，修補
- [ ] **replace** 替換，更換
- [ ] **rest** 休息，歇息
- [ ] **restock** 補貨，重新補充
- [ ] **resurface** 重新鋪路，重新鋪設表面
- [ ] **rinse** 沖洗，清洗
- [ ] **roll up** 捲起，卷成一團
- [ ] **row** 划船
- [ ] **run** 跑，運營
- [ ] **sail** 航行，駕駛（船）
- [ ] **scrape** 刮，削，擦掉
- [ ] **scrub** 用力擦洗，擦掉
- [ ] **seat** 使坐下，安排座位
- [ ] **see** 看見，了解
- [ ] **separate** 分離，區分
- [ ] **set** 設定，放置

- ☐ **sew** 縫紉，縫合
- ☐ **shed** 掉落，流下
- ☐ **shovel** 用鏟子鏟，挖掘
- ☐ **shake** 搖晃，震動
- ☐ **shelve** 放上架，擱置
- ☐ **sip** 啜飲
- ☐ **sit** 坐下，坐著
- ☐ **slide** 滑動，使滑行
- ☐ **sort** 分類，整理
- ☐ **stack** 堆疊，堆成堆
- ☐ **stand** 站立，起立
- ☐ **start** 開始，啟動
- ☐ **step** 踏步，邁步
- ☐ **step over** 跨越
- ☐ **stir** 攪拌，攪動
- ☐ **stow** 收納，放置（行李等）
- ☐ **string** 用線串起，綁住
- ☐ **stroll** 散步，閒逛
- ☐ **suspend** 中止，懸掛
- ☐ **sweep** 打掃，清掃
- ☐ **swim** 游泳
- ☐ **tack** 用圖釘固定
- ☐ **take** 拿取，取得
- ☐ **tear** [tɛr] 撕裂（常用 tear up 的形式）
- ☐ **tear** [tɪr] 流淚
- ☐ **test** 測試，考試
- ☐ **tie** 綁，繫
- ☐ **tighten** 扭緊，收緊
- ☐ **tow** 拖拉，牽引
- ☐ **trim** 修剪，修整
- ☐ **unload** 卸下（貨物）
- ☐ **use** 使用，利用
- ☐ **vacuum** 吸塵
- ☐ **visit** 拜訪，探望
- ☐ **walk** 走路，散步
- ☐ **wash** 清洗，洗滌
- ☐ **water** 澆水，灑水
- ☐ **wear** 穿戴，佩戴
- ☐ **weave** 編織，交織
- ☐ **weld** 焊接
- ☐ **wheel** 推動（有輪之物）
- ☐ **wind** 纏繞，旋轉
- ☐ **wipe** 擦拭，抹去
- ☐ **wrap** 包裝，包裹
- ☐ **xerox** 影印
- ☐ **yawn** 打哈欠
- ☐ **zip** 拉上拉鍊
- ☐ **zoom** 飛馳，激增

多益 Part 1 常考的名詞（nouns）

03.mp3

- [ ] **abundance** 豐富，大量
- [ ] **activity** 活動，動作
- [ ] **address** 地址，演說
- [ ] **adventure** 冒險，冒險精神
- [ ] **advertisement** 廣告
- [ ] **airplane, aircraft** 飛機，航空器
- [ ] **alarm** 警報，鬧鐘
- [ ] **album** 相簿，專輯
- [ ] **anchor** 錨，固定裝置
- [ ] **animal** 動物
- [ ] **antenna** 天線，觸角
- [ ] **apartment** 公寓
- [ ] **apple** 蘋果
- [ ] **apron** 圍裙
- [ ] **area** 區域，範圍
- [ ] **art museum** 美術館
- [ ] **ash** 灰，灰燼
- [ ] **astronomy** 天文學
- [ ] **athlete** 運動員
- [ ] **attachment** 附件，附著物
- [ ] **attic** 閣樓
- [ ] **awning** （建築外牆上的）遮陽棚
- [ ] **backpack** 背包
- [ ] **balloon** 氣球
- [ ] **beach** 海灘
- [ ] **bed** 床
- [ ] **beverage** 飲料
- [ ] **bicycle** 腳踏車
- [ ] **bike** 腳踏車，機車
- [ ] **bin** 垃圾桶，儲物箱
- [ ] **bird** 鳥
- [ ] **blanket** 毯子
- [ ] **board** 木板，董事會
- [ ] **boat** 船，划艇
- [ ] **book** 書
- [ ] **bookcase** 書櫃
- [ ] **booklet** 小冊子
- [ ] **boot** 長靴，雨靴
- [ ] **box** 盒子，箱子
- [ ] **brick** 磚塊
- [ ] **brick building** 磚造建築
- [ ] **bridge** 橋
- [ ] **briefcase** 公事包
- [ ] **broom** 掃帚
- [ ] **brush** 刷子
- [ ] **bucket** 水桶
- [ ] **building** 建築物
- [ ] **bulb** 燈泡，球莖
- [ ] **cabinet** 櫃子，內閣
- [ ] **cable** 電纜，線材
- [ ] **cafeteria** 自助餐廳，員工餐廳
- [ ] **cake** 蛋糕
- [ ] **calculator** 計算機
- [ ] **calendar** 月曆
- [ ] **camera** 相機
- [ ] **canopy** 天篷，罩棚

- ☐ **car** 汽車
- ☐ **car window** 車窗
- ☐ **card** 卡片
- ☐ **cargo** 貨物
- ☐ **carpentry tool** 木工工具
- ☐ **carpet** 地毯
- ☐ **cart** 購物車,手推車
- ☐ **carton** 紙箱
- ☐ **cash register** 收銀機
- ☐ **cat** 貓
- ☐ **chair** 椅子,主席
- ☐ **chalkboard** 黑板
- ☐ **chandelier** 吊燈
- ☐ **checkout line** 結帳排隊(隊伍)
- ☐ **chef** 主廚
- ☐ **child** 小孩,兒童
- ☐ **chimney** 煙囪
- ☐ **circuit** 電路,循環路線
- ☐ **city** 城市
- ☐ **cleaner** 清潔工,吸塵器
- ☐ **cleaning** 清潔
- ☐ **clock** 時鐘
- ☐ **closet** 衣櫃
- ☐ **cloth** 布料
- ☐ **clothing** 衣物
- ☐ **coast** 海岸
- ☐ **coffee** 咖啡
- ☐ **coffee pot** 咖啡壺
- ☐ **coin** 硬幣
- ☐ **computer** 電腦
- ☐ **concrete** 水泥;(adj.)具體的
- ☐ **construction** 建築,施工
- ☐ **container** 容器,貨櫃
- ☐ **cooking** 烹飪
- ☐ **corner** 角落,轉角
- ☐ **counter** 櫃台;(v.)反駁
- ☐ **crate** 木箱
- ☐ **cupboard** 食櫥,碗櫃
- ☐ **cutlery** 餐具(刀、叉、湯匙等)
- ☐ **cutting board** 砧板,菜板
- ☐ **cyclist** 騎腳踏車的人
- ☐ **dam** 水壩
- ☐ **desk** 書桌
- ☐ **diner** 小餐館;用餐者
- ☐ **dining** 用餐
- ☐ **dinner plate** 晚餐用盤子
- ☐ **dirt** 泥土,灰塵
- ☐ **dish** 盤子,料理
- ☐ **dishes** 餐具,菜餚
- ☐ **dishwasher** 洗碗機
- ☐ **display** 展示,陳列
- ☐ **display case** 展示櫃
- ☐ **document** 文件
- ☐ **dog** 狗
- ☐ **door** 門
- ☐ **doorknob** 門把
- ☐ **drawer** 抽屜
- ☐ **drawings** 畫作,素描
- ☐ **dress** 洋裝,衣服
- ☐ **driver** 駕駛
- ☐ **driveway** 車道,私人通道
- ☐ **duct** 管道,通風管
- ☐ **dustpan** 畚箕
- ☐ **earrings** 耳環
- ☐ **electronics** 電子產品
- ☐ **elevator** 電梯

- [ ] **embroidery** 刺繡
- [ ] **employee** 員工，受雇者
- [ ] **end table** （沙發或椅子旁的）小桌子
- [ ] **entrance** 入口，出入口
- [ ] **envelope** 信封
- [ ] **escalator** 手扶梯
- [ ] **eyeglasses** 眼鏡
- [ ] **fabric** 布料，紡織品
- [ ] **factory floor** 工廠車間地板
- [ ] **fan** 電風扇，粉絲
- [ ] **farm** 農場
- [ ] **faucet** 水龍頭
- [ ] **fence** 籬笆，柵欄
- [ ] **field** 田野，領域
- [ ] **file** 文件，檔案
- [ ] **file drawer** 文件抽屜
- [ ] **film** 膠卷，電影
- [ ] **fish** 魚；(v.) 釣魚
- [ ] **flag** 旗子
- [ ] **floor** 地板，樓層
- [ ] **flower** 花
- [ ] **fluorescent light** 螢光燈
- [ ] **food** 食物
- [ ] **football** 足球
- [ ] **forest** 森林
- [ ] **fountain** 噴泉
- [ ] **frame** 框架，相框；(v.) 裝框
- [ ] **fridge** 冰箱
- [ ] **fruit** 水果
- [ ] **furniture** 家具
- [ ] **gardener** 園丁
  （正確答案替代 chair, table）
- [ ] **garbage** 垃圾

- [ ] **gate** 大門，出入口
- [ ] **glass** 玻璃
- [ ] **glass partition** 玻璃隔板
- [ ] **glasses** 眼鏡
- [ ] **gloves** 手套
- [ ] **grass** 草地
- [ ] **gravel** 礫石，碎石
- [ ] **grill** 烤架，烤肉架
- [ ] **ground** 地面，土地
- [ ] **group** 群體；(v.) 聚集
- [ ] **guitar** 吉他
- [ ] **hair** 頭髮，毛髮
- [ ] **hallway door** 走廊的門
- [ ] **hammer** 錘子；(v.) 用錘子敲打
- [ ] **handbag** 手提包
- [ ] **hat** 帽子
- [ ] **helmet** 安全帽
- [ ] **hill** 小山，丘陵
- [ ] **hole** 洞，孔
- [ ] **hook** 掛鉤
- [ ] **house** 房子
- [ ] **identification** 身分識別，證明文件
- [ ] **instrument** 樂器，儀器
- [ ] **intersection** 十字路口，交叉點
- [ ] **iron** 鐵，熨斗
- [ ] **items** 項目，物品
- [ ] **jacket** 夾克
- [ ] **jar** 罐子，瓶子
- [ ] **jewelry** 珠寶
- [ ] **key** 鑰匙；(adj.) 關鍵的
- [ ] **keyboard** 鍵盤
- [ ] **key ring** 鑰匙圈
- [ ] **kitchen** 廚房

- ☐ **kitchen drawer** 廚房抽屜
- ☐ kite 風箏
- ☐ **ladder** 梯子
- ☐ ladies 女士們
- ☐ lagoon 潟湖
- ☐ laminate 層壓板
- ☐ **lamp** 檯燈
- ☐ lamppost 路燈柱
- ☐ lampshade 燈罩
- ☐ landscape maintenance 造景維護
- ☐ **laptop** 筆記型電腦
- ☐ lawn 草坪
- ☐ leaf 樹葉
- ☐ leaves 樹葉（leaf 的複數）
- ☐ length 長度
- ☐ letter 信件，字母
- ☐ letterbox 郵筒，信箱
- ☐ **lid** 蓋子
- ☐ lighthouse 燈塔
- ☐ **line** 線；(v.) 排隊
- ☐ litter 垃圾
- ☐ locker 置物櫃
- ☐ log 原木，日誌
- ☐ luggage 行李
- ☐ **lumber** 木材
- ☐ machine 機器
- ☐ magazine 雜誌，（武器的）彈匣
- ☐ magnet 磁鐵
- ☐ map 地圖
- ☐ marketplace 市集，市場
- ☐ material 材料，物質
- ☐ matting 墊材，鋪墊物
- ☐ **measurement** 測量，尺寸

- ☐ **mechanic** 技工，修理工
- ☐ **medical equipment** 醫療設備
- ☐ menu 菜單
- ☐ **merchandise** 商品
- ☐ microwave 微波爐
- ☐ mirror 鏡子
- ☐ monitor 顯示器；(v.) 監控
- ☐ motorcycle 機車
- ☐ mountain 山
- ☐ mountain road 山路
- ☐ mug 馬克杯
- ☐ musician 音樂家
- ☐ **nail** 釘子，指甲；(v.) 釘
- ☐ necklace 項鍊
- ☐ necktie 領帶
- ☐ newspaper 報紙
- ☐ notebook 筆記本
- ☐ opening 開口，開放
- ☐ **ornament** 裝飾品
- ☐ outdoor area 戶外區域
- ☐ outdoor dining area 戶外用餐區
- ☐ **outlet** 插座，直銷店
- ☐ **overhead bin** 頭頂置物櫃（= overhead compartment）
- ☐ page 頁；(v.) 翻頁、呼叫廣播
- ☐ paint can 油漆罐
- ☐ painting 畫作
- ☐ pamphlet 小冊子
- ☐ pants 褲子
- ☐ paper 紙
- ☐ photograph 照片
- ☐ **pottery** 陶器，陶瓷製品
- ☐ **rack** 架子，掛架，置物架

- [ ] **receipt** 收據
- [ ] **refrigerator** 冰箱
- [ ] **river** 河流
- [ ] **road** 道路
- [ ] **rock** 岩石，石頭
- [ ] **roof** 屋頂
- [ ] **rope** 繩索
- [ ] **rug** 小地毯，墊子
- [ ] **runway** 跑道
- [ ] **rush** 衝，匆忙；(v.) 衝向
- [ ] **sail** 帆；(v.) 航行
- [ ] **saw** 鋸子
- [ ] **sawdust** 鋸末
- [ ] **scaffolding** 鷹架（建築施工用）
- [ ] **scarf** 圍巾
- [ ] **screen** 螢幕，屏幕
- [ ] **screwdriver** 螺絲起子
- [ ] **sea** 海洋
- [ ] **sealant** 密封劑
- [ ] **seat** 座位
- [ ] **shelf** 架子
- [ ] **shelves** 架子（shelf 的複數）
- [ ] **shelving unit** 層架組
- [ ] **shoelace** 鞋帶
- [ ] **shoes** 鞋子
- [ ] **shoreline** 海岸線，岸線帶
- [ ] **shovel** 鏟子
- [ ] **sidewalk** 人行道
- [ ] **sign** 標誌，招牌
- [ ] **sink** 洗手槽；(v.) 下沉
- [ ] **sky** 天空
- [ ] **slacks** 休閒長褲
- [ ] **sleeve** 袖子
- [ ] **slippers** 拖鞋
- [ ] **smokestack** 煙囪
- [ ] **snack** 點心
- [ ] **sofa** 沙發
- [ ] **soil** 土壤
- [ ] **statue** 雕像
- [ ] **step** 階梯，步驟
- [ ] **stick** 棒，棍；(v.) 黏貼
- [ ] **stone** 石頭
- [ ] **stool** （無靠背或扶手的）凳子
- [ ] **store** 商店；(v.) 儲存
- [ ] **store window** 櫥窗
- [ ] **suitcase** 行李箱
- [ ] **supply** 供應（品）；(v.) 提供
- [ ] **table** 桌子，表格
- [ ] **teacup** 茶杯
- [ ] **tent** 帳篷
- [ ] **tie** 領帶；(v.) 綁，繫
- [ ] **tissue** 面紙，紙巾
- [ ] **toilet** 廁所，馬桶
- [ ] **tool** 工具
- [ ] **top** 頂部；(v.) 達到…的頂部
- [ ] **towel** 毛巾
- [ ] **tower** 塔，樓塔
- [ ] **toy** 玩具
- [ ] **trail** 小徑，蹤跡
- [ ] **train** 火車；(v.) 訓練
- [ ] **tray** 托盤
- [ ] **tree** 樹木
- [ ] **trench** 壕溝，戰壕
- [ ] **umbrella** 雨傘，陽傘
- [ ] **uniform** 制服
- [ ] **utensil** 器具，用具（尤指廚房用具）

常考的基本核心單字總整理 | 31

- [ ] **van** 廂型車，貨車
- [ ] **vase** 花瓶
- [ ] **vegetable** 蔬菜
- [ ] **vehicle** 車輛，交通工具
- [ ] **vending machine** 自動販賣機
- [ ] **vent** 通風口，排氣口；(v.) 發洩，排放
- [ ] **ventilation** 通風，換氣
- [ ] **violin** 小提琴
- [ ] **wall** 牆
- [ ] **wallet** 錢包
- [ ] **water** 水
- [ ] **water bottle** 水壺，水瓶
- [ ] **water tower** 高水塔，蓄水塔
- [ ] **waterfall** 瀑布
- [ ] **wheel** 輪子；(v.) 推動（有輪之物）
- [ ] **window** 窗戶
- [ ] **windowpane** 窗玻璃
- [ ] **wood** 木材，樹木
- [ ] **wooden crate** 木箱
- [ ] **wooden planter box** 木製花盆箱
- [ ] **work** 工作，勞動
- [ ] **worker** 工人，勞工
- [ ] **workshop** 工坊，研習會
- [ ] **wrench** 扳手，活動板手；(v.) 猛扭
- [ ] **zipper** 拉鍊

多益 Part 1 常考的形容詞（adjectives）

- abandoned 被遺棄的
- abashed 困窘的，害羞的
- aberrant 偏離正常的，異常的
- abiding 持久的，不變的
- able 有能力的，能夠的
- abnormal 不正常的，異常的
- absent 缺席的，不在的
- absorbing 吸引人的，令人著迷的
- abstract 抽象的，理論的
- absurd 荒謬的，可笑的
- abundant 豐富的，大量的
- accurate 精確的，準確的
- aching 痛的，隱隱作痛的
- acidic 酸性的，有酸味的
- acoustic 聲音的，聽覺的
- acrid 辛辣的，刺鼻的
- active 活躍的，積極的
- adjusting 調整中的，適應中的
- anchored 停泊的，固定的
- arched 拱形的，有拱門的
- attached 附著的，附上的
- available 可用的，可取得的
- back 後面的，背部的
- backed up 擁堵的，被支持的
- bare 裸露的，空的，赤裸的
- blue 藍色的，憂鬱的
- brick 磚造的，磚頭的
- broken 壞掉的，破裂的
- brown 棕色的
- cardboard 紙板的
- climbing 攀爬的，登山的
- closed 關閉的，封閉的
- cold 冷的，寒冷的
- colorful 色彩繽紛的，鮮豔的
- comfortable 舒適的，安逸的
- crooked 彎曲的，不正的
- crowded 擁擠的，混亂的
- curved 彎曲的，曲線的
- dark 黑暗的，深色的
- dense 密集的，濃密的
- deserted 無人居住的，被遺棄的
- dining 用餐的，供餐用的
- dirty 骯髒的，不乾淨的
- drinking 飲酒的，喝的
- dry 乾的，乾燥的
- dusty 多塵的，佈滿灰塵的
- empty 空的，空虛的
- fallen 掉落的，倒下的
- fastening 固定的，繫住的
- fluorescent 螢光的，發亮的
- front 前面的，正面的
- full 滿的，完整的
- grassy 長滿草的，草地的
- green 綠色的，環保的
- greeting 打招呼的，迎接的
- heavy 重的，大量的

- ☐ **high** 高的，在高處的
- ☐ **hot** 熱的，熱門的
- ☐ **identical** 相同的，一模一樣的
- ☐ **large** 大的，大型的
- ☐ **leaving** 離開的，出發的
- ☐ **light** 輕的，明亮的
- ☐ **lined** 有線條的，排列成行的
- ☐ **lit** 點亮的，有照明的
- ☐ **located** 位於…的，座落於…的
- ☐ **long** 長的，長時間的
- ☐ **lower** 下方的，更低的
- ☐ **metal** 金屬的
- ☐ **narrow** 狹窄的，有限的
- ☐ **new** 新的，新型的
- ☐ **occupied** 使用中的，被佔據的
- ☐ **old** 舊的，年老的
- ☐ **open** 開放的，打開的
- ☐ **opposite** 對面的，相反的
- ☐ **orange** 橘色的
- ☐ **outdoor** 戶外的，室外的
- ☐ **packed** 擁擠的，裝滿的，被包裝的
- ☐ **picking** 採摘的，挑選的
- ☐ **piled** 堆積的，成堆的
- ☐ **pointed** 尖的，銳利的
- ☐ **posted** 張貼的，公布的
- ☐ **potted** 種在盆栽裡的，盆栽的
- ☐ **protective** 保護的，防護用的
- ☐ **rear** 後面的，背部的
- ☐ **recreational** 娛樂的，休閒的
- ☐ **rectangular-shaped** 長方形的
- ☐ **red** 紅色的
- ☐ **resting** 休息中的，正在休息的
- ☐ **revolving** 旋轉的，可旋轉的
- ☐ **rocky** 多岩石的，崎嶇的
- ☐ **round-shaped** 圓形的
- ☐ **ruined** 毀壞的，破敗的
- ☐ **scientific** 科學的，與科學有關的
- ☐ **shaded** 有陰影的，遮蔽的
- ☐ **shielded** 被保護的，受遮蔽的
- ☐ **shut** 關閉的，闔上的
- ☐ **similar** 相似的，類似的
- ☐ **situated** 位於…的，坐落於…的
- ☐ **stair-shaped** 階梯狀的，樓梯形的
- ☐ **steep** 陡峭的，急劇的
- ☐ **striped** 有條紋的，有線條的
- ☐ **unoccupied** 空的，無人佔用的
- ☐ **various** 各種的，多樣的
- ☐ **visible** 可見的，清楚的
- ☐ **wet** 濕的，潮濕的
- ☐ **white** 白色的
- ☐ **wooden** 木製的，木頭的
- ☐ **yellow** 黃色的

多益 Part 1 常考的介系詞（prepositions）、副詞（adverbs）

包含作為副詞使用時的意思一併整理

05.mp3

- [ ] **about** 關於…，在…附近 (adv.) 大約，幾乎
- [ ] **above** 在…之上 (adv.) 在上方
- [ ] **across** 在…對面 (adv.) 橫越，穿過
- [ ] **along** 沿著… (adv.) 一起，隨同
- [ ] **alongside** 在…旁邊，並排 (adv.) 並排地
- [ ] **around** 在…周圍 (adv.) 大約，到處
- [ ] **aside** (adv.) 旁邊，在一邊
- [ ] **at** 在…（某地點或時間）
- [ ] **away** (adv.) 離開，遠離
- [ ] **back** (adv.) 向後，返回
- [ ] **between** 在…之間，中間
- [ ] **by** 在…附近（前後左右都可以）
- [ ] **down** 向…下方 (adv.) 向下，在坡道上
- [ ] **for** 為了…，持續…時間
- [ ] **forward** (adv.) 向前
- [ ] **from** 從…，來自…
- [ ] **in** 在…裡面，於…之中
- [ ] **in front of** 在…前面，位於…正前方
- [ ] **indoors** (adv.) 在室內
- [ ] **inside** 在…裡面 (adv.) 在內部
- [ ] **into** 進入…，變成…
- [ ] **near** 靠近… (adv.) 在附近
- [ ] **next** (adv.) 接下來
- [ ] **off** 離開…，從…脫離
- [ ] **on** 在…上面，當…時

- [ ] **out** 從…出去 (adv.) 向外，出去
- [ ] **outdoors** (adv.) 在戶外，到戶外
- [ ] **outside~** 在…外面 (adv.) 在外面
- [ ] **over** 在…之上，越過…
- [ ] **overhead** (adv.) 在頭頂上，在上方
- [ ] **past** 經過…，越過… (adv.) 隨著時間過去
- [ ] **through** 穿過…，透過…
- [ ] **to** 到…，向…
- [ ] **toward** 朝向…，對著…
- [ ] **under** 在…下面 (adv.) 在下方
- [ ] **up** 向上… (adv.) 朝上，往上
- [ ] **with** 與…一起

常考的基本核心單字總整理 | 35

PART 2

整理 Part 2 中出現的
句型，搭配解題祕訣
一起學習

TOEIC

PART 2

技巧總整理＋常考表達彙整

001 問題中的單字若在選項中重複出現或出現發音相似的詞，通常不是正確答案。（機率約 90%）

Q: Why did Alex cancel the meeting? 為什麼 Alex 取消了會議？

A: We can't sell the item. 我們不能賣那個商品。（✗）
> **Note**「cancel」和「can't sell」發音相似。這類發音相近的選項常被設計為誤導答題的選項！

A: There was a scheduling conflict. 行程衝突了。（○）

但如果是句子中有 or 或 which 的選擇疑問句，那麼題目的單字有時會在正確答案中重複出現。

Q: Do they want to use air or ground shipping? 他們想用空運還是陸運？

A: Express air, please. 請用空運快捷。
> **Note** 像這種有 or 或 which 的選擇疑問句，題目中提到的字詞常會直接出現在正確答案中。

002 仔細聽出句子裡的疑問詞

Q: Do you know where Sue's office is? 你知道 Sue 的辦公室在哪裡嗎？

A: It's on the third floor. 在三樓。
> **Reason** 這是一句包含疑問詞 where 的間接疑問句，所以正確答案是地點資訊。
> **Note** 像 Can you tell me where...? 或 Do you know what...? 這類的問法也很常出現在考題中，要特別注意。

003 有提供額外資訊或推測的回答，通常是正確答案（約 90% 機率）

Q: How do I contact Joan? 我要怎麼聯絡 Joan？

A: She left her business card. 她留了名片。
> **Note**「留下了名片」這句話提供了額外資訊，表示可以透過那張名片聯絡對方。（名片 = 額外資訊）

Q: Did you enjoy the management workshop last week? 你喜歡上週的管理工作坊嗎？

A: Absolutely, it was very informative. 當然，內容非常有幫助。
> **Note** informative 是提供的補充資訊，說明活動內容。

Q: Could you give me a lift to the ceremony? 你可以載我去參加典禮嗎？

A: Of course, I'm leaving in 15 minutes. 當然，我 15 分鐘後就出發。
> **Note** 提供了「15 分鐘後出發」這個補充資訊，表示可以順路載你一程。

Q: I don't see a manual anywhere. 我到處都找不到到手冊。

A: Maybe the store forgot to include it. 可能是店家忘記把它放進去了。

> **Note** 最近，表示推測的回答也常是正確答案。

Q: Hasn't the weekly meeting been postponed? 週會不是延期了嗎？

A: Yes, it will now be on Friday. 對，現在改到星期五了。
> **Note** 在 Part 2 中，提供額外資訊的選項通常是正確答案。本題的額外資訊是「會議已經延期，改為星期五舉行」。

004 當聽到 but（但是）、instead（反而是）、though（雖然／不過）時，通常該選項是正確答案。（90%）

Q: Isn't the weather wonderful today? 今天天氣不是很好嗎？

A: But it's probably going to rain tonight. 但今天晚上可能會下雨。
> **Note** 聽到 but 的情況下，大多是正確答案。

Q: Can I make an announcement before the meeting starts?
我可以在會議開始前做個宣布嗎？

A: Yes, but keep it short. 可以，不過請長話短說。
> **Note** 這裡一樣是出現 but，通常是正解。

Q: Let's discuss the new project this afternoon. 我們今天下午來討論新的專案吧。

A: We can do it tomorrow morning instead. 要不然我們明天早上討論吧。
> **Note** instead（反而，要不然）出現時，通常也是正確答案。

Q: We need to schedule a team meeting to discuss the sales results.
我們必須安排一場團隊會議來討論銷售成果。

A: Jessica's still on vacation, though. 不過，Jessica 還在休假中。
> **Note** though（不過，只是）跟 but 意義類似（雖然擺放的位置不同），所以出現時也很可能是正確答案。

005 推卸責任型的回答也經常是正確答案。（80%）

Q: Where's the copier? 影印機在哪裡？

A: Our copy machine is broken. 我們的影印機壞了。
> **Note** 這是一種「沒辦法，不是我的錯」的推責式回答。這種間接、迂迴的答法常被設計為正確答案，所以要靈活應對。

Q: When will the play end? 這齣戲什麼時候結束？

A: Sorry, I don't work here. 不好意思，我不是這裡的工作人員。
> **Note** 類似「抱歉，我不是在這裡工作的人（所以我也不太清楚）」這類回答，經常被設計為正確答案。

Q: What did you tell the customers about the shipping delay?
你怎麼跟顧客說明配送延遲的事？

A: Weren't you going to phone them? 你不是打算打電話給他們嗎？
> **Note** 同樣是推卸責任型的回答，用反問「那不是你的工作嗎？」的方式。疑問句也常是正解！

006 類似「我不太清楚（I'm not sure.）」、「還沒決定（That hasn't been decided yet.）」的回答常常是正解。（90%）

Q: Who's the marketing manager? 誰是行銷經理？

A: I'm not sure. 我不太確定。
> **Note** 類似「我不太確定」的回答常常是正解。只要聽到 sure，通常就是正解。

Q: Where will the retreat be next month? 下個月的員工聯誼活動在哪裡舉行？

A: That hasn't been decided yet. 那件事還沒有決定。
> **Note** 只要聽到 "That hasn't been decided yet."，大多就是正解。

Q: Can you check the packing machine today? 你今天能檢查一下包裝機器嗎？

A: Sure, I'll put it on my list. 當然，我會把它加進我的待辦清單。
> **Note** 雖然還沒開始去做，但表示「即將去做」，使用未來式回答」往往是正解。

007 類似「Let me check it for you.（我來幫你查看一下。）」的回答經常是正解。特別是只要聽到 check，正解的可能性很高。（90%）

Q: Where did Charles leave the memo? Charles 把備忘錄放在哪裡了？

A: Check Darren's desk. 去 Darren 的桌子看看吧。
> **Note** 只要聽到 check（查看一下），正解的可能性很高。

Q: I'd like to discuss the marketing plans sometime next week.
我想在下週找個時間討論行銷計畫。

A: Let me check my schedule. 我來查看一下我的行程安排。
> **Note** 只要聽到 check，通常是正解。

Q: Why isn't John's presentation finished yet?
為什麼 John 的發表會還沒結束呢？

A: He sent us a draft to check. 他寄了一份草稿給我們確認。
> **Note** 他已經寄出了草稿，正在等待我們的回饋，因此暗示他的發表尚未完成。

Q: Who is going to give a speech at the ceremony? 誰會在典禮上發表演說？

A: I'll look at the agenda. 我來查看一下議程。
> **Note** 像「我來查查看」這類的回答經常是正確答案。
> I'll look at the agenda. = Let me check it for you.（我幫你確認一下）

Q: Who's going to the CEO's talk tonight? 今晚誰會去聽執行長的談話？

A: I'll have to look at my schedule. 我得查看一下我的行程。
> **Note** 這句話相當於「Let me check it.」。

008 聽到 That's a good idea. 或 That's a great idea. 通常就是正確答案！（正確率約 80%）

Q: What if we moved these books to make more space?
我們把這些書移開來騰出更多空間如何？

A: That's a great idea. 好主意。
> **Note** That's a great idea. 這樣的表達用語經常是正確答案的選項。

Q: Shouldn't we request approval from the director?
我們是不是應該請示主管批准？

A: That's a good idea. 好主意。
> **Note** That's a good idea. 也同樣是正確答案的選項。

009 以 Why 開頭的問句題，若以 Because 開頭來回答的句子，通常是正確答案（約 90%）

Q: Why is the restaurant closed early today? 為什麼這家餐廳今天提早打烊？

A: Because it is reserved for a birthday party tonight.
因為今晚有人預約舉辦生日派對。
> **Note** 只要是 Why 提問，回答以 Because 開頭回答時幾乎都是正解。

Q: Why was the party canceled? 為什麼派對取消了？

A: Because few people wanted to attend. 因為想參加的人不多。
> **Note** 這也是 Why–Because 問答結構的典型例子。

010「裝傻」的回答與否定的回答有很高機率是正確答案。（80%）

Q: Have you gone to the seminar yet? 你去參加那個研討會了嗎？

A: Oh, I didn't know it was required. 喔，我不知道一定得去耶。
> **Note** 若聽到「Oh」或是裝傻說不知道等類型的回答，通常是正確答案的可能性很高。

Q: Didn't David buy a new car? David 不是買了一輛新車嗎?

A: No, not that I know of. 不,就我所知是沒有。

Q: Your tablet needs fixing, right? 你的平板需要修理,對吧?

A: No, it's working perfectly. 不,它運作得很好。
> **Note** 否定的回答常常是正確答案。

011 若出現「one」,是正確答案的機率很高。(85%)

Q: What kind of bicycle do you have? 你有什麼樣的腳踏車?

A: Are you thinking of buying one? 你打算買一台嗎?
> **Note** 這類回答常常是正確答案。若有聽到「one」,機率較高,回答若是疑問句,是正確答案的機率更高!

Q: Who made a checklist for the business travel? 誰製作了出差的檢查清單?

A: One of the managers. 其中一位經理。
> **Note** 聽到「one」的話,正確答案的可能性高。

Q: Which copier do you use? 你使用哪一台影印機?

A: The one near Ms. Lee's desk. 李小姐桌子附近那台。
> **Note** 若是「Which」開頭的疑問句或包含「or」的選擇性疑問句,像這樣用「The one...」作答時,常是正確答案。

012 疑問句型的回答常是正確答案。(75%)

Q: Did you give the client the bill? 你把帳單交給客戶了嗎?

A: Hasn't the payment arrived yet? 款項還沒收到嗎?
> **Note** 詢問是否給帳單了,通常是因為付款還沒完成。理解這種情境才能找出正確答案,而像這種問句形式的回答,往往就是正解。

Q: The report deadline is on Wednesday. 那份報告的截止日期是星期三。

A: Where did you hear that? 你從哪裡聽來的?

Q: All the tickets for the concert are gone. 演唱會的票全都賣光了。

A: Did you try online? 你有試著上網去看看嗎?
> **Note** 像這題,即使問題是陳述句而非疑問句,而回答用疑問句的情況反而更常見。

Q: Wasn't Mr. Kim nominated for an award this year?
金先生今年不是被提名為某獎項候選人了嗎?

A: Are you thinking of a business partner?
你是在思考要找個一起創業的夥伴嗎？

> **Note** 這題屬於難度偏高的題目。對於詢問某人是否得獎的問題，卻以「你是想找創業夥伴嗎？」這樣的回答來做為正確答案。另一個例子是當別人問「那輛新車多少錢？」時，正確答案的句子可能是「Are you thinking of buying one?（為什麼？你想買一台嗎？）」。這類型的題目經常出現在第 20 到 31 題之間。

013 「不想花錢」的回答，是正確答案的機率很高（80%）

Q: Wouldn't you rather travel somewhere during this weekend?
你這個週末不想去哪裡走走嗎？

A: I'm planning to mow the lawn at my house. 我打算在家裡割草。

> **Note** 對於「一起去哪裡」或「一起吃什麼」這類的提議，若回答表達出不想花錢、選擇省錢等的內容，那麼成為正解的機率就很高。

Q: Would you recommend a good place for dinner?
你可以推薦一間晚餐的餐廳嗎？

A: I always bring food from home. 我總是從家裡帶便當來。

> **Note** 多益測驗很偏好這類「帶便當」的回答！當被問到要不要去哪吃飯時，若回答自己都帶便當或因此不想出去吃飯，就很可能是正確答案。

Q: Should we order lunch from the Korean restaurant?
我們要不要訂那間韓國餐廳的午餐？

A: I brought something from home today. 我今天從家裡帶了點東西來吃。

> **Note** 這是典型的「不想花錢」的回答，很可能是正解。

014 拒絕型、冷淡型的回答，或是以自我為中心的回答，常常是正解。（85%）

Q: Whose turn is it to wash the dishes? 今天輪到誰洗碗？

A: I already washed them yesterday. 我昨天已經洗過了。

> **Note** 這是一種以「我昨天做過了」來推託責任的自我中心式回答。像這樣的個人主義、拒絕幫忙或語氣冷淡的回應，在 TOEIC 中往往會是正確答案。

Q: How often will I need to renew my driver's license? 我多久得更新一次駕照？

A: It's probably in this handbook. 這本手冊裡可能有寫。

> **Note** 不直接回答問題，而是像「去別的地方找答案」、「查看電子郵件」、「這本書裡有寫」…這類略顯冷淡的回答，反而常常是正確答案。

015 再深入想一下，正確答案才會浮現。這類「要求深入思考」的題目也經常出現。

Q: Here are 10 copies of the sales report. 這裡有 10 份業務報告。

A: Mary's joining us too. Mary 也會過來加入我們喔。
> **Note** 意思是「因為 Mary 也會來，所以請再準備一份」（共需要 11 份），是需要再思考一下才能選出正確答案的題目。

Q: Should I print copies of the report or e-mail them to all of the managers?
我應該把報告的紙本印出，還是 E-mail 給所有主管？

A: Every one of them will have a laptop. 他們每個人都有筆電。
> **Note** 因為他們都有筆電，所以寄 email 就好。這也是需要稍微想一下（推理）就能選出正解的類型。

Q: What's the price of this book? 這本書多少錢？

A: There may be a discount. 可能會有折扣。
> **Note** 意思是「可能會打折，等一下也許比較划算」，也是要再想一層的回答。

Q: Do you think we should change office suppliers?
你覺得我們應該更換辦公用品供應商嗎？

A: I haven't heard any complaints. 我沒聽說有任何抱怨。
> **Note** 意思是「既然沒人抱怨，那就沒必要換」，這是透過間接方式表達反對的正確答案。

Q: I think we should walk to the airport. 我覺得我們應該走路去機場。

A: It is pretty far away. 那裡還蠻遠的。
> **Note** 這表示「太遠了，不適合走路」的婉拒，同時也帶有抱怨語氣。這類拒絕或抱怨的回答，常常是正確答案。

Q: Is this the only one of our designs that got approved?
這是我們設計中唯一獲得批准的那一個嗎？

A: This client can be really demanding. 這位客戶可是真的很挑剔。
> **Note** 意思是「因為客戶太挑剔，所以其他設計都沒過」。

016 只要聽到 budget（預算），可能就是正確答案的選項了。這在實際考試中出現過，且很多考生都認同。（90%）

Q: Who's going with you to the seminar? 誰會跟你一起去參加那個研討會？

A: We send only one person because of the budget cut.
我們因為預算刪減，只派一個人去。
> **Note** 只要聽到 budget，大多就是正確答案的選項。這是 TOEIC 的最新出題趨勢。

技巧總整理＋常考表達彙整 | 45

Q: How many new employees will we hire next month?
我們下個月要聘用幾位新進員工？

A: The accounting manager has to finish the budget first.
會計主管得先完成預算。
> **Note** 正確答案可能是：必須先有預算，才知道可以聘請幾個人

Q: Do you want to hire 5 or 10 more employees next quarter?
下一季你想多聘請5人還是10人？

A: The budget is quite small now. 現在的預算很少。
> **Note** 正確答案可能是：因為預算不多，所以只能聘少數人。

017 給人一種失落感的回答常是正確答案。（90%）

Q: Mr. Lee applied for the open sales position, didn't he?
李先生不是去應徵那個業務職缺嗎？

A: No, it was already filled. 沒有，已經有人補上了。
> **Note** 職缺已填補，表示根本不能被應徵，這種讓人感到失望的回答通常是正確答案。

Q: I'd like to see Ms. Park. 我想見一下朴小姐。

A: She no longer works here. 她已經不在這裡工作了。
> **Note** 因為朴小姐已經離職，所以無法見面，這種讓人感到失落的回答常是正確答案。

Q: We're still selling parasols, aren't we? 我們還在賣陽傘，對吧？

A: Our supplier went out of business. 我們的供應商倒閉了。
> **Note** 供應商倒閉這件事令人感到無奈，這樣的回答往往就是正確答案。

Q: I don't know how to operate this forklift. 我不知道這台堆高機怎麼操作。

A: I've never used it. 我從來沒用過。
> **Note** 這種冷淡直接的回答也會是考題中的正解。問話者原以為對方會教他怎麼用，卻得到「我沒用過」這樣出人意料的回答。

018 提出「第三種回答」或「解決方案」通常是正確答案。（90%）

Q: Do you take coffee or tea? 您要喝咖啡還是茶？

A: Isn't there any juice? 沒有果汁嗎？
> **Note** 不選 A or B，而是提出另一要求（也就是「第三種要求」）的回答，經常會是正確答案。

Q: Who can I speak to about writing a weekly sales report?
我該找誰請教關於撰寫每週業務報告的事？

A: Danaka will send you some guidelines. Danaka 會傳一些指引給你。
> **Note**「提出解決方案」的句子常是正確答案。而且像這樣提到人名（Danaka）的句子，也常是正解。

Q: How can I get some more paper clips? 我該怎麼拿到更多迴紋針？

A: Tina takes care of that. 這件事是 Tina 負責的。
> **Note** 這句話既出現了人名（Tina），又提供了解決辦法，常是正確答案。

019 省略句型的回答，特別是以不定詞（to-V）的 to 結尾的句子，大多是正確答案。（85%）

Q: Can you please fix my photocopier? 你能幫我修一下影印機嗎？

A: I'd be happy to. 我很樂意幫你。
> **Note** 以不定詞的 to 結尾的句子，大多是正確答案。

Q: Did you review all the customer complaints? 你看完所有顧客的投訴了嗎？

A: No, there are several more left. 還沒，還剩幾個。
> **Note** 省略字詞的回答是正確答案的率高。像這句 No, there are several more (complaints) left. 就省略了 complaints。

Q: Would you like to take a tour of my language institute?
你想參觀一下我的語言學院嗎？

A: Of course, I'd like to. 當然，我很樂意。
> **Note** 這種省略字詞回答，通常是正確答案。完整句應為 Of course, I'd like to take a tour of your language institute.。

Q: Can you look at my presentation slides today?
你今天能幫我看看我的簡報投影片嗎？

A: Sure, I'd be glad to. 當然，我很樂意。
> **Note** 句中既有 Sure，又是省略字詞的句子，這句成為正確答案的機率高達 90%。

020 聽到疑問詞 when 開頭的問句時，以 Not until（直到…才…）開頭的回答很有可能是正確答案。（80%）

Q: When can you finish the project report? 你什麼時候能完成這份專案報告？

A: Not until tomorrow at 5:00 p.m. 要到明天下午五點才行。
> **Note** 針對 When 疑問句，以 Not until 開頭的回答經常是正確答案。

Q: Where will the vice president be staying? 副會長會住在哪裡？

A: We won't know until April. 要到四月才會知道。

> **Note** 詢問副會長住哪裡的問題，以「4月才知道」表示目前不知道，這樣的回答常是正解。像這樣即使不是 When 疑問句，只要聽到 until，也經常是正確選項。這是最近出題的新趨勢。

Q: Could we have a meeting today? 我們今天能開會嗎？

A: I'll be here until 6 o'clock. 我會待到六點。
> **Note** 表示「六點前都可以來找我開會」，即便不是 when 問句，只要聽到 until，也須留意可能是正確答案。

021 出現 only（僅，只有）、just（剛剛，只是）時，通常是正確答案機率高。（80%）

Q: Isn't John the most experienced engineer? John 不是最有經驗的工程師嗎？

A: No, he just graduated from high school. 不是，他才剛從高中畢業而已。
> **Note** 選項中只要出現 only 或 just，通常是正解。

Q: Is the room big enough for the conference? 這房間開會夠大嗎？

A: Only seven women have enrolled. 只有7位女性報名。
> **Note** 詢問房間大小是否足夠，回答「只有7個人參加」，暗示房間大小是夠的。只要選項中出現 only 或 just，正確率都很高。

Q: Don't you have a seminar tomorrow? 你明天不是有場研討會嗎？

A: That's just for the Human Resources Department.
那會議只有人資部門的人要參加。
> **Note** just 出現在回應中時，往往是正確答案。

022 會出現需要具備基本單字量與表達能力才能作答的題目。

Q: Who's cleaning this room? 誰在打掃這個房間？

A: It's Tina's turn. 輪到 Tina 了。
> **Note** 「turn」在這裡是「輪到，輪值」的意思。理解 turn 當名詞使用時的含義，才能正確作答。例如：It is your turn to deal the cards.（輪到你發牌了。）

023 聽到 sure（當然，沒問題）時，通常是正確答案。（85%）

Q: Should we ask the waitress to bring us some wine? 我們要請服務生拿些酒來嗎？

A: Sure, when she comes back. 那當然，等她過來吧。
> **Note** 只要回答中出現 sure，通常是正解。

Q: Do you mind filling out the registration form? 您介意填一下登記表嗎？

A: Sure. I can do that. 當然。我可以填。

> **Note** mind 的意思是「介意，在意」，若對這樣的請求回答 yes，其實是說「我介意」，所以 TOEIC 中不會用 yes 回答，而會用 sure 或 okay，表示「我不介意，我願意」。

Q: Would you mind cleaning this room? 你介意打掃這房間嗎？

A: OK. I'll take care of that. 好的，我來處理。

> **Note**「Would you mind...?」是在詢問對方是否介意做某事。若不介意、願意接受，就要用 OK 或 Of course not. 回應。

024 聽到 sorry（對不起）時，通常是正確答案的機率很高（85%）

Q: Robin, Jane and I are going out for dinner after we finish this report. 我們完成這份報告後，打算和 Robin、Jane 一起去吃晚餐。

A: Sorry, I have some other work to do. 抱歉，我還有其他工作要做。

> **Note** 像這種拒絕性的回答通常是正解，而只要有 sorry 的句子幾乎都是正確答案。

Q: Do you want to look at the new delivery area? 你想看看新的配送區域嗎？

A: Sorry, I'm very busy. 不好意思，我現在很忙。

> **Note** 只要聽到 sorry 或 busy，通常是正確選項。

025 聽到 problem（問題）、cancelled（取消）等字時，正確答案的機率極高（90%）

Q: Why weren't the files uploaded to kinglish.com? 為什麼檔案沒有上傳到 kinglish.com？

A: We had technical problems. 我們遇到了技術性的問題。

> **Note** 只要回答中出現 problem，通常是正解。

Q: When does the company dinner start? 公司晚宴什麼時候開始？

A: It was cancelled. 已經取消了。

> **Note** 除了 problem，如果有 postponed（延後）或 cancelled（取消）等字眼，也很可能是正確答案。

026 Oh、Well、Hmm、Okay、Wow…等感嘆詞出現時，通常該選項可能是正確答案。（85%）

Q: Where can I get lunch near this office? 這辦公室附近哪裡可以吃午餐呢？

A: Well, you have several options. 嗯，你可以有幾個選擇。

> **Note** 如果回答以 well、oh、hmm… 等感嘆詞開頭，大多是正確答案。

Q: Wasn't this report due yesterday? 這份報告的交件期限不是昨天嗎？

A: Oh, it's taking longer than we thought. 噢，其實比我們本來以為的更久。

> **Note** 如果聽到 Oh...，通常就是正確答案。

Q: Sorry for interrupting, but I've reserved this room for a 3 o'clock appointment. 不好意思打擾了，我已經預約了這間會議室三點要用。

A: Okay, we'll be leaving shortly. 好，我們馬上就離開。
> **Note** 如果聽到 okay，通常是正確答案。

Q: Here's the estimated bill for fixing your car. 這是您的汽車維修報價單。

A: Wow, that's really expensive. 哇，真的很貴。

027 若聽到 actually（實際上）、delay（延遲）、still（仍然、還）等字詞，通常該選項很可能是正確答案（80%）。

Q: When will the lecture begin? 講座什麼時候開始？

A: Actually, I'm not giving a lecture today. 實際上，我今天沒有安排講座。
> **Note** 如果回答以 actually 開頭，多半是正確答案。此類用法常見於需要澄清的問題，且會提供關鍵資訊。

Q: Shouldn't you have left for your business trip? 你不是該出發去出差了嗎？

A: The train was delayed. 火車誤點了。
> **Note** 若回答提及火車誤點（was delayed）等未出發的原因，通常是正確答案。

Q: Has the warranty expired for your car? 您的車輛已經保固期滿了嗎？

A: No, I still have one more year. 不，還有一年。
> **Note** 若回答中出現 still，表示還沒結束，通常是正確答案；此外，若聽到 one 這個數字，正確機率也偏高。

Q: Where can I get this year's budget report? 今年的預算報告在哪裡可以拿到？

A: It's still being worked on. 還在製作中。

028 問題中若出現與提問內容相反的詞語，該選項通常是錯誤答案（90%）。

Q: I'll send the application form right away. 我會立刻把申請表寄過去。

A: Actually, I left my bicycle out in the rain. 其實我把腳踏車留在雨中了。（✗）

A: Thanks. That'd be great. 謝謝，這樣太好了。（○）
> **Note** 這題利用 right（右邊）的反義詞 left（左邊）作為陷阱。雖然兩者在句中並非「左、右」的意思，但聽力考試中常有這種「意思相反但與句意無關」的心理反應錯覺之設計，初學者常常會在這類題目中失分。

029 對於選擇疑問句來說，不僅比較級，使用最高級作答也可能是正確答案（80%）。

Q: Should I buy my train ticket now or wait until tomorrow?
我現在該買火車票，還是等到明天？

A: Tomorrow would be best. 明天買會是最好的。

> **Note** 若題目中出現 which 或 or，則以最高級作答也可能是正確答案。除了比較級與最高級之外，下列詞語若出現在回答中，也很可能是正確答案：
> neither（兩者皆非）、either（任一）、whichever（無論哪一個）、both（兩者皆是）、the one（那個）、It doesn't matter.（無所謂）、I have no preference.（我沒有特別偏好）

030 回答若出現 ask（詢問，請求），多半是正確答案（85%）。

Q: This steamed rice isn't as hot as I'd like. 這蒸飯沒有我想要的那麼熱。

A: Ask the waitress to heat it up. 請服務生再加熱一下吧。

> **Note** 若回答中出現 ask，通常是正確答案。

Q: When will the price of these sweaters be discounted? 這些毛衣什麼時候會打折？

A: Let me ask my manager. 我去問一下經理。

031 若出現 yet（還沒、尚未），多半是正確答案（80%）。

Q: Is the new issue of TOEIC King available yet?
有新一期的《TOEIC KING》可以買了嗎？

A: No, it's not out yet. 還沒出版喔。

> **Note** 回答若出現 yet，通常是正確答案。

Q: Why is the store so crowded? 這間店怎麼這麼多人？

A: You haven't seen today's event schedule, yet. 你還沒看過今天的活動行程表吧。

> **Note** 這題的正解是因為「還沒」看到行程表，看到之後就會明白人潮的原因，因此含有 yet 的回答為正解。

032 若聽到 Let's...（讓我們…吧）、Let...（讓…）等句型，通常也會是正確答案（75%）。

Q: Can I start the meeting now? 現在可以開始會議了嗎？

A: No, let's wait until David comes. 不，我們等 David 來了再開始吧。

> **Note** 若聽到 let 或 let's，通常是正確答案的可能性很高。

Q: We need to hire another doctor for our clinic. 我們診所需要再雇一位醫生。

A: Let's start looking soon. 那我們儘快開始找吧。
> Note 同樣地，以 let's 開頭的句子，通常是正確答案。

033 若聽到專有名詞，該選項很可能是正確答案（80%）。

Q: Who was working at the loading dock this morning?
今天早上是誰在卸貨碼頭工作？

A: Jay and Sue. 是 Jay 和 Sue。
> Note 回答中有提及人名這類專有名詞時，通常是正解。

Q: Do you have the itinerary for our business trip? 你有我們出差的行程表嗎？

A: Nomo is arranging our travel. Nomo 正在安排我們的行程。
> Note 提及專有名詞（Nomo）的回答通常是正解。

Q: Who's responsible for reimbursing us for the dinner expenses?
誰負責報銷我們的晚餐費用？

A: That's Darren's job. 那是 Darren 的工作。
> Note 有出現專有名詞（Darren）的回答，很可能是正解。

034 想將 Part 2 的分數都拿到，就要對出乎意料的回答保持開放心態！

Q: Where can I get my security badge? 我要去哪裡領取我的安全識別證？

A: The manager has them. 經理那邊有。
> Note 雖然問題是單數（security badge），但回答用了複數代名詞（them），這種情況下仍可能是正解。因為經理可能持有的是發給多人的識別證，不一定只針對單一提問者。這樣的語法不一致，在實際對話中也可能構成正確回答。

Q: Have you read the reviews for the movie King Kong?
你看過電影《金剛》的影評了嗎？

A: OK, we can go see something else. 得了吧，我們還是去看另一部吧。
> Note 閱讀評論後，用帶有「為什麼要看這種電影」這樣的語氣不耐煩地說話，或者回答說「那就看別的吧」，這種回應常是正確答案，也是實際考題中出現過的題目設計，近來常聽到這類貼近日常生活的口語語調。我記得在實際的 TOEIC 考試中，也曾聽到過語氣非常不客氣的提問。

Q: Where should we take the guests for dinner tomorrow?
我們明天要帶客人去哪裡吃晚餐呢？

A: It will be a huge group. 會有一大群人喔。

> **Note** 這是最近出現在 Part 2 題目中，難度偏高的題型設計。對於「要帶大家去哪裡？」這樣的提問，結果正回答案卻是「哇，看來是要帶一大群人過去啊。」這種出人意料的回答。

Q: Which software should I use to create a new spreadsheet?
要建立新的試算表，我該使用哪一套軟體？

A: You're the computer expert. 你就是電腦專家啊！
> **Note** 這題的正確答案，是用「你自己就是專家還問別人？」這種語氣作答，也是一道近期出題的題目。由於回答沒有直接提供問題中要求的資訊，因此可能會讓人感到有些困惑。

PART 34

歷屆常見的基礎與
重要用語總整理

在 Part 3 與 Part 4 中，每段對話或短文都會出三個相關問題。

在這兩個 PART 的聽力測驗中，若聽到以下單字，之後出現正確答案線索的機率高達 95%。

a. 轉折連接副詞：

but（但是）、however（然而）、unfortunately（可惜的是）、actually（其實）、though（當出現在句尾時表示「但是」）

b. 添加資訊：

also（還有）、in addition（此外）、besides（此外）

c. 表結果或依序之副詞與連接詞：

so（所以）、therefore（因此）、then（然後）、and（而且）

d. 表示「請記住」的用語：

remember（記住）、don't forget（別忘了）、please note...（請注意…）、I wanted to remind you（我想提醒您）

e. 表示「特別」的單字：

specifically（特別是，具體來說）、specially（特別地）

在問地點的題目中常出現的提示詞：

here（這裡）、our（我們的）、my（我的）、this（這個，這裡）

f. 感嘆詞：oh（喔）、well（嗯，那麼）、hmm（唔）、okay（好）、yeah（是啊）

g. 表示時間／順序的副詞：

now（現在）、today（今天）、tonight（今晚）、tomorrow（明天）、first（首先）、first of all（首先）、secondly（第二）、finally（最後）

h. 其他常見的提示語：

I wonder...（我想知道…）、I am wondering...（我正在想…）、I am calling to ...（我打電話來是為了…）、just（剛剛，恰好）、only（只有）、sorry（抱歉，遺憾）、except for（除了…之外）、instead（反而是）、in the meantime（與此同時）

TOEIC

PART 3/4

歷屆考題中常見的同義替換用語
(paraphrasing)

在 Part 3 與 Part 4 中，對話或談話內容中的用字遣詞會以 paraphrasing（同義改寫）的形式出現在題目或選項中，成為正確答案。這種同義轉換是 Part 2, 3, 4, 7 的共通特色，因此我們要熟悉這些表達用語，並透過以下內容來學習詞彙之間的轉換！這是培養字彙能力的基本功。

07.mp3

- **come by**（順道來訪）、**drop by**（順道拜訪）、**stop by**（途中拜訪）→ **visit**（拜訪）
- **12 months**（十二個月）→ **one year**（一年）
- **quarterly**（每季）→ **every three months**（每三個月）、**four times a year**（一年四次）
- **sold out**（售罄）→ **out of stock**（缺貨，售完）
- **sign up** → **register**（註冊）
- **buy**, **get** → **purchase**（購買）
- **show** → **present**（出示，展示）
- **drop off**（放下，載送）→ **deliver**（遞送）
- **put in**（放入）、**set up**（設立）→ **install**（安裝）
- **cut cost**（刪減成本）→ **reduce spending**（減少開支）
- **lose**（遺失）、**can't find**（找不到）→ **misplace**（放錯位置）
- **say I'm sorry**（說對不起）→ **offer an apology**（表示歉意）
- **reschedule**（重新安排時間）→ **change plans**（更改計劃）
- **call back**（回電）→ **get back**（回覆電話）
- **heavy snowfall**（大雪）、**strong wind**（強風）、**heavy rain**（大雨）→ **poor weather conditions**（惡劣天氣條件）、**inclement weather**（壞天氣）
- **sales representative**（業務代表）→ **salesperson**（銷售員）
- **delayed**（延遲的）→ **late**（遲到的）
- **offer** → **provide**（提供）
- **be canceled**（被取消）→ **will not be held**（將不舉行）
- **free**（免費的）→ **complimentary, at no cost**（贈送的，無需付費的）
- **join + person**（與某人同行）→ **meet + person**（與某人碰面）
- **bread maker**（麵包機）、**microwave**（微波爐）、**refrigerator**（冰箱）、**toaster**（烤麵包機）→ **kitchen appliance**（廚房家電）

- ☐ **switch**（切換）→ **change**（改變）、**replace**（取代）
- ☐ **pictures** → **photographs**（照片）
- ☐ **give someone a list of workers**（給某人員工清單）→
  provide names of workers（提供員工姓名）
- ☐ **I've got a bad cold.**（我得了重感冒）→ **I'm not feeling well.**（我感覺不太舒服）
- ☐ **I've already set up an appointment with him.**（我已經和他約好）→
  I have arranged a meeting.（我已安排了一場會議）
- ☐ **work extra hours**（加班）→ **work overtime**（加班）
- ☐ **between the hours of 7 a.m. and 3 p.m.**（上午 7 點至下午 3 點之間）→
  during a specific time（在一個特定時間內）
- ☐ **a broken water pipe**（破裂的水管）→ **A pipe is damaged.**（管線已受損。）
- ☐ **The bid was well below our asking price.**（出價遠低於我們的期望價格。）→
  The bid was too low.（出價太低。）
- ☐ **Our sales are not as high as we'd hoped.**（我們的銷售量不如預期。）→
  Sales targets were not met.（未達銷售目標。）
- ☐ **Those cameras are no longer manufactured.**（那些相機已經停產。）→
  The product is not available.（該產品已不再供應。）
- ☐ **We won't be able to finish the project by May 1st.**（我們無法在 5 月 1 日前完成此
  專案）→ **The deadline cannot be met.**（無法如期完成。）
- ☐ **We are presently renovating our office.**（我們目前正在整修我們的辦公室）→
  The renovation is not finished yet.（整修尚未完成）
- ☐ **Kinglish Textile factory**（Kinglish 紡織工廠）→
  a manufacturing plant（某製造工廠）
- ☐ **Sony Gym**（Sony 健身房）→ **a fitness center**（健身中心）
- ☐ **Japan Airlines flight 300**（日本航空 300 班機）→ **an airplane**（飛機）
- ☐ **Health Talk on Kinglish radio**（Kinglish 廣播的健康座談節目）→
  a radio station（廣播電台）
- ☐ **Takeshiyama Supermarket**（Takeshiyama 超市）→
  a grocery store（食品雜貨店）

TOEIC

PART 3/4

重要單字與表達用語彙整

這裡整理了在 PART 3&4 的對話和簡短談話中經常出現的表達用語。請一邊勾選自己認識的單字，一邊確實掌握例句並轉化為自己的表達方式後再繼續往下學習。

08.mp3

001 ☐ **head**：去，前往⋯

Actually, I'm **heading** there myself. 其實，我自己也正要去那裡。

002 ☐ **write down**：寫下

All you'll have to do is **write down** your name.
您只需要寫下您的名字就可以了。

003 ☐ **shift**：輪班，交接班

Andy will cover my **shift** in the kitchen. Andy 會代替我在廚房的輪班。

004 ☐ **medication**：藥物

Are you here to pick up your **medication**? 您是來領藥的嗎？

005 ☐ **job openings**：職缺，就業機會

Are you interested in one of our **job openings**? 您對我們的某個職缺有興趣嗎？

006 ☐ **demonstration**：示範，演示

Can you give me a **demonstration** of your products?
可以為我展示一下貴公司的產品嗎？

007 ☐ **moving costs**：搬家費用

Will I be compensated for all my **moving costs**? 我的搬家費用會全額補貼嗎？

008 ☐ **promotion**：升遷

Congratulations on your **promotion**, Alex! Alex，恭喜你獲得升遷！

009 ☐ **digits**：數字，位數

Could you give me the last four **digits** of the credit card number?
可以給我信用卡號碼的最後四位數嗎？

010 ☐ **cover**：涵蓋，處理

Did I **cover** everything you needed? 我有把您想知道的都說清楚了嗎？

011 ☐ **interest**：引起關注

Why don't you tell us what **interests** you the most about our position?
您可以告訴我們，我們這個職位中最吸引您的是哪一點嗎？

012 ☐ **fluent**：流利的

Do you know anyone **fluent** in Mandarin? 您知道有誰中文講得很流利嗎？

013 ☐ **customer reviews**：顧客評價

We rely on **customer reviews** to help spread the word.
我們依賴顧客評價來協助宣傳。

014 ☐ **work from home**：在家工作

Do you mind if I **work from home**? 我可以在家工作嗎？

015 ☐ **vending machine**：自動販賣機

Excuse me, I think the **vending machine** is broken.
不好意思，我想這自動販賣機壞掉了。

016 ☐ **get a hold of**：聯絡上

Great news! I finally **got a hold of** Mr. Thomas.
好消息！我終於聯絡上了 Thomas 先生了。

017 ☐ **come back**：回來、再來

I guess I will have to **come back** another time. 看來我得改天再來了。

018 ☐ **team**：團隊

He'll be a great addition to our **team**. 他會成為我們 team 的絕佳助力。

019 ☐ **selection**：選擇，可供選擇的項目

We have quite a wide **selection**. 我們提供相當多樣化的選擇。

020 ☐ **tomorrow**：明天

How does **tomorrow** sound? 明天方便嗎？

021 ☐ **owe**：欠，應付

How much do I **owe** you? 我欠你多少錢？

022 ☐ **promotion**：促銷活動

We have a **promotion** going on right now.
現在我們有一場促銷活動正在進行。

023 ☐ **quote**：報價

I'd be happy to provide you with a **quote**. 我很樂意為您提供一份報價。

024 ☐ **book**：預訂

I'd like to **book** a direct flight to Tokyo for April 5th, please.
我想預訂4月5日飛東京的直飛班機，麻煩了。

025 ☐ **wait**：等待

We don't want to keep our clients **waiting**. 我們不希望讓客戶久等。

026 ☐ **flattered**：受寵若驚的，被誇讚的

I'm **flattered**. 您過獎了。

027 ☐ **help**：幫助

We could use his **help**. 我們可能會需要他的幫助。

028 ☐ **errand**：跑腿，差事

I'm just going to run a few **errands**. 我只是要跑幾個小差事。

029 ☐ **missing**：遺失的，消失的

I'm looking for the **missing** film footage of the local rivers.
我正在尋找遺失的當地河流影像資料。

030 ☐ **stay**：停留，住宿

I'm **staying** here at the hotel on business. 我因公務暫住在這間飯店。

031 ☐ **fall behind**：落後，延遲

We can't let ourselves **fall behind** schedule. 我們不能讓進度落後。

032 ☐ **locate**：找出，找到

I'm trying to **locate** an article. 我正在找一篇文章。

033 ☐ **appreciate**：感謝

I **appreciate** you meeting with me today. 我很感謝您今天能與我見面。

034 ☐ **collect**：收取

How much money have we **collected** in fines for overdue books?
我們因逾期還書收了多少罰金？

035 ☐ **recommend**：推薦

I'd **recommend** consulting with our web designer.
我建議您諮詢一下我們的網頁設計師。

036 ☐ **approve**：批准

I'll have to get the cost **approved** first. 我得先取得費用的批准。

037 ☐ **trouble**：麻煩，困難

I'm having **trouble** getting hold of last month's sales figures for our new line of menswear. 我在取得我們上個月新男裝系列的銷售數據方面遇到困難。
have trouble -ing：在做⋯遇到困難

038 ☐ **authorize**：授權，批准

I'm not **authorized** to give refunds. 我沒有權限辦理退款。

039 ☐ **check**：確認

I guess I'll **check** the theater's website to see if the show is still on.
我想我會上劇院網站確認一下，看那場表演是否還有在演。

040 ☐ **return**：退還

I think I'd rather just **return** it and get my money back.
我想我寧可退貨拿回錢好了。

041 ☐ **schedule**：行程，進度

It looks like we are going to be on **schedule**.
看起來我們會依照行程進度順利進行。

042 ☐ **make sense**：有道理，說得通

That **makes sense**. 那就說得通了。

重要單字與表達用語彙整 | 63

043 ☐ **private dining area**：私人用餐區

We have a **private dining area** that seats up to 30 people.
我們有一個最多可容納 30 人的私人用餐區。

044 ☐ **try out**：試用

You can **try out** our product and see how well it meets your needs.
您可以試用我們的產品，看是否符合您的需求。

045 ☐ **cost a fortune**：花大錢

I bet it would **cost a fortune**. 我敢說那會花不少錢。

046 ☐ **orientation**：新生訓練

I can get started with the **orientation**. 我可以開始進行新生訓練。

047 ☐ **security deposit**：押金，保證金

I can give you the money for the **security deposit** today.
我今天可以把押金交給您。

048 ☐ **renew**：更新，續訂，續約

I can **renew** your subscription now, if you'd like.
如果您願意，我現在可以幫您續訂。

049 ☐ **have... ready**：準備好…

We can **have** the cake **ready** for you first thing in the morning.
我們可以一早第一件事就幫您把蛋糕準備好。

050 ☐ **deadline**：截止期限

I don't mind working extra hours to meet **deadlines**.
為了在期限內完工，我不介意加班。

051 ☐ **afford**：有能力負擔

I don't think we could **afford** to do that. 我認為我們沒辦法負擔那樣做的費用。

052 ☐ **rush hour traffic**：尖峰時段的交通

I got stuck in **rush hour traffic**. 我在尖峰時段時塞在車陣當中了。

053 ☐ **annual physical exam**：年度身體檢查

I have an appointment with Dr. Park for my **annual physical exam**.
我和朴醫生約好要做年度的身體檢查。

054 ☐ **wrap up**：結束，收尾

I have to stay in London one more day to **wrap up** some business.
我必須在倫敦多待一天，把一些業務收尾。

055 ☐ **prescription**：處方

I just got a new glasses **prescription** from my eye doctor.
我剛從眼科醫生那裡拿到了一張配鏡度數單。

056 ☐ **document**：文件

I need a **document** that shows your current address.
我需要一份顯示你目前地址的文件。

057 ☐ **on time**：準時

I probably won't be able to make it **on time**. 我可能無法準時到達。

058 ☐ **scheduling conflict**：行程衝突

I recently withdrew from a course due to a **scheduling conflict**.
因為課程衝突，我最近退選了一個科目。

059 ☐ **automatic bank withdrawal**：銀行自動扣款

I use the **automatic bank withdrawal**. 我使用銀行自動扣款服務。

060 ☐ **available**：可取得的

I was wondering if you have any chocolate cakes **available**.
我想知道是否有巧克力蛋糕可以購買。

061 ☐ **estimates**：報價單（= quotes）

I will get a few **estimates** from some contractors.
我會找幾位承包商拿一些報價單。

062 ☐ **cater**：提供外燴服務

I wonder if they **cater**. 我在想他們是否有提供外燴服務。

重要單字與表達用語彙整 | 65

063 ☐ **exclusively**：排外地，僅只

I work almost **exclusively** on research. 我幾乎只從事研究工作。

064 ☐ **experiment**：實驗

We are going to work out an **experiment**. 我們即將進行一項實驗。

065 ☐ **assistant manager**：副理

I'd like to offer you the position of **assistant manager**.
我想提供您副理這個職位。

066 ☐ **out of the office**：不在辦公室

I'll be **out of the office** until later this afternoon.
我今天下午晚點才會進辦公室。

067 ☐ **urgent**：緊急的

I'll mark the order **urgent** to get it delivered tomorrow.
我會把這筆訂單標記為急件，讓它明天可以送達。

068 ☐ **favor**：恩惠

I'm calling to ask a **favor**. 我打電話來是想請你幫個忙。

069 ☐ **refreshments**：茶點

I'm going to be selling **refreshments**. 我打算賣些點心食品。

070 ☐ **short notice**：臨時通知

I'm sorry for the **short notice**. 很抱歉臨時通知您。

071 ☐ **newsletter**：（電子）快報

I'm trying to put together the **newsletter** for next month.
我正試著整理下個月的電子報。

072 ☐ **fuel**：燃料

I've been spending too much on **fuel** lately. 我最近加油的花費太多了。

073 ☐ **online**：上網，在線上

I've been trying all morning but I can't get **online**.
我整個早上都在嘗試連上網路，但就是連不上。

074 ☐ **extend**：延長

I've decided to **extend** my trip to do some sightseeing.
我決定延長我的旅程,四處觀光一下。

075 ☐ **subscribe**：訂閱(報紙、雜誌等)

I **subscribe** to your newspaper, but it didn't come yesterday.
我有訂閱貴社的報紙,但到昨天還沒收到。

076 ☐ **volunteer**：參與志工(服務)

In fact, I **volunteered** to help out during the concert.
其實,我在這場音樂會當中有參與志工服務。

077 ☐ **socially**：在社交方面

It is nice for the staff to get together **socially**.
員工能夠私下聚會一下是件好事。

078 ☐ **organize**：籌劃

It must have taken a lot of effort to **organize** the event.
籌辦這個活動一定花了不少心力吧。

079 ☐ **on foot**：步行

It will only take us 5 minutes to get there **on foot**. 我們走路過去那裡只要五分鐘。

080 ☐ **wheelchair accessible**：可供輪椅進出的

It's important that the dining area be **wheelchair accessible**.
用餐區有無障礙通道是很重要的。

081 ☐ **reimburse**：報銷

Just get the receipt for the cost so you can be **reimbursed**.
只要把費用的收據拿來,就可以報銷。

082 ☐ **flexibility**：彈性,靈活性

Let's see if Robert has any **flexibility** in his schedule.
我們來看一下 Robert 的行程是否有彈性調整空間。

083 ☐ **details**：細節

Let me explain some of the **details**. 我來說明一下一些細節。

重要單字與表達用語彙整 | 67

084 ☐ **stand out**：突出，顯眼

Make your résumé **stand out** from other applicants.
讓你的履歷從其他應徵者中脫穎而出吧。

085 ☐ **wish**：但願（適用假設語氣）

Oh, I **wish** I had known that before. 唉，要是我之前就知道那件事就好了。

086 ☐ **sick leave**：病假

One of our technicians called in **sick leave**.
我們有一位技術人員打電話來請了病假。

087 ☐ **appropriate**：適當的

Our events are **appropriate** for children as well as adults.
我們的活動適合兒童與成人參加。

088 ☐ **attract**：吸引（關注、興趣等）

Our new products have **attracted** some interest from overseas.
我們的新產品已經吸引了一些海外顧客關注。

089 ☐ **cost a little more**：稍微貴一點

Our product line does **cost a little more** than others.
我們的產品系列確實比其他品牌稍微貴一些。

090 ☐ **promptly**：迅速地

Thanks for getting back to me so **promptly**. 謝謝你這麼快就回覆我。

091 ☐ **exactly**：正是

That's **exactly** what I was thinking. 那正是我所想的！

092 ☐ **electricity**：電力

The car runs mostly on **electricity** instead of gasoline.
這輛車主要是靠電力運行，不是用汽油。

093 ☐ **valid**：有效的

The certificate is **valid** for a year. 這張證書效期為一年。

094 ☐ **be almost out of**：幾乎要用完⋯了

68

The chef **is almost out of** ingredients for the chicken.
主廚做雞肉料理的材料幾乎要用完了。

095 ☐ **relocation expenses**：搬遷費用

The company will cover all your **relocation expenses**.
公司將負擔您所有的搬遷費用。

096 ☐ **walking distance**：步行可達的距離

The gallery is within **walking distance**. 走幾步路就到畫廊了。

097 ☐ **be supposed to**：預計要，應該要

The lecture **is supposed to** start in 15 minutes.
這場講座預計在 15 分鐘後開始。

098 ☐ **seasonal allergies**：季節性過敏

The medicine is for my **seasonal allergies**. 這藥是給我治療季節性過敏用的。

099 ☐ **close by**：就在旁邊

The museum is **close by**. 博物館就在旁邊。

100 ☐ **behind schedule**：進度落後

The shipment is **behind schedule**. 這批貨運的進度已經延遲了。

The project is **behind schedule**. 這個專案進度落後了。

101 ☐ **peel off**：剝落

The paint on the door is **peeling off**. 門上的油漆正在剝落。

102 ☐ **first come, first served**：先到先得

The space is available on a **first come, first served** basis.
該空間採取先到先得的方式使用。

103 ☐ **choose from**：從…選擇

There are a lot of dishes to **choose from**. 有很多道菜可供選擇。

104 ☐ **leak**：漏出

There must be a **leak**. 一定有個地方會漏。

105 ☐ **locally grow**：當地種植

These strawberries are **locally grown**. 這些草莓是土生土長的。

106 ☐ **understaffed**：人手不足的

They're **understaffed** and they're trying to find more employees.
他們人手不足，且正試圖尋找更多員工。

107 ☐ **regular hours**：正常營業時間

This schedule shows our **regular hours**. 這時間表顯示了我們的正常營業時間。

108 ☐ **suited**：合適的

This software package is better **suited** to my department's needs.
這個軟體套件更適合我們部門的需求。

109 ☐ **often**：經常

Trains run pretty **often**. 火車班次相當頻繁。

110 ☐ **reverse**：顛倒

Two of the digits were **reversed**. 有兩個數字顛倒了。

111 ☐ **process**：處理

Unfortunately, several refunds weren't **processed** on time.
很遺憾，有幾筆退款未能準時處理。

112 ☐ **routine maintenance**：定期保養

We'll be doing **routine maintenance** on your apartment next week.
我們將在下週對您的公寓進行定期保養。

113 ☐ **heads-up**：事先告知

Thanks for the **heads-up**. 謝謝（您）事先告知。

114 ☐ **memorabilia**：紀念品（= souvenirs）

Sports **memorabilia** collection 運動紀念品收藏

cf. memorabilia 為複數名詞

MEMO

PART 5 6 7

歷屆考題常見的單字及用語總整裡

Part 5 是文意字彙題。此部分除了文法考題之外，也經常出現單字、字詞的變化形題目，因此分辨單字本身的詞性非常重要。對於 Part 5，若遇到不確定的題目，反而選擇較短的單字更容易答對。這是因為 TOEIC 出題委員中有心理學家，會利用初學者在遇到難題時傾向選擇較長單字的心理，設計刁鑽的難題（所謂「Killer 問題」）通常出現在這個PART的最後（第 130題），但只要熟悉本書中的單字，實際考試時一定會有好成績。

對初學者來說，只需學習每個單字右方的短語（phrase）與其下方的說明；而對中高級考生，則建議連例句都一併熟練。日本的 TOEIC 單字教材通常只提供短句與說明，能有效縮短學習時間，本書的 Part 5/6/7 則活用了這項優點。然而，無論如何，要培養出能夠自然且快速閱讀 TOEIC Part 7 文章的實力，就必須完整吸收本書所提供的所有例句。

這章是本書最關鍵、最精華的部份！完整收錄了歷屆 Part 5/6/7 Reading Comprehension 考出來的單字，以及本書出版前出現過的最新、最實用的字詞。為了蒐集這些字詞，我們投入了極大的努力與長時間的心血，懇請大家懷著熱情反覆背誦記憶。

縮寫說明		
	a.	形容詞（adjective）
	adv.	副詞（adverb）
	n.	名詞（noun）
	v.	動詞（verb）
	conj.	連接詞（conjunction）
	phr.	片語（phrase）
	idiom	慣用語
	prep.	介系詞（preposition）

TOEIC

PART 5/6/7

New Updated List
★★★★★

在歷屆考題中，出現超過 5 次以上的字詞，
列表中的每一個單字都相當重要、必須最優先記憶的字詞。

☐ **a few** [əˈfju] – a few visuals (a.) 一些圖片資料　★★★★★

● a few/few 後面需接複數名詞。雖然是基本內容，但仍有許多考生常常答錯。

A few visuals will help to illustrate the concept more clearly.
一些圖片資料將有助於更清楚說明這個概念。

☐ **abruptly** [əˈbrʌptlɪ] (= **suddenly; in a quick and unexpected manner**) – abruptly change direction 突然／出其不意地改變方向　★★★★★

● 用來描述意料之外的變化或情況，是近期 TOEIC 閱讀題中，在前後文突然出現語意轉變時，常見的單字。

The CEO **abruptly** changed direction last week, surprising the entire team.
執行長上週突然改變方向，讓整個團隊都感到驚訝。

● 和 abruptly 一起出現的常見搭配用語如下：
abruptly end 突然結束　　abruptly leave 突然離開
abruptly stop 突然停止　　abruptly cancel 突然取消

☐ **adversely** [ˈædvɚslɪ] – adversely affect (adv.) 不利地影響　★★★★★

The new law may **adversely** affect small businesses.
新法可能會對小型企業產生不利影響。

● 是多益常考的副詞選擇題裡的正確答案單字。

☐ **aim** [em] – aim to improve the service (v.) 以改善服務為目標　★★★★★

● 常以「aim to-V」的形式出現。

She **aims to** become a successful entrepreneur. 她的目標是成為一位成功的創業家。

● aim 是動詞與名詞同形單字，請記住「The aim/purpose/goal/objective is to-V」這種句型！具有「目的」意涵的名詞，與不定詞當形容詞的用法經常搭配在一起使用。

Our **aim** is to provide the best customer service. 我們的目標是提供最好的客戶服務。

☐ **alleviate** [əˈliviˌet] – alleviate pain (v.) 緩解疼痛　★★★★★

● 該單字中的 lev 含有「輕的（light）」之意，因此能讓物體變輕而舉起來的工具就叫做 lever（槓桿）。

The medication helped **alleviate** her symptoms. 這種藥物有助於緩解她的症狀。

☐ **alternative** [ɔlˈtɝnətɪv] – an alternative solution (a.) 替代的解決方案

★★★★★

The team proposed an **alternative** plan to avoid potential risks.
團隊提出了一個避免潛在風險的替代方案。

- alternative 當名詞時表示「替代方案」，當形容詞時表示「替代的」，常與介系詞 to 搭配使用。
- 請與 alternation（交替，輪流），alternate（交替的，輪流的）區分清楚！

We need to find an **alternative** to the current plan.
我們必須找到一個替代目前計畫的方案。

☐ **amenity** [ˈmɛnətɪ] – a wide range of amenities (n.) ★★★★★
各式各樣的便利設施
- amenity 指的是「飯店的便利設施，例如客房內提供的咖啡，洗髮精等物品」。在 TOEIC 考試中，甚至曾經出過「客房內的咖啡也包括在內！」的題目。

The hotel offers various **amenities**, including a fitness center.
那間飯店提供各種便利設施，包括健身中心。

☐ **applause** [əˈplɔz] – thunderous applause (n.) 如雷貫耳的掌聲 ★★★★★
- 也要記住 enthusiastic applause（熱烈的掌聲）這個常見考題用語！

The crowd gave thunderous **applause** after the performance.
演出結束後，觀眾給予如雷掌聲。

☐ **assure** [əˈʃʊr] **(= promise)** – assure someone that everything is okay (v.)
向某人保證一切都沒問題 ★★★★★
- 請區分 「assure someone that S + V」 和 「ensure that S + V」 的用法！（請參閱 ensure that）

He **assured** her that the project would be completed on time.
他向她保證這個專案會準時完成。

☐ **benefits package** [ˈbɛnəfɪts ˈpækɪdʒ] – a comprehensive benefits package (n.) 完善的福利制度／福利方案 ★★★★★

The company offers a comprehensive **benefits package** to all its employees.
該公司為所有員工提供完善的福利方案。

☐ **boost** [bust] – boost sales figures (v.) 提高銷售數據 ★★★★★
- boost sales 這個用語不僅出現在舊多益（1996 年 9 月），也出現在近年的考題（2023，2024 年）。

The new campaign aims to **boost** sales. 這項新活動旨在刺激銷售。

☐ **common** [ˈkɑmən] – common interests among friends (a.) ★★★★★
朋友之間的共同興趣

● 「have something in common with（和⋯有共同點）」也一定要記住！

I **have something in common with** my best friend. 我和我最好的朋友有共同點。

● common 的基本意思是「一般的，常見的」。

It's **common** for people to experience some stress at work.
人們在工作中經歷一些壓力是很常見的。

☐ **complimentary** [ˌkɑmpləˈmɛntərɪ] – complimentary tickets (a.) ★★★★★
免費的票券

The hotel offered a **complimentary** breakfast. 那間飯店提供免費早餐。

● complimentary 也有「稱讚的」意思。和 complementary（補充的）發音相同但拼法不同，請注意！

☐ **curriculum vitae** [kəˌrɪkjələm ˈviˌte] – update one's curriculum vitae (n.)
更新**履歷表** ★★★★★

● curriculum vitae 可縮寫為 CV。知道 resume（履歷表）還不夠，curriculum vitae 是英國常用的長格式履歷。相關詞彙像是 cover letter（自我介紹信），transcript（成績單）也一定要記下來！在〈Part 7〉中當出現 Tom 要學習如何寫好 CV，並出了一題「Tom 是誰？」的題目，正確答案是「正在準備就業的人」。如果不認識 CV 就會選錯。把這個單字當作重要詞彙來講解的多益單字書並不多。

She sent her **curriculum vitae** to several potential employers.
她將自己的履歷表寄給了幾位可能的雇主。

☐ **depending** [dɪˈpɛndɪŋ] **on** – depending on the circumstances (prep.)
依情況**而定** ★★★★★

The picnic will be held outdoors, **depending on** the weather.
這次野餐將視天氣情況決定是否在戶外舉行。

☐ **deposit** [dɪˈpɑzɪt] – deposit the money in the bank (v.) ★★★★★
將錢**存入**銀行／存款

● deposit（存款）↔ withdraw money from the bank（提款）

She **deposited** her paycheck into her savings account. 她把薪水存入了自己的儲蓄帳戶。

● deposit 可以當動詞也可以當名詞。

☐ **designated** [ˈdɛzɪɡˌnetɪd] – a designated driver (a.) 指定的司機 ★★★★★

● designated driver 不是指我們說的代駕，而是指在一群人中被指定「不喝酒並負責開車回家的那位朋友」。

Smoking is allowed only in the **designated** area. 僅能在指定區域內吸菸。

☐ **determine** [dɪˈtɝmɪn] – determine the cause of the problem (v.) ★★★★★
查明問題的原因

The investigation aims to **determine** the cause of the accident.
這項調查的目的是查明事故的原因。

● 「determine whether S + V（決定是否…）」的句型也要記住！

We need to **determine** whether the plan is feasible. 我們必須決定這項計畫是否可行。

☐ **dip** [dɪp] **(= immerse)** – dip in a can (v.) 浸入罐中 ★★★★★
She was **dipping** the brush in a can of paint. 她正將畫筆浸入一罐油漆中。

☐ **dip** [dɪp] **(= decrease)** – a dip in sales (n.) 銷售下降 ★★★★★
● dip 在〈Part 1〉通常以「浸入」的意思出題，在〈Part 5〉通常則以「下降」的意思出題。

There was a noticeable **dip** in sales during the holiday season.
假期期間銷售出現明顯下滑。

☐ **discipline** [ˈdɪsəplɪn] – maintain discipline in the team (n.) ★★★★★
維持團隊紀律

Self-**discipline** is key to success. 自律是成功的關鍵。

● discipline 除了「紀律」之外，還有「學科」、「訓練」等意思，是個多義詞。作為動詞時也有「訓練、管教」的意思。

Biology is a scientific **discipline**. 生物學是一門科學學科。

Parents must **discipline** their children. 父母必須管教好自己的孩子。

☐ **enable** [ɪˈnebl] – enable easier access to data (v.) ★★★★★
使能夠更容易存取資料

● 請熟記「enable / encourage / persuade / motivate / inspire / cause / urge / allow + 受詞 + to-V」的句型用法！

The new software **enables** faster processing of information. 新軟體能讓資訊處理得更快。

☐ **expose** [ɪkˈspoz] – expose children to new ideas (v.) ★★★★★
讓孩子接觸新想法

● 記住「expose A to B」這個用法，及其名詞形 exposure 和介系詞 to（exposure to… …的暴露／接觸）。

The program aims to **expose** children **to** new ideas and cultures.
該計劃旨在讓兒童接觸新的想法與文化。

- ☐ **fad** [fæd] – a passing fad (n.) 一時的流行 ★★★★★
  - ●〈Part 6〉曾考過這個單字，若不認識就會選錯。文中強調要忽略一時的流行（ignore fads），而堅守傳統。這個單字的反義字有 classic（經典）、tradition（傳統）。

  The hula hoop was a popular **fad** in the 1950s. 呼拉圈是 1950 年代風行一時的流行玩具。

- ☐ **focus** [ˈfokəs] – focus on the main points (v.) 專注於重點 ★★★★★
  - ● focus 也可作為名詞使用，常搭配的介系詞是 on。像 focus（集中）/ impact（影響）/ emphasis（強調）/ concentration（專注）這類具有「集中」或「影響」意思的名詞，通常都和 on 搭配使用。

  The discussion **focused on** key issues. 討論聚焦於主要議題。

- ☐ **hearty** [ˈhɑrtɪ] – a hearty breakfast (a.) 豐盛的早餐 ★★★★★
  - ● hearty 雖也有「真誠的」意思，但在 TOEIC 考試中常以「豐盛的」出題。此單字先在日本的 TOEIC 考試中出現，後來也在韓國考試中出題。

  She enjoyed a **hearty** breakfast before starting her day.
  她在開始一天的行程前享用了一頓豐盛的早餐。

- ☐ **land** [lænd] – land a job (v.) 獲得一份工作 ★★★★★
  - ● land 用於 land a job 時，表示 obtain（獲得）、achieve（達成）、secure（爭取到）、gain（取得）的意思，因此在 TOEIC 中是很重要的用法。

  After months of searching, he finally **landed** a job at a top law firm.
  經過數月的求職後，他終於找到了在一間頂尖律師事務所的工作。
  - ● land 也有「土地」及「（飛機）著陸」的意思。

  The plane **landed** safely. 飛機安全著陸了。

- ☐ **leading** [ˈli͵dɪŋ] – a leading expert (a.) 具領導地位的專家 ★★★★★
  - ● leading 表示「最重要或最成功的（most important or most successful）」，是非常常見的 -ing 形容詞。在 TOEIC 中高頻出現。另外補充一下，lead 本身也可以當作形容詞使用，例如 lead role（主角），lead actor/actress（男/女主角）。

  She is a **leading** expert in artificial intelligence. 她是人工智慧領域的頂尖專家。

- ☐ **likely** [ˈlaɪklɪ] – a likely outcome (a.) 可能的結果 ★★★★★

  It's **likely** to rain tomorrow. 明天很可能會下雨。
  - ● likely 可以當形容詞也可以當副詞。

- ☐ **limited** [ˈlɪmɪtɪd] – limited time (a.) 有限的時間 ★★★★★

Due to **limited** space, only a few guests can attend the event.
由於空間有限，僅有少數賓客可以參加此活動。

☐ **lingering** [ˈlɪŋgɚɪŋ] (= **remaining**) – lingering doubts (a.)
揮之不去的懷疑／殘留的疑慮 ★★★★★
- 雖然本書也有介紹 lingering 作為現在分詞的用法，但這個字的形容詞用法難度較高，常出現在 PART 5 的第 130 題。

He couldn't shake off the **lingering** doubts about his decision.
他無法擺脫對自己決定的殘留疑慮。

☐ **locally** [ˈlokəlɪ] – locally sourced (adv.) 在地／當地取得的 ★★★★★
- locally 的意思是「地區性地、在當地（in a particular area or neighborhood）」。比起形容詞 local，副詞 locally 更常被出題。

The vegetables are grown **locally** and sold at the farmer's market.
這些蔬菜是在地種植的，並在農夫市集有販售。

☐ **many** [ˈmɛnɪ] – Many attended the concert. (n.) 許多人參加了那場音樂會。
★★★★★
- many 當代名詞時可以單獨作為主詞使用，可以當形容詞與名詞。

Many were disappointed by the cancellation of the event.
許多人因活動取消而感到失望。

☐ **markdown** [ˈmɑrkˌdaʊn] – apply a markdown (n.) 套用價格折扣 ★★★★★
The store is offering **markdowns** on all items. 那家商店的所有商品價格都有折扣。

☐ **nursery** [ˈnɝsərɪ] – a local nursery (n.) 在地的苗圃 ★★★★★
- nursery 雖然有「幼兒園」或「托兒所」的意思，但在 TOEIC 中常以 plant nursery（苗圃）的意思出現。歷屆的閱讀測驗中常以這個意思出現，請多加注意。

The **nursery** specializes in rare and exotic plants.
那家苗圃專門培育稀有而奇特的植物。

☐ **on a regular basis** [ˈrɛgjələ ˈbesɪs] (= **regularly**) – (phr.) 定期地 ★★★★★
- on 曾作為正確答案出題。on a ~ basis 結構中，~ 的位置可放入不同單字或片語來使用，例如：on a daily basis（每日）、on a regular basis（定期）、on a part-time basis（兼職）、on a full-time basis（全職）、on a voluntary basis（自願）、on a case-by-case basis（按個別情況）、on a contractual basis（依合約）、on an as-needed basis（依需要）、on a rotational basis（輪流）、on an ongoing basis（持續地）。

The team meets **on a regular basis** to discuss project updates.
團隊定期開會討論專案最新進度。

☐ **pollutant** [pəˈlutənt] **(= contaminant)** – an air pollutant (n.) 空氣污染物
★★★★★

● pollution 是不可數名詞，意指「污染」；而 pollutant 是可數名詞，意指「污染物」。
Factories emit various **pollutants** into the air. 工廠將各種污染物排放到空氣中。

☐ **proceed** [prəˈsid] – proceed with the plan (v.) 進行計畫
proceed to the next step (v.) 進入下一步驟
★★★★★

● proceed with + 事情：進行某事；proceed to + 地點：前往某地。
They decided to **proceed with** the project despite the challenges.
儘管面臨挑戰，他們仍決定繼續進行這個專案。

☐ **referral** [rɪˈfɝəl] – a referral from a friend (n.) 朋友的推薦
★★★★★

● referral 有「介紹、推薦」的意思，是 TOEIC 聽力與閱讀中常見的重要單字。
She got the job through a **referral** from a friend. 她是透過朋友的推薦獲得這份工作的。

☐ **regular** [ˈrɛgjələ]– regular intervals (a.) 規律的／定期的間隔
★★★★★

She exercises at regular times each day. 她每天固定時間運動。

● 名詞 regular 表示「常客／老主顧（regular customer）」。

A few **regulars** mentioned the new changes positively.
幾位常客對新的改變表示正面看法。

☐ **respective** [rɪˈspɛktɪv] – return to one's respective homes (a.) 各自的家
★★★★★

The students went back to their **respective** classrooms. 學生們各自回到了自己的教室。

☐ **respectively** [rɪˈspɛktɪvlɪ] – respectively noted (adv.) 個別地記錄
★★★★★
The chairman and the CEO, **respectively**, agreed on the proposal.
董事長與執行長分別同意了該提案。

● 請注意與 respectful（有禮貌的）、respectable（值得尊敬的）做區別！

☐ **risky** [ˈrɪskɪ] – risky investment (a.) 有風險的投資
★★★★★
The venture is considered **risky**. 這項創業計畫被認為風險很高。

● risk 可以當動詞與名詞。當動詞時，後面接動名詞作為其受詞。

He didn't want to **risk** missing the train, so he left home early.
他不想冒著錯過火車的風險，所以提早出門了。

☐ **serve** [sɝv] **as** – serve as a mentor (v.) 擔任導師的角色　★★★★★
He **served as** a volunteer for many years. 他擔任了多年的志工。

She will **serve as** the interim manager until a permanent one is hired.
她將暫時擔任經理，直到聘任正式人選為止。
● 別忘了背下 serve 的名詞形 service（服務）！

☐ **set to hit store shelves** – (idiom) 即將上架　★★★★★
● 這裡的 hit 有 reach 的意思，是 TOEIC 閱讀 Part 7 的同義字考點。

The latest smartphone **is set to hit store shelves** this summer.
最新款智慧型手機預計在今年夏天上市。

☐ **shift** [ʃɪft] – shift the focus (v.) 轉移焦點　★★★★★
She had to **shift** her focus to a different project. 她必須將注意力轉移到不同的專案上。
● shift 可以當動詞與名詞。當名詞時意思為「變化、輪班」。

There was a **shift** in the company's strategy. 公司在策略上出現了變化。
● 請記住 shift supervisor（輪班主管）這個詞，這裡的 shift 曾是考題中的正確答案，而 shifting、shifted 則作為干擾的選項。

The **shift supervisor** ensured that all employees followed the safety protocols during their shifts. 輪班主管確保所有員工在輪班期間都遵守安全規範。

☐ **simultaneously** [ˌsaɪməlˈtenɪəslɪ] (= at the same time)　★★★★★
– occur simultaneously (adv.) 同時發生
The two events will occur **simultaneously**. 這兩項活動將同時舉行。

☐ **store** [stɔr] – store the information (v.) 儲存／保存資訊　★★★★★★
She likes to **store** her books neatly on the shelves. 她喜歡把書整齊地收在書架上。
● store 作動詞時為「儲存、備妥」，作名詞時可指「商店」或「儲備、儲藏」。

The **store** is open until 9 p.m. 那間店營業至晚上 9 點。

We have a lot in **store** for you today. 我們今天為你準備了很多精彩內容。

☐ **strategy** [ˈstrætədʒɪ] – an effective strategy (n.) 有效的策略　★★★★★
We need a new **strategy** for marketing. 我們需要一個新的行銷策略。
● 在「be strategically/conveniently/centrally/agreeably/perfectly located（位於⋯地點）」這個用語中，副詞通常為考點。

The hotel **is conveniently located** near the city center.
該飯店位於市中心附近，地點相當便利。

☐ **streamline** [ˈstrimˌlaɪn] – streamline the process (v.) 簡化流程　★★★★★
The company **streamlined** its operations to cut costs.
該公司為了降低成本而簡化營運流程。

☐ **be subject** [ˈsʌbdʒɪkt] **to** – be subject to change (phr.)　★★★★★
可能有變動的風險
- 「be subject to + 名詞」是固定用法，此處的 change 是名詞（to 是介系詞）。cf. be required to + V（被要求做某事）

The schedule **is subject to** change without notice.
行程可能在未事先通知的情況下更動。

☐ **tailored** [ˈtelɚd] – tailored to fit (a.) 精心設計以符合需求　★★★★★
The program is **tailored** to meet individual needs.
這個方案是為了滿足個別需求而特別設計的。

☐ **tend** [tɛnd] – tend to the garden (v.) 照料花園　★★★★★
- 「tend to + 名詞」表示「照料……」，而「tend to + V」表示「傾向於做……」。

She **tends to** her children with great care. 她非常細心地照顧孩子們。

People **tend to** exercise more in the spring and summer months.
人們在春天和夏天比較常運動。

☐ **timely** [ˈtaɪmlɪ] – a timely response (a.) 及時的回應　★★★★★
- timely（及時的）、lovely（可愛的）、costly（昂貴的）、orderly（有秩序的）、friendly（友善的）、lively（生氣勃勃的）雖然結尾是 -ly，但它們是形容詞。

His **timely** response to the emergency helped prevent further damage.
他對突發狀況的及時回應有助於防止進一步的損害。

☐ **underwrite** [ˈʌndɚˌraɪt] – underwrite the startup's plan (v.)
同意承擔新創公司計畫的費用　★★★★★
- underwrite 是「批准資金支援」的意思，若不熟悉這個單字，可能會在 TOEIC 閱讀中答錯。

The new startup **was underwritten** by a venture capital firm.
這家新創公司獲得了一家創投公司的資金支援。

☐ **until further notice** [ˈfɝðɚ ˈnotɪs] – remain closed until further notice (phr.) 目前關閉，開放**時間另行通知** ★★★★★
- 建議將 until further notice 當作固定片語記憶！是常見考題。

The store will remain closed **until further notice**.
這間商店將暫時關閉，營業時間另行通知。

☐ **versatile** [ˈvɝsətəl] – a versatile tool (a.) **多功能的工具** ★★★★★
- versatile 意為「多才多藝的」、「用途廣泛的」。

This knife is very **versatile** in the kitchen. 這把刀在廚房中用途非常廣泛。

☐ **waive** [wev] – waive the fee (v.) **免除**費用 ★★★★★

The bank agreed to **waive** the late fee. 銀行同意免除滯納金。

☐ **window** [ˈwɪnˌdo] **(= period; a limited time frame)** – registration window 登記**期間／時段** ★★★★★
- window 除了「窗戶」這個基本意思，也有「（有限的）時間範圍」之意，這是 TOEIC 閱讀中常見的同義詞考點。不懂這個意思可能會錯過正確答案。請務必記住以下片語：
  application window（申請期間）、booking window（預約期間）、submission window（提交期間）、service window（服務提供時間）、enrollment window（註冊期間）、access window（可存取時間）

The submission **window** for the contest will be open from October 1 to October 15.
這項比賽的提交期間為 10 月 1 日至 10 月 15 日。

MEMO

TOEIC

PART 5/6/7

New Updated List

★★★★

出現超過4次的字詞列表

☐ **abstract** [æbˈstrækt] – an abstract concept (a.) **抽象的**概念 ★★★★

The artist's work is very **abstract**. 那位藝術家的作品非常抽象。

● abstract 當名詞時有「（論文等的）摘要、概要」的意思。

The **abstract** of the research paper was very informative.
這篇研究論文的摘要非常有資訊量。

☐ **abundant** [əˈbʌndənt] – abundant resources (a.) **豐富的**資源 ★★★★

The area is **abundant** in natural beauty. 這地區充滿自然之美。

☐ **access** [ˈækˌsɛs] – access the database (v.) **存取**資料庫 ★★★★

Only authorized personnel can **access** the restricted area.
只有獲得授權的員工才能進入限制區域。

● 請記住「have access to + 名詞（能夠接觸／使用…）」這個用語！

Students have **access** to the library resources. 學生們可以使用圖書館資源。

☐ **accommodate** [əˈkɑməˌdet] – accommodate guests (v.) **容納**客人 ★★★★

The hotel can **accommodate** up to 500 guests. 這間飯店最多可容納 500 位客人。

☐ **account** [əˈkaʊnt] – give an account of the events (n.) **敘述**事件 ★★★★

She gave a detailed **account** of her travels. 她詳細描述了自己的旅行經歷。

● 與 account 相關的片語 on account of（因為…）也很重要！

The game was canceled **on account of** the rain. 比賽因雨取消了。

☐ **acquire** [əˈkwaɪr] – acquire new skills through training (v.)
透過訓練**學會了**新技能 ★★★★

She **acquired** several new skills during the workshop.
她在研討會期間學會了幾項新技能。

● acquire 是及物動詞，後面直接接受詞。而 merge（合併）則需接 with。TOEIC 常考比較題，請務必牢記！

The company plans to **merge with** a competitor next year.
這家公司計畫明年與一家競爭對手合併。

☐ **adapt** [əˈdæpt] – adapt quickly (v.) 迅速**適應** ★★★★

● ad(= to) + apt：使合適 → 使適應，改編（作品）

● 注意！adept = skillful（熟練的），而 adopt: ad(= add)+opt(= choose): 採用，收養

The company **adapted to** the new market conditions. 公司已經適應了新的市場環境。

New Updated List | 87

☐ **adjacent** [əˈdʒesənt] – **adjacent to** the school (a.) 緊鄰學校的　★★★★
- adjacent 常與 to 搭配使用。

The new office building is **adjacent to** the old one. 新辦公大樓緊鄰舊大樓。

☐ **adopt** [əˈdɑpt] – **adopt a child** (v.) 收養孩子　★★★★

They decided to **adopt** a child from the orphanage. 他們決定從孤兒院收養一名孩童。

- opt 是「選擇」的意思，ad[= to, add] + opt[= choose] → 「選擇」→ 引申為「收養」、「採用」

The company **adopted** a new policy on remote work. 公司採用了新的遠距工作政策。

☐ **advance** [ədˈvæns] **to** (= move forward to)　★★★★
– advance to the next phase (v.) 邁入下一階段

- advance to 表示邁入新的階段或等級。通常用來說明在完成所需工作後，推進到專案或研究的下一步。

They collaborated on **advancing to** the next phase of the project, ensuring all preliminary tasks were completed efficiently.
他們合作推進到專案的下一階段，確保所有前期任務都有效完成。

The software developers worked on **advancing to** the latest version of the application, which included several new features and improvements.
軟體開發人員正致力於將應用程式升級至最新版本，其中包含幾項新功能與改良。

- 順帶一提，類似的片語 advancements to (= improvements to) 表示「針對某事的改善或進展」，常用於科技、裝置、軟體等方面，表示開發成果所帶來的創新性變化。

They worked on **advancements to** the software, implementing new features and improving user experience. 他們針對該軟體進行改善，加入新功能並提升使用者體驗。

The team worked together on **advancements to** the medical device, ensuring it met the latest health and safety standards.
該團隊共同努力改進醫療設備，使其符合最新健康與安全標準。

- 總結：advance to 表示邁向新階段／水準。advancements to 表示針對某物的進步／改良。最近 TOEIC 出現了這兩者區別的題目設計，難度逐漸升高，務必確實掌握！

☐ **advantage** [ədˈvæntɪdʒ] – a significant advantage in the job market　★★★★
(n.) 就業市場中的顯著優勢

There are many **advantages** to using this software. 使用這套軟體有許多好處。

- advantage over 意為「相較於…的優勢」，over 常被考為正確介系詞選項。

She has an **advantage** over her competitors. 她比她的競爭對手更有優勢。

☐ **affordable** [əˈfɔrdəbl] – affordable housing (a.) 可負擔的住房 ★★★★
- affordable 的同義詞有：cheap（便宜的）、economical（經濟實惠的）、budget-friendly（符合預算的）、cost-effective（具成本效益的）、reasonable（合理的）——都要記住！

The city council is working to provide more **affordable** housing options.
市議會正努力提供更多價格親民的住房選項。

☐ **allocate** [ˈæləˌket] – allocate resources efficiently (v.) 有效分配資源 ★★★★
The project manager will **allocate** tasks to the team. 專案經理將會把任務分配給團隊。

☐ **allow** [əˈlaʊ] + 受詞 + **to-V** – allow her to explain (phr.) 允許她解釋 ★★★★
The teacher **allowed** the students **to** ask questions. 老師允許學生們發問。

☐ **ample** [ˈæmpl] – ample opportunities for growth (a.) 充分的成長機會 ★★★★
- ample 的同義詞有：abundant（豐富的）、plentiful（大量的）、sufficient（充足的）、copious（豐沛的）、bountiful（充裕的）、generous（慷慨的）、profuse（大量的）、extensive（廣泛的）、adequate（足夠的）、lavish（豐富奢華的）

There was **ample** evidence to support the claim. 有充足的證據來支持這項主張。

☐ **analysis** [əˈnæləsɪs] – conduct a comprehensive analysis (n.) ★★★★
進行全面性的分析
- analysis 的同義詞：breakdown（分析、拆解），在閱讀測驗中常作為同義替換出題。

The **analysis** revealed several key insights. 這項分析揭示了幾項關鍵的見解。

☐ **anticipate** [ænˈtɪsəˌpet] – anticipate the needs of customers (v.) ★★★★
預期顧客需求
- anticipate 常與以下副詞搭配：
keenly（敏銳地）、greatly（非常地）、fervently（熱切地）、avidly（熱衷地）、eagerly（渴望地）、intensely（強烈地）、expectantly（滿懷期待地）、ardently（熱情地）、zealously（熱心地）

We need to **anticipate** potential problems before they arise.
我們必須在問題發生前預期會有潛在風險。

☐ **apparently** [əˈpærəntlɪ] – be apparently postponed (adv.) ★★★★
似乎被延後了

The meeting has **apparently** been moved to next week.
這場會議看起來已被延後至下週。

New Updated List | 89

☐ **append** [əˈpɛnd] – append a document (v.) 附加一份文件 ★★★★
Please **append** the necessary documents to your application.
請將所需文件附加至您的申請表中。

☐ **aptitude** [ˈæptəˌtjud] – show aptitude (n.) 展現出天賦／才能 ★★★★
She showed great **aptitude** for mathematics. 她展現了對數學的高度天賦。
● 補充：attitude 是「態度」的意思，和 aptitude（才能）不要混淆。

☐ **archive** [ˈɑrˌkaɪv] – access the archive (n.) 存取檔案庫 ★★★★
The library has a vast **archive** of historical documents.
這座圖書館擁有龐大的歷史文獻資料庫。
● archive 也可作動詞，意為「歸檔、存檔」：
They decided to **archive** the old files. 他們決定將舊檔案存檔保存。
● 複數 archives 常指「檔案館」：
The old letters were found in the **archives**. 那些舊信件是在檔案館中被發現的。

☐ **arduous** [ˈɑrdʒuəs] – an arduous task (a.) 艱鉅的／吃力的任務 ★★★★
Climbing the mountain was an **arduous** task. 登上那座山是一項艱難的任務。
● 同義詞：challenging, strenuous, difficult, laborious, demanding, grueling, tough, hard, exhausting, backbreaking。其中前三個需特別記住！

☐ **an array** [əˈre] **of** – an array of options (phr.) 一系列選項 ★★★★
The store offers **an array of** products to choose from.
這間商店提供多樣商品供顧客挑選。
● 常見的類似表達：「a(n) + 名詞 + of + 複數名詞」結構：
a collection of（收藏的）、a variety of（各式各樣的）、a range of（範圍內的）、a multitude of（大量的）、a series of（一連串的）、a bunch of（一束／一堆）、a set of（一組）、a host of（許多）

☐ **as of** – as of July 1st (prep.) 自 7 月 1 日起 ★★★★
● as of = effective / starting / beginning + 時點，表示「從某時間點起開始生效」。
● 注意！as of 後面不能再接 on Monday 這樣的片語，因為 of 之後不再接介系詞。
As of July 1st, all employees must submit their reports electronically.
自 7 月 1 日起，所有員工必須以電子方式提交報告。

☐ **assembly** [əˈsɛmblɪ] (= **putting together**) – do the assembly (n.) 組裝 ★★★★

To reduce costs, customers do the **assembly** themselves.
為了降低成本，顧客會自行組裝。

☐ **assorted** [əˈsɔrtɪd] – assorted candies (a.) 各式各樣的／多樣性的糖果 ★★★★
The gift basket contains **assorted** chocolates. 禮品籃中有多種巧克力。
- 「assorted + 複數名詞 / an assortment of + 複數名詞（各種各樣的～）」這種形式一定要記住！曾出現在考題中。

The gift box contains **an assortment of** chocolates. 禮品盒中包含各種巧克力。

☐ **assume** [əˈsum] – assume responsibility for the task (v.) ★★★★
承擔該任務**的**責任
- assume 除了有「假設、推測」的意思之外，也以「承擔（責任等）」的意義出現在考題中。補充說明，類似形式的 resume 是「重新開始」的意思。

He **assumed** the role of project manager. 他承擔了專案經理這個角色。

☐ **attempt** [əˈtɛmpt] – attempt a new approach (n.) 嘗試新方法 ★★★★
He **attempted to** solve the puzzle. 他嘗試解開那個謎題。

☐ **audio-visual** [ˌɔdioˈvɪʒuəl] – audio-visual equipment (a.) 視聽設備 ★★★★
The conference room is equipped with **audio-visual** aids. 會議室配備了視聽輔助設備。

☐ **avid** [ˈævɪd] – an avid reader (a.) 熱情的讀者 ★★★★
- avid 的第一個意思是「貪婪的」。

She is an **avid** reader who loves to read in her spare time.
她是一位熱愛在空閒時間閱讀的熱情讀者。

☐ **aware** [əˈwɛr] – be aware of the risks (a.) 意識到風險 ★★★★
- 表示「認知、察覺」的形容詞常與 of 搭配。請記住：be aware/conscious/cognizant of。

It's important to **be aware of** the potential hazards. 意識到潛在危險是很重要的。

☐ **baggage allowance** [ˈbæɡɪdʒ əˈlaʊəns] ★★★★
– check the baggage allowance (n.) 確認行李限額
The airline has a strict **baggage allowance** policy. 該航空公司有嚴格的行李限額政策。

☐ **baggage claim** [ˈbæɡɪdʒ klem] – proceed to the baggage claim (n.) ★★★★
前往**行李提領處**
Please proceed to the **baggage claim** area. 請前往行李提領區。

New Updated List | 91

☐ **barring** [ˈbɑrɪŋ] **(= except for)** – barring unforeseen circumstances (prep.)
排除意料之外的情況 ★★★★
● 舊制多益的常見單字，雖然尚未出現在新制多益中，但仍有可能出題。
Barring any delays, we should arrive on time. 若無延誤，我們應該會準時抵達。

☐ **blueprint** [ˈbluˌprɪnt] – follow the blueprint for the project (n.)
依據該項目的藍圖進行 ★★★★
The architect provided a detailed **blueprint** of the new building.
建築師提供了新建築的詳細藍圖。

☐ **border** [ˈbɔrdɚ] – form a border (n.) 形成邊界 ★★★★
The river forms a natural **border** between the two countries.
那條河形成了兩國之間的天然邊界。
● border 也可作為動詞使用，意思是「構成邊界」。
The garden **borders** the park. 花園與公園相鄰。

☐ **bottom line** [ˈbɑtəm laɪn] – focus on the bottom line (n.) 專注於重點 ★★★★
● bottom line 源自文件下方呈現最終結果或關鍵內容的部分，因此有「主旨、重點」的意思。
The **bottom line** is that we need to increase our profits. 重點是我們必須提高利潤。

☐ **brainstorm** [ˈbrenˌstɔrm] – brainstorm ideas (v.) 為了產出想法進行腦力激盪
★★★★
The team gathered to **brainstorm** ideas for the new project.
團隊為了新專案的點子聚在一起集思廣益。

☐ **browse** [brauz] – browse the files (v.) 瀏覽／搜尋檔案 ★★★★
● 很多人知道瀏覽器 browser，卻不知道 browse 是其動詞，這在 <Part 1> 也非常重要。
I like to **browse through** the bookstore on weekends. 我喜歡在週末逛書店。

☐ **burden** [ˈbɝdn] – carry a heavy burden (n.) 承擔沉重的負擔 ★★★★
The financial **burden** was too heavy for the family to bear.
這筆經濟負擔對這個家庭來說過於沉重。
● burden 可以當名詞也可以當動詞。
He **was burdened with** heavy responsibilities. 他背負著沉重的責任。
● burdensome（沉重負擔的）是 burden 的形容詞。

The long commute was **burdensome**. 通勤時間太長是一種負擔。

☐ **call** [kɔl] **for** – call for sugar (v.) 需要糖 ★★★★
The situation **calls for** immediate action. 這種情況需要立即採取行動。
● call for 的「預測，表示」之意也很重要。
The forecast **calls for** rain tomorrow. 天氣預報明天會下雨。

☐ **capacity** [kəˈpæsətɪ] – act in one's capacity (n.) ★★★★
以某人的**資格／身分**行動
● capacity 基本上指的是「容量」，但作為「人的角色（role）」的意思在最近也出題過。
補充：be filled to capacity（坐滿／爆滿）
She attended the event in her **capacity** as a board member.
她以董事的身份出席這場活動。
The stadium has a seating **capacity** of 50,000. 這座體育場的容納人數為 50,000 人。

☐ **capital** [ˈkæpətl] – generate capital (n.) 創造**資本** ★★★★
The company raised **capital** through a stock offering. 公司透過發行股票籌集了資本。

☐ **capitalize** [ˈkæpətlˌaɪz] **on** – capitalize on opportunities (v.) ★★★★
利用機會，**把握**時機
● 請將 capitalize on 當作片語記下來！具有「趁勢而為，利用…」的意思，非常重要。
They **capitalized on** the growing demand for eco-friendly products.
他們利用對環保產品日益增長的需求。

☐ **captivating** [ˈkæptəˌvetɪŋ] – find the story captivating (a.) ★★★★
認為故事**很吸引人**
● 建議一起記住如 imposing（威風凜凜的）、inviting（吸引人的）這類 -ing 形容詞！
The movie's **captivating** storyline kept the audience engaged from start to finish.
電影吸引人的劇情從頭到尾都讓觀眾目不轉睛。

☐ **cater** [ˈketɚ] **to** (= fulfill specific requirements) ★★★★★
– cater to individual needs 迎合個別需求
● 這是指根據顧客、觀眾等特定對象的需求或喜好進行提供或調整。
The hotel **caters to** the needs of business travelers by offering fast Wi-Fi and a 24-hour business center.
這家飯店提供高速 Wi-Fi 和 24 小時商務中心，以迎合商務旅客的需求。

● 在最新的 TOEIC 閱讀測驗中，也常用來描述針對特定需求所提供的服務。

cater to a specific audience 滿足特定觀眾的需求／I cater to customer demands 滿足顧客的需求／cater to a niche market 滿足特定的利基市場／I cater to personal tastes 滿足個人品味

☐ **caterer** [ˈketərɚ] – hire a caterer (n.) ★★★★
雇用**外燴服務人員**（負責活動餐點的承辦人）

The **caterer** provided delicious food for the event.
外燴人員為這場活動提供了美味的餐點。

☐ **caution** [ˈkɔʃən] – exercise caution when driving (n.) 開車時要小心 ★★★★
● 「請特別小心！」可說 Use extreme caution! 或 Exercise extreme caution!，要整句記起來！

Please proceed with **caution** in the construction zone. 請在施工區域小心通行。

☐ **certificate** [səˈtɪfəkɪt] (= **document, proof**) – a birth certificate (n.)
出生**證明書** ★★★★

You need to provide a birth **certificate**. 您需要提供一份出生證明。

☐ **challenging** [ˈtʃælɪndʒɪŋ] – a challenging task (a.) **具挑戰性的**任務 ★★★★
● challenging 的同義詞有：difficult, demanding, tough, arduous, strenuous。

Completing the marathon was a **challenging** task. 完成馬拉松是一項具挑戰性的任務。

☐ **charge** [tʃɑrdʒ] **A with B** – (v.) 指派A負責B的任務 ★★★★

The manager **was charged with** improving the team's performance.
經理被指派負責提升團隊績效。

☐ **check** [tʃɛk] (= **deposit**) – check the luggage (v.) **寄放**行李 ★★★★
● check 不能只記「確認」，還要記住「登記託運（行李）」的意思！

Make sure to **check** the luggage at the counter before boarding.
登機前請務必在櫃台託運行李。

☐ **check for** – check for errors (v.) **檢查**錯誤 ★★★★

Please **check for** any updates on the website. 請在網站上查看是否有任何更新。

☐ **cite** [saɪt] **A as B** – cite his book as an example (v.) ★★★★

引用他的書作為例子

He **cited** his book **as** an example of innovative thinking.
他引用自己的書作為創新思維的範例。

☐ **clarify** [ˈklærəˌfaɪ] – clarify the instructions (v.) 澄清指示內容　★★★★
Please **clarify** your question so I can give a proper answer.
請將您的問題說明清楚，以便我能提供合適的回答。

☐ **clientele** [ˌklaɪənˈtɛl] – loyal clientele (n.) 忠誠顧客群　★★★★
● clientele 是集合名詞，意指 a group of clients or customers。

The restaurant has a loyal **clientele** that returns regularly.
那間餐廳擁有一群會定期光顧的忠實顧客群。

☐ **close** [klos] – stand close to the window (adv.) 靠近窗戶旁站著　★★★★
She moved her chair **close** to the table. 她把椅子移到桌子旁邊。
● close 可當形容詞也可當副詞，come close to（接近於…）這個用語也很重要。另外，當動詞時的 close 發音為 [kloz]。

Despite their best efforts, the new startup couldn't **come close to** matching the market share held by the industry leader.
儘管他們已經盡了最大努力，這家新創公司仍無法接近產業龍頭所掌握的市占率。

☐ **closely** [ˈkloslɪ] – review the document closely (adv.) 仔細檢視文件　★★★★
The manager **closely** monitors the team's performance. 經理密切監控團隊的表現。
● 副詞 closely 有「密切地」的意思。

The two subjects are **closely** related. 這兩個主題彼此密切相關。
● close 當形容詞意為「接近的」，當副詞則是「靠近地」，因此 closely 這個副詞必須單獨記憶。

☐ **cognizant** [ˈkɑgnəzənt] **(= aware)** – cognizant of the risks (a.)　★★★★
意識到風險的

He is fully **cognizant** of the risks involved in the project.
他對該專案涉及的風險有充分認知。

☐ **coincidence** [koˈɪnsədəns] – What a coincidence! (n.) 真是巧合啊！　★★★★
It was a strange **coincidence** that they both wore the same outfit to the party.
他們倆在派對上穿了同樣的衣服，真是奇妙的巧合。

● 副詞 coincidentally（碰巧地，巧合地）曾出現在 Part 5 的正確選項中。

☐ **collaborate** [kəˈlæbəˌret] **on** – collaborate on a project (v.) ★★★★
合作執行一項專案
● 「collaborate on + 工作／計畫」的用法經常出現。

The two companies will **collaborate on** the new initiative.
這兩家公司將在這項新創舉上展開合作。

☐ **collaborate** [kəˈlæbəˌret] **with** – collaborate with colleagues (v.) ★★★★
與同事合作
● collaborate with 後面通常接一起工作的人或合作的公司。

She enjoys **collaborating with** her colleagues on research.
她喜歡與同事一同進行研究。

☐ **come up with** – come up with a solution (v.) 提出解決方法 ★★★★
She managed to **come up with** a solution to the problem.
她設法提出一個解決問題的方法。

☐ **comparable** [ˈkɑmpɛrəbl] **to** – comparable to last year (adj.) ★★★★
可與去年相比／相當／匹敵

The quality of this product is **comparable to** more expensive brands.
這款產品的品質堪比更昂貴的品牌。
● 在實際考題中，有時會插入 in quality 這類片語，使得 comparable to 不易被察覺。

The new product is **comparable in quality to** the leading brand.
這款新產品在品質上可媲美領導品牌。

☐ **compatible** [kəmˈpætəbl] – compatible devices (a.) 相容的裝置 ★★★★
● 同時記住 be compatible with（…與…相容／協調）這個片語吧！

The software **is compatible with** most operating systems.
這款軟體與大多數作業系統相容。

☐ **compensate** [ˈkɑmpənˌset] – compensate for the loss (v.) 補償損失 ★★★★
● compensate for 是常考片語！同義詞有 make up for（彌補）、atone for（贖罪）、reimburse（賠償）。

The company will **compensate** you **for** your travel expenses.
公司會補償你的差旅費用。

☐ **compete** [kəmˈpit] – compete in the tournament (v.) 在比賽中**競爭** ★★★★
● compete in 表示「在⋯中競爭」，compete with 則為「與⋯競爭」。

Athletes from all over the world will **compete in** the Olympics.
來自世界各地的運動員將在奧運中出賽。

Our company aims to **compete with** the market leaders.
我們公司的目標是與市場領導者競爭。

☐ **complaint** [kəmˈplent] – a customer complaint (n.) 顧客**投訴** ★★★★
● complaint 是動詞 complain（抱怨）的名詞，近年常見考點。

A few **complaints** were received and addressed immediately.
幾項投訴已收到並立即處理。

☐ **complete** [kəmˈplit] – complete the building (v.) 建設**完成／完工** ★★★★
It took him three hours to **complete** the assignment. 他花了三個小時才完成那份作業。
● complete 可以當動詞以及形容詞！
The project is **complete** and ready for review. 專案已完成並準備好進行審查。

☐ **comprehensive** [ˌkɑmprɪˈhɛnsɪv] – a comprehensive report (a.) **全面性的**報告 ★★★★

The study provides a **comprehensive** overview of the issue.
這項研究提供了對該問題的全方位論述。
● 另外補充：apprehensive 是「擔心的」意思，切勿混淆！

☐ **comprise** [kəmˈpraɪz] (= consist of, include, be composed of) – comprise several parts (v.) 由幾個部分**組成** ★★★★

The committee **comprises** ten members from various departments.
該委員會由來自多個部門的十名成員組成。

☐ **concise** [kənˈsaɪs] – a concise summary of the findings (a.) ★★★★
對這些發現進行**簡明扼要的**總結

Please keep your report **concise** and to the point. 請保持報告簡明扼要，切中要點。

☐ **conduct** [kənˈdʌkt] – conduct a survey (v.) **進行**一項調查 ★★★★
The scientist **conducted** an experiment to test the hypothesis.
這位科學家進行了一項實驗來驗證這項假設。

☐ **confidential** [ˌkɑnfəˈdɛnʃəl] – confidential information (a.) ★★★★
機密資訊

● 請注意別和 confident（有自信的）混淆了！

The documents contain **confidential** information. 這些文件包含機密資訊。

☐ **consistent** [kənˈsɪstənt] – consistent performance in exams (a.) ★★★★
考試時的穩定表現

She has shown **consistent** improvement throughout the year.
她在這一年當中持續進步。

● 請記住 be consistent with（…與…一致／相符）這個片語！

Her actions **are consistent with** her words. 她的行為與她的言語一致。

☐ **consolidate** [kənˈsɑləˌdet] – consolidate the information (v.) 整合資訊 ★★★★

● con[= 一起] + solid[= 堅固] + ate[動詞字尾]：使集中並堅固 → 統整

The company plans to **consolidate** its operations at a single site.
該公司計劃將其營運整合至單一地點。

☐ **consult** [kənˈsʌlt] – consult a dictionary (v.) 查閱字典 ★★★★

Before writing the report, she **consulted** a dictionary to check the correct spelling of several words. 在撰寫報告之前，她查閱了字典以確認幾個單字的正確拼寫。

● consult 也可作為「諮詢」的意思使用。

You should **consult** a doctor if the symptoms persist.
如果症狀持續，你應該諮詢醫生。

☐ **contend** [kənˈtɛnd] – **contend with** challenges (v.) 對抗挑戰／應對困難 ★★★★

She had to **contend with** severe weather conditions during her hike.
她在健行期間必須抗惡劣的天氣條件。

☐ **contribute** [kənˈtrɪbjut] – contribute one's idea (v.) 提出某人的想法 ★★★★

Everyone is expected to **contribute** their ideas at the meeting.
預期每個人都將在會議中提出他們的想法。

● 請記住片語 contribute to+ 名詞（貢獻於）／distribute to+ 名詞（分發給）的用法！

Regular exercise can **contribute to** better overall health.
規律運動有助於整體健康的提升。

☐ **convey** [kənˈve] – convey one's thoughts clearly (v.) ★★★★
清楚地傳達某人的想法

It's important to **convey** your ideas clearly in the presentation.
在簡報中清楚地傳達你的想法非常重要。

☐ **correspond** [ˌkɔrəˈspɑnd] – correspond regularly (v.) 定期**通信** ★★★★

We **correspond** regularly by email. 我們定期透過電子郵件通信。

● correspond with 表示「與...聯繫／通信」，correspond to 表示「與...一致／相符」。

She enjoys writing letters to **correspond with** her old friends.
她喜歡寫信與老朋友通訊。

The numbers on the map **correspond to** specific locations.
地圖上的數字對應到特定的位置。

The results **correspond to** our expectations. 結果與我們的預期相符。

☐ **correspondence** [ˌkɔrəˈspɑndəns] – manage business correspondence (n.)
管理商業**書信** ★★★★

● correspondence 為不可數名詞。

She found a stack of old **correspondence** in the attic. 她在閣樓發現了一堆舊信件。

☐ **corridor** [ˈkɔrɪˌdɚ] (= hallway, passage) – a hospital corridor (n.) ★★★★
醫院**走廊**

The patients are waiting in the corridor. 病人們正在走廊上等待。

● 這個字在 Part 1 中出題過，若聽不出 corridor 就會答錯的問題。

A woman is following the man in the **corridor**. 一位女性正在走廊裡跟著一名男性。

☐ **cost-effective** [ˌkɔstɪˈfɛktɪv] – a cost-effective solution (a.) ★★★★
成本效益高的解決方案

Investing in energy-efficient appliances is **cost-effective** in the long run.
從長遠來看，投資節能型家電是具成本效益的。

☐ **counterpart** [ˈkaʊntɚˌpɑrt] – the counterpart in the other team (n.) ★★★★
另一隊的**對等人物**

● counterpart 指的是「地位相當的對應人物或事物」。

The CEO met with his **counterpart** from the rival company.
那位執行長與競爭公司的執行長會面。

☐ **credential** [krəˈdɛnʃəl] – professional credentials (n.) 專業**資格證明** ★★★★

She has impressive professional **credentials** in her field.
她在自己的領域中擁有令人印象深刻的專業資歷。

New Updated List | 99

☐ **criteria** [kraɪˈtɪrɪə] – meet the criteria for selection (n.) 符合甄選**標準** ★★★★
The candidates must meet all the **criteria** to be considered for the job.
求職者必須符合所有標準才有被錄用的資格。
＊單數形是 criterion。

☐ **criticize** [ˈkrɪtɪˌsaɪz] – criticize constructively (v.) 建設性地**批評** ★★★★
It's important to **criticize** constructively to help others improve.
以建設性的方式批評對於幫助他人進步很重要。
● critic（批評家）是名詞，critical（批評的）是形容詞。

☐ **crucial** [ˈkruʃəl] – a crucial decision for the company (a.) ★★★★
對公司而言**極為重要的**決策
● 記住句型：「It is crucial/important/vital/necessary that + S + 原V...」。屬基本句型，應熟記。

Timing is **crucial** in this business. 在這個行業中，時機相當重要。

☐ **culinary** [ˈkʌlɪˌnɛrɪ] – culinary skills (a.) **烹飪**技能／**料理**技術 ★★★★
● 關於料理的相關單字如 cutlery（刀叉等餐具）和 cooking utensils（炊具）也要一併記憶！

She attended **culinary** school to improve her cooking skills.
她為了提升她的料理技術而去念烹飪學校。

☐ **cupboard** [ˈkʌbord] – find the dishes in the kitchen cupboard (n.) ★★★★
在廚房的**碗櫥**裡找到盤子
The spices are stored in the **cupboard** above the stove.
香料被存放在瓦斯爐上方的碗櫥裡。

☐ **curb** [kɝb] – curb escalating expenses (v.) 增加的費用加以**抑制** ★★★★
The government has introduced measures to **curb** inflation.
政府已經推出了抑制通貨膨脹的措施。
● curb 除了有「抑制」的意思外，還有「防止車輛駛上人行道的石邊」，即「路緣石」，曾於 <Part 1> 中出題。

She sat on the **curb**, waiting for her friend. 她坐在路緣石上等朋友。

☐ **data breaches** [ˈdetə ˌbritʃɪz] – face costly data breaches (n.) ★★★★
面臨巨額損失的**資料外洩**

We need to implement measures to prevent **data breaches**.
我們必須實施防止資料外洩的措施。

☐ **deactivation** [ˌdiˌæktəˈveʃən]– account deactivation (n.) 帳號**停用** ★★★★
To avoid account **deactivation**, sign in before July 20.
為了避免帳號被停用，請在 7 月 20 日之前登入。

☐ **debit** [ˈdɛbɪt] – debit the account (v.) 從帳戶**扣款** ★★★★
The amount was **debited** from my account this morning.
這筆金額已於今天早上從我的帳戶扣除。
● debit（借方、扣款金額）也可作為名詞使用，例如「debit card」（金融卡、借記卡）。

☐ **decline** [dɪˈklaɪn] **(= refuse)** – decline an invitation (v.) 拒絕邀請 ★★★★
He politely **declined** the job offer, as he had already accepted another position.
他禮貌地拒絕了那份工作邀請，因為他已接受另一個職位。
● decline 也常用來表示「…減少」。

The company's profits have **declined** over the past year.
該公司的利潤在過去一年中已經下滑。
● decline 也可作為名詞使用，這類「增減」意義的名詞常搭配介系詞 in 使用：
decline（減少）/ decrease（減少）/ increase（增加）/ rise（上升）/ fall（下跌）/ drop
（下降）/ hike（暴漲） in...

☐ **decorate** [ˈdɛkəˌret] – decorate the room for the event (v.) ★★★★
為活動**裝飾**房間

They **decorated** the hall with balloons and streamers. 他們用氣球和彩帶裝飾了大廳。

☐ **deepen** [ˈdipən] (= make deeper) – deepen the harbor (v.) ★★★★
加深港口**的水深**
● 「deepen the boat」這個用法曾出現在多益 Part 5 中，是一個誤導的選項，原意是要
表達「為了讓大型船隻能進港，而加深港口水深」。

They need to **deepen** the harbor to accommodate larger ships.
他們必須加深港口的水深，以容納更大的船隻。

☐ **definitely** [ˈdɛfənɪtlɪ] – definitely go to the party (adv.) ★★★★
一定會去參加派對

I will **definitely** attend the meeting. 我一定會出席那場會議。

☐ **defy description** [dɪˈfaɪ dɪˈskrɪpʃən] (v.) 無法形容，難以言喻 ★★★★
The chaos in the room **defied description**. 房間裡的混亂狀況無法用語言形容。
The beauty of the sunset **defied description**. 夕陽的美難以言喻。

☐ **delegate** [ˈdɛləˌget] – delegate tasks to team members (v.) ★★★★
將任務**指派**給團隊成員
● 記住慣用語：delegate A to B（將 A 委派給 B）

It's important to **delegate** tasks to ensure efficiency.
為了確保效率，把任務分派出去是很重要的。

☐ **demand** [dɪˈmænd] – demand for organic products (n.) ★★★★
對有機產品的**需求**

There is a high **demand for** skilled workers in the technology sector.
科技產業對技術人員的需求很高。
● demand 可以當動詞，也可以當名詞：

The workers are planning a strike to **demand** higher wages.
工人們正計劃罷工以要求更高的薪資。

☐ **deny** [dɪˈnaɪ] – deny the allegations (v.) **否認**指控 ★★★★
● 名詞為 denial（否認），反義為 approve（同意／批准），其名詞為 approval（批准）。

He **denied** any involvement in the scandal. 他否認與該醜聞有任何牽連。

☐ **depend** [dɪˈpɛnd] – depend on reliable data (v.) **依賴**可靠的資料 ★★★★★
● 熟記片語：depend on...（依賴…）

The success of the project **depends on** accurate information.
這項計畫的成功仰賴正確的資訊。

☐ **deplete** [dɪˈplit] – begin to deplete (v.) 開始**枯竭／耗盡** ★★★★
● 主用於被動語態，反義詞為 replenish（補充，再次填滿）

The hikers' supplies were quickly **depleted**. 登山者的補給品很快就被耗盡了。

☐ **designate** [ˈdɛzɪɡˌnet] – designate a leader for the group (v.) ★★★★
指定團體的領導人

The area has been **designated** as a wildlife reserve.
該地區已被指定為野生動物保護區。

☐ **detrimental** [ˌdɛtrəˈmɛntəl] (= **harmful, damaging**) – ★★★★
detrimental effects on health (a.) 對健康**有害的**影響
The policy could have a **detrimental** effect on the economy.
該政策可能對經濟產生有害影響。

☐ **devise** [dɪˈvaɪz] – devise a strategic plan (v.) **構思出**一個策略性計畫 ★★★★
The team **devised** a plan to improve efficiency. 團隊構思了一個提升效率的計畫。

☐ **dignitary** [ˈdɪgnəˌtɛrɪ] – a foreign dignitary (n.) 外國**高階官員** ★★★★
● dignitary（高位人士）是舊制多益 <Part 5> 的正解單字，現在也常出現在 <Part 7> 閱讀題中。
Several foreign **dignitaries** attended the state banquet. 數位外國高階官員出席了國宴。

☐ **diligent** [ˈdɪlədʒənt] – a diligent worker (a.) **勤奮的**員工 ★★★★
● diligent（勤勉的）的同義詞還有 industrious（勤勞的）、hardworking（努力工作的）、assiduous（刻苦勤奮的），也一併記起來吧！
Her **diligent** efforts were appreciated by her colleagues.
她的勤勉努力受到她同事的讚賞。

☐ **dimension** [dəˈmɛnʃən] – large dimension (n.) 大的**尺寸／規格** ★★★★
● dimension 雖也有「空間」的意思，但在多益中常用來指「尺寸，規格」。
The **dimension** of the room is 20 X 30 feet. 該房間的尺寸為 20 x 30 英尺。

☐ **diminish** [dɪˈmɪnɪʃ] – begin to diminish (v.) 開始**減少／減弱** ★★★★
● diminish 可記為 di + mini + sh（變得迷你 → 減少）來幫助記憶。
The threat of inflation has **diminished**. 通貨膨脹的威脅已經減弱了。

☐ **disburse** [dɪsˈbɜ·s] – disburse funds to the team (v.) 向團隊**撥付**資金 ★★★★
● disburse 也有「支出」的意思。請額外記住幾個意思相近的「支出」：outlay（支出，花費）、pay out（支付金錢）、expend（花費金錢）
The charity will **disburse** funds to the affected families.
該慈善團體將向受災家庭撥款。

☐ **discrepancy** [dɪˈskrɛpənsɪ] (= **difference, inconsistency**) ★★★★
– a discrepancy in the report (n.) 報告中的**不一致**
There is a **discrepancy** between the two accounts. 兩個帳戶之間存在不一致的地方。

New Updated List | 103

☐ **discriminate** [dɪˋskrɪməˌnet] – discriminate based on race (v.) ★★★★
依（不同的）種族**歧視**

The law prohibits employers from **discriminating** against employees based on age.
法律禁止雇主對員工有年齡上的歧視。

☐ **dispose** [dɪˋspoz] of – dispose of your trash properly (v.) ★★★★
妥善**處理**你的垃圾

● 含有「去除、剝奪」意思的動詞，常與 of 搭配使用。
　get rid of（去除）、rob/deprive A of B（從 A 那裡奪走／剝奪 B）

Please **dispose of** hazardous waste according to the guidelines.
請依照指引處理有害廢棄物。

☐ **distinct** [dɪˋstɪŋkt] – a distinct improvement in performance (a.) ★★★★
績效上的**明顯**進步

There is a **distinct** difference between the two products. 這兩款產品之間有明顯差異。

☐ **distract** [dɪˋstrækt] – distract drivers (v.) 使駕駛**分心**／**無法集中注意力** ★★★
The loud noise **distracted** him from his work. 噪音讓他無法專心工作。

☐ **diverse** [daɪˋvɝs] – a diverse range of opinions (a.) **多樣的**意見 ★★★★
The company promotes a **diverse** and inclusive workplace.
該公司提倡多元且包容的職場環境。

☐ **document** [ˋdɑkjəmənt] – document the findings (v.) 記錄發現的內容 ★★★★
● document 可以當動詞與名詞（文件）。

Please **document** any issues you encounter. 請記錄你所遇到的任何問題。

☐ **dominant** [ˋdɑmənənt] – a dominant position in the market (a.) ★★★★
市場中的主導地位

● 在 2024 年的 <Part 6> 試題中曾作為正解出現，<Part 6> 同樣會出現字彙題。

The company has a **dominant** share of the market. 該公司吃下了大半個市場。

☐ **durable** [ˋdjʊrəbəl] – use durable construction materials (a.) ★★★★
使用**耐用的**建築材料

The furniture is made from **durable** materials. 那組家具是用耐用的材料製成的。

● durables（耐久商品）、disposables（一次性用品）、valuables（貴重物品）

☐ **eager** [ˋigɚ] – eager to learn (a.) 渴望／熱切想要學習　★★★★
- 記住「be eager to + 原形動詞（渴望做…）」、「be eager for + 名詞（渴望…）」的用法！

She **was eager to** start her new job. 她非常渴望開始她新的工作。

She **is eager for** the new project to start. 她非常期待新專案的開始。
- 同義詞用法：be keen to + V

She **is keen to** try the new restaurant. 她很想嘗試那家新開的餐廳。

☐ **elaborate** [ɪˋlæbəˌret] **on (= explain in detail)**　★★★★
– elaborate on the plan (v.) 詳細說明計畫

Can you **elaborate on** the plan for the new project?
你能詳細說明一下新計畫的內容嗎？
- elaborate 當形容詞時也有「精緻的，精心設計的（having intricate or complex detail）」意思。

The architect's design was incredibly **elaborate**, with intricate patterns and detailed ornamentation. 那位建築師的設計非常精緻，融合了精緻的圖案與細膩的裝飾。

☐ **element** [ˋɛləmənt] – a crucial element of the plan (n.)　★★★★
計畫中的關鍵**要素**

Trust is an essential **element** of any relationship. 信任是任何關係中不可或缺的要素。

☐ **embark** [ɪmˋbɑrk] – embark on a new adventure (v.) 展開新的冒險　★★★★
- embark 原意是「上船」，引申為「著手、開始某事」。反義詞為 disembark（下船）。embark on（著手，開始進行）建議當作片語一起記住！

She **embarked on** a journey to discover her roots. 她展開了一段尋根之旅。

☐ **emerge** [ɪˋmɝdʒ] – new trends emerge (v.) 新趨勢**出現**　★★★★

Several patterns began to **emerge** from the data. 從數據中開始浮現出幾種模式。

☐ **emergency** [ɪˋmɝdʒənsɪ] **(= a serious, unexpected situation)** – (n.)　★★★★
緊急情況，突發狀況
- 常以複合名詞形式出現，如 emergency room（急診室）、emergency exit（緊急出口）、emergency landing（緊急迫降），都是以這種形式出現在考題中。

The **emergency** procedures were followed when the fire alarm went off.
當火災警報響起時，緊急應變程序隨即啟動。

☐ **encounter** [ɪnˋkaʊntɚ] – encounter difficulties along the way (v.) ★★★★
在途中**遇到**／**遭遇**困難

We **encountered** several problems during the project.
我們在進行專案的過程中遇到了幾個問題。

☐ **encrypt** [ɪnˋkrɪpt] **(= code, encode)** – encrypt data (v.) ★★★★
對資料**進行加密**

The company **encrypts** sensitive data to protect it.
公司會將敏感資料加密以保護其安全。

☐ **endorsement** [ɪnˋdɔrsmənt] **(= approval, support)** ★★★★
– celebrity endorsement (n.) 名人**背書**／**推薦**

The product received a celebrity **endorsement**. 那項產品獲得了名人推薦。

☐ **engage** [ɪnˋgedʒ] – engage in productive discussions (v.) ★★★★
參與富有成效的討論

● engage = involve（使參與、使涉入），曾以閱讀測驗中同義詞題型出現。

The company **engages in** various community activities. 該公司參與各種社區活動。

☐ **enhance** [ɪnˋhæns] – enhance the user experience (v.) ★★★★
提升使用者體驗

The new features **enhance** the software's functionality.
這些新功能提升了該軟體的功能性。

☐ **enlightening** [ɪnˋlaɪtnɪŋ] – enlightening experience (a.) ★★★★
帶來**啟發的**／**有教育意義的**經驗

● -ing 形容詞與過去分詞形容詞是多益常見考點。也請記住類似的片語如 limited time（有限時間）。

The lecture was very **enlightening**. 那場講座非常具有啟發性。

☐ **erect** [ɪˋrɛkt] **(= build, construct)** – erect a building (v.) ★★★★
興建一棟建築物

They plan to **erect** a new office building. 他們計畫興建一棟新的辦公大樓。

☐ **ergonomic** [͵ɝgəˋnɑmɪk] – an ergonomic chair (a.) **人體工學的**椅子 ★★★★

● 多益考題中常出現環境與健康相關主題，而這個單字是其中的熱門出題字彙。

The new office chairs are **ergonomic**. 新款辦公椅具備人體工學設計。

☐ **establish** [ə`stæblɪʃ] – establish a new protocol (v.) ★★★★
建立新的規範／**制定**新協議
The company was **established** in 1995. 該公司成立於1995年。

☐ **evaluate** [ɪ`væljˌuet] ★★★★
– evaluate the effectiveness of the program (v.) **評估**該計畫的有效性
We need to **evaluate** the results of the experiment. 我們須評估這次實驗的結果。

☐ **even if** – even if it rains (conj.) **即使**下雨（表示假設情況） ★★★★
Even if it rains, we will go to the park. 即使下雨，我們還是會去公園。

☐ **excerpt** [`ɛkˌsɝpt] – read an excerpt (n.) 閱讀**節錄內容** ★★★★
She read an **excerpt** from her new book. 她朗讀了她新書中的一段選文。

☐ **exclude** [ɪk`sklud] – exclude unnecessary details (v.) ★★★★
排除不必要的細節
The report **excluded** some important information. 該報告排除了一些重要資訊。
● exclude（排除）的反義字是 include（包含）。
ex[= out] + clude[= shut] ↔ in[= in] + clude[= shut]

☐ **exempt** [ɪg`zɛmpt] – be exempt from taxes (a.) **免**繳稅 ★★★★
● 請將 exempt from 作為片語一併記憶！
Some goods are **exempt from** import duties. 部分商品可免徵進口稅。

☐ **exhibit** [ɪg`zɪbɪt] – exhibit the artwork (v.) **展出**藝術作品 ★★★★
The gallery is **exhibiting** a new collection this month.
這家畫廊將於本月展出一批新作品。
● exhibit 可當動詞也可當名詞，當名詞時意思是「展品」。
The museum's new **exhibit** features ancient Egyptian artifacts.
該博物館的新展品以古埃及文物為特色。

☐ **expand** [ɪk`spænd] – expand the business (v.) **擴展**業務 ★★★★
The company plans to **expand** its operations overseas.
該公司計畫將其營運擴展至海外。

☐ **expect** [ɪk`spɛkt] – expect minor delays (v.) **預期／預計會**有一點耽擱 ★★★★
We **expect** the project **to** be completed on time. 我們預期這項專案能如期完成。

☐ **explicit** [ɪk`splɪsɪt] – provide explicit instructions (a.) 提供**明確的**指示 ★★★★
The teacher gave **explicit** directions for the assignment.
老師針對這項作業下達了明確的指示。

☐ **explore** [ɪk`splor] – explore new opportunities (v.) **探索**新的機會 ★★★★
The scientist **explored** the possibilities of renewable energy.
這位科學家探究了再生能源的可能性。

☐ **extend** [ɪk`stɛnd] – extend the deadline (v.) **展延**期限 ★★★★
The company **extended** the deadline for applications.
這家公司延長了申請的截止期限。
● extend 也有「施予／給予」的意思。以下句子中的 extended 隨時都會在 <Part 5/6> 中出現。

Thank you for your hospitality **extended to** me when I was in Tokyo.
感謝您讓我在東京時的款待。

☐ **fabulous** [`fæbjələs] **(= amazing, fantastic)** – a fabulous story (a.) ★★★★
精彩的／奇妙的故事
She told a **fabulous** story about her travels. 她講述了一段精彩的旅行故事。

☐ **façade** [fə`sɑd] **(= front, exterior)** – building façade (n.) ★★★★
建築物的正面／外觀
● 聯想到 face（臉）就能幫助理解此單字，注意其發音。
The building's **façade** was recently renovated. 這棟建築的正面近期已整修過。
The building's **facade** was restored to its original beauty.
這棟建築的外觀已恢復到原本的美麗樣貌。

☐ **facet** [`fæsɪt] **(= aspect)** – one facet of the problem (n.) ★★★★
問題的**一個面向**
We need to consider every **facet** of the problem before making a decision.
我們在做出決定前，需考慮這個問題的每個面向。

☐ **factor** [`fæktɚ] – a key factor in success (n.) 成功的**關鍵因素** ★★★★
Time management is an important **factor** in productivity.
時間管理是生產力的重要因素。

☐ **faculty** [ˈfækltɪ] **(= teaching staff, educators)** ★★★★
– university faculty (n.) 大學師資
● faculty 的意思由「能力」發展為「有能力的人們的集合 = 教授群」。
She is a member of the university **faculty**. 她是大學師資群當中的一員。

☐ **familiar** [fəˈmɪljɚ] – familiar surroundings (a.) 熟悉的環境 ★★★★
She felt more comfortable in **familiar** surroundings. 她在熟悉的環境中感覺更自在。
● **familiarize oneself with~**（讓自己熟悉…）這個用法也要記起來！
It is important to **familiarize oneself with** the company policies before starting the job.
在開始工作之前熟悉公司的政策是很重要的。

☐ **fare** [fɛr] – a bus fare (n.) 公車票價 ★★★★
● fare 可以用來表示所有交通費用，發音相同的 fair 則表示「公正的」或「博覽會」。
The bus **fare** increased this year. 今年公車票價上漲了。
The judge made a **fair** decision. 法官做出了一個公正的決定。
We went to the science **fair**. 我們參加了科學博覽會。

☐ **feasible** [ˈfizəbl] – a feasible solution (a.) 可行的解決方案 ★★★★
The plan is **feasible** and can be implemented within a year.
這個計畫是可行的，並可在一年內實施。
● **feasibility study**（可行性研究）曾作為 <第 5 部分> 的第 130 題殺手級考題。
The team conducted a **feasibility study** to determine the viability of the new project.
該團隊進行了可行性研究，以評估新專案能否成功。

☐ **federal** [ˈfɛdərəl] – a federal agency (a.) 聯邦（政府的）機構
The **federal** government announced new regulations. 聯邦政府宣布了新規定。

☐ **fall dramatically** [fɔl drəˈmætɪklɪ] – (v.) 急遽下降 ★★★★
● **sharply**（急劇地）/ **steadily**（穩定地）/ **exponentially**（指數型地）也常與上升/下降的動詞搭配使用。
Unemployment rates have **fallen sharply** over the past year.
過去一年中，失業率大幅下降。
Their understanding of the subject has improved **steadily**.
他們對這門課的理解穩定提升。
The company's profits grew **exponentially**. 該公司利潤呈指數型成長。

The stock prices **rose dramatically** after the announcement.
公告發出後，股價急遽上升。

- ☐ **figure** [ˋfɪɡjɚ] **out (= understand, solve)** ★★★★
  – figure out the solution (v.) 想出解決方案
  It took me a while to **figure out** the solution to the puzzle.
  我花了一點時間才想出這個謎題的解法。
  ● figure out 也有「理解…」的意思。

- ☐ **find** [faɪnd] – find a solution (v.) 找到解決方案 ★★★★
  We need to **find** a way to reduce costs. 我們必須找出降低成本的方法。

- ☐ **firm** [fɝm] – a reputable firm (n.) 有好評的公司 ★★★★
  She works for a law **firm** in the city. 她在市中心的一間律師事務所工作。
  ● firm 作為形容詞時，並表示「堅定的，果斷的」。

  The manager gave a **firm** response to the proposal, indicating no room for negotiation.
  經理對該提案做出堅決回應，表示沒有協商的餘地。

- ☐ **fix** [fɪks] – fix the problem (v.) 解決問題／修理故障的東西 ★★★★
  The mechanic **fixed** the car's engine. 技師修好汽車的引擎。
  ● fix 除了表示「修理」、「固定」，還有指使動物不能繁殖的「施行絕育手術」的意思。
  fixed price 表示「固定價格」，即「定價」。

  Is your cat fixed? 你的貓已經結紮了嗎？

- ☐ **flattered** [ˋflætɚd] **(= honored, pleased)** – feel flattered (a.) ★★★★
  感到受寵若驚
  She was **flattered** by the attention. 她因為受到關注而感到受寵若驚。

- ☐ **flexible** [ˋflɛksəb!] – flexible work hours (a.) 彈性的工時 ★★★★
  The company offers **flexible** working arrangements. 這家公司提供彈性的工作安排。

- ☐ **forward** [ˋfɔrwɚd] **A to B (= send A to B)** ★★★★
  – forward the email to him (v.) 把郵件轉發給他
  Please **forward** the meeting agenda **to** all participants.
  請將會議議程轉發給所有參與者。

- ☐ **foster** [ˋfɔstɚ] **(= encourage, nurture)** – foster creativity ★★★★
  (v.) 培養創造力

The school aims to **foster** creativity in its students. 學校致力於培養其學生的創造力。

☐ **gap** [gæp] – bridge the gap (n.) 彌合差距 ★★★★
There is a **gap** between theory and practice. 理論與實務之間存在著差距。

☐ **generate** [ˈdʒɛnəˌret] – generate new ideas (v.) 產生新想法 ★★★★
The machine **generates** electricity from solar energy. 那台機器能從太陽能產生電力。

☐ **genuine** [ˈdʒɛnjʊɪn] – genuine interest in the topic (a.) ★★★★
對這個主題有真誠的興趣
She showed **genuine** concern for the patients. 她對病人展現出真誠的關心。
● genuine（真誠的，真正的）↔ fake (= not real or genuine)（假的）
He was caught with a **fake** ID. 他因持有假身分證被抓到。

☐ **glitch** [glɪtʃ] – a glitch in the system (n.) 系統故障 ★★★★
The software update fixed several **glitches**. 這次的軟體更新修復了幾個系統錯誤。
● 同義詞包括 malfunction（故障）
The equipment **malfunction** caused a delay in production. 設備故障導致生產延遲。

☐ **go over** – go over the report (v.) 審查報告 ★★★★
Let's **go over** the report before the meeting. 我們在會議前來檢查一下報告吧。

☐ **grasp** [græsp] – grasp the concept quickly (v.) 快速理解概念 ★★★★
● grasp 的原始意思是「抓住」，進一步引申為「理解」。
He managed to **grasp** the basics of the language. 他成功掌握了這門語言的基礎知識。

☐ **gratis** [ˈgrætɪs] – The sample was gratis. (a.) 樣品是免費的。 ★★★★
The restaurant offered **gratis** appetizers to all its guests.
該餐廳提供所有客人免費的開胃菜。
● gratis 也常用作副詞。
The event provided snacks **gratis**. 活動免費提供點心。

☐ **ground-breaking ceremony** [ˈgraʊndˌbrekɪŋ ˈsɛrəˌmonɪ] ★★★★
– attend the ground-breaking ceremony (n.) 參加動土典禮
They attended the **ground-breaking ceremony** for the new hospital.
他們出席了新醫院的動土典禮。

● ground-breaking 也有「突破性的、劃時代的」意思，曾出現在多益考題中。
The scientists made a **ground-breaking** discovery.
那些科學家做出了一項突破性的發現。

☐ **habit** [ˋhæbɪt] – develop a good habit (n.) 養成好**習慣**　★★★★
Reading every day is a helpful **habit**. 每天閱讀是一個有益的習慣。

☐ **halfway** [ˋhæfˏwe] **through** – halfway through the project (phr.)　★★★★
專案**進行到一半**
● halfway through 是最新的出題，以 through 作為正解，目前僅本書收錄此用法。
We are **halfway through** the project and everything is going well.
我們的專案已進行到一半，目前一切順利。

☐ **handle** [ˋhænd!] – handle customer inquiries (v.) **處理**顧客詢問　★★★★
The support team **handles** all customer complaints efficiently.
客服團隊有效地處理所有客戶的抱怨。

☐ **hands-on** [ˋhændzˏɑn] – hands-on experience (a.)　★★★★
實務經驗／**親身**體驗
The internship provides **hands-on** experience in the field.
這項實習提供了實際現場的體驗。

☐ **have every intention** [ɪnˋtɛnʃən] **of -ing** – (v.) 有強烈的意圖要⋯　★★★★
She **has every intention of** complet**ing** her degree. 她有強烈意圖要完成她的學位。
I **have every intention of** attend**ing** the meeting. 我非常有意願參加這場會議。

☐ **have yet to** – have yet to decide (v.) **尚未**決定　★★★★
They **have yet to** decide on the date for the meeting. 他們尚未決定會議的日期。
● be yet to 也有相同意思，務必記得這是表示「否定」的語氣！yet 曾作為正解出題。
My best **is yet to** come. 我最好的時光尚未到來。

☐ **headline** [ˋhɛdˏlaɪn] – make the headline (n.) 登上**頭條**　★★★★
The scandal was the **headline** of every newspaper. 那件醜聞登上了所有報紙的頭條。

☐ **headquarters** [ˋhɛdˏkwɔrtɚz] **(= main office, central office)**　★★★★
– company headquarters (n.) 公司**總部**
● headquarters 為單複數同形。

The company's **headquarters** is located in New York. 該公司的總部設於紐約。

☐ **horticulturist** [ˌhɔrtəˈkʌltʃərɪst] – a trained horticulturist (n.) ★★★★
訓練有素的**園藝師**
Volunteers will work under the supervision of our trained **horticulturist**.
志工們將在我們受過訓練的園藝師監督下工作。

☐ **identify** [aɪˈdɛntəˌfaɪ] – identify the problem (v.) 識別／確認問題 ★★★★
We need to **identify** the root cause of the issue. 我們必須找出問題的根本原因。
● 記得與 identical（相同的）作區分！identical twins（一模一樣的雙胞胎）

☐ **illustrate** [ˈɪləˌstret] – illustrate the concept with examples (v.) ★★★★
舉例**說明**概念
The teacher **illustrated** the lesson with diagrams. 老師用圖表說明課程內容。

☐ **immediate** [ɪˈmidɪet] – immediate action (a.) **即時的**行動 ★★★★
The situation calls for **immediate** attention. 這個情況需要立即關注。
● 補充：immediate supervisor 表示「直屬上司」。

☐ **immediately** [ɪˈmidɪetlɪ] **after** (= right after) – (phr.)…之後立刻 ★★★★
● 類似表達還有 immediately/soon/right/promptly/directly after 等。
He called me **immediately after** the meeting. 他在會議結束後立刻打電話給我。

☐ **immersive** [ɪˈmɝsɪv] – an immersive way (a.) **沉浸式**的（教學）方式 ★★★★
Visitors can now learn the region's history in an **immersive** way.
訪客現在可以用沉浸式的方式學習這個地區的歷史。

☐ **impact** [ˈɪmpækt] – impact on one's childhood years (v.) ★★★★
對某人的童年造成**影響**
The new regulations will significantly **impact** local businesses.
新法規將對地方企業產生重大影響。
● impact 可當名詞或動詞使用，作名詞時常與介系詞 on 搭配。
● 建議與 impact(影響)/emphasis(強調)/focus(焦點)/concentration(集中)/influence(影響) on 一起記憶！
The new policy had a significant **impact on** sales. 新政策對銷售產生了重大影響。

☐ **impeccable** [ɪmˋpɛkəb!] – impeccable manners (a.) 無可挑剔的禮儀　★★★★
The service at the hotel was **impeccable**. 這間飯店的服務無可挑剔。

☐ **impose** [ɪmˋpoz] – impose a new rule (v.) 施加新的規則　★★★★
● impose 像以下例句一樣，常與介系詞 on 搭配使用。補充一下，形容詞形 imposing（威風凜凜的）也一起記起來吧！
The government **imposed** new regulations **on** businesses. 政府對企業施加了新的規定。

☐ **inadvertently** [ˌɪnədˋvɝtntlɪ] (= **unintentionally, accidentally**)　★★★★
– inadvertently omit (adv.) 無意中／不小心／粗心地漏掉
He **inadvertently** omitted her name from the list.
他不小心把她的名字從名單中漏掉了。
● 常是 Part 5 單字考題中的正解單字。

☐ **incessantly** [ɪnˋsɛsntlɪ] (= **constantly, continuously**)　★★★★
– work incessantly (adv.) 不停地工作
She worked **incessantly** to finish the project. 她不斷努力工作以完成這個專案。

☐ **include** [ɪnˋklud] – include everyone in the discussion (v.)　★★★★
把所有人納入討論中
● include（包含）↔ exclude（排除）
The package **includes** a user manual. 這整套內含使用手冊。

☐ **incorporate** [ɪnˋkɔrpəˌret] – incorporate feedback into　★★★★
the design (v.) 將回饋意見納入設計中
The new system **incorporates** user feedback. 新系統納入了使用者回饋。

☐ **increase** [ɪnˋkris] – increase the budget allocation (v.) 增加預算分配　★★★★
● increase 和 decrease 都可以當名詞以及動詞。
We need to **increase** our marketing efforts. 我們在行銷上須更加努力。
● 名詞 increase（增加）/ decrease（減少）/ decline（下降）/ hike（上漲）/ rise（上升）/ fall（下降）等表示「增減」的詞，常與介系詞 in 搭配。
There has been a significant **increase** in the price of fuel this year.
今年燃料價格出現顯著上漲。

☐ **incumbent** [ɪnˋkʌmbənt] (= **current, in office**)　★★★★
– an incumbent president (a.) 現任的／在職的總統

114

● the incumbent（現任者）是名詞用法。補充說明，acting president 是指「代理總統」。acting（代理的）也是近期的考題單字。

The **incumbent** president is running for re-election. 現任總統正尋求連任。

☐ **industry** [ˋɪndəstrɪ] – the tech industry (n.) 技術**產業** ★★★★
She works in the fashion **industry**. 她在時尚產業工作。

☐ **inform** [ɪnˋfɔrm] – inform the manager of any changes (v.)
通知經理任何變更事項 ★★★★

Please **inform** us if you will be late. 如果您會晚到，請通知我們。

☐ **informal** [ɪnˋfɔrm!] – an informal meeting (a.) ★★★★
非正式的／不拘形式的會議

The dress code for the party is **informal**. 那場派對沒有特別的服裝規定。

☐ **inordinate** [ɪnˋɔrdnet] **(= excessive)** – inordinate amount (a.) ★★★★
過多的數量

He spent an **inordinate** amount of time on the project.
他在那個專案上花了過多的時間。

☐ **insolvent** [ɪnˋsɑlvənt] **(= bankrupt, broke)** – declare insolvent (a.) ★★★★
宣布**破產**

● insolvent（破產的）↔ solvent（有償付能力的），solvent 曾以「溶劑、溶解劑」的意思出現在〈Part 7〉中。

After years of financial struggle, the business was declared **insolvent**.
經過多年的財務困難後，該企業宣告破產。

☐ **installment** [ɪnˋstɔlmənt] – pay the first installment (n.) ★★★★
支付第一期款**分期款項**

● installment 指「分期付款金額」、「分期」、「電視劇的一集」等意思。請勿與 installation（安裝）混淆，這是完全不同的單字！

The car was paid for in monthly **installments**. 這輛車是以月付款的方式購買的。

☐ **instrumental** [ˌɪnstruˋment!] **(= helpful, contributory)** ★★★★
– instrumental in achieving (a.) **有助於**達成…的／在達成…**發揮關鍵作用**

He was **instrumental** in achieving the team's goals.
他在實現團隊目標方面發揮了關鍵作用。

- ☐ **insurance** [ɪnˋʃʊrəns] **(= coverage, protection)** ★★★★
  – health insurance (n.) 健康保險
  He purchased health **insurance** for his family. 他為家人買了健康保險。

- ☐ **intact** [ɪnˋtækt] – remain intact (a.) 保持完整的／毫髮無傷的 ★★★★
  ● 表示「非接觸、非面對面」的英文不是 untact，正確的英文是 contactless（非接觸式的）、zero contact（零接觸／非面對面）。
  The ancient artifacts were found **intact**. 那些古代文物被發現時完好無損。

- ☐ **integrate** [ˋɪntəˌgret] – integrate the systems (v.) 統合系統 ★★★★
  The company plans to **integrate** its various departments. 公司計劃統合旗下各部門。

- ☐ **interact** [ˌɪntɚˋækt] – interact with international clients (v.) ★★★★
  與海外客戶互動
  The platform allows users to **interact with** each other.
  該平台讓使用者之間可以互相交流。

- ☐ **interest** [ˋɪntərɪst] – show interest in the project (n.) ★★★★
  對這項專業表達興趣
  The topic sparked her **interest**. 這個主題引發了她的興趣。
  ● interest 也可作為動詞使用，「be interested in（對～感興趣）」這個用法很重要。
  She **is** very **interested in** learning new languages. 她對學習新語言非常有興趣。

- ☐ **interfere** [ˌɪntɚˋfɪr] **(= meddle, obstruct)** – interfere with plans (v.) ★★★★
  妨礙計畫
  ● interfere with 要當成一個整體記熟！
  Noise can **interfere with** concentration. 噪音可能會妨礙專注力。
  He tried not to **interfere with** her work. 他試著不去干擾她的工作。

- ☐ **interpret** [ɪnˋtɝprɪt] – interpret the data correctly (v.) 正確地分析數據 ★★★★
  It's important to **interpret** the results accurately. 精確地解讀結果是很重要的。

- ☐ **introduce** [ˌɪntrəˋdjus] – introduce the new policy changes (v.) ★★★★
  介紹新的政策變更事項
  She **introduced** the speaker to the audience. 她向觀眾介紹了那位演講者。

☐ **invest** [ɪn`vɛst] – invest in new technology (v.) 投資新技術 ★★★★
- 常用於「invest/investment in」的搭配詞中，與「spend money on」的用法不同，請勿混淆。

The company **invested** heavily **in** research and development.
該公司在研發方面投入了大量資金。

They decided to **spend money on** renovating their house.
他們決定花錢翻修自己的房子。

☐ **investigate** [ɪn`vɛstə,get] – investigate the cause of the issue (v.) ★★★★
調查問題的原因
The police are **investigating** the incident. 警方正在調查該事件。

☐ **invite** [ɪn`vaɪt] – invite guests to the event (v.) 邀請賓客參加活動 ★★★★
They **invited** all their friends **to** the wedding. 他們邀請他們所有朋友參加婚禮。
- 請務必記住邀請函中常見的固定用語 be cordially invited！從1996年至今持續出現在考題中。

You **are** cordially **invited to** our wedding ceremony on September 12th at 3 PM.
誠摯邀請您參加我們於9月12日下午3點的婚禮。

☐ **involve** [ɪn`vɑlv] – involve someone in a project (v.) 讓某人參與計畫 ★★★★
The manager decided to **involve** all team members **in** the decision-making process.
經理決定讓所有團隊成員參與決策過程。
- 請熟記 be involved in...（參與…，涉入…）的用法！

She **is involved in** several community projects. 她參與了幾個社區計畫。

☐ **issue** [`ɪʃu] – issue a statement (v.) 發出聲明 ★★★★
The company **issued** a press release. 該公司發布了一份新聞稿。
- issue 作為名詞時可指「（雜誌）期數」、「發行」、「問題」等意義。

Climate change is a critical **issue** that needs immediate attention.
氣候變遷是一項需要立即關注的重大議題。

☐ **job opening** [dʒɑb `opnɪŋ] (= **job opportunity**) ★★★★
– a job opening available (n.) 目前有一項職缺
- opening 是可數名詞，指「可應徵的缺職（a vacancy or available position for employment）」。

New Updated List | 117

There is a **job opening** for a software engineer at the tech company.
那間科技公司目前有軟體工程師職缺。

☐ **join** [dʒɔɪn] – join the professional network (v.) 加入專業網絡 ★★★★
He **joined** the club last year. 他去年加入了那個俱樂部。

☐ **jot down** [`dʒɑt daʊn] – jot down notes quickly (v.) 快速記下筆記 ★★★★
● jot down 也會出現在 Part 1 的考題中。
She **jotted down** the main points of the lecture. 她快速記下了講座的重點。

☐ **judge** [dʒʌdʒ] – judge the competition fairly (v.) 公正評審這場比賽 ★★★★
● judge 可以當動詞（審理）以及名詞（評審，法官）。
She was chosen to **judge** the contest. 她被選為比賽的評審。

☐ **justify** [`dʒʌstə,faɪ] – justify the decision (v.) ★★★★
為這項決策辯護／使這項決策合理化
He tried to **justify** his actions to the committee. 他試圖向委員會為自己的行為辯解。

☐ **keynote address** [`ki,not ə`drɛs] – an inspiring keynote address (n.)
啟發人心的專題演講 ★★★★
The speaker delivered an inspiring **keynote address**.
那位演講者發表了一場鼓舞人心的專題演說。

☐ **kind** [kaɪnd] – a kind gesture (a.) 親切的舉動 ★★★★
It was very **kind** of you to help. 您人真好還願意幫忙。
● kind 作為名詞時，意思是「種類」。one-of-a-kind 意指「獨一無二的、獨特的（unique）」，是重要的考題用語。
She received a **one-of-a-kind** necklace handcrafted by a famous artisan.
她收到了一條由知名工匠親手打造、獨一無二的項鍊。

☐ **large** [lɑrdʒ] – a large number of participants (a.) 大量的參與人潮 ★★★★
The **large** room can accommodate up to 200 people. 這間大房間最多可容納 200 人。

☐ **lasting** [`læstɪŋ] – a lasting impression (a.) 持久而深刻的印象 ★★★★
The event had a **lasting** impact on the community. 該活動對社區產生了持久的影響。

☐ **launch** [lɔntʃ] – launch the new product (v.) 推出新產品　★★★★
● launch 可以當名詞以及動詞。注意與 lunch [lʌntʃ] 的發音區別！

The company will **launch** its new line of products next month.
該公司將於下個月推出新一系列產品。

☐ **lead** [lid] – lead the project team effectively (v.) 有效地帶領專案小組　★★★★
She **leads** the marketing department. 她負責領導行銷部門。

● lead 也可作為形容詞，意思是「主要的、首席的」。lead engineer（首席工程師）為考題中出現過的正確答案。
lead singer 主唱／首席歌手｜lead architect 首席建築師｜lead engineer 首席工程師（曾考過）

☐ **lean** [lin] **(= thin and healthy; not carrying extra fat)**　★★★★
– a lean physique (a.) 線條勻稱的體態
● lean 作為動詞（靠、倚）與形容詞（精瘦的）意思完全不同，請注意區分。

He maintained a **lean** physique through regular exercise and a balanced diet.
他透過規律運動和均衡飲食保持勻稱的體格。

☐ **leave** [liv] – leave the office (v.) 離開辦公室　★★★★
She decided to **leave** the office early to avoid the evening traffic.
她決定提早離開辦公室，以避開晚間的交通壅塞。

● leave 也有「把東西放在某處」的意思。

He **left** his keys on the table. 他把鑰匙留在桌上。

● 因為「離開工作」而產生的休息，就是「休假」，所以 leave 作為名詞也有「休假」的意思。

She applied for a two-week **leave** to travel to Europe.
她申請了兩週的休假，準備前往歐洲旅行。

☐ **legal** [ˋligəl] – legal advice (a.) 法律諮詢　★★★★
They sought **legal** advice before signing the contract.
他們在簽署合約之前尋求了法律諮詢。

☐ **license** [ˋlaɪsn̩s] – obtain a driver's license (n.) 取得駕照　★★★★
He finally received his driver's **license** after passing the test on his third attempt.
他第三次報考終於過關，順利拿到駕照。

● license 可以當名詞也可以當動詞。作為動詞時是「核發執照／許可」。

She is **licensed** to practice law in this state. 她已獲得在該州的執業律師資格。

☐ **list** [lɪst] – list the items (v.) 將項目**列出** ★★★★
Please **list** your preferences on the form. 請在表格上列出您的偏好項目。
● 記住「a list/variety/series/collection of + 複數名詞」的用法。

☐ **live** [laɪv] – a live broadcast (a.) **現場直播的**節目 ★★★★
● live [laɪv] 作為形容詞與 live [lɪv] 作為動詞的發音不同，請注意區分！
The concert was broadcast **live** on television. 那場音樂會有電視現場轉播。

☐ **loan** [lon] – apply for a bank loan (n.) 申請銀行**貸款** ★★★★
She took out a **loan** to help pay for her college tuition. 她為了支付大學學費而辦了貸款。
● loan 可以當名詞也可以當動詞，記住「underwrite a loan（承擔貸款責任）」的用法。
The bank **loaned** him the money to buy a car. 銀行貸款給他買車。

☐ **local** [ˈlokəl] – the local community (a.) **當地**社區 ★★★★
She enjoys shopping at **local** markets. 她喜歡在當地市場購物。

☐ **locate** [ˈlo͵ket] – locate the missing file (v.) **找到**遺失的檔案 ★★★★
The police are trying to **locate** the suspect. 警方正試圖尋找嫌疑人。
● locate 除了「找到」之外，也有「位於」的意思。被動語態中的「be conveniently/strategically/perfectly/agreeably/centrally located」是重要的出題點，這些副詞分別曾作為正確答案出現。

☐ **lodge** [lɑdʒ] **(= inn, cabin)** – a mountain lodge (n.) 山中**小屋** ★★★★
We stayed at a cozy mountain **lodge** during our vacation.
我們在假期時住進了一間舒適的山中小屋。
● lodge a complaint 是「提出申訴／抱怨」的意思，此時 lodge 是表「提出」的動詞。其同義詞有 file、submit。
They **lodged** a complaint with the authorities. 他們向有關當局提出了申訴。

☐ **logistics** [loˈdʒɪstɪks] – manage the logistics (n.) 管理**物流** ★★★★
The **logistics** of the event were handled by a professional team.
該活動的物流由專業團隊負責處理。

☐ **the lost** [lɔst] **and found** [ˈfaʊnd] (n.) 失物招領處 ★★★★

She went to **the lost and found** to look for her missing keys.
她去失物招領處找她遺失的鑰匙。

☐ **maintenance** [ˋmentənəns] **(= upkeep, preservation)** ★★★★
– routine maintenance (n.) 定期<u>保養</u>

Regular **maintenance** is required to keep the equipment running smoothly.
設備若要順利運作，就必須定期保養。

☐ **make sure to** – make sure to lock the door (v.) 務必／切記把門鎖好 ★★★★

Make sure to check your answers before submitting the test.
交卷前一定要確認好你的答案。

☐ **manual** [ˋmænjʊəl] – a user manual (n.) 使用<u>手冊</u> ★★★★

Please refer to the **manual** for instructions. 請參閱操作說明的手冊。

● manual 也可以作為形容詞，表示「用手的／體力的」，如 manual labor（勞力）。

☐ **margin** [ˋmɑrdʒɪn] – a profit margin (n.) 利潤<u>率／賺頭</u> ★★★★

The company increased its profit **margin** by reducing production costs.
公司透過降低生產成本來提高利潤率。

There is a narrow **margin** for error. 錯誤的容許範圍非常小。
（意思是即使是微小的失誤也可能導致相當大的損失，因此需要精確與謹慎）

● 形容詞 marginal 常搭配的 marginal interest（邊際利益）也要記住！

☐ **meagerly** [ˋmigəlɪ] **(= poorly)** – be meagerly paid (adv.) ★★★★
賺得<u>不多</u>，收入<u>微薄</u>

The workers were **meagerly** paid for their hard labor.
工人們的辛勤勞動卻只得到了微薄的收入。

☐ **measure** [ˋmɛʒɚ] – measure the dimensions (v.) 測量／測定尺寸 ★★★★

The tailor **measured** him for a new suit. 裁縫師為他量身訂製新西裝。

● measure 作為名詞也有「措施、對策」的意思，而 measurement 則表示「尺寸」。

The government implemented new **measures** to reduce pollution.
政府實施了降低污染的新措施。

☐ **minor** [ˋmaɪnɚ] – minor changes to the plan (a.) 對計畫的<u>些微</u>修改 ★★★★

The accident caused minor injuries. 那起事故造成了輕微的傷害。

● 作為形容詞時，minor 表示「輕微的，次要的」；與之相對的是 major（主要的）。minor 作為名詞也有「未成年人」的意思。

☐ **minutes** [ˋmɪnɪts] – minutes of the last meeting (n.) ★★★★
上次會議的會議紀錄

She took **minutes** during the board meeting. 她在董事會期間做了會議紀錄。

● minute 作為形容詞時，意思是「微小的、詳細的」，此時發音為 [maɪˋnjut]。

There were **minute** details in the painting. 那幅畫中有極為細緻的細節。

☐ **moderate** [ˋmɑdərɪt] – a moderate increase (a.) 適度的增加 ★★★★

Despite being in peak season, the hotel charges are **moderate**.
即使是旺季，那間飯店的收費也算適中。

● moderate 可表示「（氣候）溫和的」，作為動詞時表示「使緩和、調節」，發音為 [ˋmɑdəret]，與形容詞不同。YouTube、聊天室中的「管理員」是 moderator。

The climate in this region is **moderate**, with mild winters and warm summers.
這個地區的氣候溫和，冬天不會太冷夏天不會太熱。

She tried to **moderate** the discussion to ensure everyone had a chance to speak.
她試圖掌控討論的判斷，以確保每個人都有發言的機會。

☐ **money-back guarantee** [ˋmʌnɪˏbæk ˋgærənˋti] ★★★★
– product with a money-back guarantee (n.) 有退款保證的產品

The service offers a **money-back guarantee** if you are not satisfied.
若您不滿意此服務，本服務提供退款保證。

☐ **most** [most] – the most talented player (adv.) 最有才華的選手 ★★★★

She is the **most** diligent student in the class. 她是班上最勤勞的學生。

☐ **most of** – most of the guests (phr.) 大部分的客人 ★★★★

Most of the employees agreed with the decision. 大多數員工同意那項決定。

☐ **much to the surprise** [səˋpraɪz] – much to the surprise ★★★★
of everyone (phr.) 令所有人都非常驚訝地

● 請記住與情緒名詞連用的介系詞 to！在多益中，to the 為正確答案的用法之一。像是 to the disappointment of（令…失望的是）也很重要。

Much to the surprise of the staff, the project was completed ahead of schedule.
令員工非常驚訝的是，該專案提前完成了。

The concert was canceled at the last minute, **much to the disappointment of** many fans. 演唱會在最後一刻被取消，讓許多粉絲感到失望。

☐ **nearly** [ˋnɪrlɪ] – nearly finish the task (adv.) 幾乎完成任務　★★★★
The project is **nearly** complete. 這個專案幾乎完成了。
- nearly（幾乎）/ almost（幾乎）/ about（約）/ approximately（大約）/ roughly（大約）/ around（約）：請整組記憶！
Nearly 100 people attended the seminar. 有將近 100 人參加這場研討會。

☐ **necessary** [ˋnɛsəˌsɛrɪ] – take necessary safety precautions (a.)　★★★★
採取**必要的**安全預防措施
It is **necessary** to wear protective gear. 佩戴防護裝備是必要的。
- as often as necessary（需要的時候就⋯）也是多益常考片語，請記住！

☐ **negotiate** [nɪˋgoʃɪˌet] – negotiate the terms (v.) 協商條件　★★★★
They **negotiated** a fair deal for both parties. 他們為雙方協商了一項公平的交易。

☐ **noteworthy** [ˋnotˌwɝðɪ] **(= remarkable, significant)**　★★★★
– noteworthy achievement (a.) 值得肯定的成就
His contribution to the project was **noteworthy**. 他對該專案的貢獻相當值得肯定。

☐ **notify** [ˋnotəˌfaɪ] – notify the manager of any changes (v.)　★★★★
通知經理任何變更事項
Please **notify** us if you are unable to attend the meeting.
若您無法出席會議，請通知我們。
- 請記住「notify/remind/inform/apprise A of B（通知 A 某事）」的句型！
The company **notified** employees **of** the upcoming policy changes.
公司通知員工即將實施的政策變更。

☐ **object** [əbˋdʒɛkt] – object to the proposal (v.) 反對這項提案　★★★★
- object 當名詞時有「受詞」、「目的」之意。
She **objected to** the changes in the plan. 她反對計畫的變更。

☐ **in observance** [əbˋzɝvəns] **of** – in observance of the holiday (phr.)　★★★★
為遵守假日規定
- 動詞 observe 有「遵守（法律、規則等）」與「觀察」的意思，因此動詞 observe 可衍生出 observation（觀察）與 observance（遵守）兩種名詞用法。

The office will be closed **in observance of** the national holiday.
辦公室將因應國定假日而關閉。

The strict **observance of** the rules is required. 需嚴格遵守規則。

☐ **obtain** [əb`ten] – obtain a permit (v.) 取得許可證 ★★★★
- 具有相同字根的 retain 則是「保留」的意思，也可表示「雇用（hire, employ）」、「維持關係（engage）」，是多益閱讀測驗中同義詞題的常見選項，請一併記憶！

You need to **obtain** permission before starting the project.
在啟動該專案之前，您必須取得許可。

☐ **occur** [ə`kɝ] – will occur tomorrow (v.) 將在明天**發生** ★★★★
- occur（發生）為不及物動詞，後面不接受詞。

The problem **occurs** frequently. 該問題經常發生。

☐ **offer** [`ɔfɚ] – offer a discount (v.) 提供／提出折扣 ★★★★
He **offered to** help with the project. 他主動提出協助該專案。
- offer 可當名詞。其動詞用法可比照像是 give／grant 等授予動詞（可接兩個受詞）的句型。

The company **offered** her a promotion and a salary increase.
公司給了她升職及加薪的機會。

☐ **on average** [`ævərɪdʒ] **(= typically)** – on average, usually (phr.) ★★★★
一般來說，平均而言

On average, students spend 2 hours on homework each night.
平均而言，學生們每晚會花兩小時寫作業。

☐ **on the horizon** [hə`raɪzn̩] – changes on the horizon (idiom) ★★★★
即將發生的變化
- on the horizon 是經常出現在多益閱讀測驗中的用語。想像太陽剛從水平線升起的畫面，有助於記憶這個片語。

There are exciting developments **on the horizon**. 令人振奮的進展即將到來。

☐ **operate** [`ɑpə͵ret] – operate a machine (v.) 操作機器 ★★★★
He was trained to safely **operate** the heavy machinery in the factory.
他受過訓練，能夠安全操作工廠裡的重型機械。
- operate 還有「（公司或工廠等）運作」的意思。

The factory **operates** 24 hours a day. 該工廠全天候 24 小時運作。

☐ **orderly** [`ɔrdɚlɪ] – an orderly fashion (a.) 有秩序的方式　★★★★
- 字尾 -ly 的形容詞，如 costly（昂貴的）、friendly（友善的）、lovely（可愛的）、orderly（有秩序的）…請加強記憶！

Please line up in an **orderly** fashion. 請依序排隊。

☐ **organize** [`ɔrgə,naɪz] – organize the event (v.) 籌辦活動　★★★★
She **organized** the conference last year. 她去年籌辦了那場會議。

☐ **overcome** [,ovɚ`kʌm] – overcome the obstacles (v.) 克服障礙　★★★★
They **overcame** many challenges to achieve their goal.
他們克服許多挑戰後達成了目標。

☐ **overdue** [`ovɚ,dju] – overdue payment (a.) 逾期付款　★★★★
The library book is **overdue**. 那本圖書館的書已逾期未還。
- due 是關鍵單字，有「到期的」、「費用」等意思。請一併記憶：due to + 名詞（由於）、be due to V（預定要…）、dues（費用）。

The train **is due to** arrive at 6 PM. 火車預定在下午六點抵達。

☐ **oversight** [`ovɚ,saɪt] – oversight committee (n.) 監督委員會　★★★★
The **oversight** committee reviewed the project. 監督委員會審查了這項計畫。
- oversight 除了表示「監督」，也可指「疏忽，失誤」。

The error was due to an **oversight** on my part. 那個錯誤是我疏忽造成的。

☐ **overwhelming** [,ovɚ`hwɛlmɪŋ] – overwhelming support (a.) 壓倒性的支持　★★★★

The candidate received **overwhelming** support from the community.
那位候選人獲得了社區壓倒性的支持。

☐ **own** [on] – own a house (v.) 擁有一棟房子　★★★★
She **owns** a small business. 她擁有一家小型企業。
- 當名詞時常用於 on one's own（靠某人自己），這是考試中常見的用語。

She managed to solve the complex problem **on her own**.
她自己設法解決了那個複雜的問題。

☐ **pack** [pæk] – pack one's bags (v.) 打包行李 ★★★★
She needs to **pack** her suitcase for the trip. 她必須為這趟旅行打包行李。
● pack 也可以當名詞用，意思是「包，包裹，背包（backpack）」。
The store sells a variety of snack **packs**. 這家店販售各式各樣的小包裝零食。

☐ **participate** [pɑrˋtɪsəˏpet] – participate in the discussion (v.) 參與討論 ★★★★
● 記住：participate in = attend。此時 attend 是及物動詞。
She actively **participates in** community events. 她積極參與社區活動。

☐ **party** [ˋpɑrtɪ] – both parties (n.) 雙方當事人 ★★★★
● 如果只知道 party 是「派對」，你會看不懂很多句子的意思！
The insurance covers damages caused by a third **party**.
這份保險涵蓋第三方造成的損害。
Both **parties** agreed to the terms of the contract. 雙方當事人同意了合約條款。

☐ **patience** [ˋpeʃəns] – have patience (n.) 有耐心 ★★★★
Teaching young children requires a lot of **patience**. 教導幼童需要很多耐心。
● Thank you for your patience.（感謝您的耐心等候。）是很常見的用語，常用於施工或延遲等公告中，是多益 Part 6 中經常出現的句子。

☐ **patio** [ˋpætɪˏo] (= **terrace, veranda**) – an outdoor patio (n.) 戶外露台 ★★★★
They have a barbecue on the **patio** every weekend. 他們每個週末都會在露台上烤肉。

☐ **pay** [pe] – pay the bill (v.) 支付帳單 ★★★★
● pay 可以當名詞也可以當動詞。
She **paid** the bill at the restaurant before leaving. 她在離開前將餐廳的帳單給結了。

☐ **perform** [pɚˋfɔrm] – perform the task efficiently (v.) ★★★★
有效率地執行任務
The surgeon will **perform** the operation tomorrow morning.
外科醫生將於明天早上進行這項手術。
● perform 也常用來表示「表演」。
The band **performed** at the festival. 那個樂團在慶典中表演。
●「工作績效評估」的英文是 performance appraisal。

126

☐ **permanent** [ˈpɝmənənt] – a permanent solution (a.) 永久的解決方案　★★★★
● permanent（永久的）↔ temporary（臨時的）
He found a **permanent** job in the city. 他在城市裡找到了一份正職（永久性工作）。

☐ **pension** [ˈpɛnʃən] – receive one's pension monthly (n.)　★★★★
每月領取退休金
Many retirees rely on their **pension** for financial stability.
許多退休人士仰賴退休金以維持財務穩定。

☐ **permit** [pɚˈmɪt] – permit access (v.) 允許存取／進入　★★★★
The school does not **permit** students to use their phones during class.
該校不允許學生在課堂中使用手機。
● permit 為可數名詞時表示「許可證」。另外，permission（許可）則為不可數名詞。
The **permit** allows you to park here. 有這張許可證就可以停在這裡。

☐ **persuade** [pɚˈswed] – persuade the client (v.) 說服客戶　★★★★
● 記住「persuade（說服）/ enable（使能夠）/ encourage（鼓勵）/ urge（催促）/ force（強迫）/ inspire（激勵）/ motivate（激發）+ 受詞 + to V」這個句型。
She **persuaded** him **to** join the team. 她說服他加入了這個團隊。

☐ **pivotal** [ˈpɪvətl] (= crucial) – a pivotal decision (a.) 關鍵決策　★★★★
This decision is **pivotal** for the future of our company.
這項決定對我們公司的未來相當重要。

☐ **place** [ples] **an order** [ˈɔrdɚ] **for** – (v.) 訂購⋯　★★★★
● 把 place an order for 當作片語記住！被動語態的 An order is (placed)⋯ 曾在考題中的正確答案選項中出現過。
She **placed an order for** a new laptop. 她訂購了一台新的筆記型電腦。

☐ **plan** [plæn] – plan the event (v.) 規劃活動　★★★★
● 記住常見以不定詞作為受詞的動詞：plan（規劃）/ strive（努力）/ wish（希望）/ hope（期望）/ choose（選擇）/ decide（決定）/ promise（承諾）+ to-V
They **plan to** launch the new product next month. 他們計劃於下個月推出新產品。
● plan 可以當名詞也可以當動詞。
The **plan for** the new project is ready. 新專案的計畫已準備就緒。

☐ **play** [ple] – play a game (v.) 玩遊戲，**進行**一場比賽 ★★★★
The children **played** in the park. 孩子們在公園裡玩耍。
- 「扮演某個角色」為 play a role。

☐ **polite** [pə`laɪt] – a polite request (a.) **禮貌的**請求 ★★★★
She was very **polite** to the guests. 她對客人非常有禮貌。

☐ **position** [pə`zɪʃən] – a key position (n.) 重要的**職位** ★★★★
- position 可以當名詞也可以當動詞。

She was promoted to a higher **position**. 她被晉升到更高的職位。

☐ **possess** [pə`zɛs] – possess the skills (v.) **擁有**技能 ★★★★
He **possesses** a rare talent for music. 他擁有一項罕見的音樂天賦。

☐ **potential** [pə`tɛnʃəl] – high potential (n.) 高**潛力** ★★★★
The young athlete showed great **potential** to become a top player in the league.
那位年輕選手展現出成為聯盟頂尖球員的巨大潛力。
- potential 可作形容詞或名詞使用；作名詞時為不可數名詞，因此前面不能加 a。但意思相近的 potentiality（潛在性）則是可數名詞。

The **potential** benefits are significant. 潛在利益相當可觀。

☐ **practical** [`præktɪkəl] – practical advice (a.) **實用的**建議 ★★★★
She offered **practical** solutions to the problem. 她對那個問題提出了實用的解決方法。
- 補充：practice medicine 意指「行醫（= work as a doctor or medical professional）」

☐ **precipitation** [prɪˌsɪpə`teʃən] **(= rainfall)** – heavy precipitation (n.) ★★★★
大量**降雨**
- precipitation = rainfall 曾在 Part 7 中以同義替換說法的形式來出題。

The region is expecting heavy **precipitation** this weekend.
該地區預計本週末將有大量降雨。

The meteorologist measured the **precipitation** levels for the month.
氣象家測量了這個月的降雨量。

☐ **precise** [prɪ`saɪs] – precise measurements (a.) **精確的**測量 ★★★★
The instructions were clear and **precise**. 這些指示既清楚又精確。

☐ **precondition** [ˌprikənˈdɪʃən] – certification as a precondition (n.) ★★★★
取得證照作為**先決條件**

Piloting a drone for commercial use requires certification as a **precondition** of employment. 操作商用無人機者的雇用先決條件是取得認證。

☐ **prepare** [prɪˈpɛr] – prepare for the presentation (v.) 準備簡報 ★★★★
● prepare 與 preparation 常與介系詞 for 搭配使用，請一併記住 in preparation for（為了準備⋯）。

They are **preparing for** the upcoming meeting. 他們正在準備即將召開的會議。

☐ **present** [prɪˈzɛnt] – present the findings (v.) **發表**研究結果 ★★★★
He **presented** his research at the conference. 他在會議上發表了自己的研究成果。
● present 作為形容詞時意為「現在的」，作為名詞則有「禮物」之意。

☐ **pressure** [ˈprɛʃɚ] – under pressure to succeed (n.) ★★★★
承受著必須成功的**壓力**
● 請記住以下片語：under + pressure（壓力）/ the new management（新管理階層）/ the guidance（指導）of

The **pressure** to perform well was intense. 要有好表現的壓力是很大的。

☐ **prestigious** [prɛˈstɪdʒəs] – a prestigious university (a.) ★★★★
一流的／享有聲望的大學

She graduated from a **prestigious** university. 她畢業於一所名校。

☐ **previous** [ˈpriviəs] – previous experience (a.) **先前的／過去的**經驗 ★★★★
He has **previous** experience in this field. 他在這個領域有過去的經驗。
● previously（以前）是副詞，常與過去式或過去完成式連用。

She had **previously** worked at a law firm before joining the tech company. 她在加入這家科技公司之前，曾在一家律師事務所工作。

☐ **primary** [ˈpraɪˌmɛrɪ] **(= main, principal)** – a primary objective (a.) ★★★★
首要目標

Her **primary** goal is to finish her degree. 她的首要目標是完成學業。

☐ **prime** [praɪm] – a prime location (a.) **絕佳**地點 ★★★★
The restaurant is in a **prime** location. 那間餐廳位於絕佳的地點。

☐ **prior** [ˈpraɪɚ] **to** – prior to the meeting (phr.) 在這場會議之前 ★★★★
● prior 也單獨作為形容詞使用，如 a prior engagement（先前的約定）。
Please read the document **prior to** the discussion. 請在討論前閱讀這份文件。

☐ **priority** [praɪˈɔrətɪ] – top priority (n.) 第一要緊的事，當務之急 ★★★★
Safety is our **top priority**. 安全是我們最優先考量的事項。

☐ **process** [ˈprɑsɛs] – streamline the process (n.) 簡化流程 ★★★★
● process（流程）是可數名詞；而 procession（加工、處理）則是不可數名詞。
The **process** of applying for a loan can be complicated. 申請貸款的流程可能相當複雜。

☐ **procrastinate** [proˈkræstəˌnet] **(= delay)** ★★★★
– procrastinate on work (v.) 拖延工作
He tends to **procrastinate on** his assignments until the last minute.
他傾向於把作業拖到最後一刻才做。

☐ **produce** [prəˈdus] – produce high-quality goods (v.) 生產優質商品 ★★★★
The factory **produces** automotive parts. 那間工廠生產汽車零件。
● produce [ˈprɑdjus] 作為名詞時意指「農產品」，為不可數名詞。注意名詞重音在前，動詞重音在後。

☐ **product** [ˈprɑdʌkt] – a new product line (n.) 新產品線 ★★★★
The store offers a variety of **products**. 那家店提供各式各樣的產品。

☐ **professional** [prəˈfɛʃənl] – a professional attitude (a.) 專業的態度 ★★★★
● professional 作為形容詞表示「專業的，職業的」，作為名詞表示「專業人士」。
She gave a very **professional** presentation at the conference.
她在會議上進行了一場非常專業的簡報。
She is a highly skilled **professional**. 她是一位技術非常熟練的專業人士。

☐ **progress** [ˈprɑgrɛs] – show significant progress (n.) 表現出顯著的進展 ★★★★
● progress 可以當名詞也可以當動詞。
She has **made progress** in her studies. 她在學業上已有進步。

☐ **project** [prəˈdʒɛkt] – project the future trends (v.) 預測未來趨勢 ★★★★
● project 可以當名詞也可以當動詞。表「預測未來」的5大動詞：be projected / scheduled / supposed / expected / slated + to-V，請一併記熟。

The company's profits **are projected to** increase by 20% next year.
該公司的收益預計明年將成長 20%。

The **project** was completed on time. 這項計畫準時完成。

☐ **promote** [prə`mot] – promote the new campaign (v.) 宣傳新活動 ★★★★
The company plans to **promote** its new product through a series of online ads.
該公司計劃透過一系列線上廣告來宣傳其新產品。
● promote 常用來表示「使（某人）獲得升遷」。
He **was promoted to** manager last year. 他去年晉升為經理。

☐ **prompt** [prɑmpt] – a prompt response (a.) 即時的回應 ★★★★
● prompt 可作形容詞，意指「即時的」，也可作動詞，意為「引發，敦促」。
She provided a **prompt** reply to my email. 她立即回覆了我的電子郵件。

☐ **protect** [prə`tɛkt] – protect the environment (v.) 保護環境 ★★★★
● 記住用法：protect A from B（保護 A 不受 B 影響）
The sunscreen will **protect** your skin from sunburn. 防曬霜能保護你的皮膚免於曬傷。

☐ **prove** [pruv] – prove the hypothesis (v.) 證明這項假說為真 ★★★★
● prove 可用於「S＋V＋SC」的句型中，也可用於「S＋V＋O」的句型。
The scientist **proved** his theory with evidence. 那位科學家拿出證據證明自己的理論。
The new policy **proved** to be effective in reducing traffic accidents.
這項新政策已證明對減少交通事故是有效的。

☐ **provide** [prə`vaɪd] – provide assistance (v.) 提供協助 ★★★★
The company **provided** employees with new laptops.
該公司為員工提供了新的筆記型電腦。

☐ **provision** [prə`vɪʒən] **(= clauses)** – provisions in a contract (n.) ★★★★
合約中的條款／規定
● provisions 原指合約或法律文件中的「條款、規定」，用來說明特定條件或細節。這個字在 TOEIC 考題中相當常見，曾出現在第 130 題的關鍵單字中。
The contract includes several important **provisions** regarding payment and delivery schedules. 該合約包含了數項關於付款與交貨時間表的重要條款。
The contract includes a **provision** for early termination. 合約中包含提前終止的條款。
● provision 也可表示「提供」之意。

The **provision** of healthcare services is essential for the well-being of the community. 提供醫療服務對於社區福祉相當重要。

14.mp3

☐ **purchase** [ˈpɝtʃəs] – purchase new equipment (v.) 購買新設備 ★★★★
- purchase 可以當名詞也可以當動詞，順便記下 make a purchase（購買）這個用法吧！

She **purchased** a new car last week. 她上週買了一輛新車。

☐ **purpose** [ˈpɝpəs] – the purpose of the meeting (n.) 會議的目的 ★★★★
- 記住「The purpose/aim/goal/objective is to-V」這個句型！

The main **purpose** of the trip is to relax. 這次旅行的主要目的是放鬆。

☐ **quality** [ˈkwɑlətɪ] – maintain high quality (n.) 維持高品質 ★★★★

The **quality** of the product is excellent. 這項產品的品質非常優良。

- quality 也可當形容詞，表示「優質的」。

We always strive to provide **quality** service to our customers. 我們始終致力於為顧客提供優質的服務。

☐ **quarter** [ˈkwɔrtɚ] – a fiscal quarter (n.) 財政季度 ★★★★

The company reported earnings for the third **quarter**. 公司公告了第三季度的收益。

☐ **query** [ˈkwɪrɪ] **(= question, inquiry)** – answer a query (n.) 回答疑問 ★★★★

She answered the customer's **query** promptly. 她迅速回答了顧客的疑問。

☐ **question** [ˈkwɛstʃən] – question the validity (v.) 質疑其正當性 ★★★★
- question 也有「(因懷疑而)質問」的意思。

The detective began to **question** the suspect about his whereabouts. 偵探開始盤問嫌疑人他的行蹤。

- question 可以當名詞也可以當動詞。

She asked a **question** during the meeting. 她在會議中問了一個問題。

- field the question（處理問題）這個用語最近出現在第130題的殺手級問題中。

The spokesperson **fielded the** tough **questions** from the reporters with confidence. 發言人自信地應對著記者們的尖銳提問。

☐ **quote** [kwot] – quote a passage (v.) 引用一段話 ★★★★

He **quoted** a passage from the book. 他引用了書中的一段文字。

- quote 當名詞時，不僅表示「引用」，也可以表示「報價(= estimate)」。

We received a **quote** for the construction project from the contractor.
我們從承包商那裡收到了該建案的報價。

☐ **range** [rendʒ] – **a wide range of** products (n.) 各式各樣的產品 ★★★★
● 常以「a range of + 複數名詞」的形式出現。

The store offers **a wide range of** products, from electronics to clothing.
該商店提供從電子產品到服裝等多樣的產品。

● 當動詞時，表示「範圍從…到…」。

The prices **range from** affordable **to** expensive. 價格從平價到昂貴的都有。

☐ **rank** [ræŋk] – rank the candidates (v.) 對候選人**進行排名** ★★★★
● rank 當名詞時意指「等級，順位」，當動詞則為「使…列入等級」。

The university **ranks** students from A to F based on their academic performance.
該大學根據學業成績將學生分為Ａ至Ｆ等級。

The school **ranks** among the top in the nation. 該校在全國名列前茅。

☐ **rarely** [ˈrɛrlɪ] – rarely happen (adv.) 很少發生／**不常**出現 ★★★★
● rarely 意指「幾乎不…」，是多益正解句子中常出現的副詞之一。

It **rarely** rains in this region. 這個地區很少下雨。

☐ **rate** [ret] – rate of growth (n.) 成長／增長**率** ★★★★

The population is growing at a **rate** of 2% per year. 人口正以每年2%的比率成長。

● rate 當動詞時，意指「評價」。

The movie was **rated** highly by critics. 該電影獲得影評人高度評價。

☐ **rather** [ˈræðɚ] **(= quite)** – a rather interesting lecture (adv.) ★★★★
相當有趣的講座

● rather 在形容詞前表示「相當」，用來加強語氣。

The lecture was **rather** interesting and kept the audience engaged.
那場講座相當有趣，吸引了聽眾注意。

● rather 也常用於 would rather (than)（寧可…也不要…）以及 rather than（而非…）等重要句型中。

She **would rather** read a book **than** watch TV. 她寧可看書也不看電視。

He **would rather** not discuss this issue right now. 他現在寧可不討論這個問題。

He prefers to work alone **rather than** in a team. 他偏好獨自工作，而不是團隊合作。

- **reach** [ritʃ] – reach an agreement (v.) 達成協議 ★★★★
  - ● reach 是及物動詞，後面可直接接受詞；作為名詞時，意指「可觸及之範圍」。

  The climbers managed to **reach** the summit just before sunset.
  登山客就在日落前登上了山頂。

  The book is out of my **reach** on the shelf. 書架上的那本書我拿不到。

- **react** [rɪˈækt] – react to the news (v.) 對新聞做出回應 ★★★★

  How did she **react to** the surprise? 她對這個驚喜如何反應？

- **readily available** [ˈrɛdəlɪ əˈveləb!] ★★★★
  – readily available information (phr.) 可輕易取得的資訊
  - ● 「免費提供」是 freely available，但多益特別偏好 readily available，考題中有 readily 常是正解。

  The data is **readily available** for anyone who needs it.
  這份資料任何需要的人都可以輕易取得。

- **realize** [ˈrɪəl͵aɪz] – realize the potential (v.) 發掘潛能 ★★★★
  - ● realize 結合 real（真實的）+ -ize（動詞字尾），含「實現」與「察覺，認知」兩種意義。

  He **realized** his mistake and apologized. 他意識到自己的錯誤並道歉了。

- **reason** [ˈrizən] – give a reason (n.) 給個理由 ★★★★

  The main **reason** for the delay was the severe weather conditions.
  延遲的主要原因是惡劣的天氣。
  - ● reason 作為動詞時，表示「推理，判斷」。

  She **reasoned** that it was too late to start over. 她判斷重新開始已經太晚了。

- **recall** [rɪˈkɔl] – recall the past events (v.) 回想過去的事件 ★★★★
  - ● recall 可以當名詞也可以當動詞。

  She **recalled** her childhood memories. 她回憶起自己的童年時光。

- **recent** [ˈrisənt] – recent developments (a.) 最近的發展 ★★★★

  The **recent** news has everyone talking. 最近的新聞引發了大家熱烈討論。

- **recognize** [ˈrɛkəɡ͵naɪz] – recognize the achievements (v.) 肯定成就 ★★★★

  She was **recognized** for her contributions to the field.
  她以其於該領域的貢獻而獲得肯定。

☐ **recommend** [ˌrɛkəˈmɛnd] – recommend a course of action (v.) ★★★★
推薦／建議一種行動方針

She **recommended** the new restaurant to her friends.
她向她的朋友推薦了那家新開的餐廳。

● recommend（推薦）、suggest（建議）後面接動名詞作為其受詞；propose（提議）則可接不定詞或動名詞。

I **recommend** reading this book for a better understanding of the topic.
為了更加理解這個主題，我建議閱讀這本書。

☐ **reconfigure** [ˌrikənˈfɪgjɚ] **(= reshape, rearrange)** ★★★★
– reconfigure the system (v.) 重設／重新配置系統

They had to **reconfigure** the system after the update.
他們在更新後必須重置系統。

☐ **record** [rɪˈkɔrd] – record the data (v.) 記錄／錄製數據 ★★★★

● record 可以當名詞也可以當動詞。

The event was **recorded** on video. 這場活動被錄影保存下來。

She will **record** the lecture so she can review it later.
她會錄下這堂課，好讓自己之後複習。

☐ **redeem** [rɪˈdim] **a coupon** [ˈkupɑn] ★★★★
– redeem a coupon for a discount (v.) 兌換折價券以獲得折扣

● redeem 的名詞是 redemption（兌換，贖回），形容詞是 redeemable（可贖回的）。

You can **redeem** this coupon at any of our stores. 此券可於我們任一門市兌換使用。

☐ **reduce** [rɪˈdjus] – reduce the costs (v.) 降低成本 ★★★★

● reduction（減少，削減）為其名詞形式。

We need to **reduce** our carbon footprint. 我們必須減少我們的碳足跡。

☐ **redundant** [rɪˈdʌndənt] – made redundant (a.) 成為累贅的／多餘的 ★★★★

● redundant 原意為「多餘的，累贅的」，亦可引申為「不再需要而被裁員的」。

Several positions were made **redundant** during the downsizing.
在縮編期間，有幾個職位遭到裁撤。

Adding more details to the report would be **redundant**.
再添加更多細節到報告中就顯得多餘了。

☐ **refer** [rɪˋfɝ] – refer to the manual (v.) 參考使用手冊　★★★★
Please **refer to** the manual if you need help with the installation.
如果您在安裝過程中需要協助,請參考使用手冊。
● be referred to... 表示「被轉介給⋯」。

She **was referred to** a specialist for further treatment.
她被轉診至一位專科醫師以接受進一步治療。

☐ **refrain** [rɪˋfren] – refrain from smoking (v.) 克制吸菸　★★★★
● 請將 refrain from 當作片語記熟!

Please **refrain from** making noise. 請勿製造噪音。

☐ **reiterate** [riˋɪtəˏret] **(= repeat)** – reiterate one's request (v.)　★★★★
重申某人的請求

He **reiterated** his request for more funding. 他重申其關於追加資金的請求。

☐ **relaxing** [rɪˋlæksɪŋ] – relaxing evening/vacation/massage (a.)
令人感到放鬆的夜晚/假期/按摩　★★★★

The **relaxing** music helped her unwind after a long day.
放鬆的音樂幫助她在經歷漫長的一天後舒緩情緒。

☐ **release** [rɪˋlis] – release the new album (v.) 發表/推出新專輯　★★★★
The company **released** its latest product last week. 該公司於上週推出其最新產品。
● 名詞用法如 issue a press release(發布新聞稿)也要熟記!

☐ **reliable** [rɪˋlaɪəbl] – reliable source (a.) 可靠的消息來源　★★★★
She is known for being **reliable** and trustworthy. 大家都知道她是可靠與值得信賴的。
● reliant 表示「依賴的(dependent)」,請注意並個別記憶。

☐ **rely** [rɪˋlaɪ] – rely on support (v.) 依賴支援　★★★★
● rely on = depend on = count on。

They **rely on** donations to fund their activities. 他們依靠捐款來支應其活動所需經費。

☐ **remain** [rɪˋmen] – remain calm (v.) 保持冷靜　★★★★
The results **remain** unchanged. 結果仍維持不變。

☐ **reminder** [rɪˋmaɪndɚ] – send a reminder (n.)　★★★★
發送提醒(或遺忘事項的)通知

● 拼字相近的 remainder 表示「剩餘部分」。

She sent a **reminder** about the meeting. 她發送了會議的提醒通知。

☐ **replace** [rɪ`ples] – replace the old system (v.) **更換**舊系統 ★★★★
  ● 多益中曾出現 replace A with B（以 B 替換 A）的用法。

The company decided to **replace** the old computers with new ones. 那家公司決定將舊電腦換新。

☐ **reply** [rɪ`plaɪ] – reply to the email (v.) **回覆**電子郵件 ★★★★
  ● reply 可以當名詞也可以當動詞。

He **replied to** my message promptly. 他立即回覆了我的訊息。

☐ **request** [rɪ`kwɛst] that S (should) V – (v.) **請求**某人做某事 ★★★★

They **requested** that the meeting **be** rescheduled. 他們請求重新安排會議時間。

☐ **research** [`ri͵sɝtʃ] – conduct research (n.) 進行**研究** ★★★★
  ● 請區分 do/conduct a survey（進行調查）與 do/conduct research（進行研究）！survey 為可數名詞，research 為不可數名詞。

The latest **research** shows significant progress in renewable energy technologies. 最新研究顯示再生能源技術已有重大進展。

  ● research 可以當名詞也可以當動詞。

She is **researching** the effects of climate change. 她正在研究氣候變遷的影響。

☐ **resilient** [rɪ`zɪljənt] – a resilient community (a.) ★★★★
一個**具備強大復原力的**社區

The community is **resilient** and has rebuilt after the disaster. 該社區具有高度復原力，災後已完成重建。

☐ **resounding** [rɪ`zaʊndɪŋ] – a resounding success (a.) ★★★★
巨大／顯著的成功
  ● resounding 源自 re（= back or again）+ sound + ing，意為「聲音回響、強烈的、顯著的」。

The concert was a **resounding** success, with the audience cheering for an encore. 這場演唱會相當成功，觀眾們齊聲喊著安可。

The team had a **resounding** victory in the final match. 該隊在最終決賽中大獲全勝。

☐ **result** [rɪˋzʌlt] – a positive result (n.) 正面的**結果** ★★★★
The experiment yielded unexpected **results**. 那項實驗產生出人意料的結果。

☐ **return** [rɪˋtɜn] – return the item (v.) **退還／歸還**物品 ★★★★
She will **return** the book to the library tomorrow. 她明天會把書還給圖書館。
● return 當名詞時，亦有「報酬，收益」之意。
They expect a high **return** on their investment. 他們期望自己的投資能獲得高報酬。

☐ **revolutionize** [͵rɛvəˋluʃən͵aɪz] – revolutionize the industry (v.) **革新**產業 ★★★★
The new technology has the potential to **revolutionize** manufacturing.
新技術具有徹底革新製造業的潛力。

☐ **reward** [rɪˋwɔrd] – reward the effort (v.) 使辛勞**獲得回報** ★★★★
Employees were **rewarded** for their hard work. 員工們因努力工作而獲得獎勵。

☐ **risk** [rɪsk] – risk assessment (n.) **風險**評估 ★★★★
If you don't back up your data, you run a **risk** of losing it all.
若不備份資料，就有全部遺失的風險。
● risk 可以當名詞也可以當動詞，當動詞時表示「冒著…風險」。
She decided not to **risk** her health by continuing the dangerous activity.
她決定不再從事這項危險活動，以免危及健康。
She didn't want to **risk** losing her job by speaking out.
她不想冒著失去工作的風險而忍住不說出來。
● risk 的形容詞為 risky（危險的），曾在多益考題中的正確答案選項中出現。

☐ **role** [rol] – a key role (n.) 關鍵**角色** ★★★★
● role = capacity 的替換用法曾於考題中出現。capacity 除了表示「能力」，也有「職位，角色」的意思，請特別留意！
He played a crucial **role** in the project. 他在該專案中扮演了關鍵角色。

☐ **roughly** [ˋrʌflɪ] – be roughly estimated (adv.) **大約／粗略**估算 ★★★★
There were **roughly** 200 people at the concert last night.
昨晚的音樂會約有 200 人出席。

☐ **routine** [ruˋtin] – a daily routine (n.) 每日**例行事務** ★★★★

● routine 可當名詞，也可當形容詞，表示「例行的，慣常的」。

She follows a strict morning **routine**. 她遵循嚴格的晨間例行事務。

The **routine** maintenance of the equipment is scheduled for every Monday. 該設備的定期保養安排在每週一。

☐ **RSVP (= respond)** – please RSVP (v.) 敬請回覆 ★★★★

● RSVP 是法語 *répondez s'il vous plaît* 的縮寫，常出現在邀請函中。

Please **RSVP** by Friday if you are attending the event. 若您將出席這場活動，請於星期五前回覆。

☐ **rule** [rul] – follow the rules (n.) 遵守規則 ★★★★

The new **rule** requires all employees to wear identification badges. 新規定要求所有員工佩戴識別證。

● rule 可以當名詞也可以當動詞，動詞含有「統治，治理」的意思。

The king **ruled** the kingdom for many years. 國王已統治該王國許多年了。

● 請記下 rule out（將…排除在外）的用法！

The doctor **ruled out** any serious illnesses after the test results came back normal. 檢查結果顯示恢復正常後，醫生排除了任何重病的可能性。

☐ **run** [rʌn] – run a business (v.) 經營一項事業 ★★★★

She has been **running** her own company successfully for over a decade. 她成功經營自己的公司已超過十年。

● run 當名詞時可表示「跑步」。

He went for a **run** in the park. 他去公園跑步了。

☐ **safe** [sef] – safe and secure (a.) 安全可靠的 ★★★★

The money is **safe** in the bank. 錢存在銀行很安全。

● safe 也有名詞的用法，表示「保險箱」。

☐ **satisfied customers** [ˈsætɪsˌfaɪd ˈkʌstəmɚz] **(= content customers)** ★★★★
– have satisfied customers (n.) 擁有滿意的顧客

● 用於修飾人時，「滿意的」要用 satisfied，這是多益 Part 5 中會出題的字。

The company strives to have **satisfied customers** by providing excellent service. 該公司藉由提供優質的服務努力讓顧客開心滿意。

☐ **save** [sev] – save money (v.) 存錢／節省開支 ★★★★

He made an effort to **save** for the future. 他努力為未來存錢。

● 請記住 save A from B（從 B 手中拯救 A）這個句型！

The firefighter **saved** the child and the cat **from** the burning building.
消防員從失火的大樓中救出小孩和貓咪。

☐ **schedule** [ˈskɛdʒul] – schedule a meeting (v.) 為一場會議排定行程 ★★★★

● 請記住表示「預定，預計」的5個動詞：be scheduled/expected/projected/supposed/slated + to-V

They **scheduled** the meeting for next Monday. 他們將會議安排在下週一。

● schedule 可以當名詞也可以當動詞。

The meeting is on the **schedule** for next week. 這場會議排在下週的行程表上。

☐ **scrutinize** [ˈskrutn͵aɪz] – scrutinize the details (v.) 仔細檢查細節 ★★★★

● 名詞形式為 scrutiny（詳盡審查）。

The detective **scrutinized** the evidence closely. 該名偵探仔細查看著證據。

☐ **seasoned** [ˈsiznd] – a seasoned professional (a.) 經驗豐富的專業人士 ★★★★

● seasoned 的同義字包括：experienced, veteran, proficient, skilled, adept 等。

He is a **seasoned** professional with years of experience in the industry.
他是一名在該產業擁有多年經驗的專業人士。

☐ **see** [si] – see the results (v.) 看見結果 ★★★★

Can you **see** the difference? 你能看出差異嗎？

● 請記住 see to it that S + V（務必確保……）的句型！

Please **see to it that** all the doors are locked before you leave.
離開前請務必確認所有門都上鎖了。

☐ **self-guided drones** [ˈsɛlf ɡaɪdɪd dronz]
– design self-guided drones (n.) 設計自動導航無人機 ★★★★

Researchers aim to design **self-guided drones** that can carry supplies safely to areas that are challenging to access by ground transportation. 研究人員致力於設計可將物資安全運送至地面交通難以到達區域的自動導航無人機。

☐ **sell** [sɛl] – sell the product (v.) 銷售產品 ★★★★

The store **sells** a variety of goods. 該商店販售各式各樣的商品。

☐ **semifinal** [ˌsɛməˈfaɪnəl] – a regional semifinal (n.) 區域**準決賽** ★★★★

Because of inclement weather, the regional **semifinal** football match has been postponed until tomorrow at 2:00 P.M.
因天氣惡劣，區域足球準決賽已延至明天下午 2 點。

☐ **set** [sɛt] – set the table (v.) 擺**餐具**／**準備**餐桌 ★★★★

She asked her son to **set the table** for dinner. 她請兒子幫忙擺置晚餐的餐具。
● set 也有「（太陽或月亮）下沉」的意思。
The sun **set** over the horizon. 太陽沉入地平線下方。

☐ **shadowing** [ˈʃædoˌɪŋ] – shadowing appointments (n.) 跟隨觀摩的工作行程 ★★★★

Mr. Rein will have **shadowing** appointments with team leaders.
Rein 先生將與各組長一同參與工作觀摩行程。

☐ **show** [ʃo] – show the results (v.) **展示**結果 ★★★★

The teacher **showed** us how to solve the problem. 老師教我們如何解題。

☐ **situated** [ˈsɪtʃuˌetɪd] **(= located, placed)** ★★★★
– conveniently situated (a.) **地點**便利的

The hotel is conveniently **situated** near the airport.
該飯店位於機場附近，地點非常便利。

☐ **skill** [skɪl] – develop a skill (n.) 發展**技能**／培養**專長** ★★★★

His carpentry **skills** allowed him to build the furniture with precision.
他的木工技巧讓他能夠將家具做得很精緻。

She has a special skill for painting. 她對繪畫有特別的天賦。

☐ **be slated** [ˈsletɪd] **to** – be slated to release (phr.) **預定**推出 ★★★★
● 請記住：be slated to = be scheduled to
The new building **is slated to** open next spring. 新大樓預定於明年春天啟用。

☐ **solvent** [ˈsɑlvənt] – financially solvent (a.) 有償付**能力的**／財務穩健的 ★★★★

Despite the economic downturn, the company remained **solvent** and continued its operations smoothly.
儘管經濟低迷，該公司仍維持償債能力，並順利營運。
● solvent 的反義字為 insolvent（無法償債的）。

☐ **source** [sɔrs] – reliable source (n.) 可靠的消息來源 ★★★★
● source 可以當名詞也可以當動詞。
She cited her **sources** in the report. 她在報告中提到了她引述的來源。

☐ **speak** [spik] – speak clearly (v.) 清楚地說話／演講 ★★★★
He was invited to **speak** at the conference. 他受邀在會議上發表演講。

☐ **stable** [ˈstebl] – stable condition (a.) 穩定的狀態 ★★★★
The structure is **stable** and secure. 這個結構穩固且安全。

☐ **start** [stɑrt] – start the project (v.) 啟動這項專案／這個專案開始了 ★★★★
The race will **start** soon. 比賽很快就要開始了。

☐ **stop** [stɑp] – stop the car (v.) 停下車子 ★★★★
● stop 有「停止正在進行的行為、放棄某事」之意，此時接受動名詞作為受詞。
He **stopped** smok**ing**. 他戒菸了。
●「stop to + 原形動詞」中的 to-v 是副詞用法，不是受詞。
He **stopped to** think. 他停下來思考了一下。
● stop 作為名詞時有「車站」之意。
The bus **stop** is around the corner. 公車站就在轉角處。

☐ **study** [ˈstʌdɪ] – study for an exam (v.) 為考試而唸書 ★★★★
She **studied** hard every night to prepare for her final exams.
她每天晚上都努力唸書，準備她的期末考。
● study 除了有「學習」的意思外，也可延伸表示「仔細查看」。作為名詞時表示「研究」。
She is **studying** the menu. 她正在仔細查看菜單。
The **study** showed significant results. 該研究顯示出重要成果。
● 拼法相近的 sturdy 意思是「結實的，堅固的」。

☐ **succeed** [səkˈsid] – succeed in the task (v.) 成功完成任務 ★★★★
● succeed in（在…方面成功），succeed to（繼承…）
He **succeeded in** his mission. 他成功完成了他的任務。

☐ **suggest** [səgˈdʒɛst] – suggest a solution (v.) 建議一項解決方案 ★★★★

- suggest（建議）、recommend（推薦）這兩個動詞後面常接動名詞作為受詞；propose（提議）則可接動名詞或不定詞作為受詞。

She **suggested** going for a walk. 她提議去散步。

☐ **sum** [sʌm] – total sum (n.) 總額 ★★★★

The total **sum** of the bill was higher than expected. 帳單總額比預期的還高。

- 記住這個字的動詞用法 sum up（總結）吧！

To sum up, we need to increase our marketing efforts and expand our customer base. 總而言之，我們須加強行銷並拓展我們的客源。

☐ **supply** [səˈplaɪ] – supply the demand (v.) 滿足／供需求 ★★★★

The teacher **supplied** the students **with** new textbooks for the semester. 老師提供學生這學期用的新教科書。

- supply 可以當名詞也可以當動詞。

The **supply** of goods is limited. 商品的供應有限。

- supply/provide/present A with B（向A提供B）這個用法也要記下來！

The organization **supplied** the village **with** clean drinking water. 該組織為村莊提供了乾淨的飲用水。

☐ **support** [səˈpɔrt] – support the decision (v.) 支持這項決定 ★★★★

The community rallied together to **support** the local food bank. 社區齊心協力支援當地的食物銀行。

- support 可以當名詞也可以當動詞。

He has a lot of **support** from his family. 他得到了家人的大力支持。

- 曾考過在 support for your back（背部支撐）中，「for」這個介系詞是正確答案，「on」是錯誤選項。

The ergonomic design of the chair offers great **support for** your back, reducing strain during long periods of sitting. 這張椅子的符合人體工學設計，能為背部提供良好支撐，減少久坐時的負擔。

☐ **sustainable** [səˈstenəbl] (= eco-friendly) ★★★★
– sustainable cleaning products (a.) 環保清潔產品

- sustainable 原本意思是「可持續的」，延伸為一種在不破壞環境的前提下，保存資源、減少污染的方式。近來常在多益考試中出現。

The company focuses on developing **sustainable** cleaning products to protect the environment. 該公司基於保護環境，專注於研發環保清潔產品。

☐ **sustainable** [sə'stenəbl] **(= survivable)** – sustainable population (a.) ★★★★
可存活的族群數量
● sustainable 也有「可生存的」意思，表示在生態系統中個體或物種能持續生存的能力。
Scientists are researching ways to maintain a **sustainable** population of endangered species. 科學家正研究維持瀕危物種可存活的方法。

☐ **take... into account** [ə'kaʊnt] – (v.) take customer feedback into account 將顧客回饋納入考量 ★★★★
When planning the project, they **took** budget constraints **into account**.
在規劃該專案時，他們考慮了預算限制。

☐ **task** [tæsk] – complete a task (n.) 完成任務 ★★★★
She was given a difficult **task**. 她接到了一項困難的任務。

☐ **team** [tim] – work as a team (n.) 團隊合作 ★★★★
The **team** collaborated on the project. 團隊成員在專案中一起合作。
● team 可以當名詞也可以當動詞，team up with 意為「與…團隊合作」。
The company decided to **team up with** a nonprofit organization to launch the new community project. 該公司決定與某非營利機構一起合作推動新的社區計畫。

☐ **test** [tɛst] – test the new product (v.) 測試新產品 ★★★★
He **tested** the new software to ensure it met all requirements.
他測試了新軟體，以確保其符合所有需求。
● test 可以當名詞也可以當動詞。
The **test** results were promising. 測試結果相當令人期待。

☐ **thank** [θæŋk] – thank the team for their effort (v.) 感謝團隊的努力 ★★★★
He **thanked** everyone **for** their support. 他感謝大家的支持。

☐ **to date** [det] **(= up to now or until the present time)** – (phr.) 至今 ★★★★
● 很多人不知道這個片語，建議搭配同義表達一起記住！聽力中也常出現。
To date, we have received 500 applications. 截至目前為止，我們已收到 500 份申請。

☐ **track** [træk] – track the progress (v.) 追蹤進度 ★★★★
We need to **track** the shipment. 我們須追蹤這批貨的運送狀況。
● keep track of 意為「追蹤，記錄」。

She uses a planner to **keep track of** all her appointments and deadlines.
她使用行事曆來記錄所有的約定事項及截止日期。

☐ **trade** [tred] – trade goods and services (v.) 進行商品與服務的交易 ★★★★

Companies often **trade** goods and services to expand their market reach.
公司經常進行商品與服務的交易，以擴大其市場觸及率。

● trade 當名詞時表示「貿易，交易」。

The **trade** agreement was signed last year. 貿易協定是在去年簽署的。

☐ **transferable** [ˈtrænsfərəbl] (= movable, adaptable) ★★★★
– (a.) transferable tickets 可轉讓／可轉移票券

The ticket is **transferable**, so you can give it to a friend if you can't attend the event.
這張票是可以轉讓的，所以若你無法參加活動，可以轉送給朋友。

● 此字曾為 Part 5 的答案選項。衍生用法如 make unlimited transfers（不限次數轉乘）中，transfers 須用複數形式，是近年的出題點。

● 反義詞為 nontransferable（不可轉讓的）。

☐ **transmit** [trænzˈmɪt] (= send, convey) – transmit data (v.) ★★★★
傳輸／傳送資料

The device can **transmit** data over long distances. 該裝置可遠距離傳輸資料。

☐ **trend** [trɛnd] – a market trend (n.) 市場趨勢 ★★★★

The current **trend** is towards smaller, more fuel-efficient cars.
目前趨勢是朝向更小型、更省油的汽車。

☐ **trust** [trʌst] – trust the process (v.) 信任這個過程 ★★★★

He learned to **trust** his instincts when making important decisions.
他學會在做出重大決策時相信自己的直覺。

● trust 可以當名詞也可以當動詞。

She has my complete **trust**. 我完全信任她。

☐ **unanimously** [juˈnænəməslɪ] – unanimously agree (adv.) 一致同意 ★★★★

The committee **unanimously** agreed to the proposal. 委員會一致同意該項提案。

☐ **undermine** [ˌʌndɚˈmaɪn] – undermine authority (v.) 削弱權威 ★★★★

His actions were intended to **undermine** the manager's authority.
他的行為是刻意想削弱經理的權威。

☐ **underneath** [ˌʌndɚˈniθ] – hidden underneath the bed (prep.) ★★★★
藏在床底下的
The box was hidden **underneath** a pile of clothes. 那個箱子藏在一堆衣服底下。

☐ **understand** [ˌʌndɚˈstænd] – understand the concept (v.) ★★★★
理解那個概念
She **understands** the importance of education. 她了解教育的重要性。

☐ **understanding** [ˌʌndɚˈstændɪŋ] (= empathetic) ★★★★
– an understanding teacher (a.) 善體人意的老師
She is an **understanding** teacher who always listens to her students' problems.
她是一位總是傾聽學生問題的體諒型老師。
● understanding 當名詞時，意思是「理解」。
They reached a mutual **understanding** after a long discussion.
他們在長時間討論後達成了共識。

☐ **upon request** [rɪˈkwɛst] (= when requested) ★★★★
– be provided upon request (phr.) 根據要求提供
● upon 曾出現在正確答案的選項。
Additional information will be provided **upon request**.
更多資訊將依要求來提供。

☐ **use** [juz] – use the equipment (v.) 使用設備 ★★★★
The software is easy to **use**. 這套軟體很容易使用。

☐ **vacated** [ˈveketɪd] – a newly vacated position (a.) 新的職缺 ★★★★
We are forming a search committee for the newly **vacated** Senior Director position.
我們正在為新空出的高級主管職位成立遴選委員會。

☐ **value** [ˈvælju] – value the feedback (v.) 重視回饋意見 ★★★★
She **values** honesty in her relationships. 她在她的人際關係中很重視誠實。

☐ **wait** [wet] – wait for instructions (v.) 等待指示 ★★★★
They **waited** patiently for their turn. 他們耐心地等著，看何時輪到自己。

☐ **want** [wɑnt] – want to succeed (v.) 想要成功 ★★★★
He **wants** a new bike. 他想要一輛新的腳踏車。

● in want of 有「缺乏／需要…」的意思，want 曾作為正確答案的選項。

The garden is **in want of** some serious maintenance after the storm.
暴風雨過後，這座花園需要好好整修。

☐ **watch** [wɑtʃ] – watch the movie (v.) 看電影 ★★★★
She likes to **watch** movies on weekends. 她喜歡在週末看電影。

● watch 當名詞時，意思是「手錶，腕錶」。

She wears a gold **watch**. 她戴著一只金色手錶。

☐ **welcome** [ˈwɛlkəm] – welcome the guests (v.) 歡迎客人 ★★★★
They **welcomed** the new students warmly to the school.
他們熱情地歡迎新來的學生加入學校。

● welcome 可以當名詞也可以當動詞。

She gave us a warm **welcome**. 她給了我們一個溫暖的歡迎。

● welcome kit (歡迎套組) 是最近的出題重點，此時 welcome 作為形容詞用來修飾 kit，務必記住！

The new employees each received a **welcome kit** containing a company handbook and office supplies. 新進員工每人都收到了一套包含公司手冊與辦公用品的歡迎套組。

☐ **wholesaler** [ˈhoʊlˌseɪlɚ] (= bulk seller) ★★★★
– a wholesaler's discount (n.) 批發商的折扣
The **wholesaler** offered us a discount for bulk purchases.
批發商提供我們大量購買的折扣。

☐ **win** [wɪn] – win the game (v.) 在比賽中獲勝 ★★★★
She hopes to **win** the tennis tournament next month.
她希望能在下個月的網球比賽中獲勝。

● win 可以當名詞也可以當動詞。

They celebrated their **win**. 他們慶祝了他們的勝利。

☐ **winning** [ˈwɪnɪŋ] (= attractive, charming) – her winning smile (a.) ★★★★
她那迷人的微笑

● attractive、winning 的同義字有：alluring, charming, appealing, enchanting, tempting, captivating, engaging, welcoming, seductive, pleasing, inviting

She greeted everyone with a **winning** smile that instantly put them at ease.
她以迷人的微笑迎接大家，讓人立刻感到放鬆自在。

☐ **withhold** [wɪðˈhold] – withhold information (v.) 保留／不提供資訊 ★★★★
The company decided to **withhold** the employee's bonus until the investigation was complete. 公司決定在調查完成之前暫不發放該員工的獎金。
● 名詞 withholding（保留）也要記住！

☐ **work** [wɝk] – work on the project (v.) 執行／準備／處理專案 ★★★★
She plans to **work on** her presentation over the weekend.
她計劃在週末準備她的簡報資料。
● work 當名詞時，意思是「工作，作業」。
The **work** was completed ahead of schedule. 工作比預定時間提前完成。
● work out 意指「運動」。
She tries to **work out** every morning to stay fit and healthy.
她每天早上努力運動以保持良好體態與健康。

☐ **write** [raɪt] – write the report (v.) 撰寫報告 ★★★★
She **writes** for a living. 她靠寫作維生。

TOEIC

PART 5/6/7

New Updated List
★★★
出現超過3次的字詞列表

☐ **a series**（系列）/ **list**（清單）/ **collection**（收藏品）/ **variety**（多樣性）/ **line**（產品線）**of** + 複數名詞/不可數名詞　★★★

The company released **a** new **series of** smartphones.
公司推出了一系列新的智慧型手機。

Please review **the list of** required materials. 請檢閱這份必要材料的清單。

Her **collection of** vintage jewelry is impressive. 她收藏的復古珠寶令人印象深刻。

There is **a variety of** options available. 有各種選項可提供。

Their latest **line of** products is eco-friendly. 他們最新的系列產品線是環保的。

☐ **abide** [əˈbaɪd] **by** – abide by company rules (v.) 遵守公司規定　★★★
- abide by 同義詞：comply with（遵從）、adhere to（堅守）、follow（遵循）、obey（服從）、conform to（符合）、observe（遵守）、uphold（維護）、stick to（堅持）

All participants must **abide by** the competition rules.
所有參賽者都必須遵守比賽規則。

☐ **abolish** [əˈbɑlɪʃ] – abolish a law (v.) 廢除法律　★★★

The government decided to **abolish** the outdated law. 政府決定廢除這條過時的法律。

☐ **absorb** [æbˈzɔrb] – absorb the impact (v.) 吸收衝擊　★★★

The sponge **absorbs** water quickly. 海綿能迅速吸水。
- absorb 也可指迅速吸收資訊。

She can **absorb** information quickly, making her an excellent student.
她能迅速吸收資訊，是位優秀的學生。
- 請一併記住 be absorbed in（專注於…）。

She **was absorbed in** her book and didn't hear me. 她沉浸在書中，沒聽見我說話。

☐ **accelerate** [ækˈsɛləˌret] – accelerate the process (v.) 加速進程　★★★

The car can **accelerate** from 0 to 60 mph in just a few seconds.
這輛車能在幾秒內從零加速到時速 60 英里。

☐ **acclaim** [əˈklem] **(= praise, recognition)** – critical acclaim (n.)　★★★
評論家的**讚譽**

The movie received critical **acclaim**. 這部電影獲得了評論界的讚譽。
- 請一併記住 critically acclaimed（備受好評的）。

☐ **accomplish** [əˈkɑmplɪʃ] – accomplish the task (v.) 完成任務　★★★
Together, we can **accomplish** more. 一起合作，我們能完成更多事情。

☐ **accordingly** [əˈkɔrdɪŋlɪ] – act accordingly (adv.) 依此／相應地 行動　★★★
He explained the rules, and the players adjusted their strategy **accordingly**.
他說明了規則，選手們也相應地調整了他們的策略。

☐ **be accountable** [əˈkaʊntəbl] **for / be accountable to sb** – (phr.)　★★★
承擔／負起…責任
● 與 be responsible for 意思相同。
Managers **are accountable for** their teams' performance. 經理對其團隊的績效負責。
He **is accountable to** the board of directors. 他對董事會負責。

☐ **accrue** [əˈkru] – accrue interest (v.) 累積利息　★★★
The savings account will **accrue** interest over time. 儲蓄帳戶會隨著時間累積利息。

☐ **accumulate** [əˈkjumjəˌlet] – accumulate wealth (v.) 累積／聚集財富　★★★
He managed to **accumulate** a significant amount of savings.
他成功地累積了相當可觀的存款。

☐ **accurate** [ˈækjərət] – deliver accurate measurement results (a.)　★★★
提供準確的測量結果
The new equipment provides **accurate** readings. 新設備提供準確的讀數。

☐ **accuse** [əˈkjuz] – accuse someone of theft (v.) 以竊盜罪名指控某人　★★★
● 常以 accuse A of B（以 B 的罪名控告 A）、be accused of（被指控…）的形式出現。
She **was accused of** stealing the money. 她被指控竊取該筆款項。

☐ **achieve** [əˈtʃiv] – hope to achieve the goal (v.) 希望達成／實現目標　★★★
With hard work, we can **achieve** our objectives.
只要努力工作，我們就能達成我們的目標。

☐ **acknowledge** [ækˈnɑlɪdʒ] – acknowledge receipt (v.) 確認收訖　★★★
Please **acknowledge** receipt of this email. 請確認收到這封電子郵件。
● acknowledge receipt of a letter 表示「確認已收到回覆信件」。

☐ **acquaintance** [əˈkwentəns] – a close acquaintance (n.) 熟識的人 ★★★
She met a close **acquaintance** at the conference. 她在會議上遇見了一位熟識的人。

☐ **act** [ækt] – an act of kindness (n.) 善意的行為 ★★★
An **act** of generosity can go a long way. 一個慷慨的舉動可以帶來極大的幫助。
● 加上 -ing 的 acting 作為形容詞時有「代理的」這個重要意思，是考題中出現過的正解單字。

The **acting** president will address the nation tonight.
代理總統今晚將向全國人民發表演說。

☐ **adamantly** [ˈædəməntlɪ] – adamantly refuse (adv.) 堅決地拒絕 ★★★
He **adamantly** denies any involvement in the crime.
他堅決否認與此刑案有任何牽連。

☐ **adaptable** [əˈdæptəbl] **(= flexible)** – adaptable to new environments ★★★
(adj.) 能適應新環境的
Being **adaptable** to new environments is crucial for career success.
能適應新環境對於職涯成功相當重要。

☐ **add** [æd] – add the numbers (v.) 將數字相加 ★★★
● add 通常與介系詞 to 搭配使用；也請記住 in addition to（除了⋯之外）這個片語。
Please **add** your comments **to** the report. 請在報告中加入您的意見。

☐ **address** [əˈdrɛs] **(= deal with)** – address the issue (v.) 處理／解決問題 ★★★
● address 除了有「發表演說」的意思，還有「處理（問題）」的重要用法，請一併記住！
The team needs to **address** the issue immediately. 團隊須立即處理這個問題。
● address 也有「把郵件寄給（某人）」的意思，這種用法通常以被動語態出現。
The letter **was addressed to** the CEO. 信件是寄給執行長的。

☐ **adhere** [ædˈhɪr] – adhere to the rules (v.) 遵守規則 ★★★
● adhere to 的同義詞包括：abide by（遵守）、comply with（遵守）、follow（遵循）、conform to（遵從）、observe（遵守）、uphold（維護）、stick to（堅持）。
All employees must **adhere** to the company policies.
所有員工都必須遵守公司的政策。

☐ **adjust** [əˈdʒʌst] – adjust the settings (v.) 調整設定 ★★★

You may need to **adjust** the volume. 你可能得調整音量。

☐ **administer** [ədˈmɪnəstɚ] – administer the test (v.) 管理考試 ★★★
He was hired to **administer** the company's finances. 他被聘請來管理公司的財務。
● administer 除了有「管理」的意思，還有「給予藥物／施藥」的含義。
The nurse will **administer** the medication. 護士將幫病人用藥。

☐ **admit** [ədˈmɪt] – admit the mistake (v.) 承認錯誤 ★★★
He **admitted** that he was wrong. 他承認自己錯了。

☐ **advanced** [ədˈvænst] – advanced technology (a.) 先進的技術 ★★★
　　　　　　　　　　　　　 advanced mathematics (a.) 高等數學 ★★★
The new device uses **advanced** technology. 新裝置採用了先進的技術。
He is studying **advanced** mathematics to prepare for his engineering degree.
他正在念高等數學，準備取得工程學位。
She enrolled in an **advanced** course to further her studies.
她為了進一步深造報名參加高階課程。

☐ **adventure** [ædˈvɛntʃɚ] – go on an adventure (n.) 展開一場冒險 ★★★
They embarked on an exciting **adventure**. 他們展開了一場令人興奮的冒險。

☐ **be affiliated** [əˈfɪliˌetɪd] **with** – be affiliated with ★★★
the university (phr.) 隸屬於某大學
She is **affiliated** with the research institute. 她隸屬於該研究機構。

☐ **affirmative** [əˈfɝmətɪv] – an affirmative response (a.) 肯定的回應 ★★★
He gave an **affirmative** response to the proposal. 他對那項提議給予肯定的回應。

☐ **agile** [ˈædʒəl] **(= nimble, quick)** – agile movements (a.) 敏捷的動作 ★★★
The gymnast is very **agile**. 那位體操選手動作非常敏捷。
The **agile** athlete easily dodged his opponent.
那位敏捷的運動員輕鬆地閃過了他的對手。

☐ **aggravate** [ˈæɡrəˌvet] – aggravate the situation (v.) 使情勢惡化 ★★★
● 相反詞為 alleviate（減輕，緩和）。
His comments only served to **aggravate** the tense situation.
他的發言只讓緊張的情勢更加惡化。

New Updated List | 153

☐ **aggregate** [ˈæɡrəɡət] **(= total)** – aggregate score (a.) 將分數加總／總計 ★★★
The **aggregate** score of both games will determine the winner.
兩場比賽的總得分將確定勝者。
● aggregate 當動詞時，也有「聚集，合計」的意思。

☐ **aid** [ed] **(= help, assist)** – aid disaster victims (v.) 協助災民／支援災區 ★★★
The volunteers worked tirelessly to **aid** the victims of the disaster.
志工們不懈地工作以協助災民。
● aid 可以當名詞也可以當動詞。
Medical **aid** was sent to the affected areas. 醫療援助已送往受災地區。

☐ **airtight** [ˈɛrˌtaɪt] – an airtight container (a.) 密封的容器 ★★★
Make sure the container is **airtight**. 請務必確認這個容器是密封的。

☐ **alignment** [əˈlaɪnmənt] – proper alignment of the wheels (n.) ★★★
輪胎的正確校準／調整
Proper **alignment** of the wheels is necessary for the car to drive smoothly.
為了讓車輛行駛順暢，輪胎的正確校準是必要的。

☐ **allay** [əˈleɪ] **(= calm)** – allay fears (v.) 緩解恐懼／安撫擔憂 ★★★
The government is trying to **allay** public fears about the new policy.
政府正努力緩解民眾對新政策的恐懼。

☐ **although** [ɔlˈðo] **vs. whereas** [wɛrˈæz] **vs. however** [haʊˈɛvɚ] ★★★
– (conj.) 雖然／(conj.) 但是／(adv.) 然而
● however 是連接副詞，僅作為語意的轉折，無法連接完整句子。
Although it was late, he continued working. 雖然時間已晚，他仍繼續工作。
She is very friendly, **whereas** her sister is quite shy.
她非常友善，而她妹妹則相當害羞。
The road was closed; **however**, we found another route.
道路封閉了，但我們找到了另一條路線。

☐ **ambiguous** [æmˈbɪɡjuəs] – ambiguous statement (a.) 含糊的陳述 ★★★
The politician's **ambiguous** statement caused confusion.
這名政客模稜兩可的發言引發了混亂。

☐ **amend** [əˈmɛnd] **(= modify)** – amend the contract (v.) 修改／修訂合約 ★★★
They decided to **amend** the contract to include new terms.
他們決定修改合約以納入新條款。

☐ **amid** [əˈmɪd] – calm amid the chaos (prep.) 亂世中保持冷靜 ★★★
The company thrived **amid** the economic downturn.
該公司在經濟衰退中依然蓬勃發展。
● 請同時記住「among + 複數名詞」的用法！
She felt comfortable and happy **among** her friends.
她在她的朋友群中感到自在又快樂。

☐ **anecdote** [ˈænɪkˌdot] – tell an amusing anecdote (n.) 說一則有趣的軼事 ★★★
● anecdote 是 TOEIC 閱讀題常見單字，意思是「關於真實事件或人物的有趣短故事」。
He started his speech by telling an amusing **anecdote** about his childhood.
他從自己童年時的趣事開始他的演講。

☐ **annulment** [əˈnʌlmənt] **(= nullification)** – seek an annulment (n.) ★★★
提出撤銷訴訟
She decided to seek an **annulment** of her marriage. 她決定提出婚姻無效的訴訟。
● annulment 也有「宣布無效」的意思。

☐ **anonymous** [əˈnɑnəməs] – remain anonymous (a.) 保持匿名 ★★★
● onym 表示「名字」；an（沒有）+ onym + ous → anonymous（無名的，匿名的）
● syn（相同）+ onym → synonym（同義詞），ant（相對）+ onym → antonym（反義詞）
The donor chose to remain **anonymous**. 捐款者選擇保持匿名。

☐ **appeal** [əˈpil] **to** – appeal to the public for donations (v.) 呼籲大眾捐款★★★
The advertisement was designed to **appeal to** young adults.
該廣告是以年輕人為訴求對象。

☐ **appearance** [əˈpɪrəns] – the president's appearance at the event (n.) ★★★
總統出席活動
● 雖然是個初級的字彙，但 appearance 不只表示「外表」，也常用來表示「出現，出席」。考生常因理解錯誤而答錯。
The president's **appearance** at the event drew a large crowd.
總統出席活動吸引了大量人群。

☐ **apply** [əˈplaɪ] **for** – apply for the scholarship (v.) 申請獎學金 ★★★
She decided to **apply for** the scholarship. 她決定申請那筆獎學金。

☐ **apply** [əˈplaɪ] **to** – apply to all employees (v.) 適用於所有員工 ★★★
These rules **apply to** all employees. 這些規則適用於所有員工。

☐ **archival** [ɑrˈkaɪvəl] – archival materials (a.) 歸檔的資料 ★★★
● 日本最新 TOEIC 題中出現的單字。archives（檔案館）已介紹過，此為其形容詞。

The library has a vast collection of **archival** materials.
那間圖書館收藏了大量的檔案資料。

☐ **ardently** [ˈɑrdntlɪ] – ardently support the cause (adv.) 熱切地支持理念 ★★★
She **ardently** defends her beliefs. 她堅決捍衛自己的信念。

☐ **arrange** [əˈrendʒ] – arrange the meeting room (v.)
整理／安排擺設會議室
Could you **arrange** the chairs in a circle? 你能把椅子排成圓形嗎？

☐ **arrangement** [əˈrendʒmənt] – efficient office arrangement (n.) ★★★
有效率的辦公室布置／beautiful arrangement of roses (n.) 美麗的玫瑰花藝設計／travel arrangement (n.) 旅遊安排

The seating **arrangement** at the event was very organized.
該活動的座位安排非常有條理。

The florist made a stunning **arrangement** for the wedding.
花店為婚禮製作了漂亮的花藝擺設。

They discussed the **arrangements** for the upcoming meeting.
他們討論了即將到來的會議準備事項。

She finalized her travel **arrangements** for the business trip next week.
她已敲定下週出差行程的安排。

☐ **arrogant** [ˈærəgənt] – arrogant attitude (a.) 傲慢的態度 ★★★
His **arrogant** attitude made him unpopular among his colleagues.
他的傲慢態度使他在同事間不受歡迎。

☐ **art supplies** [ɑrt səˈplaɪz] – new art supplies (n.) 新的美術用品 ★★★
The store offers a wide range of **art supplies**. 這家店提供種類繁多的美術用品。

☐ **artisanal** [ˌɑrˈtɪzənl] – artisanal bread (a.) ★★★
具備烘焙技術者／職人製作的麵包
- artisanal 是 artisan（職人、工匠）的形容詞。

The bakery is known for its **artisanal** bread. 這間麵包店因職人手作麵包而聞名。

☐ **as a token** [ˈtokən] **of** – as a token of appreciation (phr.) 聊表謝意 ★★★
- 在多益中，token 曾作為正確答案的選項。

Please accept this gift **as a token of** our gratitude.
請收下這份禮物，以聊表我們的感謝之意。

☐ **as indicated**（所標示的）/ **mentioned**（所提及的）/ ★★★
reported（所報導的）/ shown（所顯示的）/ **planned**（所規劃的）
– as indicated in the report (phr.) 如報告中所標示的那樣
- 請記住「as (it is / they are) + 過去分詞」的片語結構！上述所有的過去分詞單字都是常見的正解選項。

As mentioned in the email, the meeting is rescheduled.
如同電子郵件中所提及，會議已重新安排。

☐ **as opposed** [əˈpozd] **to** – as opposed to yesterday (phr.) 與昨天相反 ★★★
Today is sunny, **as opposed to** yesterday's rain. 與昨天的陰雨天相反，今天是晴天。

☐ **as per** – as per your request (phr.) 依照您的要求 ★★★
- as per your request 也可以省略 as，直接說 per your request。

The meeting was rescheduled **as per** the client's availability.
會議已依照客戶的可運用時間重新排定。

☐ **as to** – as to the decision (phr.) 關於這項決定 ★★★
There is no doubt **as to** his guilt. 關於他的罪行，沒有任何疑問。

☐ **as yet, as of yet** – (phr.) 至今仍然，到目前為止 ★★★
The cause of the problem is as yet unknown. 問題的原因至今仍不明。
As of yet, no decision has been made. 到目前為止，尚未做出任何決定。

☐ **aside** [əˈsaɪd] **from** – aside from a few details (prep.) ★★★
除了一些細節**之外**
Aside from the weather, the trip was fantastic. 除了天氣之外，這趟旅程非常棒。

- **aspiring** [əˈspaɪrɪŋ] – an aspiring artist (a.) ★★★
  有抱負的／渴望成為某領域人才的藝術家
  She is an **aspiring** artist trying to make a name for herself.
  她是一位努力讓自己闖出名號的有抱負藝術家。

- **at a later date** [ˈletɚ det] – address this at a later date (phr.) ★★★
  稍後處理這件事
  We can discuss this matter **at a later date**. 我們可以稍後討論這個問題。
  ● for a later date 也有相同意思，later 出現在正解的選項中。
  The event will be rescheduled **for a later date**. 活動將改期，延後舉行。

- **at the discretion** [dɪˈskrɛʃən] **of** – at the discretion of the manager (phr.) 由經理自行決定 ★★★
  The final decision is **at the discretion of** the committee. 最終決定權在委員會手中。

- **at the outset** [ˈaʊtsɛt] – at the outset of the project (phr.) ★★★
  在計畫一開始／初期
  At the outset, we need to clarify our objectives. 一開始我們就必須澄清我們的目標。

- **at the rate**（比率）**/ cost**（成本）**/ price**（價格）**of** ★★★
  – at the rate of 10% per month (phr.) 以每月10%的比率
  ● 請記住「at the 費用／價格／比率（名詞）of」的結構！at 常是考題中的正解選項。
  Sales are increasing **at the rate of** 10% per month. 銷售額正以每月10%的速度增長。

- **athlete** [ˈæθlit] – a professional athlete (n.) 職業運動員 ★★★
  He trained for years to become a professional **athlete**.
  他為了成為職業運動員接受了好幾年的訓練。

- **attribute** [əˈtrɪbjut] **A to B** – attribute success to hard work (v.) ★★★
  將成功（A）歸因於努力工作（B）
  He **attributes** his health problems **to** poor diet and lack of exercise.
  他把自己的健康問題歸因於飲食不良與缺乏運動。
  ● 當名詞時，attribute 意為「本質，屬性」。

- **augment** [ɔgˈmɛnt] – augment the special bonus (v.) 增加特別獎金 ★★★
  The company plans to **augment** its workforce next year.
  公司計劃明年擴增人力編制。

☐ **autograph** [ˈɔtəˌɡræf] – sign an autograph (n.) 寫下**簽名** ★★★
The famous actor signed **autographs** for his fans. 那位知名演員為粉絲簽名。

☐ **autonomous** [ɔˈtɑnəməs] – fully autonomous (a.) ★★★
完全**自動化的**／**自主的**
The robot is fully **autonomous** and can operate without human intervention.
那台機器人是完全自動化的，不需人為介入就能自行運作。

☐ **autonomy** [ɔˈtɑnəmɪ] – regional autonomy (n.) 區域**自治**（**權**） ★★★
The region gained greater **autonomy** from the central government.
該地區從中央政府那裡獲得更大的自治權。

☐ **aviation** [ˌevɪˈeʃən] – work in the aviation industry (n.) ★★★
在**航空**產業工作
Aviation safety is a top priority for airlines. 航空安全是航空公司的第一要務。

☐ **back** [bæk] – back the project (v.) **支持**這項計畫 ★★★
The initiative is **backed** by several prominent organizations.
這個倡議獲得數個知名組織的支持。

☐ **back order** [ˈbækˌɔrdɚ] – on back order (n.) **延期出貨** ★★★
The item is currently on **back order**. 該商品目前處於延期出貨狀態。

☐ **backdrop** [ˈbækˌdrɑp] – a stunning backdrop (n.) 絕美**背景** ★★★
The mountains provided a stunning **backdrop** for the wedding.
群山成為婚禮上絕美的背景。

☐ **backlash** [ˈbækˌlæʃ] – public backlash (n.) 民意**反彈** ★★★
The new policy received significant public **backlash**.
這項新政策遭遇強烈的民意反彈。

☐ **backup** [ˈbækˌʌp] – create a backup (n.) 建立**備份資料** ★★★
have a backup plan (n.) 預備方案／備案
Always create a **backup** of your important files. 請務必備份您的重要檔案。
Always have a **backup** plan in case something goes wrong.
萬一有狀況，就可以有備案來應對。

☐ **balance** [ˈbæləns] **A and B (= manage both)** ★★★
– balance work and family (v.) 平衡／兼顧工作與家庭(的責任)
It's challenging to **balance** work and family responsibilities.
要同時兼顧工作與家庭責任是件具有挑戰性的事。

☐ **bankruptcy** [ˈbæŋkrəptsɪ] – declare bankruptcy / ★★★
file for bankruptcy (n.) 宣布／申請破產
The company had to **declare bankruptcy** due to mounting debts.
公司因債台高築而必須宣布破產。

☐ **barter** [ˈbɑrtɚ] **(= trade, exchange)** – barter goods (v.) 以物易物 ★★★
They **bartered** their products for services. 他們用自己的產品與交換服務。

☐ **batch** [bætʃ] – batch of cookies (n.) 一批／或一次製作量的餅乾 ★★★
She baked **a batch of** cookies for the school event. 她為學校活動烤了一堆餅乾。

☐ **beat** [bit] – beat the traffic (v.) 避開塞車 ★★★
You must leave now to **beat** the evening traffic.
為了避開傍晚的車陣，你現在就得出發。

☐ **beef** [bif] **up (= enhance)** – beef up security (v.) 強化保安措施 ★★★
They decided to **beef up** security after the break-in.
闖空門事件發生後，他們決定加強保全。

☐ **bend** [bɛnd] – bend down (v.) 彎下 (身體或物體) ★★★
She **bent** the wire into a circle. 她把電纜線彎成一個圓形。

☐ **benefactor** [ˈbɛnəˌfæktɚ] – a generous benefactor (n.) 慷慨的捐助者 ★★★
The scholarship fund was established by a generous **benefactor**.
這項獎學金基金是由一位慷慨的捐助者設立的。

☐ **bestow** [bɪˈsto] – bestow an honor (v.) 賜予榮譽 ★★★
● bestow A on B 表示「把 A 授予 B」，請連同介系詞 on 一起記住！
The university will **bestow** an honorary degree **on** her.
該大學將授予她一個榮譽學位。

☐ **bewildering** [bɪˈwɪldɚɪŋ] – a bewildering array of choices (a.)

令人眼花撩亂的一組選項 ★★★

The array of options available was **bewildering** to the new customer.
可用的選項如此繁多，讓新顧客感到困惑。

He was **bewildered** by the complex instructions. 他被複雜的指示搞得一頭霧水。

● 如果是讓他人產生感受，用 -ing；如果是自己感受到，用 -ed。

☐ **biased** [ˈbaɪəst] – a biased opinion (a.) 偏頗的意見 ★★★

The article was criticized for being **biased**. 這篇文章因為內容偏頗而受到批評。

☐ **bilateral** [ˌbaɪˈlætərəl] – a bilateral agreement (a.) 雙邊協定 ★★★

The two countries signed a **bilateral** trade agreement. 兩國簽署了一項雙邊貿易協定。

● bi/by 表示「兩個」，所以 bilateral 是「雙邊的，雙方的」；像 bicycle 是有兩個輪子的車。相對的，「單方面的」是 unilateral。

☐ **bilingual** [ˌbaɪˈlɪŋgwəl] (= **dual language**) – bilingual education (a.) ★★★
雙語教育

The school offers **bilingual** education to accommodate both English and Spanish speakers. 學校提供雙語教育，以照顧英語和西班牙語母語人士。

☐ **blizzard** [ˈblɪzɚd] – severe blizzard (n.) 強烈的暴風雪 ★★★

The severe **blizzard** caused widespread damage. 嚴重的暴風雪造成了大範圍的損害。

☐ **boil down** [bɔɪl daʊn] **to** (= **simplify to**) – boil down to ★★★
the main issue (v.) 歸結為核心問題

It all **boils down to** whether we can meet the deadline.
一切歸結為我們是否能趕上截止日期。

☐ **be bound** [baʊnd] **to** – be bound to succeed (phr.) 一定會成功 ★★★

With such talent, she **is bound to** succeed. 以那樣的才能，她一定會成功。

● be bound to V = be sure to V，補充：「be bound for + 地點」表示「前往…」，而 bound to 曾是多益正解選項。

☐ **breach** [britʃ] – breach of contract (n.) 違約 ★★★

They sued for **breach** of contract. 他們以違反合約提起訴訟。

☐ **break ground** [ˈbrek ˈgraʊnd] – break ground on a project (v.)
破土，開始某項工程 ★★★

● 工程建案的動工儀式稱為 ground-breaking ceremony。

They are about to **break ground** on a new housing development.
他們新的住宅開發建案即將動工。

☐ **breathtaking** [ˋbrɛθˌtekɪŋ] – a breathtaking view (a.) 令人屏息的景觀　★★★
The hike offered **breathtaking** views of the mountains.
那次健行讓人看到令人屏息的壯麗山景。

☐ **brick-and-mortar** [ˋbrɪkəndˋmɔrtɚ] (= physical, traditional)　★★★
– a brick-and-mortar store (a.) 實體的／傳統的商店
● 想像用磚塊與砂漿建造的建築物，就容易理解這是指實體店面。brick-and-mortar store ↔ online/virtual store

They run a **brick-and-mortar** bookstore. 他們經營一家實體書店。

☐ **brief** [brif] (= inform) – brief the team (v.) 向團隊進行扼要說明　★★★
She **briefed** the team on the new project. 她向團隊簡要說明了新計畫。

☐ **bring** [brɪŋ] up (= raise) – bring up a child (v.) 撫養小孩　★★★
They worked hard to **bring up** their children with good values.
他們努力撫養孩子並給予良好的價值觀。
● bring up 也有「提出（話題）」的意思。
He decided to **bring up** the topic at the meeting. 他決定在會議中提出這個主題。

☐ **brisk** [brɪsk] – a brisk walk (a.) 輕快的散步　★★★
He took a **brisk** walk every morning. 他每天早上都快步走一走。

☐ **bustling** [ˋbʌslɪŋ] – a bustling city (a.) 熱鬧繁忙的城市　★★★
The market was **bustling** with shoppers and vendors.
市場上擠滿了購物者與攤販，熱鬧非凡。

☐ **by the hour** (= hourly) – pay by the hour (phr.) 以小時計薪　★★★
They pay their employees **by the hour**. 他們以時薪支付員工薪資。

☐ **by the time** S + V – by the time he arrived (phr.) 到他抵達的時候　★★★
● 「By the time 主詞 + 過去式，主詞 had + 過去分詞」為常見用法；也可用於「By the time 主詞 + 現在式，主詞 will have + 過去分詞」的句型，常見於考題，務必記住！

By the time he arrived, the meeting had already started. 到他抵達時，會議早已開始。

By the time she arrives, they will have finished the meeting.
到她抵達時，他們就已經開完會了。

☐ **bylaw** [ˈbaɪˌlɔ] – a local bylaw (n.) 地方性**條例** ★★★

The new local **bylaw** restricts smoking in public places.
新的地方法規限制在公共場所吸菸。

☐ **call in sick (= notify of illness)** – call in sick to work (v.) ★★★
請**病假**不上班

He had to **call in sick** because of a high fever. 他因為發高燒而不得不請病假。

☐ **call off (= cancel)** – call off the meeting (v.) 取消會議 ★★★

They had to **call off** the meeting due to the bad weather.
他們因為天氣不好而必須取消會議。

☐ **cap** [kæp] – a spending cap (n.) 支出**上限** ★★★

The budget includes a spending **cap** on travel expenses.
預算中包含了差旅費的支出上限。

● cap 也可當動詞，表示「限制、封頂」。

☐ **carbon footprint** [ˈkɑrbən ˈfʊtˌprɪnt] – minimize the carbon footprint ★★★
of transportation (n.) 將交通運輸**碳排放量**降至最低

The company is focused on improving sustainability by reducing its **carbon footprint**.
那家公司致力於透過減少碳排放來提升永續性。

● 環保相關詞彙在多益中也常出現。

☐ **casual** [ˈkæʒuəl] **(= informal, relaxed)** – casual clothes (a.) ★★★
休閒服／便服

He prefers to wear **casual** clothes on weekends. 他週末偏好穿便服。

☐ **category** [ˈkætəˌgɔrɪ] **vs. division** [dɪˈvɪʒən] ★★★
– category of beverages (n.) 飲料**類別**
– marketing division (n.) 行銷**部門** ★★★

The products are listed by **category** on the website. 產品在網路上依類別列出。

He was promoted to head of the finance **division**. 他升任為財務部門主管。

☐ **cavity** [ˈkævətɪ] – dental cavity (n.) 蛀牙／齲齒 ★★★
The dentist filled the **cavity** in her tooth. 牙醫為她的蛀牙進行填補。

☐ **choir** [ˈkwaɪɚ] – join the choir (n.) 加入合唱團 ★★★
● 這個單字的發音需特別注意！在 PART 1 中也經常出現。
She joined the school **choir**. 她加入了學校合唱團。

☐ **choreographer** [ˌkɔrɪˈɑgrəfɚ] – a talented choreographer (n.) ★★★
有才華的編舞者
The talented **choreographer** created an amazing dance routine.
那位天賦異稟的編舞者創作了一段精彩的舞蹈動作。

☐ **chronic** [ˈkrɑnɪk] – a chronic disease (a.) 慢性病 ★★★
He suffers from a **chronic** disease that requires ongoing treatment.
他罹患一種需持續治療的慢性病。
● chronic 的反義是 acute（急性的）。

☐ **circulation** [ˌsɝkjəˈleʃən] – circulation of the magazine (n.) ★★★
雜誌的發行量
● circulation 的第一個意思是「循環」，可引申為「（報紙或雜誌的）發行量」。
The magazine has a wide **circulation**. 那本雜誌的發行量很大。

☐ **circumstance** [ˈsɝkəmˌstæns] – adapt to new circumstances (n.) ★★★
適應新環境
We must adapt our plans to the changing **circumstances**. 我們必須調整計畫以適應不斷變化的情況。
● under no circumstances 是「絕不⋯，無論如何都不⋯」的重要用語。
Under no circumstances should you open the door. 無論如何你都不該開門。

☐ **clerical** [ˈklɛrɪkəl] – a clerical position (a.) 文書職位，事務性工作 ★★★
Clerical duties include filing and answering phones. 文書工作包括歸檔和接聽電話。

☐ **clumsy** [ˈklʌmzɪ] (= awkward, uncoordinated) ★★★
– clumsy movements (a.) 笨拙的動作
His **clumsy** movements made it obvious that he was new to dancing.
他笨拙的動作明顯表示他是個新舞者。

☐ **coincide** [ˌkoɪnˈsaɪd] **with** – coincide with the holidays (v.) ★★★
與假期**同時發生**

The festival **coincides with** the school holidays. 節慶活動剛好與學校假期重疊。

☐ **collapse** [kəˈlæps] – The structure may collapse. (v.) 結構可能會**倒塌** ★★★
The building **collapsed** after the earthquake. 那棟建築在地震後倒塌了。

☐ **come** [kʌm] **along** – The solution will come along. (v.) ★★★
解決方案將會**出現**

Another opportunity like this may not **come along** for a long time.
像這樣的機會可能很久都不會再出現。

☐ **command** [kəˈmænd] – command attention (v.) **吸引**注意 ★★★
- command 是個多義字，常表示「命令」。另可記住 a good command of English（良好的英文運用能力）這個表達，此處 command 是名詞，意指「能力，運用力」。

The speaker **commanded** the attention of the audience.
那位演講者成功吸引了觀眾的注意。

☐ **commemorate** [kəˈmɛməˌret] (= honor, celebrate) ★★★
– commemorate an event (v.) **紀念**某個事件
- com[= together]+memo[= memorize]+rate：一起記得 → 紀念

They held a ceremony to **commemorate** the anniversary.
他們舉行了儀式以紀念這個週年日。

☐ **comment** [ˈkɑmɛnt] / **commentary** [ˈkɑmənˌtɛrɪ] ★★★
– make a comment about (n.) 針對…**發表評論／解說**

The sports **commentary** was insightful. 這位體育解說員富有洞察力。

The political **commentary** provided valuable context.
這位政治評論家提供了有價值的背景資訊。
- comment 也有「留言，評論」的意思。

She left a **comment** on the article. 她在該篇文章下留下了評論。

☐ **commission** [kəˈmɪʃən] – receive a commission (n.) 收取**佣金** ★★★
Sales representatives receive a **commission** for each product they sell.
業務員每銷售一項產品便會獲得佣金。
- commission 亦可作「委託、訂單」解釋，作動詞時表示「委託、委任」。

The artist was given a **commission** to create a new sculpture for the park.
該藝術家接到委託，要為公園打造一座新雕像。

The artist was **commissioned** to create a mural. 該藝術家受託創作一幅壁畫。

☐ **commodities** [kə`mɑdətɪz] **(= goods)** – trade commodities (n.) ★★★
貨品交易

They specialize in trading agricultural **commodities**. 他們專門從事農產品的交易。

☐ **compassionate** [kəm`pæʃənɪt] – a compassionate response (a.) ★★★
富有同情心的反應

She gave a **compassionate** response to the victim's plight.
她對受害者的困境表現出同情的回應。

☐ **compelling** [kəm`pɛlɪŋ] **(= convincing, persuasive)** ★★★
– a compelling reason (a.) 令人信服的／有說服力的理由

He presented a **compelling** reason for his decision.
他提出了一個令人信服的理由來說明他的決定。

She made a **compelling** argument for the proposal.
她對該提案提出了極具說服力的論點。

☐ **compile** [kəm`paɪl] – compile the data (v.) 蒐集資料 ★★★

We need to **compile** all the reports by Friday. 我們必須在星期五之前彙整所有報告。

☐ **complication** [ˌkɑmplə`keʃən] – an unexpected complication (n.) ★★★
意外的複雜情況

The surgery was delayed due to an unexpected **complication**.
手術因為突發的複雜情況而延後。

● complication 也有「併發症」的意思，通常用於複數形。

The surgery went well without any **complications**.
手術進行得很順利，沒有出現任何併發症。

☐ **compromise** [`kɑmprəˌmaɪz] – reach a compromise (n.) 達成妥協 ★★★

The agreement was a fair **compromise** for both sides.
協議對雙方來說都是公平的妥協。

● compromise 可當動詞也可當名詞。

The company refused to **compromise** safety standards to cut costs.
該公司拒絕為節省成本而降低安全標準。

● compromise 也有「損害（價值）」、「削弱」的意思。

The rushed production schedule ended up **compromising** the quality of the final product.
倉促的生產排程導致最終產品的品質受損。

☐ **compromising** [ˋkɑmprəˌmaɪzɪŋ] – a compromising situation (a.) ★★★
有損名譽的／令人難堪的情況

The photos were **compromising** and could ruin his career.
那些照片令人難堪，可能會毀了他的事業。

☐ **compulsory** [kəmˋpʌlsərɪ] – compulsory education (a.) ★★★
義務的／強制性的教育

In many countries, education is **compulsory** until a certain age.
在許多國家，教育在某個年齡之前是義務性的。

☐ **conceal** [kənˋsil] – conceal one's disappointment (v.) 隱藏失望的情緒 ★★★
The suspect attempted to **conceal** evidence. 疑犯試圖掩蓋證據。

☐ **concede** [kənˋsid] – concede the point in the debate (v.) ★★★
在辯論中的某個論點讓步

He **conceded** that he had been mistaken. 他承認自己搞錯了。

● 名詞是 concession（讓步，承認）。

The company made several **concessions** to avoid a strike.
該公司做出數項讓步以避免罷工。

☐ **conceive** [kənˋsiv] – conceive a plan (v.) 構想一個計畫 ★★★
● 此字在多益考試中可能以「構想」或是「懷孕」的意思出現。

She **conceived** a new strategy for the business. 她為公司構思出一個新策略。

☐ **be condemned** [kənˋdɛmd] **to (= be sentenced to)** ★★★
– be condemned to death (phr.) 被判死刑

The criminal **was condemned to** death for his crimes.
該名罪犯因其犯下的罪行而被判處死刑。

☐ **condense** [kənˋdɛns] **(= summarize)** – condense the information (v.) ★★★
壓縮資訊

Please **condense** the information into a one-page summary.
請將這份資訊濃縮成一頁的摘要。

☐ **conducive** [kənˈdusɪv] – a conducive environment for learning (a.) ★★★
對於學習有利的環境
● 注意發音不是 [kənˈdʌktɪv]（conductive: 有導電性的）, 要小心視覺混淆！
The quiet room is **conducive to** studying. 安靜的房間有助於學習。

☐ **confection** [kənˈfɛkʃən] – a chocolate confection (n.) 巧克力**甜點** ★★★
She bought a chocolate **confection** as a treat for herself.
她買了一份巧克力甜點來犒賞自己。

☐ **confectionery** [kənˈfɛkʃəˌnɛrɪ] – a confectionery shop (n.) ★★★
甜點類食品店
The **confectionery** sells a variety of sweets and pastries.
那間甜點店販售各式各樣的糖果與糕點。

☐ **confer** [kənˈfɝ] – confer with the team members (v.) 與團隊成員**商討** ★★★
The doctor **conferred** with his colleagues about the best treatment plan.
醫生與同事們討論最佳的治療方案。
● 也一併記住容易混淆的 refer to（指的是）以及 defer（服從, 延期）。

☐ **confident** [ˈkɑnfədənt] – confident attitude (a.) **自信的**態度 ★★★
She is **confident in** her abilities. 她對自己的能力充滿信心。
● 「be confident（有自信的）／hopeful（抱持希望的）／optimistic（樂觀的）／sure（確信的）／aware（知道的）+ that S + V」的句型也很重要。
She is **confident** that she will pass the exam. 她有信心自己會通過考試。

☐ **configuration** [kənˌfɪgjəˈreʃən] – network configuration (n.) ★★★
網路**排列／配置**
● 出題背景是遊樂場設施的配置問題, 例如溜滑梯與蹺蹺板的安排, 由空間尺寸（measurements）決定, 配置（configuration）由我們全權處理的語境。
The technician changed the network **configuration** to improve performance.
技術人員為了提升效能而更改了網路配置。

☐ **confiscation** [ˌkɑnfəˈskeʃən] – confiscation of property (n.) 財產**沒收** ★★★
The **confiscation** of illegal goods is common. 沒收違禁品是常見的事。

☐ **conform** [kənˋfɔrm] – conform to the guidelines (v.) 遵守指引 ★★★
● 「conform to + 名詞」建議整組背誦。

The products must **conform to** safety standards. 產品必須符合安全標準。

☐ **congenial** [kənˋdʒinjəl] (= friendly, pleasant) ★★★
– a congenial atmosphere (a.) 和諧友善的氣氛

The meeting was held in a **congenial** atmosphere. 會議在友善的氣氛中舉行。

☐ **congested** [kənˋdʒɛstɪd] – congested traffic (a.) 擁擠的交通 ★★★
● 名詞為 congestion（壅塞）。

The roads were **congested with** holiday traffic. 道路因假期車潮而擁擠不堪。

☐ **conscientiously** [ˌkɑnʃɪˋɛnʃəslɪ] – work conscientiously (adv.) ★★★
認真負責地工作

He always works **conscientiously** to complete his tasks.
他總是認真負責地完成工作任務。

☐ **consecutive** [kənˋsɛkjətɪv] – three consecutive days (a.) 連續三天 ★★★

She worked for three **consecutive** days without a break. 她連續三天工作沒有休息。

☐ **conservatory** [kənˋsɝvətˌorɪ] – study at the conservatory (n.) ★★★
就讀音樂學校
● conservatory 有「溫室」的意思，也很重要，但在多益中常以「音樂學校」的意思出現。

She was accepted into the prestigious **conservatory** to study classical piano.
她錄取一所著名的音樂學校，將主修古典鋼琴。

The **conservatory** has an impressive collection of tropical plants.
那座溫室收藏了很多壯觀的熱帶植物。

☐ **considerable** [kənˋsɪdərəbəl] – a considerable amount of time (a.) ★★★
相當多的時間

We have spent a **considerable** amount of money on this project.
我們在這個專案上花費了相當多的金錢。

☐ **conspicuous** [kənˋspɪkjʊəs] – a conspicuous change in behavior (a.) ★★★
明顯的行為變化

Her absence was **conspicuous** at the meeting. 會議中可明顯看到她的缺席。

☐ **constituent** [kənˋstɪtʃuənt] – a local constituent (n.) 當地**選民** ★★★

The politician met with a local **constituent** to discuss issues.
那位政治人物與當地一位選民見面討論相關議題。

☐ **contagious** [kənˋtedʒəs] **(= infectious)** – a contagious disease (a.) ★★★
傳染性疾病

The flu is highly **contagious**. 流感的傳染性非常高。

☐ **contamination** [kənˌtæməˋneʃən] – water contamination (n.) 水**污染** ★★★

The factory was responsible for the water **contamination**.
那間工廠對水污染負起責任。

☐ **content** [kənˋtɛnt] – quite content with the results (a.) 對結果相當**滿意** ★★★

He felt **content** after finishing the project. 他完成這個專案後感到滿足。

☐ **contingency** [kənˋtɪndʒənsɪ] – prepare for every contingency (n.) ★★★
因應所有**突發狀況**

● contingency plan: 應急計畫，備案計畫

We need to have a **contingency** plan in case something goes wrong.
為防萬一有狀況，我們需要有一套應變計畫。

☐ **continuous** [kənˋtɪnjʊəs] – continuous improvement (a.) **持續**改善 ★★★

The company focuses on **continuous** improvement of its processes.
該公司專注於持續改善其過程。

☐ **contrive** [kənˋtraɪv] **to (= manage to)** – contrive to escape (v.) ★★★
設法／策劃逃脫

They **contrived to** escape from the locked room. 他們設法從被鎖住的房間裡逃脫。

☐ **controversial** [ˌkɑntrəˋvɝʃəl] – a controversial topic (a.) **有爭議的**主題 ★★★

The speaker addressed a **controversial** topic in his lecture.
演講者在他的講座中探討了一個有爭議的主題。

☐ **convene** [kənˋvin] – convene the committee (v.) **召集**委員會 ★★★

● convene 的名詞為 convention（集會）。

The board will **convene** next week to discuss the proposal.
董事會將於下週召開會議以討論這項提案。

☐ **convert** [kənˋvɝt] **A into B** (= transform A into B) ★★★
– convert the garage into a studio (v.) 把車庫**改建成**工作室
They decided to **convert** the garage **into** a studio. 他們決定把車庫改建成工作室。
The software can **convert** text **into** digital format quickly.
這種軟體能迅速將文字轉換為數位格式。

☐ **convinced** [kənˋvɪnst] – be convinced of the truth (a.) **確信**真實性 ★★★
I am **convinced that** he is telling the truth. 我確信他在說實話。

☐ **convincing** [kənˋvɪnsɪŋ] – a convincing argument (a.) **有說服力的**論點 ★★★
The evidence was **convincing** enough to support the theory.
該證據對於支持那個理論有足夠的說服力。

☐ **cooperate** [koˋɑpəˌret] – cooperate with colleagues (v.) 和同事**合作** ★★★
We need to **cooperate** to achieve our goals. 我們必須合作才能達成目標。

☐ **coordinate** [koˋɔrdnˌet] – coordinate the event (v.) **協調**活動 ★★★
She was responsible for **coordinating** the conference. 她負責協調那場會議。

☐ **cope** [kop] **with** – cope with stress (v.) **應對**壓力 ★★★
She learned to **cope with** stress through meditation. 她透過冥想學會了如何應對壓力。

☐ **correlation** [ˌkɔrəˋleʃən] – a strong correlation between variables (n.) ★★★
變數之間的強烈**關聯性**
The study found a high **correlation** between smoking and lung cancer.
研究發現吸菸與肺癌之間有高度關聯性。

☐ **costly** [ˋkɔstlɪ] – a costly mistake (a.) **代價高的**錯誤 ★★★
● lovely（可愛的）、costly（昂貴的）、friendly（友善的）、lively（活潑的）、orderly（井然有序的）雖以 -ly 結尾，但都是**形容詞**。
The error proved to be very **costly**. 那個錯誤證實付出相當大的代價。

☐ **counsel** [ˋkaʊnsəl] – counsel students on their careers (v.) ★★★
為學生**提供**職涯**諮詢**
The therapist will **counsel** the patient on how to manage stress.
治療師將提供病患壓力管理方式的諮詢。
● counsel 也可表示「忠告」，名詞意為「建議，諮詢」。

He sought **counsel** from his mentor. 他向導師尋求建議。

☐ **count** [kaʊnt] – count inventory accurately (v.) 精確地盤點庫存　★★★
The volunteers **counted** the votes after the election.
選舉結束後，志工們負責清點選票。
● Count me in.（算我一份）務必記下來！
● count on = depend on（依靠，指望）也非常常見。

☐ **counterfeit** [ˋkaʊntɚˏfɪt] **(= fake)** – counterfeit money (a.)　★★★
假鈔／偽造的金錢
The police arrested him for using **counterfeit** money. 警方因他使用偽鈔而將其逮捕。

☐ **courteous** [ˋkɝtɪəs] – provide courteous service (a.) 提供禮貌性的服務　★★★
● 它的名詞為 courtesy（禮貌）。而 courtesy 亦可當作形容詞使用，意指「免費提供的」，如 courtesy phone/bus（免費電話／公車）。
The staff were **courteous** and helpful. 員工們既有禮又樂於助人。

☐ **creditor** [ˋkrɛdɪtɚ] **(= lender)** – pay the creditor (n.) 付款給債權人　★★★
The company owes money to its **creditors**. 公司對其債權人仍有欠款。

☐ **crevice** [ˋkrɛvɪs] – a narrow crevice (n.) 狹縫　★★★
The climber's foot got stuck in a narrow **crevice**. 登山者的腳卡進了一處狹縫中。

☐ **crooked** [ˋkrʊkɪd] – a crooked path (a.) 彎彎曲曲的／歪斜的道路　★★★
They walked along the **crooked** path through the forest.
他們沿著彎彎曲曲的小路穿過森林。

☐ **cubicle** [ˋkjubɪkəl] – an office cubicle (n.) 辦公室的隔間　★★★
Each employee has their own **cubicle** in the office. 每位員工在辦公室都有自己的隔間。

☐ **culminate** [ˋkʌlməˏnet] **in** – culminate in success (v.)　★★★
最終獲得成功／達到成功的巔峰
● culminate 是「達到頂點／高潮」的意思，記起來！
Years of hard work **culminated** in her receiving the award.
多年的努力最終讓她獲得了這個獎項。

☐ **curbside pickup** [ˋkɝbˌsaɪd ˋpɪˌkʌp] – offer curbside pickup (n.)　★★★
提供**路邊取貨**服務

Customers can choose **curbside pickup** for their convenience.
為了方便，顧客可以選擇路邊取貨。
（即在線上下單後，到指定地點由工作人員將商品送至車邊）

☐ **custody** [ˋkʌstədɪ] (= guardianship) – child custody (n.) 子女**撫養權**　★★★
She won **custody** of her children after the divorce. 她在離婚後贏得了孩子的撫養權。

☐ **customize** [ˋkʌstəˌmaɪz] – customize the software to one's needs (v.)　★★★
根據某人的需求**訂製**軟體

The program allows users to **customize** their settings.
該程式允許使用者自己更改設定。

● custom-made（客製化的）、ready-made（現成的）也要一起記喔！

He ordered a **custom-made** suit for the wedding. 他為婚禮訂做了一套西裝。

She bought a **ready-made** dress for the party. 她為派對買了一件現成的洋裝。

☐ **customized** [ˋkʌstəˌmaɪzd] – customized service (a.) **客製化**服務　★★★

We offer **customized** services to meet your needs.
我們提供客製化服務以滿足您的需求。

☐ **customs declaration** [ˋkʌstəmz ˌdɛkləˋreʃən]　★★★
– fill out a customs declaration (n.) 填寫**海關申報單**

You need to fill out a **customs declaration** when entering a foreign country.
你必須在入境外國時填寫海關申報單。

☐ **cutback** [ˋkʌtˌbæk] – a significant cutback in expenses (n.)　★★★
大幅**縮減**費用

● cutback 的同義字包括 reduction, decrease, downsizing, trimming, curtailment。

The company announced a **cutback** in its workforce. 公司宣布將裁減人力。

☐ **decipher** [dɪˋsaɪfɚ] – decipher a code (v.) **解讀**密碼　★★★
The spy managed to **decipher** the secret code. 間諜成功地解讀了那組密碼。

☐ **defer** [dɪˋfɝ] – defer the decision until later (v.) 將決定**延後／延期**　★★★
The committee decided to **defer** the final decision until next month.
委員會決定將最終決定延至下個月。

● defer 除了表示「延後（postpone）」外，還有「尊敬，服從」的意思。

The young musician **deferred to** the seasoned conductor's expertise.
年輕音樂家對資深指揮的專業表現出尊敬。

☐ **defibrillation equipment** [ˌdiˌfɪbrəˈleʃən ɪˈkwɪpmənt] – (n.) ★★★
去顫器，心臟除顫設備
● 此字曾出現在 Part 7 題目中，讀者強烈要求納入書中。

The paramedics used **defibrillation equipment** to restore the patient's heartbeat.
急救人員使用心臟除顫設備讓病人的恢復心跳。

☐ **deficiency** [dɪˈfɪʃənsɪ] – a deficiency in the budget (n.) 預算不足 ★★★
● deficiency 也出現在疾病名稱中，例如 AIDS (= Acquired Immune Deficiency Syndrome：後天免疫缺乏症)。

The report highlighted a **deficiency** in the current system.
該報告強調現行制度的缺陷。

☐ **delete** [dɪˈlit] – delete unnecessary files (v.) 刪除不必要的檔案 ★★★
Please **delete** the outdated files from the server. 請從伺服器中刪除過時的檔案。

☐ **deliberate** [dɪˈlɪbərɪt] (= done consciously and intentionally) ★★★
– a deliberate decision (a.) 深思熟慮的決定

His actions were slow and **deliberate**, showing he was deep in thought.
他的動作緩慢而謹慎，顯示他正陷入沉思。

● deliberate 當動詞時，意思是「仔細考慮，深思熟慮」。

The jury **deliberated** for hours before reaching a verdict.
陪審團在做出裁決前，花了數小時進行審議。

☐ **demeanor** [dɪˈminɚ] – a calm and collected demeanor (n.) ★★★
冷靜沉著的態度

● mis[= bad] + demeanor[= 行為]：錯誤行為 → misdemeanor（輕罪）

Her professional **demeanor** made a good impression on the clients.
她專業的態度讓客戶留下了良好印象。

☐ **denounce** [dɪˈnaʊns] (= condemn) – denounce corruption (v.) 譴責貪汙 ★★★
The politician **denounced** the corruption in the government.
那位政治人物譴責政府的貪汙行為。

174

☐ **densely** [ˋdɛnslɪ] – a densely populated area (adv.) 人口**稠密的**地區 ★★★
  ● sparsely populated（人口稀少的）也要一起記起來！
  The city is a **densely populated** area. 那座城市是一個人口稠密地區。

☐ **depict** [dɪˋpɪkt] – depict the scene accurately (v.) 精確**描繪**場景 ★★★
  The painting **depicts** a serene landscape. 那幅畫描繪了一幅寧靜的風景。

☐ **depreciate** [dɪˋpriʃɪˌet] – The value of the car will depreciate. (v.) 車子的價值會**貶值／折舊** ★★★
  ● depreciate ↔ appreciate（升值／欣賞／感激）
  The value of the equipment **depreciates** over time. 該設備的價值會隨時間減少。

☐ **deride** [dɪˋraɪd] (= **mock**) – deride his efforts (v.) **嘲笑**他的努力 ★★★
  They **derided** his efforts to improve the situation. 他們嘲笑他試圖改善情況的努力。

☐ **derive** [dɪˋraɪv] – derive pleasure from work (v.) 從工作**中獲得樂趣** ★★★
  ● 把 derive A from B（從B中獲得A）當作一個整體記住吧！
  The company **derives** most of its revenue **from** online sales.
  該公司大部分收入來自網路銷售。

☐ **detach** [dɪˋtætʃ] – detach the form and mail it (v.) ★★★
  將表格**撕下／拆下／取出**並寄出
  Please **detach** the last page and keep it for your records.
  請撕下最後一頁，作為您的備份。

☐ **detergent** [dɪˋtɝdʒənt] – a laundry detergent (n.) 洗衣用**清潔劑** ★★★
  We need to buy more laundry **detergent**. 我們需要多買一些洗衣精。

☐ **deteriorate** [dɪˋtɪrɪəˌret] – deteriorate quickly (v.) 快速**惡化** ★★★
  The patient's condition **deteriorated** rapidly. 病人的狀況迅速惡化。

☐ **deviation** [ˌdivɪˋeʃən] (= **variation, divergence**) ★★★
  – standard deviation (n.) 標準**落差**
  The **deviation** in the data was unexpected. 數據中的偏差出乎意料。
  The results showed little **deviation from** the norm.
  結果顯示與標準值幾乎沒有差異。

☐ **diabetes** [ˌdaɪə`bitɪz] – manage diabetes (n.) 控制**糖尿病** ★★★
He manages his **diabetes** with medication and diet.
他透過藥物與飲食來控制他的糖尿病。

☐ **diagnose** [`daɪəɡˌnoz] – diagnose the issue accurately (v.) ★★★
精準**診斷**問題
The mechanic **diagnosed** the problem **with** the engine. 技師診斷出引擎的問題。
● 形容詞 diagnostic（診斷的）在多益考試中，曾出現在 diagnostic test 這個詞彙中。

☐ **dignity** [`dɪɡnətɪ] – maintain dignity (n.) 維持**尊嚴／莊重** ★★★
She faced the difficult situation with **dignity**. 她以莊重的態度面對困境。

☐ **the disabled** [dɪ`sebəld] (= **people with disabilities**) ★★★
– support the disabled (n.) 支持**身心障礙者**
There are programs in place to support **the disabled** in our community.
我們社區設有支持身心障礙者的相關方案。

☐ **discard** [`dɪskɑrd] – discard outdated materials (v.) ★★★
丟棄舊資料／**淘汰**不用的東西
Please **discard** any outdated documents. 請丟掉所有過期的文件。
She decided to **discard** the broken vase. 她決定把破掉的花瓶丟掉。

☐ **discern** [dɪ`sɝn] – discern the truth from lies (v.) ★★★
分辨／識別真相與謊言
It's difficult to **discern** his motives. 很難識破他的動機。

☐ **discerning** [dɪ`sɝnɪŋ] – a discerning customer (a.) **有眼光的**顧客 ★★★
The store caters to **discerning** customers looking for high-quality products.
這家商店迎合追求高品質商品、有眼光的顧客。
● discerning 除了指「有眼光的」，也有「能分辨是非的，有判斷力的」意思。

☐ **discharge** [dɪs`tʃɑrdʒ] – be discharged from the hospital (v.) 出院 ★★★
The patient was **discharged** from the hospital after making a full recovery.
病人在完全康復後出院了。
● dis[= not] + charge: 解除責任 → 出院，放電
The battery **discharged** overnight. 電池在一夜之間就放電完了。

☐ **disclose** [dɪsˋkloz] – disclose all relevant information (v.) ★★★
公開所有相關資訊

The company was required to **disclose** its financial statements.
該公司被要求公開財務報表。

☐ **discuss** [dɪsˋkʌs] – discuss the project details (v.) 討論計畫細節 ★★★
● discuss 可以當及物動詞，不需接介系詞；discuss = talk about

We need to **discuss** the budget for the new project. 我們必須討論新專案的預算。

☐ **dislocate** [ˋdɪsloˏket] **(= displace)** – dislocate a shoulder (v.) 肩膀脫臼 ★★★
She **dislocated** her shoulder while playing basketball. 她在打籃球時肩膀脫臼了。

☐ **dismantle** [dɪsˋmæntl] **(= take apart, disassemble)** ★★★
– dismantle the machine (v.) 拆解機器

They **dismantled** the old machine to see how it worked.
他們將舊機器拆開來看看它是怎麼運作的。

☐ **dispatch** [dɪˋspætʃ] – dispatch the package (v.) 寄送包裹／派遣人員 ★★★
They **dispatched** a team to handle the situation. 他們派出一個小組來處理那個狀況。

☐ **dispense** [dɪˋspɛns] **with (= omit)** – dispense with formalities (v.) ★★★
省略禮節

Let's **dispense with** the formalities and get straight to the point.
我們省略客套話，直接切入重點吧。

☐ **disperse** [dɪˋspɝs] – begin to disperse (v.) 開始疏散／解散 ★★★
The police **dispersed** the protesters. 警方驅散了抗議民眾。

☐ **displace** [dɪˋsples] – displace the residents (v.) 迫使居民離開 ★★★
The construction project **displaced** many families.
這項工程計畫使許多家庭被迫搬離。
● 比較：misplace 表示「（物品等）放錯位置」。

☐ **dispose** [dɪˋspoz] **of** – dispose of waste (v.) 處理垃圾 ★★★
● 記住與「移除」有關的介系詞 of：如 get rid of（移除）、rob/deprive A of B（從 A 移除／奪走 B）

The company must **dispose of** the waste properly. 公司必須妥善處理廢棄物。

Please **dispose of** your trash in the designated bins. 請將垃圾丟進指定的垃圾桶。

☐ **disproportionate** [ˌdɪsprəˈpɔrʃənɪt] – a disproportionate response to the situation (a.) 對於狀況**不成比例的**反應　★★★
The punishment was **disproportionate to** the crime.
懲罰與罪行不成比例。（意指過重或過輕）

☐ **disqualify** [dɪsˈkwɑləˌfaɪ] – disqualify a candidate (v.)　★★★
取消候選人**資格**／使候選人**失去資格**
The committee decided to **disqualify** the candidate **for** cheating.
委員會決定以舞弊行為取消該候選人的資格。

☐ **disseminate** [dɪˈsɛməˌneɪt] – disseminate information widely (v.)　★★★
四處**散布**資訊
● dis + semin（＝種子）+ ate：像撒種子一樣傳播 → 傳播，散播
The organization **disseminates** information about health and safety.
該機構傳播有關健康與安全的資訊。

☐ **dissipate** [ˈdɪsəˌpet] – dissipate by noon (v.) 到中午前消散／消失　★★★
The crowd's excitement began to **dissipate** after the game.
比賽結束後，群眾的興奮感開始消退。

☐ **dissolve** [dɪˈzɑlv] – salt dissolves in water (v.) 鹽在水中**溶化**　★★★
The sugar **dissolved** quickly in the hot tea. 糖在熱茶中迅速溶解。
● 與 solve 相關的 resolve 表示「解決」,「尚未解決的問題」是 unsolved problem。

☐ **distill** [dɪˈstɪl] **(= extract)** – distill the essence (v.) **提煉出**精華　★★★
He tried to **distill** the essence of the article into a few sentences.
他試圖將那篇文章的精華濃縮成幾句話。

☐ **distinguish** [dɪˈstɪŋgwɪʃ] – distinguish between right and wrong (v.)　★★★
區分對錯
● 記住 distinguish A from B、distinguish between A and B 的句型！
It's important to **distinguish** fact **from** fiction. 能分辨事實與虛構是很重要的。

☐ **distinguished** [dɪˈstɪŋgwɪʃt] – a distinguished career (a.) 傑出的職涯　★★★
He has had a **distinguished** career in law. 他在法律界的工作表現一直很傑出。

☐ **distracting** [dɪˈstræktɪŋ] – a distracting noise (a.) 令人分心的噪音　★★★
  ● 近年多益出題趨勢偏好 -ing 結尾的形容詞，如 demanding（要求多的）、imposing（氣勢逼人的）
  The **distracting** noise made it hard to concentrate. 那令人分心的噪音讓人難以專注。

☐ **distribute** [dɪˈstrɪbjut] – distribute the meeting agenda (v.)　★★★
  分發／分配會議議程
  The manager **distributed** the tasks evenly among the team.
  經理把任務平均分配給團隊成員。

☐ **divert** [dəˈvɜt] – divert attention from the issue (v.)　★★★
  轉移對問題的注意力
  The teacher tried to **divert** the students' attention **away from** the noise outside and back to the lesson. 老師試圖將學生的注意力從外面的噪音轉回課堂上。
  ● divert 也有「使（車輛等）改道行駛」的意思。
  The construction work **diverted** traffic **to** another route. 工地施工導致車輛改道行駛。

☐ **dividend** [ˈdɪvədɛnd] – receive a dividend (n.) 收到股息／紅利　★★★
  Shareholders received a **dividend** from the company's profits.
  股東們從公司的利潤中收到了股息。

☐ **domain** [doˈmeɪn] – a domain of knowledge (n.) 知識領域　★★★
  This issue falls outside my **domain** of expertise. 這個問題超出我的專業領域。

☐ **domestic** [dəˈmɛstɪk] – domestic flights (a.) 國內航班　★★★
  ● domestic 的同義詞：internal, local, national；反義詞：foreign, international, overseas
  The airline offers numerous **domestic** flights across the country.
  該航空公司在全國提供多條國內航線。

☐ **donate** [ˈdoˌneɪt] – donate to the charity (v.) 捐款／贈給慈善機構　★★★
  He **donated** a large sum **to** the university. 他向這所大學捐贈了一大筆金額。

☐ **dormant** [ˈdɔrmənt] – a dormant volcano (a.)　★★★
  休眠中的／暫停活動的火山
  ● dormant = dorm（睡）+ ant：意指「睡著的」，所以 dormitory（宿舍）就是「睡覺的地方」。

The seeds will remain **dormant** until spring.
這些種子將會在春天到來前保持休眠狀態。

☐ **dosage** [ˈdosɪdʒ] **(= amount)** – correct dosage (n.) 正確的**劑量** ★★★
Make sure to follow the correct **dosage** instructions on the label.
請務必遵循標籤上的正確劑量指示。

☐ **dose** [dos] – proper dose (n.) 適當**劑量** ★★★
It's important to take the proper **dose of** medication. 服用適當的藥物劑量非常重要。

☐ **doubt** [daʊt] – doubt that S + V (v.) **懷疑**…是否成立／**對**…**感到懷疑** ★★★
He **doubted that** she would arrive on time. 他懷疑她是否能準時到達。
● doubt 的同義詞是 suspect。
I **suspect** that she is a spy. 我懷疑她是間諜。
● have no doubt 意為「不懷疑，沒有疑問」。
I **have no doubt** that she will succeed. 我毫不懷疑她會成功。

☐ **be doubtful** [ˈdaʊtfəl] **about** – be doubtful about the chances (phr.) ★★★
對這些機會**感到懷疑**
She **is doubtful about** the authenticity of the document.
她對該文件的真實性表示懷疑。

☐ **down payment** [ˈdaʊn ˌpemənt] – make a down payment (n.) ★★★
預付**訂金**／**頭期款**
● down payment 是美式用語，美國購屋時常以預付一筆訂金後再分期償還餘款。
They made a **down payment** on the new house. 他們為新房支付了一筆訂金。

☐ **downturn** [ˈdaʊnˌtɜn] – economic downturn (n.) 經濟**衰退**／景氣**低迷** ★★★
The company struggled during the economic **downturn**.
該公司在經濟不景氣期間陷入困境。

☐ **draft** [dræft]–draft a new policy (v.) **草擬**一項新政策 ★★★
She **drafted** a letter of recommendation. 她草擬了一封推薦信。
● draft 當名詞時，指文件或計畫的初步版本，即「草案」，通常會多次修訂，是 Part 6 中常見的單字。
The initial **drafts** of the report were reviewed by the team.
該報告的初步草案已由團隊審查。

☐ **draw** [drɔ] – draw customers (v.) 吸引顧客 ★★★
　　　　　　　draw a picture (v.) 畫一張圖畫 ★★★
The concert is expected to **draw** a large crowd. 預計這場音樂會將吸引大量人潮。
She loves to **draw** landscapes. 她很喜歡畫風景畫。

☐ **drawback** [ˈdrɔˌbæk] – consider the drawbacks (n.) ★★★
考量到缺點／不利之處
● drawback（缺點）的同義字：disadvantage, downside, flaw, weakness, shortcoming
The main **drawback** of the plan is its high cost. 該計畫的主要缺點是成本過高。

☐ **drawing** [ˈdrɔɪŋ] – enter the drawing (n.) 參加抽獎 ★★★
She won a prize in the **drawing**. 她在抽獎活動中得獎了。

☐ **drastically** [ˈdræstɪklɪ] – be drastically reduced (adv.) ★★★
大幅減少／急遽降低
● 建議搭配以下詞組來記憶：rise/fall/drop/reduce + drastically/dramatically/sharply/exponentially
The prices were **drastically** reduced during the sale. 特價期間商品價格大幅下降。

☐ **driveway** [ˈdraɪvˌwe] – park in the driveway (n.) 在車道上停車 ★★★
Please do not park in the **driveway**. 請不要停在車道上。

☐ **drop me a line** (= contact me) ★★★
– Drop me a line when you arrive. (phr.) 到了請聯絡我
Drop me a line when you get to the city. 當你到了那個城市時與我聯繫。

☐ **earn** [ɝn] – earn a reputation for quality (v.) 憑藉著品質而贏得聲譽 ★★★
He **earned** the respect of his colleagues through hard work.
他透過努力工作贏得同事的尊敬。

☐ **ease** [iz]–ease the tension (v.) 緩和緊張情勢 ★★★
The mediator tried to **ease** the tension between the two parties.
調解人試圖緩和雙方的緊張關係。

☐ **ecstatic** [ɛkˈstætɪk] – feel ecstatic (a.) 感到欣喜若狂（＝極度高興） ★★★
She felt **ecstatic** when she heard the good news. 她聽到這個好消息時欣喜若狂。

☐ **edge** [ɛdʒ] **on (= approach)** – edge on winning (v.) 接近勝利 ★★★
They are **edging on** winning the championship. 他們正逐漸逼近冠軍寶座。

☐ **efficient** [ɪˈfɪʃənt] – maintain efficient workflow processes (a.) ★★★
維持**高效率的**工作流程
The new system is more **efficient** than the old one. 新系統比舊系統更有效率。

☐ **elevate** [ˈɛləˌvet] – elevate the discussion to a higher level (v.) ★★★
將討論會**提升**到更高層級
The new leader aims to **elevate** the company to new heights.
新領導者的目標是將公司推向新高峰。

☐ **elevated** [ˈɛləˌvetɪd] – an elevated platform (a.) 高起的平臺 ★★★
The stage was built on an **elevated** platform. 舞台建在一個高起的平臺上。
● 多益的正確答案中曾出現 elevated bridge（高架橋）這個詞彙。

☐ **elicit** [ɪˈlɪsɪt] – elicit a response (v.) 引出／誘發反應 ★★★
The question was designed to **elicit** a specific response from the audience.
該問題旨在引導觀眾做出特定反應。

☐ **eliminate** [ɪˈlɪməˌnet] – eliminate unnecessary steps (v.) ★★★
去除不必要的步驟
We need to **eliminate** wasteful spending. 我們必須削減浪費性的支出。

☐ **elucidate** [ɪˈlusəˌdet] – elucidate a concept (v.) 闡明概念 ★★★
The professor worked to **elucidate** the complex concept for the students.
教授致力於為學生們闡明這個複雜的概念。

☐ **email** [ˈiˌmel] – send an email (n.) 寄送一封**電子郵件** ★★★
● mail 是不可數名詞，但 email 是可數名詞，也可當動詞，例如：Email me.（寄一封電子郵件給我。）
He sent an **email** to confirm the meeting. 他發了一封電子郵件確認要召開會議。

☐ **embezzle** [ɪmˈbɛzəl] (= misappropriate) – embezzle funds (v.) ★★★
挪用資金
The accountant was caught trying to **embezzle** company funds.
那名會計師因企圖挪用公司資金而被抓到。

☐ **embrace** [ɪmˈbres] – embrace new technologies (v.) 接納新技術 ★★★
● embrace 原意是「擁抱」，即「摟住，抱住」，由此引申為「欣然接受，採納」之意。

The company has **embraced** innovation to stay competitive.
該公司為了維持競爭力而欣然接受創新。

☐ **emission** [ɪˈmɪʃən] – reduce emissions (n.) 減少排放 ★★★
The company is working to reduce its carbon **emissions**. 該公司正致力於減少碳排放。

☐ **emphasize** [ˈɛmfəˌsaɪz] – emphasize the main points (v.) 強調重點 ★★★
The report **emphasizes** the importance of sustainability.
這份報告強調了永續發展的重要性。
● 名詞為 emphasis，通常與介系詞 on 搭配使用，因此要連同「emphasis on」一起記住！

☐ **encounter** [ɪnˈkaʊntɚ] – an unexpected encounter (n.) 意外的相遇 ★★★
● encounter 可以當名詞也可以當動詞。

She had an unexpected **encounter** with an old friend at the airport.
她在機場與一位老朋友意外相遇。

☐ **encouraging** [ɪnˈkɝɪdʒɪŋ] – encouraging results (a.) 鼓舞人心的結果 ★★★
The early results of the experiment are **encouraging**. 實驗的初步結果令人振奮。

☐ **endeavor** [ɪnˈdɛvɚ] – endeavor to improve (v.) 努力改進 ★★★
We will **endeavor to** provide the best service possible.
我們將盡量努力提供最好的服務。
● endeavor（努力，盡力）亦可作為名詞。

Their **endeavor to** climb the mountain was successful.
他們攀登那座山的嘗試是成功的。

☐ **endorse** [ɪnˈdɔrs] – endorse the candidate (v.) 支持這位候選人 ★★★
The senator **endorsed** the bill. 那位參議員支持這項法案。

☐ **engrave** [ɪnˈgrev] – engrave initials (v.) 刻上首字母 ★★★
The trophy was **engraved** with the winner's name. 獎盃上刻有得主的名字。

☐ **enjoyable** [ɪnˈdʒɔɪəbl] (= **pleasant, delightful**) ★★★
– an enjoyable experience (a.) 愉快的經驗
● enjoyable 指的是讓人感到快樂或滿意的活動或經驗。雖是常見詞彙，但也是 Part 5 出題中的正解選項。

The picnic was an **enjoyable** experience for everyone.
這次野餐對大家來說是一段愉快的經驗。

☐ **enmity** [ˈɛnmətɪ] (= **hostility**) – mutual enmity (n.) 相互的敵意／仇恨 ★★★
There was a long history of **enmity** between the two families.
兩家人之間有一段長久的敵對歷史。

☐ **enormous** [ɪˈnɔrməs] – an enormous impact (a.) 巨大的影響 ★★★
● enormous 由 e [= 離開] + norm [= 標準] + -ous 組成，表示「超出正常」→ 引申為「極大的，巨大的」。

The new policy had an **enormous** impact on the community.
這項新政策對社區產生了巨大的影響。

☐ **enroll** [ɪnˈrol] **in** – enroll in a course (v.) 報名參加課程 ★★★
She decided to **enroll in** a cooking class. 她決定報名參加烹飪課程。

☐ **ensure** [ɪnˈʃʊr] – ensure that everything is in order (v.) ★★★
確保一切順利進行
● 要區分「ensure that + 子句」與「assure someone that + 子句」的用法！

We need to **ensure that** all products meet the standards.
我們必須確保所有產品符合標準。
We need to **ensure that** all documents are signed. 我們必須確保所有文件都有簽名。

☐ **entail** [ɪnˈtel] – understand what duties entail (v.) 理解職責包含的內容 ★★★
● en + tail (尾巴) → 引申為「附帶，牽涉，包含」之意。

The job **entails** a lot of hard work and dedication. 這份工作需要相當的辛勤與奉獻。

☐ **enthusiastic** [ɪnˌθuzɪˈæstɪk] – enthusiastic about the project (a.) ★★★
對這個計畫充滿熱情
● enthusiastic applause (熱烈掌聲) 曾在 Part 5 的正解選項中。

His **enthusiastic** response was encouraging. 他熱情的回應令人振奮。

☐ **entrant** [ˈɛntrənt] – a new entrant (n.) 新**參賽者** ★★★
The competition welcomed many new **entrants** this year.
今年這項比賽迎來了許多新的參賽者。

☐ **entrust** [ɪnˈtrʌst] **sb with A** – (v.) 將 **A** 委託給某人 ★★★
She **entrusted** her lawyer **with** the case. 她把案件委託給她的律師。
The parents **entrusted** the babysitter **with** their children. 父母把孩子交給保母照顧。

☐ **environmentally-friendly** [ɪnˌvaɪrənˈmɛntl̩ ˈfrɛndlɪ] ★★★
– environmentally-friendly practices (a.) **環保**做法
The company is committed to **environmentally-friendly** practices.
該公司致力於實踐環保措施。

☐ **envision** [ɪnˈvɪʒən] – envision a bright future (v.) ★★★
預見／設想光明的未來
She **envisions** a future where technology and nature coexist.
她預見了一個科技與自然共存的未來。

☐ **epidemic** [ˌɛpəˈdɛmɪk] – a flu epidemic (n.) 流感**疫情** ★★★
The city is experiencing a flu **epidemic** this winter.
這座城市今年冬天將面臨一場流感疫情。

☐ **equate** [ɪˈkwet] – equate success with happiness (v.) ★★★
將成功與幸福**畫上等號**
It's important not to **equate** wealth **with** well-being.
不要把財富與幸福畫上等號，這是很重要的。
● 「方程式」的英文是 equation，因為當中有 equal sign，即「等號（＝）」。

☐ **equivalent** [ɪˈkwɪvələnt] – equivalent value (a.) **相等的／相當的**價值 ★★★
● equivalent 可當形容詞或名詞，表示「相等的」或「等值物」。
One dollar is roughly **equivalent to** one euro. 一美元大約等於一歐元。

☐ **eradicate** [ɪˈrædəˌket] – eradicate the problem at its root (v.) ★★★
從根本上**解決**問題
● eradicate 結構為 e (out)+ rad (root) + icate → 表「根除，連根拔除」。
The campaign aims to **eradicate** illiteracy in the region.
該活動旨在徹底消除該地區的文盲問題。

☐ **errand** [ˈɛrənd] – run an errand (n.) 跑腿，跑差事　　★★★
　● run an errand（跑腿）是個常見、常考的慣用語。它也常出現在 Part 7 的正解句子中。
　Could you **run an errand** for me and pick up some groceries?
　你可以幫我跑個腿，順便買些雜貨嗎？

☐ **escalate** [ˈɛskəˌlet] – the situation could escalate (v.)　　★★★
　情勢可能**惡化／升高**
　Tensions between the two countries have **escalated**. 兩國間的緊張情勢已升高。

☐ **established** [ɪˈstæblɪʃt] – an established company (a.)　　★★★
　穩健／有聲望的公司
　They work for an **established** law firm.
　他們在一家知名且穩定的律師事務所工作。

☐ **evacuation** [ɪˌvækjuˈeʃən] – emergency evacuation (n.) 緊急疏散　　★★★
　The building was closed during the emergency **evacuation**.
　緊急疏散期間大樓被關閉了。

☐ **even so** – It is raining but even so... (phr.) 雖然下雨，但**即便如此**…　　★★★
　The task was difficult, but **even so**, she completed it on time.
　那工作很困難，但即便如此，她還是準時完成了。

☐ **even though** – even though he was tired (conj.) **儘管**他很累　　★★★
　● even if 用於「假設語氣」，even though 則用於表示「既定事實」。
　Even though he was tired, he finished his homework.
　儘管他很累，他還是完成了作業。

☐ **evenly** [ˈivənlɪ] – be evenly distributed (adv.) **均勻地／平均地**分配　　★★★
　The funds were **evenly** distributed among the departments. 資金在各部門間平均分配。
　● 另外記住：get even（報仇，復仇）→ 表示「扳回一城」，比賽中雙方「打平」的意思。

☐ **every hour on the hour** (= at each hour)　　★★★
　– leave every hour on the hour (phr.) 每個整點發車
　The train leaves **every hour on the hour**. 火車每個整點發車。
　● 這個用語中的 on，曾出現在考題的正解。

186

☐ **evict** [ɪˋvɪkt] – evict a tenant (v.) 驅逐房客 ★★★
The landlord decided to **evict** the tenant for not paying rent.
因房客沒繳房租，房東決定將其驅逐。

☐ **evoke** [ɪˋvok] – evoke a strong feeling (v.) 喚起強烈情感 ★★★
The music **evoked** memories of her childhood. 那音樂喚起了她童年的回憶。

☐ **exaggerate** [ɪgˋzædʒəˏret] – exaggerate the truth (v.) 誇大事實 ★★★
He tends to **exaggerate** the truth to make his stories more interesting.
他傾向於誇大事實來讓自己的故事更有趣。

☐ **examine** [ɪgˋzæmɪn] – examine the proposal carefully (v.) ★★★
仔細審查提案
The detective **examined** the evidence closely. 這位刑警仔細地調查了證據。

☐ **excavate** [ˋɛkskəˏvet] – excavate a site (v.) 發掘遺址 ★★★
Archaeologists began to **excavate** the ancient site.
考古學家們開始發掘那個古老的遺址。

☐ **excavation** [ˏɛkskəˋveʃən] – a site of excavation (n.) 挖掘的現場 ★★★
● 單字中有 cav 通常含有「洞」的意思，如 cave（洞穴）、cavity（蛀牙）
● ex[= out] + cav[= hole] + ation：把出洞來的行為 → 發掘，挖掘
The **excavation** revealed ancient artifacts. 挖掘過程中出現了古代文物。

☐ **excel** [ɪkˋsɛl] **in** – excel in sports (v.) 擅長運動 ★★★
She **excels in** mathematics. 她的數學很厲害。

☐ **except** [ɪkˋsɛpt] – a sound plan except that S + V~ (prep.) ★★★
除了～以外是個好計畫
She liked the proposal, **except that** it was too long.
她喜歡那個提案，只是它太長了。

☐ **excluding** [ɪkˋskludɪŋ] – excluding tax (prep.) 不含稅 ★★★
The price is $50, **excluding** tax. 此價格為 50 美元，不含稅。

☐ **exclusively** [ɪkˋsklusɪvlɪ] – exclusively for members (adv.) ★★★
僅限會員使用

● 「幾乎只限於」應使用 almost exclusively，而不是 almost primarily，因為 almost 後面應接完全性的詞語；exclusively 是常見的考題正解字彙。

The offer is **exclusively** for club members. 這項優惠僅限俱樂部會員使用。

● 形容詞 exclusive（獨有的，專屬的）也是常見的重要字彙。

The company has the **exclusive** right to sell this product.
公司擁有銷售這項產品的獨家權利。

☐ **execute** [ˈɛksɪˌkjut] – execute the plan efficiently (v.) 有效率地**執行計畫** ★★★
The project was **executed** flawlessly. 這項專案執行得完美無瑕。

☐ **exhale** [ɛksˈhel] **(= breathe out)** – exhale slowly (v.) 緩慢地**吐氣** ★★★
Inhale deeply and then **exhale** slowly to calm yourself.
深呼吸後慢慢吐氣來讓自己冷靜下來。

☐ **expedite** [ˈɛkspəˌdaɪt] – expedite the approval process (v.) ★★★
加速審核流程

● ex[= out] + ped[= foot] + ite: 把腳往前跨 → 加快進行

The manager requested that we **expedite** the delivery. 經理要求我們加快出貨速度。

☐ **expertise** [ˌɛkspəˈtiz] – technical expertise (n.) 技術上的**專業知識** ★★★
The company needs someone with technical **expertise**.
公司需要一位具有技術專長的人。

☐ **expiration date** [ˌɛkspəˈreʃən det] – product expiration date (n.) ★★★
產品的**有效期限**

Check the **expiration date** before consuming the product.
食用產品前請先檢查有效期限。

● 這個複合名詞在考題中曾以 expiration 為正解選項。

☐ **exponentially** [ˌɛkspoˈnɛnʃəlɪ] – grow exponentially (adv.) ★★★
以指數方式成長

The company's profits have grown **exponentially** over the past five years.
公司在過去五年內的獲利呈現指數型成長。

☐ **express train** [ɪkˈsprɛs tren] – take an express train (n.) 搭乘**快車** ★★★
● express bus 指的是「高速巴士」。

We took an **express train** to get there faster. 我們搭乘快車才能更快抵達那裡。

□ **exquisite** [ˈɛkskwɪzɪt] – taste exquisite food (a.) 品嘗**美味**佳餚 ★★★
   The restaurant is known for serving **exquisite** food. 那間餐廳以供應美味佳餚聞名。
   ● 雖然基本義是「精美的，絕妙的，美麗的」，但在多益常以 exquisite = delicious 的替換表達出現於 Part 5。
   The painting is an **exquisite** example of Renaissance art.
   那幅畫是文藝復興藝術的精美典範。

□ **extinction** [ɪkˈstɪŋkʃən] – risk of extinction (n.) 滅絕的風險 ★★★
   ● 「瀕危物種（endangered species）」很容易面臨「滅絕（extinction）」的命運。
   Many species are at risk of **extinction**. 許多物種正面臨滅絕的風險。

□ **extroverted** [ˈɛkstrəˌvɝtɪd] (= **outgoing**) – extroverted behavior (a.) ★★★
   外向的行為
   ● extro[= out] + verted[= turn]：向外轉 → 外向的
   Her **extroverted** behavior makes her the life of the party.
   她的外向行為讓她成為派對的焦點人物。

□ **facilitate** [fəˈsɪləˌtet] – facilitate the meeting (v.) 使會議順利進行 ★★★
   The manager **facilitated** the discussion between the teams.
   經理讓團隊間的討論順利進行。

□ **fact** [fækt] – a fact of life (n.) **現實**狀況，人生的**真相** ★★★
   ● 記住 the fact/idea that + 完整句子（S + V）的結構
   It's a well-known **fact that** exercise is good for your health.
   運動有益健康是一個廣為人知的事實。

□ **factual** [ˈfæktʃuəl] – a factual report (a.) **以事實為基礎的**報告 ★★★
   The article provided a **factual** account of the events.
   這篇文章提供這些事件真實的描述。

□ **fade** [fed] – begin to fade (v.) ★★★
   （顏色）開始**褪色**；（聲音、現象）開始**逐漸消失**
   The bright red curtains began to **fade** after years of exposure to sunlight.
   鮮紅的窗簾在多年日照後開始褪色。
   The noise **faded into** the background. 噪音逐漸淡入至背景中。
   ● 去掉 e 的 fad 指的是「時尚，潮流」

☐ **fail** [fel] – fail to meet the deadline (v.) 無法於期限內完成　★★★
　He **failed to** complete the project on time. 他未能準時完成專案。
　● 以下動詞會接不定詞作受詞：fail（失敗）、wish（希望）、hope（期望）、want（想要）、choose（選擇）、decide（決定）、plan（計畫）、strive（努力）、promise（承諾）、refuse（拒絕）
　He **failed** the exam despite studying hard. 儘管他很努力讀書，仍然考試不及格。

☐ **faithful** [ˋfeθfəl] – faithful to one's principles (a.) 忠於自己的原則　★★★
　He remained **faithful to** his principles. 他始終忠於自己的原則。

☐ **fascinate** [ˋfæsəˏnet] – fascinate viewers (v.) 使觀眾著迷　★★★
　The documentary **fascinated** viewers with its stunning visuals.
　那部紀錄片以驚人的視覺效果令觀眾著迷。

☐ **feature** [ˋfitʃɚ] – feature a special guest (v.) 以特別來賓為特色　★★★
　The seminar will **feature** several experts who will share insights on market trends.
　這場研討會將有幾位專家亮相，他們將分享對於市場趨勢的見解。
　● feature 也可當名詞，表示「特徵，特色」
　The magazine **features** articles on travel and culture.
　這本雜誌的特色是介紹旅遊與文化的文章。

☐ **be fed up with** – be fed up with the noise (phr.) 受夠了噪音　★★★
　She **was fed up with** the constant noise from the construction site.
　她對施工現場持續的噪音感到非常厭煩。

☐ **fee waiver** [fi ˋwevɚ] – apply for a fee waiver (n.) 申請費用減免　★★★
　Students can apply for a **fee waiver** if they meet the criteria.
　符合條件的學生可以申請費用減免。

☐ **feedback** [ˋfidˏbæk] – valuable feedback (n.) 有價值的回饋（意見）　★★★
　● feedback 是不可數名詞，具類似意義的 opinion（意見）是可數名詞。
　The teacher provided valuable **feedback** on the assignment.
　老師針對這份作業提供珍貴的回饋意見。

☐ **feeling** [ˋfiliŋ] – evoke a strong feeling (n.) 激起強烈情感　★★★
　The music evoked **feelings** of nostalgia. 音樂激起了懷舊的情感。

☐ **ferment** [fɚ`mɛnt] – spread out and covered for a few days to ferment (v.)（將食物等）攤開並蓋上數天以進行發酵 ★★★

In the traditional method, cocoa beans are harvested and, before they are used to make chocolate, they are spread out and covered for a few days to **ferment**. 在傳統方法中，採收後的可可豆會被鋪開並蓋住數天以進行發酵，然後才用來製作巧克力。

☐ **fierce** [fɪrs] – fierce competition (a.) 激烈的競爭 ★★★

The competition for the job was **fierce**. 這份工作的競爭非常激烈。

☐ **fill in for** – fill in for a colleague (v.) 幫同事代班／暫代同事的工作 ★★★

Can you **fill in for** me while I'm on vacation? 我放假時你可以暫代我的工作嗎？

☐ **final** [`faɪnəl] – All ticket sales are final. (a.) 所有票券售出後恕不更改。 ★★★

● 這裡的 final 曾出現在多益考題中，其近義詞包括：definitive, absolute, irrevocable, permanent, conclusive, unalterable, unchangeable。

Please note that all ticket sales are **final**, and no refunds or exchanges will be allowed. 請注意所有票券一經售出恕不退款，亦不得更換。

☐ **finance** [`faɪnæns] – finance the project (v.) 為專案挹注資金 ★★★

They need to secure funding to **finance** the new initiative.
他們需要確保資金以支持新的計畫。

☐ **finicky** [`fɪnɪki] – a finicky eater (a.) 挑食的人 ★★★

He's terribly **finicky** about his food. 他對他的食物非常挑剔。

☐ **flagship** [`flæɡʃɪp] – a flagship store (n.) 旗艦店 ★★★

The company opened its **flagship** store in the city center.
那家公司在市中心開設它的旗艦店。

☐ **flair** [flɛr] – an artistic flair (n.) 藝術天賦 ★★★

● flair 指「與生俱來的才能或獨特風格」，多數考生不熟悉此字彙。

She has a **flair** for design, which is evident in her beautiful home decor.
她在設計上具有獨特的天賦，從她美麗的家居佈置就可看出這點。

☐ **flammable** [`flæməbl] – flammable materials (a.) 易燃物質 ★★★

Keep **flammable** materials away from open flames. 請將易燃物遠離明火。

☐ **flattering** [ˈflætərɪŋ] – a flattering dress (a.) 襯托人美的衣服　★★★
● flattering 也有「阿諛奉承的，討好人的」意思。

The dress was very **flattering** and made her look beautiful.
這件衣服很能夠襯托人的美，讓她看起來變漂亮了。

☐ **flaunt** [flɔnt] – flaunt one's wealth (v.) 炫耀某人的財富　★★★
He loves to **flaunt** his success. 他很喜歡炫耀自己的成功。

☐ **flee** [fli] – flee the country (v.) 逃離／逃出該國　★★★
They decided to **flee** the country to escape persecution.
他們為了逃避迫害而決定離開這個國家。
● flee 的三態變化：flee–fled–fled，請熟記！

☐ **flimsy** [ˈflɪmzɪ] – a flimsy table (a.) 不穩固的／脆弱的桌子　★★★
● flimsy 曾出現在多益 Part 7 中。

The argument was based on **flimsy** evidence. 該主張是建立在薄弱的證據之上。

☐ **flourish** [ˈflɝɪʃ] – the business flourishes (v.) 生意興隆　★★★
The business began to **flourish** after the new management took over.
新管理團隊接手後，生意開始興旺起來。

☐ **fluent** [ˈfluənt] – fluent in English (a.) 英文流利的　★★★
She is **fluent** in English and Spanish. 她的英文和西班牙文都很流利。

☐ **footage** [ˈfutɪdʒ] – surveillance footage (n.) 監控畫面／攝影影像片段　★★★
The police reviewed the surveillance **footage** for clues.
警方檢視了監視器畫面以尋找線索。

☐ **for the sake** [seik] **of** – for the sake of clarity (phr.) 為了清楚起見　★★★
They made the changes **for the sake of** efficiency. 他們為了提升效率而做出改變。

☐ **forfeit** [ˈfɔrfɪt] – forfeit the game if late (v.)　★★★
（若遲到）喪失／取消比賽資格
They had to **forfeit** the match due to a lack of players.
因為球員不足，他們必須放棄這場比賽。

☐ **formula** [ˈfɔrmjələ] – a mathematical formula (n.) 數學方程式　★★★

● formula 也指製造某產品或物質的「配方，處方」。

The scientist used a complex **formula** to solve the problem.
科學家用一個複雜的方程式來解決這個問題。

☐ **fortify** [ˋfɔrtəˌfaɪ] – fortify the defenses (v.) 強化防禦　★★★
The soldiers **fortified** the walls of the castle. 士兵們強化了城堡的城牆。

☐ **fossil fuel** [ˋfɑsəl ˋfjʊəl] – dependence on fossil fuels (n.)　★★★
對**石化燃料**的依賴
There is a growing concern about the reliance on **fossil fuels**.
越來越多人擔憂對於石化燃料的依賴。

☐ **foster** [ˋfɔstɚ] – foster innovation (v.) 養成創新概念　★★★
● foster 的類義字有：boost（促進）、nurture（培育）、promote（推動）
The company **fosters** a culture of innovation. 該公司致力於培養創新文化。

☐ **fraud** [frɔd] – commit fraud (n.) 犯下詐欺行為　★★★
He was arrested for committing **fraud**. 他因詐欺罪而被逮捕。
● 其形容詞為 fraudulent（詐欺的）。

☐ **frequent** [ˋfrikwənt] – frequent the local library (v.) 常去當地圖書館　★★★
She **frequents** the gym every morning. 她每天早上都會去健身房。

☐ **friction** [ˋfrɪkʃən] **(= conflict)** – cause friction (n.) 引發摩擦／衝突　★★★
The new policy caused **friction** among the employees.
新政策在員工之間引發了摩擦。

☐ **frugal** [ˋfrugəl] – a frugal lifestyle (a.) 節儉的生活方式　★★★
They live a **frugal** lifestyle to save money. 他們為了存錢而過著節省開支的生活。

☐ **frustration** [frʌˋstreʃən] – feel frustration (n.) 感受到挫折　★★★
He felt **frustration** when he couldn't solve the problem.
當他無法解決問題時才感受到挫折。

☐ **fulfill** [fʊlˋfɪl] – fulfill the requirements (v.) 滿足要件　★★★
The company failed to **fulfill** its contractual obligations. 該公司未能履行合約義務。
● 常見搭配用語：fulfill obligation（義務）／ duty（職責）／ orders（訂單）

New Updated List | 193

The supplier **fulfilled** the order on time. 供應商準時完成了訂單。

● fulfill 也有「實現／達成」的意思

He **fulfilled** his dream of becoming a doctor. 他實現了成為醫生的夢想。

☐ **full potential** [fʊl pəˋtɛnʃəl] – reach one's full potential (n.) ★★★
達到某人的最大潛能

The new training program aims to help employees reach their **full potential**.
新訓練計畫旨在幫助員工發揮出他們最大潛力。

☐ **fun and laughter** [fʌn ən ˋlæftɚ] (= joy) – bring fun and laughter (n.) ★★★
帶來歡笑與樂趣

● 最近在 Part 6 出現過「為了樂趣與歡笑來玩遊戲吧！」這樣的語境，其出題方式是要選出 laughter 作為正解。

The event was full of **fun and laughter**. 那場活動充滿了樂趣與歡笑。

☐ **functional** [ˋfʌŋkʃənl] (= operational) – fully functional (a.) ★★★
完全正常運作的

The new software is fully **functional**. 新的軟體已能完全正常運作。

All equipment must be **operational** before the event.
所有設備必須在活動前可正常運作。

☐ **fund** [fʌnd] – fund the research (v.) 為這項研究提供資金 ★★★

The organization **funds** various scientific studies. 該機構為各種科學研究提供資金。

● fund 也可當名詞，表示「基金，資金」，為可數名詞，而 funding（提供資金，財政支援）則為不可數名詞。

The company set up a **fund** to support local charities.
公司設立了一筆基金以支援當地慈善事業。

The new research project received **funding** from the government.
新研究計畫獲得政府的財政支援。

The firm underwrote the new mutual **fund**, providing capital and ensuring its launch.
該公司承銷這筆新的共同基金，提供資金並保證其順利發行。

☐ **fundamental** [ˌfʌndəˋmɛntl] (= basic) – fundamental principles (a.) ★★★
基本的原則

Understanding the **fundamental** principles of science is crucial.
理解科學的基本原則相當重要。

☐ **furnished** [ˈfɝnɪʃt] – a furnished apartment (a.) 附傢俱的公寓 ★★★
They decided to rent a **furnished** apartment because it was more convenient than buying furniture. 他們決定租一間配有家具的公寓，因為這比自己購買家具更方便。

☐ **gain** [gen] – gain market share (v.) 獲得市占率 ★★★
The company **gained** a competitive advantage in the market.
該公司在市場上取得了競爭優勢。
● 補充說明：gain weight 表示「體重增加，變胖」。

☐ **garner** [ˈgɑrnɚ] – garner support (v.) 獲得／爭取支持 ★★★
The candidate worked hard to **garner** support from the voters.
這位候選人努力爭取選民的支持。

☐ **gender** [ˈdʒɛndɚ] (= sex) – gender equality (n.) 性別平等 ★★★
● gender 指的是「文化意涵上的性別」，而 sex 則是「生物學上的性別」。
They are working towards **gender** equality in the workplace.
他們正致力於職場上的性別平等。

☐ **generic** [dʒəˈnɛrɪk] – generic brands (a.) 無品牌／通用名稱販售的品牌 ★★★
● generic 是許多考生意忽略記憶的 TOEIC 常見單字。
Generic medications are often cheaper than brand-name ones.
無品牌藥物通常比品牌藥物更便宜。

☐ **genetic** [dʒəˈnɛtɪk] – a genetic disorder (a.) 遺傳性疾病 ★★★
Cystic fibrosis is a common **genetic** disorder. 囊性纖維化是一種常見的遺傳性疾病。

☐ **get along** (= be friendly) **with** – get along with colleagues (v.) ★★★
和同事相處融洽
She **gets along** well **with** all her colleagues. 她和她的所有同事都相處得很好。

☐ **get through with** (= finish) – get through with the task (v.) 完成任務 ★★★
Let me know when you **get through with** the report. 讓我知道你何時完成報告。

☐ **getaway** [ˈgɛtəˌwe] (= short vacation) – a weekend getaway (n.) ★★★
週末輕旅行
We planned a weekend **getaway** to the mountains.
我們計劃到山上來一趟週末輕旅行。

- ☐ **gimmick** [ˈgɪmɪk] – a marketing gimmick (n.) 行銷噱頭 ★★★
  - ● 這個字常出現在 Part 6，作為解題關鍵的單字。

  The product's unique packaging is just a **gimmick** to attract buyers.
  那款產品的獨特包裝只是吸引消費者的一個噱頭。

- ☐ **give away** – give away a free book (v.) 免費贈送書籍 ★★★

  The company is **giving away** promotional items at the event.
  該公司正在活動現場贈送宣傳品。
  - ● giveaway 是個名詞，意思是「（隨附的）贈品」。

- ☐ **give in to** – give in to temptation (v.) 屈服於誘惑 ★★★

  He **gave in to** the temptation of eating a second piece of cake.
  他受不了誘惑，吃了第二塊蛋糕。

  He refused to **give in to** the pressure. 他拒絕向壓力屈服。

- ☐ **give off** – give off a pleasant scent (v.) 散發出怡人的香氣 ★★★

  The lamp **gives off** a warm glow. 那盞燈散發出溫暖的光芒。

- ☐ **give out** (= run out, distribute, hand out) – (v.) 用盡，分發，發放 ★★★

  My patience **gave out** after several hours of waiting.
  等了幾個小時後，我失去耐心了。

  The charity **gives out** blankets to the homeless.
  那家慈善機構向無家可歸者發放毯子。

- ☐ **give rise to** (= cause) – give rise to speculation (v.) 引發揣測 ★★★

  The sudden announcement **gave rise to** speculation about his future plans.
  突然的宣布引發了關於他未來計畫的種種猜測。

- ☐ **giveaway** [ˈgɪvəˌwe] (= freebie, gift) – a promotional giveaway (n.) ★★★
  宣傳用的（免費）贈品

  The store is having a promotional **giveaway**. 該商店正在舉辦贈品宣傳活動。

  The company is having a **giveaway** to promote its new product.
  該公司正在舉辦贈品活動以宣傳它的新產品。

- ☐ **given** [ˈgɪvən] – given the circumstances (prep.) 考量到情況 ★★★
  - ● given 可視為介系詞，意思與用法同 considering，後面可接名詞或 that 子句。

196

Given the circumstances, we had to cancel the event.
考量到當時情況，我們必須取消那場活動。

Given that he is new to the job, he is doing very well.
以他是個新手來看，他算是表現得非常好。

☐ **go on** – go on with one's work (v.) 繼續做某事 ★★★

After the interruption, she **went on with** her presentation.
中途被打斷後，她繼續進行她的簡報。

● go on V-ing 表示「繼續做…（原本在做的事）」；go on to-V 則表示「繼續做…（另一件事）」」。

She **went on talking** even though no one was listening.
儘管沒有人在聽，她還是繼續說下去。

After finishing his degree, he **went on to work** at a prestigious law firm.
完成學位後，他接著在一家知名律師事務所工作。

☐ **go on the market** [ˈmɑrkɪt] – (idiom) 上市，開始販售 ★★★

The new product will **go on the market** next month. 新產品將於下個月上市。

☐ **goods** [gʊdz] – imported goods (n.) 進口商品／貨品 ★★★

The store offers a variety of imported **goods**. 該店提供各式各樣的進口商品。

☐ **govern** [ˈgʌvən] – govern according to the rules (v.) ★★★
根據規則統治／管理

The governor **governs** the region with fairness and dedication, ensuring the well-being of all its citizens. 州長以公正與奉獻態度治理該地區，確保所有市民的福祉。

The committee will **govern** the proceedings. 委員會將管制整個程序。

☐ **grant** [grænt] (= allow, permit) – grant permission (v.) 授予許可 ★★★

They **granted** him permission to leave early. 他們批准了他提早離開的請求。

☐ **grievance** [ˈgrivəns] (= complaint, dissatisfaction) ★★★
– employee grievance (n.) 員工的不滿

The union filed a **grievance** against the company. 工會對該公司提出了申訴。

☐ **guidance** [ˈgaɪdn̩s] – seek guidance from a mentor (n.) ★★★
尋求良師的指導／導引

The students sought **guidance** from their teachers. 學生們向他們的老師尋求指導。

● 記住 under the guidance of 表示「在…的指導／引導之下」。

☐ **hail** [hel] – hail a taxi (v.) 招／叫一輛計程車　★★★
He tried to **hail** a taxi in the busy street. 他試圖在繁忙的街道上攔一輛計程車。

☐ **halt** [hɔlt] – halt the production line (v.) 停止生產線運作　★★★
Due to severe weather conditions, the construction work was **halted** until further notice. 因天候惡劣，施工已暫停，直至另行通知。
● halt 還有不及物動詞的用法，「停下來，暫停一下」。
The police officer ordered the driver to **halt**. 警察命令駕駛停車。
● halt 可以當名詞也可以當動詞
The accident caused a temporary **halt** in production. 這起事故導致生產暫時中止。

☐ **handheld** [ˈhændˌhɛld] – use a handheld camera (a.) 使用手持式攝影機　★★★
The device is small and **handheld**, making it easy to use.
這台裝置體積小且可手持，使用起來很方便。
● ...on hand 表示「隨手可得，在手邊」。
I always keep a notebook **on hand** for quick notes.
我總是把筆記本放在手邊，方便隨時作筆記。

☐ **hang** [hæŋ] **onto** – hang onto the ledge (v.) 緊緊抓住窗沿（等人來救）　★★★
She managed to **hang onto** the ledge until help arrived.
她設法撐著抓住窗沿，直到救援趕到。

☐ **harsh** [hɑrʃ] – harsh conditions (a.) 嚴酷的條件　★★★
● harsh review 是「嚴苛的評論」，其反義為 rave review（好評，盛讚）。
The **harsh** weather made travel difficult. 嚴峻的天氣使得旅行變得困難。

☐ **haul** [hɔl] – haul the sofa upstairs (v.) 把沙發搬到樓上　★★★
The truck **hauled** away the construction debris. 卡車把建築廢棄物清走了。
● 前面加上 over- 的 overhaul，意思是「徹底檢修或維修」，請各別記憶。
The company decided to **overhaul** its outdated computer system.
公司決定徹底檢修其過時的電腦系統。

☐ **have experience** [ɪkˈspɪrɪəns] **-ing** – have experience working (v.)　★★★
有工作經驗

● have experience 後面要接 V-ing，而非 to-V。這是 Part 6 中曾出現的正解考題。

He **has experience working** in a multinational company.
他有在跨國公司工作的經驗。

☐ **have since been** – have since been resolved (v.) 自那時起就已解決　★★★
　● 這裡的 since 是副詞，表示「從那時起」，是 Part 5 中常見考點。

The issues **have since been** resolved. 那些問題從那時起就已經解決了。

☐ **have trouble-ing** – have trouble finding (v.) 難以找到⋯　★★★
She **had trouble finding** her keys this morning. 她今天早上找鑰匙找得很辛苦。

☐ **have until** – have until the end of the month (v.)　★★★
到月底前**有時間**⋯（做某事）
　● 此時不能用 by 取代 until。其適用句型為「have + 受詞 + to-V」，have 後面要先接「until + 時間點」。

You **have until** the end of the month to complete the assignment.
你到本月底前還有時間完成這份作業。

☐ **hazard** [ˈhæzɚd] – avoid any hazard (n.) 避開任何**危險**　★★★
The chemicals pose a serious health **hazard**. 這些化學物質構成嚴重的健康危害。
　● hazard 的形容詞是 hazardous（= dangerous）。

☐ **heal** [hil] – heal the wound (v.) 治癒傷口／使傷口癒合　★★★
The doctor said it would take a few weeks for the cut to **heal**.
醫生說這個傷口大概要幾週才會癒合。

☐ **heavy-duty** [ˈhɛvɪ ˌdutɪ] – heavy-duty equipment (a.)　★★★
耐用的／重型的設備
The construction site uses **heavy-duty** equipment. 工地使用的是重型設備。

☐ **heighten** [ˈhaɪtn̩] – heighten awareness about the issue (v.)　★★★
提高對議題的認知
The campaign aims to **heighten** public awareness. 這項活動旨在提高公眾的意識。
　● 字首 en- 或字尾 -en 時的動詞，往往是及物動詞。例如：enable（使能夠）、encourage（鼓勵）、broaden（拓寬）、sharpen（使銳利）、frighten（使驚嚇）⋯等。

☐ **herald** [ˈhɛrəld] – herald a new era (v.) **預示**新時代**的來臨** ★★★
The discovery **heralds** a new era in medicine.
這項發現預示著醫學領域進入新時代。
● herald 也可當名詞，表示「預兆，前兆」。

☐ **heredity** [həˈrɛdətɪ] – influence of heredity (n.) **遺傳**的影響 ★★★
Heredity plays a key role in determining eye color.
遺傳在決定眼睛顏色方面扮演關鍵角色。

☐ **highlight** [ˈhaɪˌlaɪt] – highlight the main points (v.) **突顯**主要重點 ★★★
● highlight 亦可當名詞，表示「（鎂光燈）焦點，最精彩的部分」。
The report **highlights** key areas for improvement.
報告中強調需要改進的重要領域。

☐ **highly** [ˈhaɪlɪ] – be highly recommended (adv.) 被**高度／強烈**推薦的 ★★★
● high 可當形容詞或副詞，表示「高的／高度地」，而副詞 highly 則表示「非常，極其」。
The book is **highly** recommended by teachers. 這本書受到老師們的強烈推薦。

☐ **high-visibility** [ˌhaɪˌvɪzəˈbɪlətɪ] – a high-visibility jacket (a.) ★★★
醒目的／容易被看到的 夾克
The workers wore **high-visibility** jackets for safety.
工人們穿著醒目的外套以確保安全。

☐ **hit the road (= start a journey)** – hit the road early (idiom.) ★★★
提早**出發上路**
We need to **hit the road** early to avoid traffic.
為了避開壅塞，我們得提早出發。

☐ **hone** [hon] – hone skills (v.) **磨練**技巧 ★★★
She took extra classes to **hone** her language skills.
她為了磨練語言能力而上了額外課程。

☐ **honorarium** [ˌɑnəˈrɛrɪəm] **(= payment, fee)** ★★★
– pay an honorarium (n.) 支付**致謝金**
● honorarium：源自 honor，表示出於尊重而給予的報酬 → 致謝金、講課費。這是 Part 7 中曾出現的關鍵單字。

She received an **honorarium** for her lecture. 她獲得了一筆講課的酬勞。

The guest lecturer was given an **honorarium** for her presentation.
那位客座講師因演講而收到酬謝金。

☐ **hospitality** [ˌhɑspəˈtælɪtɪ] **(= generosity, friendliness)** ★★★
– show hospitality (n.) 展現**好客之情**

They were known for their exceptional **hospitality**. 他們以熱情款待著稱。

☐ **hostility** [hɑsˈtɪlətɪ] **(= animosity)** – face hostility (n.) 面臨**敵意態度** ★★★

She faced **hostility** from her colleagues due to her promotion.
因為升遷，她遭遇了同事的敵意。

☐ **hygiene** [ˈhaɪdʒin] – maintain hygiene (n.) 維持**衛生習慣** ★★★

Good **hygiene** is essential for preventing illness.
良好的衛生習慣對預防疾病非常重要。

☐ **idle** [ˈaɪdl̩] – idle machinery (a.) **閒置的**機器 ★★★
● 日常生活中也經常會用到的字，在 Part 5 中算是有點難度的字。

The factory has remained **idle** for months. 工廠已閒置數月。

The machinery remained **idle** during the holiday shutdown.
假期停工期間，機器一直處於閒置狀態。

☐ **ignition** [ɪgˈnɪʃən] – turn the ignition (n.) 開啟**點火裝置**（＝發動汽車） ★★★

She turned the **ignition** and the car started smoothly.
她轉動點火開關，汽車平順地發動了。
● 其動詞為 ignite（點火，激起）。

☐ **imitate** [ˈɪməˌtet] – imitate the leader (v.) **模仿**領導者 ★★★

Children often **imitate** the behavior of adults. 孩子們常常模仿大人的行為。

☐ **immediate supervisor** [ɪˈmidɪɪt ˌsupɚˈvaɪzɚ] ★★★
– immediate supervisor review (n.) **直屬主管**的檢閱

She discussed the project with her **immediate supervisor**.
她和她的直屬主管討論了這項專案。

☐ **immigration** [ˌɪməˈgreʃən] – go through immigration (n.) ★★★
通過**出入境管理處**

We had to go through **immigration** when we arrived at the airport.
我們抵達機場時必須通過出入境管理處。

● immigration 也可作為「（外來的）移民」的意思。

☐ **impartial** [ɪmˋpɑrʃəl] – an impartial judge (a.) 不偏私的法官 ★★★

An **impartial** judge is essential for a fair trial.
一場公平的審判需要一位不偏私的法官。

Journalists are expected to give **impartial** opinions on current events.
新聞記者被期望對時事提供不偏私的觀點。

● 反義詞是 partial（有偏見的）。

☐ **impede** [ɪmˋpid] – impede progress (v.) 妨礙進展 ★★★

The heavy traffic **impeded** our progress. 交通壅塞妨礙了我們的行程。

☐ **impending** [ɪmˋpɛndɪŋ] (= **approaching, imminent**) ★★★
– an impending disaster (a.) 即將到來的災難

They were unaware of the **impending** danger. 他們沒有察覺到眼前的危險。

The team is working hard to meet the **impending** deadline.
團隊正拼命趕工，好在即將到來的期限前完成。

☐ **implement** [ˋɪmpləmənt] – implement the plan effectively (v.) ★★★
有效地實施計畫

● implement 看起來像名詞，但實際上是動詞，其名詞為 implementation（執行）。大多數以 -ment 結尾的字為名詞，但這個字是例外。

The company decided to **implement** new strategies. 公司決定實施新的策略。

☐ **implicit** [ɪmˋplɪsɪt] – implicit agreement (a.) 心照不宣的／默認的協議 ★★★

There was an **implicit** understanding between them. 他們彼此間心照不宣。

☐ **improvise** [ˋɪmprəˌvaɪz] – improvise a solution (v.) 臨時想出解決辦法 ★★★

The actor had to **improvise** his lines during the performance.
那位演員在表演中必須即興編出自己的台詞。

☐ **in accord** [əˋkɔrd] **with** – in accord with the rules (phr.) 依照規定 ★★★

The project was completed **in accord with** the specifications.
該計畫依照規格來完成。

● accord 當名詞時表示「一致，調和」，當動詞時則有「給予，授予」的意思。

The committee **accorded** him special recognition for his efforts.
委員會因他的努力而給予特別表揚。

☐ **in alliance** [ə`laɪəns] **with** – in alliance with other companies (phr.) ★★★
與其他公司結盟／合作

The organization works **in alliance with** local governments.
該組織與地方政府合力運作。

● 在此也一併學習 in alignment with（與…一致／同方向）吧。

Their actions are **in alignment with** their values. 他們的行動與其本身的價值觀一致。

☐ **in celebration** [ˌsɛlə`breʃən] **of** – in celebration of the anniversary ★★★
(phr.) 為了週年慶

They held a party **in celebration of** their 50th anniversary.
他們舉辦一場派對來慶祝五十週年。

☐ **in charge** [tʃɑrdʒ] **of** – in charge of overseeing (phr.) 負責監督或管控 ★★★

He is **in charge of** managing the company's finances. 他負責管理公司的財務。

☐ **in chronological order** [ˌkrɑnə`lɑdʒɪkəl `ɔrdɚ] ★★★
– list events in chronological order (phr.) 按時間順序列出事件

Please list the events **in chronological order**. 請按時間順序列出這些事件。

☐ **in defiance** [dɪ`faɪəns] **of (= against)** ★★★
– act in defiance of orders (phr.) 違抗命令／無視命令而行動

He acted **in defiance of** the court's orders. 他無視法院的命令採取行動。

● 這裡的名詞與介系詞都是過去考試中常出現在 Part 5 的正解選項。

☐ **in detail** [dɪ`tel] – explain in detail (phr.) 詳細說明 ★★★

He explained the project **in detail** during the meeting.
他在會議中詳細說明了那項計畫。

● detail 雖是可數名詞，但在此片語（in detail）中不加冠詞。

Details are provided in the report. 報告中提供了詳細資料。

☐ **in duplicate** [`djuˌplɪket] – submit in duplicate (phr.) 提交一式兩份 ★★★

Please submit the form **in duplicate**. 請將表格以一式兩份提交。

☐ **in honor** [ˈɑnɚ] **of** – in honor of the guests (phr.) 為了迎接賓客　★★★
The event was held **in honor of** the visiting dignitaries.
這場活動是為了迎接貴賓而舉辦的。

☐ **in light** [laɪt] **of** – in light of recent events (phr.) 鑑於最近的事件　★★★
In light of recent events, the policy needs to be revised.
鑑於最近的事件，該政策需進行修訂。

☐ **in terms** [tɝmz] **of** – in terms of cost (phr.) 就成本方面來看　★★★
In terms of cost, this option is the most affordable.
就成本而言，這個選項是最能夠負擔得起的。

☐ **in the black** [blæk] **(= profitable)** – be in the black (idiom.) 有盈利　★★★
The company has been **in the black** for the past three years.
該公司在過去三年中一直都有盈利。

☐ **in the newspaper** [ˈnuzˌpepɚ] – in the newspaper article (phr.)　★★★
在報紙文章中
The job opening was advertised **in the newspaper**, and applicants are required to submit their résumés by the end of the week.
職缺廣告已刊登在報紙上，應徵者須在本週末前提交他們的履歷。
● newspaper 前面通常用介系詞 in，但若是 on the newspaper，意思會變成「在報紙上面（表面）」，指位置而非在內容中。

☐ **in the red** [rɛd] **(= unprofitable)** – be in the red (idiom.) 虧損中　★★★
The business has been **in the red** for the last two quarters.
該公司在過去兩個季度都處於虧損狀態。

☐ **in turn** [tɝn] **(= consequently)** – in turn, affect the outcome (phr.)　★★★
到頭來，影響了結果
His actions will, **in turn**, affect the outcome of the project.
他的行動，到頭來，會影響這個專案的結果。

☐ **in writing** [ˈraɪtɪŋ] – agreement in writing (phr.) 書面合約　★★★
Please confirm your acceptance **in writing**. 請以書面確認您願意接受。

☐ **inaugurate** [ɪnˈɔgjəˌret] – inaugurate a president (v.)　★★★
為總統舉行就職典禮

The new president will be **inaugurated** next month. 新任總統將於下個月就職。

☐ **incentive** [ɪnˋsɛntɪv] – offer an incentive for good performance (n.) ★★★
為良好表現提供**獎勵措施**
The company provides **incentives** to employees who exceed their targets.
公司會給超額完成目標的員工提供獎勵。

☐ **inception** [ɪnˋsɛpʃən] – since inception (n.) 自從**創立／創始**以來 ★★★
The company has grown significantly since its **inception**.
該公司自創立以來已有顯著成長。

☐ **incidental** [ˌɪnsəˋdɛntl] – incidental expenses (a.) **意料之外的**費用 ★★★
The trip includes **incidental** expenses. 此次旅行包含一些額外費用。

☐ **inclement** [ɪnˋklɛmənt] – inclement weather (a.) ★★★
惡劣的／嚴酷的天氣狀況
The event was canceled due to **inclement** weather. 因天氣惡劣，此活動被取消。

☐ **incline** [ɪnˋklaɪn] – incline towards a decision (v.) ★★★
傾向（支持）某個決定
She **is inclined to** accept the job offer. 她傾向接受這份工作機會。
● 請注意具有相同字根的 recline（斜靠）、decline（拒絕，下降）意思上的區別：
She **reclined** on the sofa with a good book. 她手捧一本好書，倚靠在沙發上。
He politely **declined** the job offer. 他有禮地婉拒了這個工作機會。
The birth rate has been **declining** steadily over the past decade.
在過去十年間，出生率持續下滑。

☐ **including** [ɪnˋkludɪŋ] – including everyone (prep.) **包括**所有人**在內** ★★★
● 請記住「S, including + 受詞, V...」的句型用法！
Everyone, **including** the children, enjoyed the show.
所有人，包括孩子們在內，都很享受這場表演。
● including 在某些句型（「S + V..., including + O」）中，可引導分詞構句：
She packed everything for the trip, **including** her favorite book.
她打包了旅行所需的所有物品，其中也包括她最愛的書。

☐ **incomprehensible** [ˌɪnkɑmprɪˋhɛnsəbl] ★★★
– an incomprehensible speech (a.) 一場**令人難以理解的**演講

The professor's speech was almost **incomprehensible**.
那位教授的演講幾乎令人無法理解。

☐ **inconvenience** [ˌɪnkən'vinjəns] – Sorry for the inconvenience. (n.) ★★★
抱歉造成**不便**

The construction work is causing **inconvenience** to residents.
施工正在給居民帶來不便。

We apologize for any **inconvenience** this may cause.
對於可能造成的任何不便，我們深感抱歉。

☐ **incredulous** [ɪn'krɛdʒələs] – an incredulous look (a.) ★★★
一副狐疑的／不相信的表情

She gave him an **incredulous** stare when he told her the news.
當他告訴她這個消息時，她露出難以置信的神情看著他。

☐ **incur** [ɪn'kɝ] – incur additional charges (v.) 招致額外費用 ★★★
You may **incur** additional charges for extra services.
使用額外服務可能會產生額外費用。

☐ **indeed** [ɪn'did] – indeed the best performance (adv.) 的確是最棒的表演 ★★★
Indeed, the results were better than expected. 的確，結果比預期還要好。

☐ **indefinitely** [ɪn'dɛfənɪtlɪ] – extend indefinitely (adv.) 無限期延長 ★★★
The trial has been postponed **indefinitely**. 審判已無限期延後。

☐ **indicate** [ˈɪndəˌket] – indicate where the files were stored (v.) ★★★
表示／指出檔案存放的位置

The results **indicated** a need for further study. 結果顯示有進一步研究的必要。

● 記住句型 indicate（指出…）／reveal（揭示…）／say（說…）／point out（指出…）+ that 子句！

The results **indicate that** the treatment is effective. 這些結果顯示該治療是有效的。

☐ **indicative** [ɪn'dɪkətɪv] – indicative of a trend (a.) 顯示某種趨勢的 ★★★
● 記住 be indicative（指明的）／aware（察覺的）／typical（典型的）/reminiscent（令人回想起的）of 這些搭配用法。

The high score **is indicative of** her hard work. 得到高分顯示出她的努力。

- ☐ **indict** [ɪn`daɪt] (= **charge**) – indict... for fraud (v.) 以詐欺罪**起訴**… ★★★
  - ● 注意這個單字當中的 字母 c 不發音 ！

  The businessman **was indicted for** fraud. 那位商人因詐欺罪被起訴。

- ☐ **in-depth** [ɪn`dɛpθ] – an in-depth analysis (a.) **深入的**分析 ★★★

  The report provides an **in-depth** analysis of the market trends.
  這份報告提供了對市場趨勢的深入分析。

- ☐ **induce** [ɪn`djus] – induce sleep (v.) **引起**睡意 ★★★
  - ● induce（引起，誘發）的同義詞有：prompt, trigger, provoke, stimulate, give rise to

  The medicine may **induce** drowsiness. 這種藥可能引起嗜睡。

- ☐ **be indulged** [ɪn`dʌldʒd] (= **engrossed**) **in** ★★★
  – be indulged in reading (phr.) **沉迷於**閱讀

  She **was** so **indulged in** reading that she lost track of time.
  她閱讀得太入迷，才會忘了時間。

- ☐ **industrious** [ɪn`dʌstrɪəs] (= **hardworking**) – an industrious worker (a.) **勤奮的**員工 ★★★

  She is known as an **industrious** worker who always gets the job done.
  她是出了名的勤奮員工，總是能完成工作。
  - ● industrial 是「產業的」之意。

- ☐ **inevitable** [ɪn`ɛvətəbl] – an inevitable outcome (a.) **無可避免的**結果 ★★★

  The outcome of the election was **inevitable**. 選舉結果是無法避免的。

- ☐ **infer** [ɪn`fɝ] – infer the meaning (v.) **推論**意義 ★★★

  From his tone, we can **infer** that he is upset.
  從他的語氣，我們可以推斷他很不高興。

- ☐ **infrastructure** [`ɪnfrə͵strʌktʃɚ] – develop the infrastructure (n.) ★★★
  發展**基礎建設**

  The city needs to improve its **infrastructure** to support growth.
  該城市須改善其基礎建設以支持發展。

  The city invested heavily in modern **infrastructure**.
  該城市對現代化基礎建設投入了大量資金。

New Updated List | 207

☐ **inhale** [ɪnˋhel] **(= breathe in)** – inhale deeply (v.) 深**呼吸** ★★★
Take a moment to **inhale** deeply and relax. 花點時間深呼吸，讓自己放鬆一下。

☐ **initiative** [ɪˋnɪʃətɪv] – launch an initiative (n.) ★★★
推動一項**倡議**／發揮**主導權**
The government launched a new initiative to reduce carbon emissions across the country. 政府啟動了一項新的全國減碳倡議計畫。
She took the **initiative** to organize the event. 她主動承擔起籌辦活動的責任。

☐ **inject** [ɪnˋdʒɛkt] – inject medicine (v.) **注射**藥物 ★★★
The nurse **injected** the medicine **into** the patient's arm.
護士將藥物注射進病人的手臂。

☐ **innate** [ɪˋnet] **(= natural)** – an innate talent (a.) **天生的**才能 ★★★
● in+nat[= born]+e：與生俱來 → 天賦
She has an **innate** talent for music. 她具有音樂方面的天賦。

☐ **inquiry** [ˋɪnkwəˏraɪrɪ] – make an inquiry about the service (n.) ★★★
詢問服務細節
We received an **inquiry** about our new product. 我們收到一項有關我們新產品的詢問。

☐ **insight** [ˋɪnˏsaɪt] – gain insight into the problem (n.) ★★★
對於該問題有**深入的見解**
Her analysis provided valuable **insights**. 她的分析提供了寶貴的見解。

☐ **insistent** [ɪnˋsɪstənt] – insistent that S + V / on (名詞/動名詞)(a.) ★★★
堅持主張……的
He was **insistent on** finishing the project by the end of the day.
他堅持要在今天之內完成這個專案。

☐ **insomnia** [ɪnˋsɑmnɪə] – suffer from insomnia (n.) 罹患**失眠症** ★★★
She suffers from **insomnia** and has trouble sleeping at night.
她罹患失眠症，晚上難以入睡。

☐ **inspect** [ɪnˋspɛkt] – inspect the equipment regularly (v.) 定期**查驗**設備 ★★★
We need to **inspect** the equipment regularly to prevent accidents.
我們必須定期檢查設備以防止事故發生。

The manager **inspected** the factory for safety compliance.
經理對工廠是否符合安全規範進行了查驗。

☐ **install** [ɪnˋstɔl] – install the new software update (v.) 安裝新的軟體更新 ★★★
The technician will **install** the new system tomorrow.
技術人員將於明天安裝新系統。

☐ **institute** [ˋɪnstəˏtjut] – institute new guidelines (v.) 制定新的指導方針 ★★★
The school has **instituted** a new policy on attendance. 學校已制定了新的出勤政策。

☐ **insubordinate** [ˏɪnsəˋbɔrdnɪt] (= **defiant**) ★★★
– insubordinate behavior (a.) 不服從的行為
His **insubordinate** behavior got him in trouble with his boss.
他不服從的行為使他與上司發生衝突。

☐ **integral** [ˋɪntəɡrəl] – an integral part (a.) 不可或缺的一部分 ★★★
Teamwork is an **integral** part of the project. 團隊合作是這項專案中不可或缺的一環。

☐ **intentionally** [ɪnˋtɛnʃənəlɪ] – intentionally mislead (adv.) 刻意地誤導 ★★★
He **intentionally** misled the investors. 他故意誤導了投資人。

☐ **interested parties** [ˋɪntərɪstɪd ˋpɑrtɪz] (= **concerned individuals**) ★★★
– notify interested parties (n.) 通知利害關係人
We will notify all **interested parties** of the meeting's outcome.
我們將把會議結果通知所有利害關係人。

☐ **intermediate** [ˏɪntɚˋmidɪɪt] (= **middle**) ★★★
– intermediate level of English (adj.) 中級英文程度
She is taking an **intermediate** level English course to improve her language skills.
她正在修讀中級英文課程來提升她的語言能力。

☐ **intermittent** [ˏɪntɚˋmɪtṇt] – intermittent rain (a.) 間歇性的雨 ★★★
We experienced **intermittent** power outages. 我們經歷了間歇性的停電。
● 最近副詞形態的 intermittently（間歇地）常考出來。

☐ **interrupt** [ˏɪntɚˋrʌpt] (= **disrupt, break**) – interrupt a conversation ★★★
(v.) 打斷談話

Please don't **interrupt** while I'm speaking. 我說話時請不要打斷。

☐ **intervene** [ˌɪntəˈvin] – intervene in a dispute (v.) 介入一場爭端 ★★★
The government decided to **intervene in** the labor dispute.
政府決定介入這場勞資爭議。

The teacher had to **intervene** to stop the fight. 老師必須介入才能制止那場打鬥。

● 具有相同字根的 convene 指的是「召集（會議）」。

☐ **intoxicate** [ɪnˈtɑksəˌket] – intoxicate... with alcohol (v.) ★★★
使…（某人）喝醉酒

He was **intoxicated with** alcohol and couldn't drive. 他因喝醉酒，無法開車。

☐ **intricate** [ˈɪntrɪket] – an intricate design (a.) 精緻複雜的設計 ★★★
The artist created an **intricate** design for the mural.
那位藝術家為壁畫設計了一個複雜的圖案。

☐ **introverted** [ˈɪntrəˌvɝtɪd] **(= shy)** – an introverted personality (a.) ★★★
內向的個性

● intro[= in] + verted[= turn]：向內轉 → 內向的

He has an **introverted** personality and prefers staying home.
他個性內向，比較喜歡待在家裡。

☐ **inventory** [ˈɪnvənˌtɔrɪ] – check the inventory regularly (n.) ★★★
定期檢查庫存

We need to update our **inventory** management system.
我們必須更新我們的庫存管理系統。

☐ **irony** [ˈaɪrənɪ] – the irony of the situation (n.) 這情況的諷刺之處 ★★★
It's an **irony** that the fire station burned down.
消防局竟然被燒毀，真是個諷刺。

☐ **irretrievable** [ˌɪrəˈtrivəbl̩] **(= irreversible)** – irretrievable loss (a.) ★★★
無法挽回的損失

The damage to the painting was **irretrievable**. 那幅畫的損壞已無法修復。

☐ **isolate** [ˈaɪsəˌlet] – isolate the virus (v.) 隔離病毒 ★★★
The doctors **isolated** the virus in the lab. 醫生們在實驗室中將病毒隔離出來。

● isolate 也有「使孤立，使隔離」的意思。

☐ **itemize** [ˋaɪtə͵maɪz] – itemize the expenses (v.) 將費用**逐項列出** ★★★
Please **itemize** your travel expenses on this form.
請將您的差旅費逐項填寫在此表格上。

☐ **itinerary** [aɪˋtɪnə͵rɛrɪ] – a detailed itinerary (n.) 詳細的**行程表** ★★★
The tour guide provided a detailed **itinerary** for the entire trip.
導遊為整趟旅程提供了詳細的行程表。

☐ **jargon** [ˋdʒɑrgən] – technical jargon (n.) **專業術語** ★★★
The report was full of technical **jargon**. 這份報告充滿了技術上的專業術語。

☐ **jeopardize** [ˋdʒɛpə͵daɪz] – jeopardize the success (v.) ★★★
使成功陷入危險
His actions could **jeopardize** the entire project. 他的行為可能危及整個計畫。
● 此字的名詞形為 jeopardy (= danger 危險)。

☐ **job description** [ˋdʒɑb dɪˋskrɪpʃən] – detailed job description (n.) ★★★
詳細的**職務說明**
The **job description** outlines all the responsibilities of the position.
職務說明概述了這個職位的所有責任。

☐ **journey** [ˋdʒɝnɪ] – a long journey (n.) 漫長的**旅程** ★★★
They embarked on a **journey** across the country. 他們展開了穿越全國的長途旅程。

☐ **judging** [ˋdʒʌdʒɪŋ] **from** – judging from the results (phr.) ★★★
從結果來判斷
Judging from the results, the experiment was a success.
從結果來看，這次實驗是成功的。

☐ **juggle** [ˋdʒʌgl̩] (= **manage, handle**) – juggle multiple tasks (v.) ★★★
同時處理多項任務
She has to **juggle** multiple tasks at work every day.
她每天都要在工作中同時處理多項任務。
● 原意是「變戲法，丟接雜耍」，引申為同時處理多項工作。

☐ **jump** [dʒʌmp] – jump over the hurdle (v.) 跳過障礙物　★★★
The cat **jumped** onto the table. 那隻貓跳上了桌子。

☐ **keen** [kin] – a keen interest in art (a.) 在藝術方面敏銳的興趣　★★★
She has a **keen** eye for detail. 她對細節有極敏銳的觀察力。

☐ **keep... informed** [kipɪn ˋfɔrmd] **of (= stay updated)**　★★★
– keep... informed of updates (v.) 使⋯持續接收最新資訊
Please **keep** me **informed of** any changes to the schedule.
若行程有任何變動，請隨時告知我。
● informed 這個過去分詞形式曾被作為正解出題。

☐ **key** [ki] – a key factor (a.) 重要的因素　★★★
Effective communication is a **key** factor in successful teamwork.
有效的溝通是成功團隊合作的關鍵因素。
● key 當名詞時，後面常接介系詞 to。
The **key to** success is hard work. 成功的關鍵是努力。

☐ **knack** [næk] – have a knack for solving puzzles (n.) 有解謎的本領　★★★
● knack 雖然是短短一個單字，但也是多益常考的重要單字。
She **has a knack for** making people feel comfortable.
她具有讓人感到自在的本領。

☐ **label** [ˋlebl] – label the boxes clearly (v.) 清楚地標示箱子　★★★
　　　　　　　　　use the attached label (n.) 使用附上的標籤
She carefully **labeled** all the boxes before moving them to the storage room.
她在把箱子搬到儲藏室前，小心地一一貼上標籤。
● label 可以當名詞也可以當動詞，近年考題中常出現。看似簡單的單字，但很多考生會在語境上判斷錯誤而答錯。
The **label** on the bottle says "fragile." 瓶子上的標籤寫著「易碎」。
Please use the attached **label** to send the package back to us.
請使用附上的標籤將包裹寄回給我們。

☐ **landfill** [ˋlænd͵fɪl] **(= disposal site)** – waste in the landfill (n.)　★★★
垃圾掩埋場的廢棄物
The city is looking for ways to reduce waste in the **landfill**.
該市正尋找減少掩埋場垃圾的方法。

☐ **lapse** [læps] – a memory lapse (n.) 記憶短暫喪失；一時記錯　★★★
　He had a **lapse** in memory and forgot about the meeting.
　他一時記憶記錯，忘了會議這回事。
　● 也可作「（時間的）流逝」之意，如 time lapse。

☐ **laud** [lɔd] – laud one's achievements (v.) 讚揚某人的成就　★★★
　The mayor **lauded** the firefighters for their bravery.
　市長讚揚消防員們的英勇表現。
　● 這是連 900 分以上的高分考生也常忽略的單字，務必熟記！

☐ **laundry** [`lɔndrɪ] (= **clothes for washing**) – do the laundry (n.)　★★★
　洗衣服／衣物
　I need to do the **laundry** this weekend. 我這個週末得洗衣服。

☐ **lavatory** [`lævə͵tɔrɪ] – use the lavatory (n.) 上洗手間　★★★
　● 在飛機上的洗手間門上常看見這個字。
　He went to use the **lavatory** before the flight. 他在航班起飛前先去上了洗手間。

☐ **lavish** [`lævɪʃ] (= **extravagant, luxurious**) – a lavish lifestyle (a.)　★★★
　奢華的生活方式
　They led a **lavish** lifestyle with frequent parties.
　他們經常辦派對，過著奢華的生活。

☐ **lay** [le] **down** – lay down the law (v.) 訂立／制定法律　★★★
　The government decided to **lay down** new regulations.
　政府決定制定新的規定。

☐ **lay off** – lay off workers (v.) 解雇員工　★★★
　The company had to **lay off** workers due to budget cuts.
　由於預算縮減，公司不得不裁員。

☐ **layover** [`le͵ovɚ] – a four-hour layover (n.) 四小時的中途停留／候機　★★★
　The flight includes a **layover** in Istanbul. 此航班包含在伊斯坦堡的中轉停留。

☐ **lead** [lid] (= **in charge**) – the lead design engineer (a.)　★★★
　主導的／首席設計工程師
　● 記得 lead 當形容詞時表示「主導的」（這是最新的多益考點）。

The **lead** design engineer is responsible for all major decisions.
首席設計工程師負責所有重大決策。

☐ **lean** [lin] – lean against the wall (v.) 倚靠／傾斜靠著牆壁　★★★
The tower **leans** slightly **to** one side. 那座塔略微向一側傾斜。

☐ **leap** [lip] – take a leap of faith (n.) 放手一搏，鼓起勇氣試試　★★★
The company's profits took a significant **leap** this quarter, exceeding all expectations.
這家公司本季度的利潤大幅成長，超出了所有預期。
● leap 可以當名詞也可以當動詞。
The frog **leaped** into the pond. 青蛙跳進了池塘。

☐ **learn** [lɝn] – learn a new language (v.) 學習一種新的語言　★★★
She is **learning** to play the piano. 她正在學彈鋼琴。
● I never lose. Either I win or learn.（我從不失敗。我不是贏就是學習。）– 這是一句心理勵志名言，記起來吧！

☐ **leave** [liv] **out (= omit)** – leave out details (v.) 遺漏細節　★★★
Please don't **leave out** any important details. 請不要遺漏任何重要細節。

☐ **leftovers** [ˈlɛftˌovɚz] **(= remaining food)** – eat leftovers (n.) 吃剩菜　★★★
We had **leftovers** from last night's dinner. 我們吃了昨天晚餐剩下的食物。

☐ **legacy** [ˈlɛɡəsɪ] – leave a lasting legacy (n.) 留下持久的遺產　★★★
Her **legacy** includes numerous charitable works. 她的遺產包含無數的慈善事業。

☐ **let** [lɛt] **down (= disappoint)** – let down a friend (v.) 讓朋友失望　★★★
I don't want to **let down** my friends by canceling our plans.
我不想因為取消計畫而讓我朋友們失望。

☐ **let up on (= reduce)** – let up on criticism (v.) 減少批評　★★★
He decided to **let up on** his criticism after seeing her efforts.
他看到她的努力後，決定減少他的批評。

☐ **lethargic** [ləˈθɑrdʒɪk] **(= sluggish)** – feel lethargic (a.) 感到無精打采　★★★
I always feel **lethargic** after a big meal. 我每次大吃一頓後總覺得無精打采。

☐ **letterhead** [ˈlɛtɚˌhɛd] – print the letter on company letterhead (n.) ★★★
將有公司**抬頭**的信紙列印出來
● letterhead 是指「印有公司名稱和地址的信紙或信封」。
The official **letterhead** includes the company's logo and address.
正式抬頭紙上有公司的商標與地址。

☐ **leverage** [ˈlɛvərɪdʒ] – leverage the opportunity (v.) **善用**機會 ★★★
The company **leveraged** its assets to expand its operations.
公司善用其資產來擴展營運。

☐ **liability** [ˌlaɪəˈbɪlətɪ] – a liability insurance (n.) **責任**險 ★★★
● 「對…有責任」的意思也可以用「be liable to-V」和「be liable for +N」的句型來記住！
The company has a **liability** insurance policy. 該公司有投保責任險。

☐ **be liable** [ˈlaɪəbl] **for (= be accountable for)** ★★★
– be liable for damages (phr.) **對**損害**負責**
The company **is liable for** any damages caused by their product.
公司對其產品造成的任何損害負有責任。
● 「be held liable for」是在 be 動詞和 liable 之間加入 held，表示「被認為應對～負責」，意思等同於「be held accountable/responsible for」，這些用語都曾出現在考題中。
The company can **be held liable for** any damages caused by their product.
公司可能因產品造成的任何損害而被追究法律責任。
The driver **was held responsible for** the accident. 該名駕駛應對這起事故負責。
The manager will **be held accountable for** the project's success.
經理將對專案的成功負起責任。

☐ **be liable to (= be responsible to)** – be liable to pay (phr.) ★★★
有責任支付
You may **be liable to** pay for damages if you break the contract.
若違反合約，你可能得賠償損失。

☐ **liaison** [ˈlɪəzˌɑn] – serve as a liaison officer (n.) 擔任**聯絡**官 ★★★
He acts as a **liaison** between the two departments. 他擔任兩部門之間的聯絡人。

☐ **liberate** [ˈlɪbəˌret] – liberate the hostages (v.) **解救**人質 ★★★
The army **liberated** the town from enemy control. 軍隊使該鎮從敵軍手中獲得自由。

☐ **life expectancy** [laɪf ɪkˈspɛktənsi] **(= longevity)** ★★★
– increase life expectancy (n.) 延長**壽命**

Advances in medicine have increased **life expectancy**.
醫療的進步延長了人類的壽命。

☐ **life-sized** [laɪf saɪzd] – a life-sized statue (a.) **等身大小的雕像** ★★★

The museum features a **life-sized statue** of the historical figure.
博物館展出了一尊歷史人物的等身雕像。

☐ **lift** [lɪft] **a ban** [bæn] **on (= remove restriction)** ★★★
– lift a ban on smoking (v.) **解除禁菸令**

The government decided to **lift the ban on** smoking in certain areas.
政府決定在特定區域解除禁菸令。

● lift 和 on 都曾是考試中作為正確選項的用字。

☐ **likewise** [ˈlaɪkˌwaɪz] – likewise appreciate (adv.) **同樣地**表示感謝 ★★★

The manager praised the team, and they **likewise** appreciated his support.
經理讚揚這個團隊的表現，他們也同樣感謝他的支持。

☐ **limit** [ˈlɪmɪt] – limit the scope (v.) **限制**範圍 ★★★

To maintain quality, the company decided to **limit** the number of products produced each month. 為了維持品質，公司決定限制每月生產的產品數量。

● limit 可以當名詞也可以當動詞。

There is a **limit to** how much we can spend. 我們能花費金額是有限度的。

☐ **linger** [ˈlɪŋgɚ] – The scent was lingering. (v.) ★★★
香氣**久不散去／持續停留**

● linger 的意思是「徘徊，流連忘返」。

The scent of the flowers **lingered** in the room. 花香在房間裡久久不散。
The smell of fresh bread **lingered** in the air. 新鮮麵包的香氣在空氣中持續飄散。

☐ **liquidate** [ˈlɪkwəˌdet] – liquidate assets (v.) **清算**資產 ★★★

The company decided to **liquidate** its assets. 該公司決定清算其資產。

☐ **literacy** [ˈlɪtərəsɪ] – improve adult literacy (n.) 提升成人**識字能力** ★★★

● literacy 是指「文字的讀寫能力」。

The school launched a new **literacy** initiative for children.
學校新推出了一項針對兒童的識字推廣計畫。

☐ **literal** [ˈlɪtərəl] – a literal translation (a.) 直譯（依字面意思翻譯） ★★★
He took her words in their **literal** sense. 他以字面意思來解讀她的話。

☐ **litigation** [ˌlɪtəˈgeʃən] – involved in litigation (n.) 捲入**訴訟** ★★★
They are currently facing **litigation** over patent infringement.
他們目前正面臨專利侵權的訴訟。

☐ **litter** [ˈlɪtɚ] – litter in the park (v.) 在公園**亂丟垃圾** ★★★
It is illegal to **litter** in public places. 在公共場所亂丟垃圾是違法的。
● 可以當名詞也可以當動詞，應注意區別它與 liter（容量單位「公升」）的不同！

☐ **live up to (= meet)** – live up to expectations (v.) **達到**期望 ★★★
He worked hard to **live up to** his parents' expectations.
他努力工作以符合父母的期望。

☐ **loath** [loθ] **(= unwilling)** – loath to admit (a.) 不願承認 ★★★
He was **loath to** admit that he was wrong. 他不願承認自己錯了。

☐ **longevity** [lɑnˈdʒɛvətɪ] – longevity of the product (n.) ★★★
產品的**使用壽命／耐用性**
● 它是 Part 5 最新的出題單字。

The **longevity** of the company's success is impressive.
該公司長期的成功令人印象深刻。

☐ **loud** [laʊd] – the loud noise (a.) **大聲的**噪音 ★★★
The music was so **loud** that we couldn't hear each other.
音樂太吵，我們根本聽不到彼此說話。
● 副詞形式是 loudly（大聲地）。

The crowd cheered **loudly**. 群眾大聲歡呼。

☐ **lower** [ˈloɚ] – lower the prices (v.) **降低**價格 ★★★
The company decided to **lower** the prices to attract more customers.
公司決定降價來吸引更多顧客。
● lower（更低的）也可當形容詞用，是 low（低的）的比較級。

☐ **lucrative** [ˈlukrətɪv] – lucrative business (a.) 有利可圖的事業　★★★
　● lucrative = profitable（有利潤的）
　The investment proved to be very **lucrative**. 這筆投資證明獲利非常可觀。

☐ **lukewarm** [ˈlukˌwɔrm] **(= tepid, unenthusiastic)**　★★★
　– a lukewarm response (a.) 冷淡的反應
　The proposal received a **lukewarm** response. 這項提案收到冷淡的反應。

☐ **luxurious** [lʌgˈʒʊrɪəs] – a luxurious hotel (a.) 豪華的飯店　★★★
　They stayed at a **luxurious** hotel during their vacation.
　他們在假期中住在一家豪華飯店。

☐ **make it to (= attend)** – make it to the meeting (v.) 參加／趕上會議　★★★
　● make it to = go to + 地點：前往某地
　I hope I can **make it to** the meeting on time. 我希望能準時參加會議。

☐ **make room for** – make room for new furniture (v.)　★★★
　騰出空間以擺放新家具
　● room 不加冠詞時，是不可數名詞，表示「空間（space）」。
　We need to **make room for** the new furniture in the living room.
　我們必須將客廳騰出空間來放新家具。

☐ **make the most of** – make the most of one's time (v.)　★★★
　充分利用某人的時間
　She tried to **make the most of** her time during the trip.
　她試著在旅途中充分利用自己的時間。

☐ **mandatory** [ˈmændəˌtorɪ] – a mandatory attendance policy (a.) 強制性的出
　席規範　★★★
　It's **mandatory** to wear a helmet while riding a bike. 騎自行車時必須配戴安全帽。
　●「It is mandatory that S + 原形動詞」這個句型在舊制多益考試中常出現。

☐ **manicured** [ˈmænɪˌkjʊrd] – a manicured lawn (a.) 精心修剪的草坪　★★★
　The house had a beautiful **manicured** lawn.
　那棟房子擁有一片美麗又修剪整齊的草坪。

☐ **maneuver** [mə`nuvɚ] – maneuver through obstacles (v.) ★★★
靈巧地穿越障礙
● 原指「操縱，操控」，在 Part 1 中經常出題。

The driver skillfully **maneuvered** through the traffic.
這名駕駛靈巧地穿越了交通壅塞的路段。

☐ **manipulate** [mə`nɪpjə͵let] – manipulate the data (v.) 竄改數據資料 ★★★
He managed to **manipulate** the results in his favor.
他設法進行操控，讓結果對自己有利。

☐ **manufacture** [͵mænju`fæktʃɚ] – manufacture the product (v.) 製造產品 ★★★
The company **manufactures** electronic goods. 該公司生產電子產品。

☐ **marital** [`mærətl] – marital status (a.) 婚姻狀態 ★★★
Please indicate your **marital** status on the form. 請在表格上註明您的婚姻狀況。

☐ **mark** [mɑrk] – mark the spot (v.) 標記位置 ★★★
Please **mark** the correct answer on the test sheet. 請在試卷上標記正確答案。
● mark 可以當名詞也可以當動詞，當名詞時可指「痕跡，記號，印象」。
The book left a lasting **mark** on her. 那本書在她心中留下了深刻的印象。

☐ **market** [`mɑrkɪt] – market the new product line (v.) ★★★
將新產品系列推向市場
● market 可以當名詞也可以當動詞。

They need to find new ways to **market** their services.
他們必須尋找新的方式來推廣自家的服務。

☐ **marvel** [`mɑrvl] – marvel at the view (v.) 對景色感到驚嘆 ★★★
They **marveled at** the beauty of the sunset. 他們對夕陽的美麗感到驚嘆。

☐ **master** [`mæstɚ] – master the new software tools (v.) ★★★
精通新的軟體工具
She **mastered** the art of negotiation. 她精通談判的藝術。

☐ **maternal** [mə`tɝnəl] (= **motherly**) – a maternal instinct (a.) ★★★
母性的／身為母親的本能

She has a strong **maternal** instinct that makes her a great mother.
她有很強的母性本能，因此成為一位出色的母親。

☐ **matinee** [ˌmætəˈne] – a weekend matinee (n.) 週末<u>午後場</u>　★★★

We went to see a weekend **matinee** at the theater.
我們去劇院看了一場週末午後場。

☐ **maximize** [ˈmæksəˌmaɪz] – maximize the potential (v.) <u>發揮最大</u>潛能　★★★

We need to **maximize** our efforts to meet the deadline.
為了趕上截止日期，我們必須全力以赴。

● a maximum of（最多⋯）這個用法也很重要。

The room can hold **a maximum of** 50 people. 這房間最多可容納 50 人。

☐ **means** [minz] **of** – means of expressing ideas (n.) 表達想法的<u>手段</u>　★★★

Education is **a means of** personal development. 教育是促進個人成長的一種方式。

● 請一併記住 an instrument for（⋯的工具）這個表達。
　an instrument for fine measurements（用於精密測量的工具）

The microscope is **an instrument for** scientific research.
顯微鏡是進行科學研究的工具。

☐ **mediate** [ˈmidiˌet] – mediate the conflict (v.) 調解衝突　★★★

The lawyer **mediated** the dispute between the neighbors.
律師調解了鄰里之間的爭端。

☐ **mediocre** [ˈmidɪˌokɚ] – a mediocre performance (a.) <u>平凡無奇的</u>表現　★★★

● med[= middle]+iocre：表示「中等程度」→ 普通的

The movie received **mediocre** reviews from critics.
那部電影從影評人那裡僅獲得不起眼的評價。

☐ **memorabilia** [ˌmɛmərəˈbɪlɪə] – collect sports memorabilia (n.)　★★★
收藏運動<u>紀念品</u>

● memorabilia = souvenirs，為複數形，沒有單數形的單字。

The museum has a large collection of **memorabilia** from the 20th century.
那間博物館收藏了大量 20 世紀的紀念品。

☐ **memorize** [ˈmɛməˌraɪz] – memorize the speech (v.) <u>背誦</u>演講稿　★★★

She **memorized** all her lines for the play. 她把她整齣戲的台詞都背起來了。

☐ **mention** [ˈmɛnʃən] – mention the issue (v.) 提及問題 ★★★
He **mentioned** the problem during the meeting. 他在會議中提到了那個問題。

☐ **mentor** [ˈmɛntɔr] – a trusted mentor (n.) 值得信賴的良師（＝指導者） ★★★
He became a trusted **mentor** to many young professionals in the industry.
他成為業界許多年輕專業人士信賴的良師。
● mentor 可以當名詞也可以當動詞。
She **mentors** new employees. 她指導新進員工。

☐ **merge** [mɝdʒ] – merge the two companies (v.) 合併兩家公司 ★★★
● merge 作為不及物動詞時，常搭配 with、into 等介系詞；其名詞為 merger（合併案）。
The two companies decided to **merge with** each other to expand their market reach.
那兩家公司為了擴展其市佔決定合併。
The two lanes **merge into** one. 兩個車道合併為一條。

☐ **mesmerize** [ˈmɛzməˌraɪz] – mesmerize the audience (v.) 使觀眾著迷 ★★★
The magician's tricks **mesmerized** the audience. 魔術師的戲法讓觀眾目眩神迷。
● mesmerize 在 2024 年多益考試中曾作為正解來出題。它的同義字與用法如下：
hypnotize - hypnotized by the music 被音樂催眠似地迷住
captivate - captivated by one's smile 被某人的微笑吸引
enthrall - enthralled by the story 被故事深深吸引
fascinate - fascinated by the painting 被畫作吸引
captivate - captivated by one's smile 被某人的微笑迷住

☐ **meteorologist** [ˌmitɪəˈɑlədʒɪst] – consult a meteorologist (n.) ★★★
諮詢氣象學家
The event planners consulted a **meteorologist** to ensure good weather.
活動策劃人員詢問了氣象學家，以確認天氣狀況良好。

☐ **meticulous** [məˈtɪkjələs] – meticulous attention to detail (a.) ★★★
審慎看待細節處
He is **meticulous** in his work. 他在工作上非常細心。

☐ **meticulously** [məˈtɪkjələslɪ] – meticulously planned (adv.) 縝密規劃的 ★★★
The event was **meticulously** planned. 該活動是經過精心規劃的。

☐ **migrate** [ˈmaɪgret] – migrate to a new country (v.) 移居到新的國家 ★★★

New Updated List | 221

The birds **migrate** south for the winter. 鳥類為了迎冬而向南遷徙。

☐ **mingle** [ˋmɪŋgl̩] – mingle with guests (v.) 與賓客**交際** ★★★
The networking event was a great opportunity to **mingle with** professionals.
那場社交活動是與專業人士互動的絕佳機會。

☐ **minimize** [ˋmɪnəˌmaɪz] – minimize the risks (v.) 將風險**降到最低** ★★★
We need to **minimize** our expenses. 我們必須將開支降到最低。

☐ **mislead** [mɪsˋlid] – mislead the public (v.) **誤導**民眾 ★★★
The advertisement **misled** customers about the product's benefits.
關於此產品效益的廣告誤導了消費者。

☐ **misplace** [mɪsˋples] – misplace the keys (v.) 把鑰匙**放錯地方** ★★★
He **misplaced** his wallet and couldn't find it.
他把他的錢包放錯地方，結果找不到。

☐ **missing** [ˋmɪsɪŋ] **(= lost)** – a missing person (a.) **失蹤的**人 ★★★
They organized a search party for the **missing** person.
他們組織了一支搜索隊尋找這名失蹤者。

☐ **mitigate** [ˋmɪtəˌget] **(= reduce)** – mitigate the damage (v.) **減輕**損害 ★★★
The new measures are designed to **mitigate** the damage from the storm.
新措施旨在減輕風暴帶來的損壞。

☐ **mix-up** [ˋmɪksˌʌp] – mix-up with reservations (n.) 訂位**出錯／烏龍** ★★★
The **mix-up** caused a delay in the delivery. 這個差錯導致配送延遲。

☐ **mobilize** [ˋmobəˌlaɪz] – mobilize the team (v.) **動員**團隊 ★★★
The government **mobilized** the military to assist with disaster relief.
政府動員軍隊協助災害救援。

☐ **modify** [ˋmɑdəˌfaɪ] – modify the design (v.) **修改**設計 ★★★
We need to **modify** our plans based on the feedback.
我們必須根據回饋來調整計畫。

☐ **momentum** [moˋmɛntəm] – gain momentum (n.) 獲得**動能** ★★★

The project gained **momentum** after the initial success.
該專案在初期成功後獲得了推進的動能。

☐ **momentous** [moˋmɛntəs] **(= significant, important)** ★★★
– a momentous occasion (a.) 重大場合
This is a **momentous** occasion for our company. 這是我們公司的一個重要場合。

☐ **monetary** [ˋmɑnəˌtɛrɪ] – a monetary policy (a.) 貨幣政策 ★★★
The government is reviewing its **monetary** policy to control inflation.
政府正在檢討其貨幣政策，以控制通貨膨脹。

☐ **money order** [ˋmʌnɪ ˋɔrdɚ] **(= postal order)** – send a money order ★★★
(n.) 寄送**郵政匯票／匯款單**
She sent a **money order** to pay for the items. 她寄出匯票來支付那些物品的費用。

☐ **monitor** [ˋmɑnətɚ] – monitor project progress (v.) 監控專案進度 ★★★
The teacher **monitors** the students' progress. 老師監控學生的學習進度。
● monitor 作名詞時有「（電腦）螢幕」的意思。

☐ **monopoly** [məˋnɑpəlɪ] **(= exclusive control)** – hold a monopoly (n.) ★★★
擁有**壟斷權**
● monopoly（壟斷）/ tax（稅）/ focus（焦點）/ emphasis（強調）通常與 on 搭配。
The company has a **monopoly** on the local market. 該公司壟斷了當地市場。

☐ **morale** [məˋræl] – boost employee morale (n.) 提升員工士氣 ★★★
The new policies improved staff **morale**. 新政策提升了員工的士氣。

☐ **mortgage** [ˋmɔrgɪdʒ] – take out a mortgage (n.) 申請了**房屋貸款** ★★★
They took out a **mortgage** to buy their first home.
他們為了購買第一間房子而申請了一筆房貸。

☐ **motivate** [ˋmotəˌvet] – motivate the team (v.) 激勵團隊 ★★★
She **motivated** her team **to** achieve their goals. 她激勵她的團隊實現他們的目標。
●「motivate（使…產生動機）／enable（使能夠）／encourage（鼓勵）／persuade（說服）／urge（催促）／force（強迫）／inspire（啟發）／cause（導致）+ 受詞 + to -V」的句型常出現在考題中。

The coach **motivated** the team **to** train harder for the championship.
教練激勵團隊成員更加努力訓練才能拿到冠軍。

☐ **multicultural** [ˌmʌltɪˈkʌltʃərəl] – a multicultural society (a.) ★★★
多元文化的社會
The city is known for its **multicultural** society. 該城市以其多元文化社會而聞名。

☐ **mural** [ˈmjʊrəl] – paint a mural (n.) 畫一幅**壁畫** ★★★
The artist painted a stunning **mural** on the building's exterior.
那位藝術家在這大樓外牆畫了一幅令人驚嘆的壁畫。
● 在 Part 1、5、7 的考題中經常出現。

☐ **musical arrangements** [ˈmjuzɪkəl əˈrendʒmənts] ★★★
– innovative musical arrangements (n.) 創新的**音樂編曲**
The concert featured several new **musical arrangements**.
那場音樂會展現了幾首新的音樂編曲。

☐ **mutual** [ˈmjutʃuəl] – mutual respect (a.) **相互的**尊重 ★★★
They have **mutual** respect for each other. 他們彼此之間有著相互的尊重。

☐ **mutually** [ˈmjutʃuəlɪ] – mutually beneficial (adv.) **對雙方**都有益的 ★★★
The agreement is **mutually** beneficial to both parties. 這項協議對雙方都有益。
● 請注意，「be beneficial to +人／for +事物」這樣的用語也常出現。
This policy will **be beneficial for** the environment. 這項政策將對環境有益。

☐ **myriad** [ˈmɪrɪəd] – myriad of options (n.) **無數的**選擇 ★★★
There are **a myriad of** options available to choose from. 有無數可供選擇的選項。

☐ **namely** [ˈnemlɪ] – namely, the manager (adv.) ★★★
意即／也就是說，這名經理
Three students were mentioned, **namely**, John, Sarah, and Alice.
有三位學生被提及，也就是說，分別是約翰、莎拉和愛麗絲。

☐ **narrate** [ˈnæˌret] – narrate the story/film (v.) 講述故事／給電影**做旁白** ★★★
The actor **narrated** the documentary. 那位演員為該紀錄片擔任旁白。

☐ **narrow down** [ˈnæro daʊn] (= **reduce**) – narrow down the options (v.) 縮小選項**範圍** ★★★
We need to **narrow down** the options before making a decision.
我們在做決定之前須先縮小選項範圍。

☐ **narrowly** [ˈnærolɪ] – narrowly escape (adv.) **驚險**逃脫 ★★★
They **narrowly** escaped the burning building. 他們從燃燒的大樓中驚險逃脫。

☐ **natural habitat** [ˈnætʃərəl ˈhæbəˌtæt] – protect a natural habitat (n.) 保護**自然棲息地** ★★★
Efforts are being made to protect the **natural habitat** of the endangered species.
他們正設法保護瀕危物種的自然棲息地。

● habit/habil 是「live（生活）」的字根，像是 rehabilitation（康復，復健）這個字就是從 re[= again] + habil[= live] + itation 組成，表示「讓某人重新生活」的意思。

He is undergoing **rehabilitation** after the surgery. 他正接受術後的復健治療。

☐ **navigate** [ˈnævəˌget] – navigate through the forest (v.) **導航通過**森林 ★★★
They used a map to **navigate through** the city. 他們拿著地圖在城市裡穿梭。

☐ **nearby** [ˈnɪrˈbaɪ] – a nearby park to our house (a.) 我們家**附近的**公園 ★★★
● nearby 可以當形容詞也可以當副詞。
They decided to visit a **nearby** park for a picnic. 他們決定去附近的公園野餐。
There is a grocery store **nearby**. 附近有一家雜貨店。

☐ **neglect** [nɪˈglɛkt] – neglect the duties (v.) **怠忽／忽視**職責 ★★★
He **neglected** to water the plants, and as a result, they all wilted.
他忽略了給植物澆水，結果它們全都枯萎了。

● neglect 可以當名詞也可以當動詞（表示疏忽，忽視）。

The building fell into disrepair as a result of **neglect**.
因疏於管理，這棟建築逐漸損壞。

☐ **negligence** [ˈnɛglɪdʒəns] – show negligence (n.) 顯得**馬虎的樣子** ★★★
The accident was caused by the driver's **negligence**.
這起事故是因駕駛人的疏忽所導致的。

☐ **nimble** [ˈnɪmbl̩] (= **agile**) – nimble fingers (a.) **靈巧的**手指 ★★★

The pianist's **nimble** fingers flew over the keys. 鋼琴家靈巧的手指在琴鍵上飛舞。

☐ **nominal fee** [ˈnɑmənḷˌfi] – pay a nominal fee (n.) 支付**象徵性費用** ★★★
● nominal 曾出現在多益考試的正解選項中。

Members pay a **nominal** fee for access to the club's facilities.
會員們支付一筆象徵性費用就可以使用俱樂部設施。

☐ **nominate** [ˈnɑməˌnet] – nominate a candidate (v.) **提名**一位候選人 ★★★
He **was nominated for** the board of directors. 他被提名為董事會成員。
She **was nominated for** the award. 她被提名為該獎項的候選人。

☐ **no later than** (= by, at the latest) – no later than 5 p.m. (phr.) ★★★
最遲不超過下午五點

Please submit your report **no later than** 5 p.m.
請最遲於下午五點前提交您的報告。

☐ **no-obligation quote/estimate** [no ˈɑbləˌgeʃən kwot/ˈɛstəmɪt] ★★★
(= free quote/estimate) – get a no-obligation quote (n.) 獲取**免費報價**
● estimate」表示價格尚可變動，而 quote 則表示價格已確定，不能更改。

You can get a **no-obligation quote** for your project.
你可以取得你專案的免費報價。

☐ **not to mention** [ˈmɛnʃən] (= additionally, furthermore) – (phr.) ★★★
更不用說／更何況
● 此為補充重要事項時常用的片語，使用頻率極高。

He is a talented musician, **not to mention** a great teacher.
他是一位才華洋溢的音樂家，更別說是一位出色的教師。

☐ **notable** [ˈnotəbḷ] – a notable achievement (a.) **顯著的**成就 ★★★
He is a **notable** figure in the commuity. 他是社區中一位備受矚目的人物。

☐ **notably** [ˈnotəblɪ] (= especially or particularly) ★★★
– most notably in the Middle East (adv.) **特別是**在中東地區
● notably 用來強調明顯、重大的變化或成就。

They **notably** redesigned the workspaces for better efficiency.
他們為了提高效率特別重新設計了工作空間。

☐ **notwithstanding** [ˈnɑtwɪðˈstændɪŋ] ★★★
– notwithstanding the difficulties (prep.) 儘管存在著那些困難
● notwithstanding 是 2018 年新制多益首次考試中，PART 5 出題的單字，也被列為多益的常考字彙。

Notwithstanding the difficulties, they completed the project on time.
儘管困難重重，他們還是準時完成了這項專案。

☐ **novel** [ˈnɑvl] – a novel approach (a.) 新奇的做法 ★★★
● novel = new，記住這個形容詞。名詞 novel（小說）原來的意思是「新穎的故事」。

The scientist developed a **novel** solution to the problem.
那位科學家開發出一個新奇的問題解決方案。

☐ **novice** [ˈnɑvɪs] – a novice user (n.) 新手用戶 ★★★
● nov 表示 new，例如 novel: 新奇的故事 → 小說；in+nov[= new]+ation: 在裡面加入新東西 → 創新；re[= again]+nov[= new]+vation: 再次使之新穎 → 翻新。
● novice ↔ expert 專家。

The software is easy to use, even for **novices**.
這款軟體即使對初學者來說也很容易使用。

☐ **numerically** [njuˈmɛrɪklɪ] – numerically superior (adv.) 在數量上佔優勢的 ★★★

The team was **numerically** superior to their opponents.
那支隊伍在人數上優於其對手。

☐ **nurture** [ˈnɝtʃɚ] – nurture young talent (v.) 培養年輕的人才 ★★★
The teacher **nurtures** creativity in her students. 那位老師培養其學生的創造力。

☐ **nutritious** [njuˈtrɪʃəs] – a nutritious meal (a.) 營養的餐點 ★★★
She prepared a **nutritious** meal for her family.
她為家人準備了一頓營養餐點。

☐ **obituary** [oˈbɪtʃuˌɛrɪ] – read an obituary (n.) 閱讀一份訃聞 ★★★
I read his **obituary** in the newspaper. 我在報紙上看到了他的訃聞。

☐ **objective** [əbˈdʒɛktɪv] – the main objective (n.) 主要目標 ★★★
● 與 objection（反對）、objectivity（客觀性）區分清楚！

● 當名詞時，常以「The objective/aim/goal/purpose is to-V」的句型出題。

The **objective** of the meeting **was to** discuss the budget.
會議的目的在於討論預算。

● objective 當形容詞時表示「客觀的」。

☐ **obligation** [ˌɑblə`geʃən] – fulfill an obligation (n.) 履行**義務** ★★★

He has a legal **obligation to** pay his debts. 他有償還其債務的法律義務。

● 「be obligated to-V」這個句型等同於「有義務去做某事」。

Employees **are obligated to** follow the company's code of conduct.
員工有義務遵守公司的行為守則。

☐ **obscurity** [əb`skjʊrətɪ] **(= unknown state)** – fade into obscurity (n.) ★★★
後來逐漸**被遺忘／不為人知**

After his brief success, he faded into **obscurity**.
短暫的成功之後，他便逐漸被遺忘了。

☐ **observatory** [əb`zɝvəˌtɔrɪ] **(= astronomical viewing facility)** ★★★
– a new observatory (n.) 新的**天文台**

The new **observatory** offers stunning views of the night sky.
這座新天文台能讓人欣賞到壯麗的夜空景觀。

☐ **obsolete** [ˌɑbsə`lit] – obsolete technology (a.) **過時的／老舊的**技術 ★★★

● 與 obsolete 同義的有 outdated、old-fashioned。

The company replaced the **obsolete** machinery with new equipment.
公司將過時的機械更換為新設備。

☐ **offer** [`ɔfɚ] **an apology** [ə`pɑlədʒɪ] **to sb** ★★★
– offered an apology to one's coworker (v.) 向同事**道歉**

The manager **offered an apology to** the customers for the inconvenience.
經理為造成的不便向顧客道歉。

☐ **off-limits** [ɔf`lɪmɪts] **(= restricted)** – an off-limits area (a.) ★★★
禁止進入的區域／**禁**區

The construction site is **off-limits to** the public. 工地禁止一般民眾進入。

☐ **off-street** [`ɔf`strit] – free off-street parking (a.) ★★★
巷子裡／非大馬路旁的免費停車位

Free **off-street** parking is available in a garage located one block behind our office.
距離我們辦公室後方一個街區，有非路邊的免費停車位。

☐ **offset** [ˋɔfˋsɛt] – offset the costs (v.) 抵銷成本 ★★★
The gains **offset** the losses. 獲利抵銷了損失。

☐ **omit** [oˋmɪt] – omit unnecessary details (v.) 省略不必要的細節 ★★★
Please **omit** any irrelevant information from the report.
請從報告中刪去所有無關的資訊。

☐ **on** [ən] – **on** the morning of June 4 (prep.) 在6月4日早上 ★★★
● 介系詞 on 後面接日期、星期，或「星期＋當日時間段」。on Friday evening（在星期五晚上），與 in the morning（在早上）要區分清楚。
The meeting will be held **on** the morning of June 4. 會議將在6月4日早上舉行。

☐ **on a budget** [ˋbʌdʒɪt] – travel on a budget (phr.) 小資旅行 ★★★
They planned to travel **on a budget**. 他們計畫用有限的預算來旅行。

☐ **on a first-come, first-served basis** [ˋfɝst ˋkʌm ˋfɝst ˋsɝvd ˋbesɪs]
– (Idiom) 依先到先服務原則 ★★★
Tickets will be distributed **on a first-come, first-served basis**.
票券將以先到先得的方式發放。

☐ **on and off** (= intermittent) – an on and off relationship (phr.) ★★★
一段**分分合合的**關係
They have had an **on and off** relationship for years.
他們維持了好幾年的分分合合關係。

☐ **on call** – a doctor on call (phr.) 隨時待命的醫師 ★★★
The doctor is **on call** this weekend. 那位醫生這個週末值班待命。

☐ **on the rise** (= increasing) – crime on the rise (phr.) 犯罪率**在上升中** ★★★
Crime rates are **on the rise** in the city. 該城市的犯罪率正在上升。

☐ **on the spot** [spɑt] (= immediately) – make a decision on the spot ★★★
(phr.) 當場做出決定
He made the decision **on the spot** without consulting anyone.
他當場就做出了決定，沒和任何人商量。

☐ **on the verge** [vɝ-dʒ] **of (= about to)** – on the verge of collapse (phr.) 瀕臨崩潰／快要倒閉 ★★★

The company is **on the verge of** collapse due to financial problems.
那家公司因財務問題瀕臨倒閉。

☐ **on the waiting list (= queued)** – put on the waiting list (phr.) 被列入等候名單 ★★★

She was put **on the waiting list** for the new course. 她被列入新課程的等候名單。

☐ **on top of that** – (phr.) 不僅如此 ★★★

She managed to finish the project on time, and **on top of that**, she impressed the clients with her presentation.
她試著準時完成了專案，而且不僅如此，她用簡報打動了客戶。

● 這是多益第130題出現過的慣用語。

☐ **ones vs. them** – choose the ripe ones (pron.) 挑熟的那些（「同類中」的東西） ★★★

Take only the good **ones**. 請只拿好的那些。

I saw **them** at the park. 我在公園看到他們。

☐ **onsite** [ˈɑnˌsaɪt] **(= on-location)** – an onsite inspection (a.) 現場勘查／實地檢查 ★★★

An **onsite** inspection is scheduled for next week. 下週安排了一次實地檢查。

☐ **on-the-job experience** [ɪkˈspɪrɪəns] – gain on-the-job experience (n.) 獲得實務經驗 ★★★

The internship provided valuable **on-the-job experience**.
這次實習提供了寶貴的實務經驗。

☐ **opaque** [oˈpek] – opaque glass (a.) 不透明的玻璃 ★★★

The bathroom windows are made of **opaque** glass for privacy.
浴室窗戶是用不透明玻璃做的，以保護隱私。

☐ **ophthalmology** [ˌɑfθælˈmɑlədʒɪ] – an ophthalmology clinic (n.) 眼科診所 ★★★

● 「眼科醫師」可以用簡單的 eye doctor 表示，或正式、專業一點的 ophthalmologist。

She visited the **ophthalmology** clinic for an eye examination.
她去眼科診所做眼睛檢查。

☐ **oppose** [ə`poz] – oppose the unreasonable demands (v.) ★★★
反對不合理的要求

Many people **opposed** the new law. 許多人反對這項新法案。

☐ **the opposing point of view** [ə`pozɪŋ pɔɪnt əv vju] ★★★
(= **different perspective**) – 相反的觀點

● 以 -ing 結尾的形容詞 opposing（對立的，相反的）後面可接名詞，它曾出現在考題的正解選項中。

It's important to consider **the opposing point of view** in any debate.
在任何辯論中，考慮相反的觀點很重要。

☐ **opt** [ɑpt] **for** – opt for the earlier flight (v.) 選擇較早的班機 ★★★

Many students **opt for** online courses due to their flexibility.
許多學生因為線上課程彈性大而選擇它。

☐ **optimal** [`ɑptəml] – an optimal solution (a.) 最佳的解決方式 ★★★

The engineer found the **optimal** solution to the design problem.
那位工程師找到了設計問題的最佳方案。

☐ **optimize** [`ɑptə͵maɪz] – optimize the process (v.) 優化流程 ★★★

We need to **optimize** our operations to increase efficiency.
為了提升效率，我們需要優化營運流程。

☐ **optimum** [`ɑptəməm] (= **best, ideal**) – an optimum condition (a.) ★★★
最佳狀態／最適條件

The machine works at its **optimum** level. 這台機器在最佳狀態下運作。

☐ **originate** [ə`rɪdʒə͵net] – originate from a casual conversation (v.) ★★★
源自一段隨意的對話

The recipe **originated** in Italy. 這道食譜起源於義大利。

● 也記住 originate / derive from（起源於，來自）這組片語。

☐ **other than** – other than that (phr.) 除了那個之外 ★★★

Other than that, everything is going well. 除了那件事，一切都進行得很順利。

☐ **out of shape** [ʃep] – really out of shape (phr.) 身體狀況真的很差 ★★★
He felt **out of shape** after months without exercise.
幾個月沒運動後，他覺得自己身體狀況變差了。

☐ **be outfitted** [ˈaʊtˌfɪtɪd] **with** – be outfitted with the latest gear (phr.) ★★★
配備最新裝備
● 請與 be equipped with 一樣，記得搭配介系詞 with。
The expedition **was outfitted with** the latest gear. 那支探險隊配了最新裝備。

☐ **outstanding** [ˈaʊtˈstændɪŋ] – outstanding performance (a.) 傑出的表現 ★★★
She received an award for her **outstanding** performance.
她因為傑出的表現而獲得獎項。
● outstanding debt 是「未償還的債務」，outstanding balance 是「未付款項／未結餘額」，是考題中的常客。

☐ **outweigh** [ˈaʊtˈwe] **(= exceed, surpass)** – outweigh the benefits (v.) ★★★
超過效益／比利益更重要
The risks **outweigh** the benefits. 風險超過了利益。

☐ **overhaul** [ˈovəˈhɔl] – overhaul the system (v.) ★★★
徹底檢修／全面調整這個系統
The company decided to **overhaul** its operations. 公司決定全面檢討其營運。

☐ **overlook** [ˈovəˈlʊk] – overlook the mistake (v.) 未注意到錯誤 ★★★
She **overlooked** an important detail in the report.
她忽略了報告中一個重要細節。
● overlook 在多益 Part 1 的題目中常以「俯瞰」的意思來出題，如：
The building **overlooks** the water. 這棟建築俯瞰著水面。

☐ **overseas** [ˈovəˈsiz] – overseas markets (a.) 海外市場 ★★★
The company is expanding into **overseas** markets. 該公司正拓展海外市場。

☐ **oversee** [ˈovəˈsi] – oversee the project (v.) 監督此專案 ★★★
He **oversees** the company's daily operations. 他負責監督公司的日常營運。

☐ **overt** [oˈvɜt] – overt action (a.) 公開的行動 ★★★

There was **overt** hostility between the two factions.
兩派之間有明顯的敵意。

● overt 的反義是 covert（秘密的，隱密的），可以用 cover（蓋住）這個字來幫助記憶。

They conducted a **covert** operation to gather intelligence.
他們執行了一項蒐集情報的秘密行動。

☐ **overtake** [`ovɚ-tek] – overtake the competitors (v.) **超越**競爭對手   ★★★
The runner **overtook** his rivals in the final lap.
那位跑者在最後一圈超越了他的對手。

☐ **overturn** [ovɚ-`tɝn] – overturn the decision (v.) **推翻**這項決定   ★★★
The ruling was **overturned** by a higher court. 判決被上級法院推翻了。

☐ **overwhelm** [`ovɚ-hwɛlm] – overwhelm the opponent (v.)   ★★★
讓對手**招架不住**
The sheer volume of work **overwhelmed** him. 龐大的工作量讓他感到吃不消。

☐ **owe** [o] – owe money to the bank (v.) **欠**銀行錢   ★★★
He **owes** his success **to** his mentors. 他能成功是拜他的導師所賜。

☐ **packet** [`pækɪt] – an information packet (n.) 資訊**包**／資料**袋**   ★★★
The new employees received an information **packet** on their first day.
新進員工在第一天收到一個資料包。

☐ **pantry** [`pæntrɪ] – a well-stocked pantry (n.) **裝滿物資的**食品儲藏室   ★★★
The kitchen had a well-stocked **pantry**. 那間廚房有個裝滿物資的食品儲藏室。

☐ **paramedic** [pærə`mɛdɪk] – call a paramedic (n.) 呼叫**急救人員**   ★★★
They called a **paramedic** when he collapsed. 他昏倒時，他們叫了急救人員。

☐ **partial** [`pɑrʃəl] – a partial payment (a.) 部分付款   ★★★
He made a **partial** payment on his debt. 他償還了他的部分債務。

● 相反詞為 impartial（公正的）。

☐ **particulars** [pɚ-`tɪkjələ-z] – personal particulars (n.) 個人**特點**   ★★★
Please fill in your personal **particulars** on the form. 請在表格上填寫您的個人特點。

☐ **partnership** [ˈpɑrtnɚˌʃɪp] – form a partnership (n.) 形成**合作關係** ★★★
The two companies entered into a **partnership**. 那兩家公司建立了合作關係。

☐ **pass** [pæs] – pass the compliance audit (v.) **通過**合規審查 ★★★
She **passed** the exam with flying colors. 她以優異成績通過了考試。
● pass 也可作名詞，表示「通行證」。

☐ **pass away (= die)** – pass away peacefully (v.) 平靜地**過世** ★★★
He **passed away** peacefully in his sleep. 他在睡夢中平靜地離世。

☐ **pass out (= faint)** – pass out from exhaustion (v.) 因疲勞而**昏倒** ★★★
She **passed out** from exhaustion after the marathon. 她跑完馬拉松後因疲勞昏倒。

☐ **pasture** [ˈpæstʃɚ] – green pasture (n.) 綠油油的**牧草地** ★★★
The cows grazed peacefully in the **pasture**. 牛群在牧草地上平靜地吃草。

☐ **paternal** [pəˈtɝnəl] **(= fatherly)** – paternal authority (a.) **父權** ★★★
He exercised his **paternal** authority to discipline his children.
他行使父親的權威來管教孩子。

☐ **patronage** [ˈpetrənɪdʒ] – political patronage (n.) 政治**贊助**獻金 ★★★
He received political **patronage** for his campaign. 他獲得他競選活動的政治獻金。

☐ **payable** [ˈpeəbl] – amount payable (a.) **應支付的**金額 ★★★
The amount is **payable** in monthly installments. 該金額可按月分期支付。

☐ **pediatrician** [ˌpidɪəˈtrɪʃən] – visit a pediatrician (n.) 看**小兒科醫師** ★★★
The child was taken to see a **pediatrician**. 那孩子被帶去看小兒科醫師。

☐ **peer** [pɪr] **(= look intently)** – peer into the distance (v.) **凝視**遠方 ★★★
She **peered** into the distance, trying to see the approaching car.
她凝視遠方，試著清楚駛近的車子。
● peer 是名詞時，意為「同儕，同年齡的人」。
Teenagers often face **peer** pressure to fit in with their friends.
青少年常面臨為了融入朋友圈的同儕壓力。

☐ **penalize** [ˈpinlˌaɪz] – penalize the offender (v.) **處罰**違規者 ★★★

The league decided to **penalize** the offender. 聯盟決定對違規者施以懲罰。

☐ **pending** [ˋpɛndɪŋ] – pending approval (a.) 等待批准中的／尚未定案的 ★★★
The decision is **pending** further investigation. 該決定仍待進一步調查後作出。
● pending 亦可表示「即將發生的」。

☐ **penetrate** [ˋpɛnə͵tret] – penetrate the market (v.) 打入／進軍市場 ★★★
The new product aims to **penetrate** the Asian market.
新產品的目標是進軍亞洲市場。

☐ **perceive** [pəˋsiv] (= recognize, understand) ★★★
– perceive the change (v.) 察覺／意識到變化
She **perceived** a shift in his attitude. 她察覺到他的態度有了變化。
● perceive 的名詞為 perception（察覺，知曉）。

☐ **period** [ˋpɪrɪəd] – a probationary period (n.) 試用期 ★★★
The new employee is in a probationary **period**. 那名新進員工正在試用期中。
● 表示「（一段任職或活動的）期間」也可用 stint；complete a stint at a job: 完成一份工作的任職。
She did a two-year **stint** in the marketing department. 她曾在行銷部門工作兩年。

☐ **periodical** [͵pɪrɪˋɑdɪkəl] – an academic periodical (n.) 學術期刊 ★★★
She published her research in an academic **periodical**.
她將自己的研究發表在學術期刊上。
● periodical 亦可作形容詞，意指「定期出版的」；圖書館中的「期刊區」通常標示為 Periodicals。

☐ **perishable** [ˋpɛrɪʃəbl] (= short-lived, spoilable) ★★★
– perishable goods (a.) 易腐壞的商品
Perishable goods need to be stored in a refrigerator. 易腐壞的商品需冷藏保存。

☐ **perk** [pɝk] – enjoy the perks of the job (n.) 享有工作上的福利 ★★★
One of the **perks** of working here is the free gym membership.
在這裡工作的福利之一是免費健身房會員資格。
● 雖簡短，但為高分常考字彙，務必熟記！

New Updated List | 235

☐ **persist** [pɚˋsɪst] – persist despite challenges (v.) ★★★
儘管有挑戰性仍**持續堅持**

She **persisted in** her efforts to learn the new language.
她持續努力學習這門新語言。

● persist in 與 insist on 同義。

☐ **persist in/with** – persist with one's plan (v.) **堅持**某人的計畫 ★★★

He **persisted with** his plan even though it was unpopular.
儘管他的計畫不受歡迎，他仍堅持進行。

☐ **a person or persons** – a responsible person or persons (n.) ★★★
一位或多位負責的人

Any person or persons with information about the incident should contact the police. 任何擁有該事件相關資訊的 1 人或多人，應與警方聯繫。

☐ **personal effects** [ˋpɝsn̩l ɪˋfɛkts] – pack personal effects (n.) ★★★
打包**個人（隨身）**物品

● 一般來說 effect 有「效果」的意思，但其複數形 effects 表示「財物」

● 像這樣具有完全不同意思的用法例子還有 function，除了表示「功能」，也有 gathering（聚會）的意思，也曾出現在多益考題中。

The soldiers were allowed to bring their **personal effects**.
士兵們獲准攜帶他們的個人隨身物品。

☐ **perspective** [pɚˋspɛktɪv] – a unique perspective (n.) 獨特的**觀點** ★★★

His **perspective** on the issue was quite different from mine.
他對這個問題的看法和我有相當的不同。

☐ **pertaining** [pɚˋtenɪŋ] **to** – pertaining to the issue (phr.) ★★★
關於這個問題**的**

The documents **pertaining to** the case were submitted.
與該案件有關的文件已提交。

● 它是 Part 5 常出現的重點片語。

☐ **pesticide** [ˋpɛstɪˌsaɪd] – use pesticide (n.) 使用**殺蟲劑／農藥** ★★★

Farmers often use **pesticide** to protect their crops.
農民常使用農藥來保護他們的作物。

☐ **petition** [pə`tɪʃən] – sign a petition (n.) 簽署**請願書** ★★★
They started a **petition** to save the park. 他們發起請願活動來拯救公園。

☐ **petitioner** [pə`tɪʃənɚ] – the petitioner's request for an appeal (n.) ★★★
請願者的上訴請求
The **petitioners** gathered signatures for their cause.
請願人為他們的訴求收集了連署。

☐ **phase** [fez] – the next phase of the project (n.) 計畫的下一**階段** ★★★
The project is moving into its final **phase**. 該計畫正進入最終階段。
● phase out 為常見的動詞片語，意指「逐步淘汰／廢除」。

☐ **phenomenon** [fə`nɑmə‚nɑn] – a rare phenomenon (n.) 罕見**現象** ★★★
The northern lights are a natural **phenomenon**. 北極光是一種自然現象。

☐ **philanthropy** [fɪ`lænθrəpɪ] – engage in philanthropy (n.) 參與**慈善活動** ★★★
The billionaire is known for his **philanthropy**. 那位億萬富翁以其慈善活動聞名。
● 字根 anthrop 表示「人，人類」的意思。phil[= love] + anthro[= man] + py：愛人 → 慈善，博愛；anthropo[= man] + logy[= 學問]：人類學。

☐ **phrase** [frez] – coin a phrase (n.) 創造一句**用語** ★★★
She coined a popular **phrase** during the campaign.
她在競選期間創造了一句受歡迎的用語。

☐ **the physically challenged** [`fɪzɪkəlɪ `tʃælɪndʒd] ★★★
(= people with physical disabilities) – assist the physically challenged (n.) 協助**身心障礙者**
The organization works to assist **the physically challenged**.
那個組織致力於協助身心障礙者。

☐ **pick** [pɪk] – pick the best option (v.) **挑出**最佳選項 ★★★
You can **pick** any book you like from the shelf.
你可以從書架上挑出任何你喜歡的書。
● pick 也有「摘（水果）」的意思。
He **picked** the apple from the tree. 他從樹上摘下一顆蘋果。
● pick up 可表示「撿起，接送」，pick-up line 則是指「搭訕用語」。

☐ **picturesque** [ˌpɪktʃəˋrɛsk] – a picturesque village (a.) 詩情畫意的村落 ★★★
The **picturesque** village attracts many tourists.
那座如畫般的村莊吸引了許多觀光客。
● 這是 picture 的形容詞，是也多益常考單字。

☐ **pier** [pɪr] – walk along the pier (n.) 沿著碼頭散步 ★★★
They enjoyed a stroll along the **pier** at sunset. 他們在日落時沿著碼頭悠閒散步。

☐ **pigment** [ˋpɪgmənt] (= **coloring substance**) – natural pigment (n.) ★★★
天然色素
The artist used natural **pigment** to create the painting.
那位藝術家使用天然色素來創作這幅畫。

☐ **pitch** [pɪtʃ] – an advertising pitch (n.) 行銷手法 ★★★
The marketing team prepared a compelling **pitch** for the new product.
行銷團隊為新產品準備了很有說服力的提案。
● pitch 當動詞原意是「投擲，丟出」，可引申為「提出（建議等）」。
He **pitched** the proposal to the investors. 他向投資人提出了那項建議。

☐ **platform** [ˋplætfɔrm] – launch the platform (n.) 推出這個平台 ★★★
The company introduced a new online **platform**. 該公司推出了一個新的線上平台。

☐ **plausible** [ˋplɔzəbl] – a plausible explanation (a.) 看似合理的解釋 ★★★
She gave a **plausible** explanation for her absence.
她對自己的缺席提出一個似乎合理的解釋。

☐ **plea** [pli] – make a plea for help (n.) 懇請協助 ★★★
He made a **plea** for clemency. 他懇求從輕處理。
● plea 指的是「迫切或帶有情感的請求（an urgent or emotional request）」。

☐ **please** [pliz] – please the audience (v.) 取悅觀眾 ★★★
She aimed to **please** the crowd with her performance.
她希望以自己的表演來取悅觀眾。
● please 常置於祈使句（原形動詞開頭）的句首，當副詞用。
Please finish your homework before dinner. 晚餐前請把你的作業做完。

☐ **pledge** [plɛdʒ] – pledge support (v.) 承諾／誓言支持 ★★★
He **pledged to** donate to the charity. 他承諾要捐款給那個慈善機構。
● pledge 可以當名詞也可以當動詞，當動詞時後面接 to-V 作為其受詞。

☐ **plentiful** [`plɛntəfəl] – a plentiful supply (a.) 充足的供應 ★★★
The harvest was **plentiful** this year. 今年的收成非常豐富。

☐ **plumber** [`plʌmɚ] – call a plumber (n.) 打電話叫水管工人 ★★★
We had to call a **plumber** to fix the leaking pipe.
我們得請水電工來修理漏水的管線。
● 這個字的 b 不發音，常出現在 Part 1 圖片描述的考題中。

☐ **plummet** [`plʌmɪt] – plummet in value (v.) 價值暴跌 ★★★
The stock prices **plummeted** after the scandal. 醜聞爆出後股價暴跌。

☐ **plunge** [plʌndʒ] – plunge after the market crash (v.) ★★★
市場崩盤後猛跌／暴跌
The stock market **plunged** yesterday. 昨日股市暴跌。

☐ **podium** [`podɪəm] – stand at the podium (n.) 站在講台／指揮台前 ★★★
The speaker stood at the **podium** to deliver his speech.
演講者站在講台上發表演說。

☐ **poignant** [`pɔɪnənt] – a poignant moment (a.) 令人心酸的時刻 ★★★
It was a **poignant** moment when the soldiers returned home.
當士兵們返家時，那是一個令人心酸的時刻。

☐ **poise** [pɔɪz] – maintain poise under pressure (n.) 在壓力下保持沉著 ★★★
She handled the situation with **poise**. 她沉著地處理了那個情況。
● poise 可以當名詞也可以當動詞。

☐ **policy** [`pɑləsɪ] – a company policy (n.) 公司政策 ★★★
The new **policy** will take effect next month. 新政策將於下個月生效。

☐ **polished** [`pɑlɪʃt] – a polished presentation (a.) 精緻的簡報 ★★★
She gave a **polished** presentation at the meeting. 她在會議上做了一場精緻的簡報。

☐ **poll** [pol] – conduct a poll (n.) 進行**民意調查** ★★★
The **poll** results were surprising. 民調結果令人驚訝。
● poll 可以當名詞也可以當動詞。

☐ **ponder** [ˋpɑndɚ] – ponder the possibilities (v.) **深思**各種可能性 ★★★
He **pondered over** the decision for a long time. 他對那個決定深思了許久。

☐ **ponderous** [ˋpɑndərəs] **(= heavy, dull)** – a ponderous speech (a.) **冗長沉重的**演講 ★★★
His **ponderous** speech made the audience lose interest.
他冗長沉悶的演講讓觀眾失去了興趣。

☐ **portable** [ˋpɔrtəbl] – a portable device (a.) **可攜式**裝置 ★★★
The laptop is lightweight and **portable**. 那台筆電輕巧又便於攜帶。

☐ **portion** [ˋpɔrʃən] – a portion of the profits (n.) 利潤的**一部分** ★★★
He donated **a portion of** his earnings to charity. 他將部分收入捐給了慈善機構。

☐ **positive** [ˋpɑzətɪv] – positive that he will succeed (a.) **確信**他會成功的 ★★★
● 「be aware/sure/hopeful/confident/positive that S + V」等可接 that 子句的形容詞近期常出題。
She **is positive that** he will succeed in his new job.
她確信他會把新工作做得很好。
● positive 也有「正面的」意思，要一併熟記。

☐ **post** [post] – post a notice (v.) **張貼**公告 ★★★
She **posted** a message on the bulletin board. 她在布告欄上張貼了一則訊息。
● post 可以當名詞也可以當動詞，當名詞時可表示「郵件，職位，樁子」。

☐ **postpone** [postˋpon] – postpone the meeting (v.) **延後**會議 ★★★
The event was **postponed** due to weather conditions. 活動因天候狀況而被延後。
● postpone（延後）、delay（耽擱）、wait（等待）、stay（停留）、remain（保持）、last（持續）、continue（持續）這些表示「延遲或持續」的動詞常與 until 一起使用。
The meeting has been **postponed until** next week. 會議已延至下週。

☐ **power outage** [ˋpaʊɚ ˋaʊtɪdʒ] – experience a power outage (n.) ★★★
遇到**停電**

- power outage = power failure, blackout（停電）

The storm caused a widespread **power outage**. 這場風暴造成了大範圍的停電。

☐ **precaution** [prɪˋkɔʃən] – take safety precautions (n.) 採取安全預防措施 ★★★
- 要記得搭配用法：take precautions（採取預防措施）、use caution 或 exercise caution（請小心）。動詞加受詞一起記。

They **took precautions to** prevent accidents.
他們為了防止意外發生而採取了預防措施。

☐ **precede** [prɪˋsid] – precede the announcement (v.) 發生在公告之前 ★★★
- precede 是由 pre（= 在前）+ cede（= 走）組成，意為「走在…前面」。

The speech **preceded** the award ceremony. 演講是在頒獎典禮之前進行的。

☐ **precisely** [prɪˋsaɪslɪ] **(= exactly, accurately)** ★★★
– precisely at 5:00 p.m. (adv.) 就在下午五點整
- 修飾時間的副詞在考題中常被設計為正確答案。

The meeting will start **precisely** at 5:00 p.m. 會議將在下午五點整準時開始。

The ingredients were **precisely** measured for the recipe.
為了這道食譜，所有材料都經過精準估量。

☐ **preclude** [prɪˋklud] – preclude the possibility (v.) 排除可能性 ★★★

His injury **precludes** him from playing in the game.
他的傷勢使他無法參加比賽。（← 他的傷勢排除了他上場比賽的可能性。）

☐ **predecessor** [ˋprɛdə͵sɛsɚ] – meet one's predecessor (n.) 與前任會面 ★★★

The new CEO met with his **predecessor** to discuss the transition.
新任執行長與前任會面，討論交接事宜。

☐ **predict** [prɪˋdɪkt] – predict the results (v.) 預測結果 ★★★

Can you **predict** what will happen next? 你能預測接下來會發生什麼事嗎？

☐ **predominantly** [prɪˋdɑmənəntlɪ] – predominantly blue (adv.) ★★★
以藍色為主的

The audience was **predominantly** young people. 觀眾主要是年輕人。

☐ **preferred** [prɪˋfɝd] – a preferred method (a.) 偏好的方法 ★★★
- preferred 從舊制至到近期都持續現在考題中，preferred means（偏好的方式）也曾在 PART 5 出現過。

Email is the **preferred** method of communication. 電子郵件是偏好的溝通方式。

☐ **preliminary** [prɪˈlɪməˌnɛrɪ] – a preliminary report (a.) 一份**初步的**報告 ★★★
The **preliminary** results are promising. 初步結果令人期待。
The **preliminary** meteorological data suggests a change in weather patterns. 初步氣象資料顯示天氣型態正在變化。

☐ **premier** [ˈprimɪɚ] – a premier university in the country (a.) ★★★
國內**頂尖的**大學
He is the **premier** expert in his field. 他是該領域的首席專家。

☐ **premiere** [prɪˈmɪr] – premiere one's latest film (v. 首映某人的最新電影 ★★★
The new play **premiered** to rave reviews. 新戲劇首演時好評如潮。
● premiere 可以當名詞也可以當動詞。
They attended the movie **premiere** last night. 他們昨晚出席了電影首映會。

☐ **premise** [ˈprɛmɪs] – the premise of the argument (n.) 論點的**前提** ★★★
The **premise** of the novel is intriguing. 小說的核心劇情令人著迷。

☐ **preoccupied** [priˈɑkjəˌpaɪd] – preoccupied with work (a.) **專注於**工作的 ★★★
He seemed **preoccupied with** work and distant. 他似乎忙於工作，顯得有些疏離。

☐ **pre-paid** [ˈpriˌped] – a pre-paid envelope (a.) **預付的／免貼郵票的**信封 ★★★
Please use the **pre-paid** envelope to return the item. 請使用預付信封來退回商品。

☐ **prerequisite** [priˈrɛkwəzɪt] (= requirement, necessity) ★★★
– a prerequisite for the course (n.) 該課程的**先決條件**
Basic math is a **prerequisite** for this class. 基礎數學是這門課的先決條件。

☐ **prescribe** [prɪˈskraɪb] – prescribe medication (v.) **開藥方** ★★★
● -scribe 是 write 的意思。prescribe 是醫生預先（pre）寫下（scribe）藥物，也就是「開處方」。而 describe 是 de（= down）+ scribe（= write）→ write down（寫下來）。
The doctor **prescribed** antibiotics for the infection. 醫生為這次感染開了抗生素。

☐ **prescription** [prɪˈskrɪpʃən] – prescription medication (n.) **處方**藥 ★★★
She went to the pharmacy to fill her **prescription**. 她去藥局領取處方藥。

☐ **presence** [ˈprɛznəns] – strong online presence (n.) ★★★
強大的網路**存在感／曝光度**

The **presence** of security personnel was reassuring.
現場有安保人員令人感到安心。

☐ **preserve** [prɪˈzɝv] – preserve the environment (v.) **保護**環境 ★★★

The organization works to **preserve** wildlife habitats.
該組織致力於保護野生動物的棲息地。

☐ **preside** [prɪˈzaɪd] – preside over the meeting (v.) ★★★
主持會議／擔任會議主席
● 名詞形式是 president（主席、總統）。

The CEO will **preside over** the annual meeting. 執行長將主持這場年度會議。

☐ **presumably** [prɪˈzuməblɪ] – presumably arrive by noon (adv.) ★★★
推測可能中午前抵達

The documents are **presumably** correct. 這些文件估計是正確的。

Presumably, the meeting will be rescheduled for next week.
沒意外的話，會議可能會延到下週。

☐ **presume** [prɪˈzum] – presume innocence (v.) 假定無罪 ★★★
● 具有相同字根的 resume 表示「重新開始」及「履歷」。

We must **presume** that she is telling the truth. 我們必須假設她說的是實話。

☐ **pretend** [prɪˈtɛnd] – pretend to be someone else (v.) 假裝／裝扮成某人 ★★★

The children **pretended** they were pirates. 孩子們假裝自己是海盜。

☐ **prevail** [prɪˈve] – Justice will prevail. (v.) 正義終將**獲勝／佔上風** ★★★

We believe that justice will **prevail** in the end. 我們相信最終正義將會勝利。

☐ **prevalent** [ˈprɛvələnt] – a prevalent issue (a.) **普遍存在的**問題 ★★★
● prevalent = widespread（廣泛的、普遍的）

Smoking is a **prevalent** issue in many communities.
吸菸是在許多社區中普遍存在的問題。

☐ **primarily** [praɪˈmɛrəlɪ] – primarily responsible (adv.) **主要**負責的 ★★★

The team is composed **primarily** of engineers. 該團隊主要由工程師組成。

☐ **primary** [ˋpraɪˌmɛrɪ] **and elementary** [ˌɛləˋmɛntərɪ] **(= first level of)** ★★★
– primary and elementary education (adj.) 初等／小學教育
● 兩者皆用於基礎教育階段，對象通常為年幼學童，可互換使用。
Primary and elementary education forms the foundation of a child's academic journey. 初等教育構成孩子學習旅程的基礎。

☐ **pristine** [ˋprɪstɪn] – pristine condition (a.) 原始條件／初始狀態 ★★★
● pristine 常出現在閱讀測驗中，表示「如初的，未受汙染的」，同義詞有 immaculate, spotless, untouched, unspoiled, flawless, perfect, pure, virginal。
The car is in **pristine** condition, as if it just came out of the showroom.
那輛車狀態如新，彷彿剛從展示間開出來一樣。

☐ **proactive steps** [proˋæktɪv ˋstɛps] – proactive steps to improve (n.) ★★★
積極改善的措施
The company is taking **proactive steps** to improve customer service.
該公司正採取主動措施來改善客服品質。

☐ **probable** [ˋprɑbəbl] – a probable cause (a.) 可能的原因 ★★★
It's **probable** that they will arrive late. 他們很可能會遲到。
● 副詞 probably 曾出現在 PART 5 的正解選項中。

☐ **probationary** [proˋbeʃəˌnɛrɪ] – probationary period (a.) 試用期 ★★★
The new employee is in a **probationary** period. 這位新員工正在試用期中。

☐ **procedure** [prəˋsidʒɚ] – follow the procedure (n.) 按照程序 ★★★
The **procedure** for applying is outlined on the website.
申請流程已在網站上概要說明。

☐ **proceedings** [prəˋsidɪŋz] – record the proceedings of the meeting (n.) ★★★
記錄會議過程／寫會議記錄
● 這是近期才考出來的單字，僅本書進行解說。
The secretary recorded the **proceedings** of the meeting.
秘書記錄了整場會議的過程。

☐ **proceeds** [proˋsidz] – donate proceeds (n.) 捐贈收益金 ★★★
All **proceeds** from the event will go to charity.
活動所得的全部收益將捐給慈善機構。

● 動詞 proceed 表示「繼續進行」。

☐ **procure** [proˋkjʊr] **(= obtain, acquire)** – procure supplies (v.) ★★★
採購／取得物資
The company **procured** the necessary supplies. 該公司採購了所需的物資。

☐ **procurement** [proˋkjʊrmənt] – procurement process (n.) 採購流程 ★★★
The **procurement** of new equipment is underway. 新設備的採購正在進行中。
The **procurement** process can be lengthy and complex.
採購流程可能會漫長且複雜。

☐ **profitable** [ˋprɑfɪtəbl] – a profitable venture (a.) 有利可圖的事業 ★★★
● profitable = lucrative（有盈利潛力的）
The business became **profitable** within its first year.
這門生意在第一年內就有盈利了。

☐ **prolific** [prəˋlɪfɪk] – a prolific writer (a.) 多產的作家 ★★★
● prolific 原義為「繁殖力強的」。
She is a **prolific** writer who has published over 30 books.
她是一位多產的作家，出版了超過三十本書。

☐ **promptly** [ˋprɑmptlɪ] **(= on time)** – promptly at 3:30 p.m. (adv.) ★★★
準時在下午三點半
Please arrive **promptly** at 3:30 p.m. for your appointment.
請準時在下午三點半抵達赴約。
● 這個副詞更常用於表示「迅速地，立即地（= without delay, at once）」
She responded to the email **promptly**, ensuring the issue was resolved quickly.
她立即回覆了電子郵件，確保問題能快速解決。

☐ **propose** [prəˋpoz] – propose a new idea (v.) 提出新的想法 ★★★
● propose 可接 to-V 或 Ving 作為其受詞，而同樣表示「提議，建議」的 suggest、recommend 則只能接 Ving。
He **proposed** a new plan to the board. 他向董事會提出了一項新計畫。

☐ **prospective** [prəˋspɛktɪv] – prospective clients (a.) ★★★
潛在的／可能的客戶

New Updated List | 245

The company is meeting with **prospective** clients next week.
那家公司下週將與可能的客戶會面。

☐ **prosper** [ˋprɑspɚ] – prosper in business (v.) 生意**興隆** ★★★
The town **prospered** during the gold rush. 那個小鎮在淘金熱期間繁榮起來。

☐ **protocol** [ˋprotəˌkɔl] – a safety protocol (n.) 安全**守則** ★★★
The company follows strict safety **protocols**. 那家公司遵守嚴格的安全規範。

☐ **prototype** [ˋprotəˌtaɪp] – develop a prototype (n.) 開發**原型**／製作**樣機** ★★★
The engineers developed a **prototype** of the new device.
工程師們開發了這款新裝置的樣機。

☐ **provided** [prəˋvaɪdɪd] **that (= providing that, if)** ★★★
– provided that you agree (conj.) **如果**你同意的話
You can go to the party, **provided that** you finish your homework.
只要你完成你的作業，就可以去參加派對。

☐ **provoke** [prəˋvok] – provoke a reaction (v.) **引起**反應 ★★★
　　　　　　　　　　　　 provoke a response (v.) **激起**回應
His comments **provoked** an angry response. 他的發言引發了憤怒的反應。
Avoid topics that might **provoke** controversy. 避免可能引發爭議的話題。
The controversial statement was intended to **provoke** debate.
那具爭議的發言旨在激起一番辯論。

☐ **proximity** [prɑkˋsɪmətɪ] – in the proximity of (n.) ★★★
在…**附近**／**接近**…的距離
The hotel is in close **proximity to** the airport. 那間飯店靠近機場。

☐ **proxy** [ˋprɑksɪ] **(= representative)** – proxy vote (n.) **代理**投票 ★★★
You can vote by **proxy** if you cannot attend the meeting.
若無法出席會議，你可以委託他人代為投票。

☐ **prudent** [ˋprudn̩t] – a prudent decision (a.) **審慎的**／**明智的**決定 ★★★
It is **prudent** to save money for emergencies.
為了應付緊急情況儲蓄是一個明智之舉。

☐ **public relations** [ˈpʌblɪk rɪˈleʃənz] – manage public relations (n.) ★★★
管理**公關**（部門）
● public relations = PR。
She works in **public relations** for a large corporation.
她在一家大企業負責公關工作。

☐ **pull over (= stop the car)** – pull over to the side of the road (v.) ★★★
把車停到路邊
The police officer asked him to **pull over**. 警察要求他把車靠邊停下。
● 這個片語在 Part 1, 5 考題中經常出現。

☐ **pursue** [pɚˈsu] – pursue a career in medicine (v.) **追求**醫學職涯／從醫 ★★★
She decided to **pursue** her dreams of becoming a musician.
她決定追尋成為音樂家的夢想。
● 名詞為 pursuit（追求）。

☐ **put in for** – put in for a promotion (v.) **（正式）申請**晉升 ★★★
She decided to put in for a promotion at work. 她決定申請工作上的升遷。
● put in for 常是 Part 5 的正確答案選項，也可用來表示申請轉調。
She decided to **put in for** a transfer to the New York office.
她決定申請調到紐約辦公室。

☐ **put... to rest** – put the rumors to rest (v.) 平息謠言 ★★★
The official statement helped **put** the rumors **to rest**. 官方聲明有助於平息謠言。

☐ **qualify** [ˈkwɑləˌfaɪ] – qualify for the finals (v.) **有資格**進入決賽 ★★★
● qualify for 意指「符合⋯條件，具備⋯資格」，be qualified for 則是「（某人）擁有⋯的能力或證照」。
She worked hard to **qualify for** the scholarship. 她努力爭取獎學金資格。
He is highly **qualified for** the managerial position. 他非常具備擔任管理職的資格。

☐ **quantity** [ˈkwɑntətɪ] – a large quantity (n.) 大量 ★★★
We need to order a larger **quantity** of supplies. 我們必須訂購更多的補給品。

☐ **queue** [kju] – stand in a queue (n.) 排隊 ★★★
People stood in a **queue** to buy tickets for the concert. 人們排隊購買音樂會的門票。

☐ **quote** [kwot] – quote a line from the poem (v.) 引用詩中的一句話 ★★★
He **quoted** a passage from the book. 他引用了書中的一段話。
● quote 當名詞時表示「引文；報價」。

She included a famous **quote** in her speech to inspire the audience.
她在演講中引用了一句名言來激勵觀眾。

The contractor provided a detailed **quote** for the renovation project.
承包商提供了翻修工程的詳細報價。

☐ **rain date** [ˈrenˌdet] – schedule a rain date (n.) ★★★
安排一個**因雨延後的（備用）日期**
The event was postponed to the **rain date** due to bad weather.
由於天氣惡劣，活動延期至備用日期。

☐ **raise awareness** [əˈwɛrnɪs] **of** – raise awareness of the issue (v.) ★★★
提高對議題**的認知**
The campaign aims to **raise awareness of** environmental issues.
該活動旨在提高人們對環境議題的認知。
● raise 和 awareness 兩者都是考題中常見的正解。

☐ **random** [ˈrændm̩] – a random sample (a.) 隨機抽樣 ★★★
They took a **random** sample of the population. 他們對人口進行了隨機抽樣。

☐ **randomly** [ˈrændm̩lɪ] (= **at random**) – randomly selected (adv.) ★★★
隨機選出的
The participants were **randomly** selected. 參加者是隨機挑選的。

☐ **rapport** [ræˈpɔr] (= **connection, relationship**) – build rapport (n.) ★★★
建立**良好關係**
● 用來表達建立在信任或親密基礎上的關係。注意字尾 -t 不發音。

It's essential to build **rapport** with clients to ensure successful collaboration.
為了確保合作成功，與客戶建立良好關係是非常重要的。

☐ **ratio** [ˈreʃo] – the ratio of students to teachers (n.) 師生比（率） ★★★
The school has a low student-to-teacher **ratio**. 該校的師生比很低。

☐ **rational** [ˈræʃənl] – a rational explanation (a.) 合理的／理性的解釋 ★★★

They made a **rational** decision based on the available evidence.
他們根據現有證據做出了合理的決定。

She made a **rational** decision after considering all the facts.
她在考慮所有事實後做出一個理智的決定。

☐ **rave** [rev] – rave reviews (a.) 熱烈好評　　★★★

There was a **rave** review about the new restaurant in town.
鎮上新開的餐廳獲得了極高的好評。

● 其反義是 harsh，rave 也可當動詞，表示「讚賞有加」。

She **raved about** the excellent service at the hotel.
她對那間飯店的優質服務大加讚賞。

☐ **reap** [rip] – reap benefits (v.) 取得回報　　★★★

They worked hard and **reaped** the benefits of their labor.
他們努力工作並得到了成果的回報。

● reap 也有「收穫, 取得成果」的意思。

After years of hard work, she finally began to **reap** the benefits of her efforts.
經過多年的努力，她終於開始獲得努力的成果。

☐ **rebuild** [rɪˋbɪld] – rebuild the community (v.) 重建社區　　★★★

They are working to **rebuild** the town after the disaster.
他們正在努力在災難過後重建該鎮。

☐ **recede** [rɪˋsid] (= retreat, withdraw) – recede from view (v.)
從視線中逐漸退去（或遠離）　　★★★

The floodwaters began to **recede**. 洪水開始退去。

☐ **receive** [rɪˋsiv] – receive the package (v.) 收到包裹　　★★★

He **received** an award for his work. 他因作品獲獎。

☐ **receptacle** [rɪˋsɛptəkl] (= container, bin)　　★★★
– put the waste in the receptacle (n.) 將廢棄物放入容器中

● receptacle（容器）是 2023 年 Part 5 的正解單字，連 TOEIC 900 分的考生也常錯，請務必記住！

The kitchen has several **receptacles** for recycling. 廚房裡有好幾個回收用的容器。

☐ **recession** [rɪˋsɛʃən] – an economic recession (n.) 經濟衰退／不景氣　　★★★

The country is experiencing a severe economic **recession**.
該國正面臨嚴重的經濟衰退。

☐ **reciprocal** [rɪˋsɪprəkəl] **(= mutual, corresponding)** ★★★
– reciprocal relationship (a.) 互惠的關係
Their friendship is based on **reciprocal** respect. 他們的友誼建立在相互尊重之上。
They have a **reciprocal** agreement. 他們有一份相互協定。

☐ **reckless** [ˋrɛklɪs] – reckless driving (a.) 魯莽／危險駕駛 ★★★
He was **fined** for reckless driving. 他因危險駕駛而被罰款。

☐ **recognized** [ˋrɛkəɡˌnaɪzd] – recognized for scientific contributions ★★★
(a.) 因科學貢獻而受到肯定的
The chef is **recognized for** his innovative recipes.
這位主廚因其創新食譜而廣受肯定。
● recognized = distinguished（傑出的，有名的）、famous（著名的）
She is a **distinguished** member of the community. 她是該社區傑出的成員。
The **famous** artist will be visiting our city. 那位知名藝術家將造訪我們的城市。

☐ **recollect** [ˌrɛkəˋlɛkt] – recollect the details (v.) 回想細節 ★★★
He could not **recollect** the exact date of the event.
他無法回想起那件事的確切日期。

☐ **reconcile** [ˋrɛkənˌsaɪl] – reconcile differences (v.) 化解分歧／衝突 ★★★
● re[= again] + con[= together] + cile → 再次聚在一起 → 和解、調解
They managed to **reconcile** their differences. 他們設法化解了彼此的歧見。

☐ **recover** [rɪˋkʌvɚ] – recover from the illness (v.) 從疾病中康復 ★★★
She **recovered** quickly after the surgery. 她在手術後迅速康復。

☐ **recruit** [rɪˋkrut] – recruit new members (v.) 招募新成員 ★★★
The company is **recruiting** fresh graduates. 該公司正在招募新鮮人。

☐ **recuperation** [rɪˌkupəˋreʃən] – a period of recuperation (n.) 康復期 ★★★
He needed a period of **recuperation** after the surgery. 他手術後需要一段康復期。

- [ ] **recurrence** [rɪˋkɝəns] – recurrence of the issue (n.) 問題的**復發** ★★★
  The team worked hard to prevent the **recurrence** of the issue.
  團隊努力防止該問題再次發生。

- [ ] **recycle** [riˋsaɪkl] – recycle the paper (v.) **回收再利用**紙張 ★★★
  It's important to **recycle** glass and plastic bottles. 回收玻璃瓶與塑膠瓶是很重要的。

- [ ] **reduction** [rɪˋdʌkʃən] – a significant reduction in noise (n.) ★★★
  噪音的大幅**減少**
  ● reduction 後常接 in 或 of，表示「…的減少」。
  The company reported a **reduction in** operating costs.
  該公司報告表示營運成本有所下降。

- [ ] **refinery** [rɪˋfaɪnərɪ] **(= processing plant)** – an oil refinery (n.) **煉油廠** ★★★
  The oil **refinery** processes thousands of barrels of crude oil daily.
  這座煉油廠每天處理數千桶原油。

- [ ] **reflect** [rɪˋflɛkt] – accurately reflect (v.) 準確地**反映／重現** ★★★
  Her actions **reflect** her commitment to the cause.
  她的行動展現了她對該目標的承諾。
  ● reflect 也有「反射（光線等）」的意思。
  The mirror **reflects** light. 鏡子會反射光線。

- [ ] **refugee** [rɛfjʊˋdʒi] – provide aid to refugees (n.) 提供**難民**援助 ★★★
  ● -ee 結尾的字多表示「被…的人」，如 employee（被雇用的人）、refugee（逃難的人）。
  The **refugees** were given shelter and food. 難民獲得了庇護所和食物。

- [ ] **refurbish** [rɪˋfɝbɪʃ] – refurbish a building (v.) **翻新**建築物 ★★★
  They decided to **refurbish** the old building to make it more modern.
  他們決定翻新這棟老建築，使其看起來更現代。

- [ ] **refurbishment** [rɪˋfɝbɪʃmənt] – office refurbishment (n.) 辦公室**整修** ★★★
  The office is closed for **refurbishment**. 該辦公室因整修暫時關閉。

- [ ] **refuse** [rɪˋfjuz] – refuse to cooperate (v.) **拒絕（接受）**合作 ★★★

She **refused** the offer politely. 她有禮貌地拒絕了那項提議。
- refuse 後面常接不定詞（to-V）作為其受詞。

He **refused to** sign the contract without reading it first.
他不願在沒看合約的情況下簽字。

☐ **regain** [rɪˈgen] – regain control (v.) 重新取得掌控權 ★★★
- re[= again]+gain → 再次獲得

He managed to **regain** his composure quickly. 他很快重新恢復了冷靜。

☐ **regard** [rɪˈgɑrd] – highly regard (v.) 十分尊敬 ★★★
She is highly **regarded** by her peers. 她深受同儕的敬重。
- regarding（關於…）是介系詞，後面接名詞。

She had a question **regarding** the new policy changes. 她對新的政策變動有疑問。
- in regard to（鑒於…）也要一起記住！

In regard to your inquiry, we will respond within 24 hours.
對於您的詢問，我們會在24小時內回覆。

☐ **register** [ˈrɛdʒɪstɚ] – register for the course (v.) 報名參加課程 ★★★
You need to **register** by the end of the month. 你需要在本月底之前報名。

☐ **regret** [rɪˈgrɛt] – regret what I said (v.) 後悔我說過的話 ★★★
He **regretted** his decision later. 他事後後悔了自己的決定。
- regret 可以當名詞也可以當動詞。

☐ **regrettably** [rɪˈgrɛtəblɪ] **(= unfortunately)** ★★★
– Regrettably, it failed. (adv.) 遺憾的是，失敗了。

Regrettably, the project failed to meet its goals.
遺憾的是，該計畫未能達成其目標。

☐ **regulate** [ˈrɛgjəˌlet] – regulate the temperature (v.) 調節溫度 ★★★
The thermostat **regulates** the room temperature. 溫控器會調節室內溫度。

☐ **reinforce** [ˌriɪnˈfɔrs] – reinforce the structure (v.) 強化結構 ★★★
- re[= again]+in+force → 再次在內部加上力量 → 強化

The lecture **reinforced** my understanding of the topic.
這場講座加深了我對該主題的理解。

☐ **reiterate** [rɪˈɪtəˌret] – reiterate a point (v.) 重申要點 ★★★
The speaker **reiterated** his main points during the presentation.
發言人在簡報中重申了他的重點。

☐ **reject** [rɪˈdʒɛkt] – reject the proposal (v.) 拒絕提案 ★★★
- reject 通常接一般名詞作為其受詞（不接to-V），而 decline（拒絕）後面常接to-V。

The application was **rejected** due to errors. 這項申請因有錯誤被駁回。

☐ **rejuvenation** [rɪˌdʒuvəˈneʃən] – urban rejuvenation (n.) 都市再生／都更 ★★★
- rejuvenation = re[= again] + juven[= young] + ation：讓某物再次變年輕 → 再生
- juvenile = young → 年輕的 → 青少年的

The city plans a major urban **rejuvenation** project.
該市計畫進行一項大型都更計畫。

☐ **rekindle** [ˌriˈkɪndl̩] – rekindle one's friendship (v.) 重新燃起友誼 ★★★
They hope to **rekindle** the excitement they had in their early years of marriage.
他們希望重新找回他們婚姻初期的熱情。

☐ **relate** [rɪˈlet] – relate to the topic (v.) 與主題相關／對主題產生共鳴 ★★★
- 通常與介系詞 to 搭配。

The research findings **are** directly **related to** the impact of climate change on agriculture. 研究結果與氣候變遷對農業的影響有直接關聯。
She can **relate to** the character's experiences. 她能對那人物的經歷產生共鳴。

☐ **relax** [rɪˈlæks] – relax after a long day (v.) 忙碌一天後放鬆一下 ★★★
She likes to **relax** by reading a book. 她喜歡以閱讀的方式來放鬆心情。

☐ **relevant** [ˈrɛləvənt] – relevant information (a.) 相關資訊 ★★★
The report contains all the **relevant** details. 該報告包含所有相關細節。

☐ **relieve** [rɪˈliv] – relieve the pain (v.) 緩解疼痛 ★★★
The medication helped relieve his symptoms. 那藥物幫助他緩解了症狀。
- 記住 relieve A of B（替 A 減輕 B 的負擔）這個句型！

The manager **relieved** the team **of** extra work to avoid burnout.
經理幫團隊減輕額外工作，避免過度疲勞。

☐ **relinquish** [rɪˈlɪŋkwɪʃ] **(= give up)** ★★★
– relinquish control (v.) 放棄控制權
He had to **relinquish** control of the company. 他不得不放棄公司經營權。

☐ **reluctant** [rɪˈlʌktn̩t] – feel reluctant (a.) 感到勉強／心不甘情不願 ★★★
He felt **reluctant** to take on the new responsibility. 他對承擔新責任感到勉強。

☐ **remark** [rɪˈmɑrk] – remark on the progress (v.) 談到進展狀況 ★★★
During the meeting, he **remarked** on the importance of teamwork.
會議中他談到團隊合作的重要性。
● remark 可以當名詞也可以當動詞。
She made a **remark** about the weather. 她提到天氣的情況。

☐ **remedy** [ˈrɛmədɪ] – remedy the situation (v.) 補救狀況 ★★★
They are working to **remedy** the problem. 他們正努力解決這個問題。
● remedy 也可當名詞，意指自然療法。
She used a natural **remedy** to treat her cold instead of taking medication.
她用自然療法來治療感冒，沒吃藥。

☐ **remind** [rɪˈmaɪnd] – remind A of the appointment (v.) 提醒 A 約定內容 ★★★
● 記住句型：「remind A to-V」、「remind/notify/inform/apprise A of B」
Please **remind** me **to** call the doctor. 請提醒我打電話給醫生。
The old photograph **reminded** her **of** her childhood home.
那張舊照片讓她想起童年住的房子。

☐ **remit** [rɪˈmɪt] – remit payment (v.) 匯款 ★★★
Please **remit** payment by the due date. 請在到期日前匯款。

☐ **remote** [rɪˈmot] – a remote area (a.) 偏遠地區 ★★★
They live in a **remote** village. 他們住在一個偏遠的村莊。
● work remotely（遠端工作）= work from home, telecommute
A few employees were allowed to **work remotely** during the renovation.
整修期間有幾位員工被允許在家工作。

☐ **remove** [rɪˈmuv] – remove the obstacle (v.) 移除／消除障礙物 ★★★
He **removed** the old files from the computer. 他刪除了電腦裡的舊檔案。

☐ **render** [ˈrɛndɚ] – render a service (v.) 提供服務　★★★
The service was **rendered** free of charge. 這項服務是免費提供的。
● render 也有使役動詞的用法，解釋為「使⋯成為⋯」，用法類似 make。

☐ **renew** [rɪˈnju] – renew the subscription (v.) 續訂（更新訂閱內容）　★★★
It's time to **renew** your membership. 是時候去延長你的會員資格了。

☐ **renowned** [rɪˈnaʊnd] – a renowned scientist (a.) 著名的科學家　★★★
The scientist **is renowned for** her groundbreaking research.
該科學家因其突破性的研究而聞名。

☐ **rent** [rɛnt] – rent an apartment (v.) 出租／租用公寓　★★★
They decided to **rent** a car for the trip. 他們決定為旅程租一台車。
● 「租來的車」是 rental car 或 rent-a-car。rent-a-car 也可表示「租車公司」。

A few **rental** cars were available at the airport for travelers.
機場有幾台租車可供旅客使用。

☐ **repair** [rɪˈpɛr] – repair the damage (v.) 修理毀損處　★★★
The mechanic will **repair** the car by tomorrow. 技師將在明天之前修好車。

☐ **report** [rɪˈpɔrt] – report to the manager (v.) 向經理報告／直屬這位經理　★★★
She **reported** the incident **to** the police. 她已向警方報告這起事件。

☐ **reportedly** [rɪˈpɔrtɪdlɪ] – reportedly safe (adv.) 據報導是安全的　★★★
The vaccine is **reportedly** safe and effective. 據報導，這款疫苗既安全又有效。

☐ **represent** [ˌrɛprɪˈzɛnt] – represent the company (v.) 代表公司　★★★
● represent the frustrations of office work 中的 represent（呈現出）也可用 capture（捕捉到）

She was chosen to **represent** her country in the competition.
她獲選代表她的國家參加比賽。

☐ **reputedly** [rɪˈpjutɪdlɪ] – reputedly the best (adv.) 據說是最好的　★★★
The restaurant is **reputedly** the best in town. 據說這家餐廳是市內最好的。

☐ **request** [rɪˈkwɛst] – request additional information (v.) 請求更多資訊　★★★

She **requested** a copy of the report from the office. 她向辦公室索取該報告的副本。
● request 可以當名詞也可以當動詞。
They made a **request** for funding. 他們提出資金申請。

☐ **require** [rɪˋkwaɪɚ] – require further details (v.) 要求進一步的細節 ★★★
This job **requires** a lot of patience. 這份工作需要很多耐心。

☐ **rescue** [ˋrɛskju] – rescue the hostages (v.) 救出人質 ★★★
The firefighter **rescued** the cat from the tree. 消防員把貓從樹上救下來。

☐ **resemble** [rɪˋzɛmbl̩] – resemble each other (v.) 彼此相似 ★★★
● resemble 是及物動詞，後面不能接介系詞 with。
The twins **resemble** each other. 那對雙胞胎彼此長得很像。

☐ **reserve** [rɪˋzɝv] – reserve a table (v.) 訂位 ★★★
We need to **reserve** a conference room for the meeting.
我們需要為會議預約一間會議室。

☐ **resign** [rɪˋzaɪn] – resign from the position (v.) 辭去職位 ★★★
She decided to **resign from** her job. 她決定辭掉她的工作。

☐ **resist** [rɪˋzɪst] – resist the temptation (v.) 抵抗誘惑 ★★★
He **resisted** the urge to laugh. 他忍住了想笑的衝動。
● resist 後面常接 Ving 作為其受詞。
He couldn't **resist** eat**ing** the delicious cake. 他無法抗拒吃那個美味蛋糕的誘惑。

☐ **resolution** [ˌrɛzəˋluʃən] – the resolution of the conflict (n.) 衝突的解決 ★★★
The dispute was brought to a peaceful **resolution**. 該爭端已和平解決。
● resolution 也可表示「決議案」。
The **resolution** was adopted unanimously. 該決議案獲得全體一致通過。
The committee passed a **resolution** to increase funding.
委員會通過了一項增加資金的決議案。

☐ **resolve** [rɪˋzɑlv] – resolve the conflict (v.) 解決衝突 ★★★
They are working to **resolve** the issue. 他們正在努力解決該問題。

☐ **resort** [rɪˋzɔrt] – the last resort (n.) 最後的手段　★★★
● the last resort 相當於 the final option（最後的選擇）。

Using force should only be considered as the last **resort**.
應該僅在萬不得已時才考慮使用武力。

● 也有「（渡假用的）渡假村」這個初級的意思。

They stayed at a luxury **resort** for their vacation.
他們在假期期間住在一家豪華渡假村裡。

☐ **be responsible** [rɪˋspɑnsəbl] **for** – (phr.) 對⋯負責、負責處理⋯　★★★

She **is responsible for** overseeing the project. 她負責監督該專案。

He **is responsible for** managing the company's finances. 他負責管理公司的財務。

☐ **be responsive** [rɪˋspɑnsɪv] **to** – (phr.) 對⋯迅速反應　★★★

The customer service team was very responsive to my inquiries.
客服團隊對我的詢問反應非常迅速。

The system is designed to **be responsive to** user inputs.
該系統被設計為能快速回應使用者的輸入。

☐ **rest assured** [rɛst əˋʃʊrd] – rest assured that (v.) 請放心⋯　★★★

You can **rest assured that** we will handle the situation.
您可以放心，我們會處理這個情況。

☐ **restrain** [rɪˋstren] – restrain the urge (v.) 壓抑／制止衝動　★★★

The police had to **restrain** the suspect. 警方不得不制止嫌犯。

☐ **restrict** [rɪˋstrɪkt] **(= limit, confine)** – restrict access (v.)　★★★
限制進入／存取

The company **restricts** access to sensitive information.
公司限制對機密資訊的存取。

☐ **resume** [rɪˋzum] – resume work (v.) 恢復／重新開始工作　★★★

The meeting will **resume** after a short break. 會議將在短暫休息後重新開始。

● résumé [ˋrɛzəˌme] 當名詞是「履歷表」，其發音與動詞的 resume 完全不同。

She updated her **résumé** before applying for the job.
她在應徵這份工作前更新了她的履歷表。

She submitted her **résumé** to several companies in hopes of finding a new job.
她向幾家公司投遞履歷，希望能找到新工作。

☐ **resurfacing** [rɪˋsɝfesɪŋ] – road resurfacing (n.) 道路**重鋪** ★★★
The road **resurfacing** project will last for three weeks. 道路重鋪工程將持續三週。

☐ **retain** [rɪˋten] – retain the information (v.) **保留**資訊 ★★★
It's important to **retain** good employees. 保留優秀員工是很重要的。
● 在 Part 7 的 RC 中曾出現 retain a lawyer（雇用律師）這個用語，其中 retain 和 hire、employ 是同義詞。

The company decided to **retain** a lawyer to handle the legal matters.
公司決定雇用一位律師來處理法律事務。

☐ **retire** [rɪˋtaɪr] – retire at the age of 65 (v.) 在65歲**退休** ★★★
He plans to **retire** next year. 他計劃明年退休。

☐ **retreat** [rɪˋtrit] – company retreat (n.) 公司**員工旅遊／研習營** ★★★
● 與 retreat 類似意義的是 MT (Membership Training)。

The team went on a company **retreat** to improve morale.
為了提升士氣，團隊參加了公司員工研習。
● retreat 另外還有「休養，撤退」等意思。

☐ **retrieve** [rɪˋtriv] – retrieve the lost data (v.) **找回**遺失資料 ★★★
● retriever（尋回犬）是指會叼回主人丟出物品的狗。

He was able to **retrieve** the lost files from the computer.
他能從電腦中找回遺失的檔案。

☐ **reveal** [rɪˋvil] – reveal the truth (v.) **揭露**真相 ★★★
The report **revealed** some interesting facts. 該報告揭示了一些有趣的事實。

☐ **revere** [rɪˋvɪr] – revere... as a hero (v.) 將…當作英雄來**尊敬／崇敬** ★★★
The community **reveres** its elders. 該社區居民都很尊敬長者。

☐ **review** [rɪˋvju] – review the report (v.) **檢視**報告 ★★★
The teacher will **review** the homework with the students tomorrow.
老師明天將與學生一起檢視作業。
● review 也可當名詞，表示「檢視；評論」。

She wrote a **review** of the new restaurant. 她寫了一篇關於那家新餐廳的評論。

☐ **revise** [rɪ`vaɪz] – revise the document (v.) 修改文件 ★★★
He **revised** his essay after receiving feedback.
他在收到回饋意見後修改了自己的文章。

☐ **revitalize** [rɪ`vaɪtə͵laɪz] – revitalize the economy (v.) 活化經濟 ★★★
● re[= again] + vital[= live] + -ize（動詞字尾）：使再次有生命 → 活化
The new policy aims to **revitalize** the economy. 新政策的目標是活化經濟。

☐ **revoke** [rɪ`vok] – revoke a license (v.) 撤銷／吊銷執照 ★★★
The authorities decided to **revoke** his driving license. 當局決定吊銷他的駕照。

☐ **ridership** [`raɪdɚ͵ʃɪp] – increase bus ridership (n.) 增加巴士搭乘人數 ★★★
The new routes aim to boost **ridership**. 新路線旨在提高搭乘人數。

☐ **rig** [rɪg] – oil rigs (n.) 石油鑽井平台 ★★★
The company owns several drilling **rigs**. 該公司擁有數個鑽油平台。

☐ **robust** [ro`bʌst] – build a robust framework (a.) 建立堅固的架構 ★★★
● robust = strong。
The structure is **robust** enough to withstand extreme weather conditions.
該結構足以承受極端氣候條件。

☐ **rotate** [`ro͵tet] – rotate the staff (v.) 輪調員工 ★★★
The nurses **rotate** shifts to ensure that there is always someone available to care for the patients. 護士們輪班，以確保隨時都有照顧病患的人。
● rotate 也有「旋轉」的意思。
The planet **rotates** on its axis. 這顆行星繞著自轉軸旋轉。

☐ **rough** [rʌf] – a rough estimate (a.) 粗略估算 ★★★
The contractor gave us a **rough** estimate of the renovation costs.
承包商給了我們一個大致的裝修費用預估。
● rough 也有「表面粗糙的」意思。
The surface of the rock was **rough** to the touch. 那塊岩石的表面摸起來很粗糙。

☐ **run into** – run into a friend (v.) 偶遇朋友 ★★★
I happened to **run into** an old friend at the mall. 我在購物商場碰巧遇到一位老朋友。

☐ **run short of (= run out of)** – run short of supplies (v.) 物資短缺 ★★★
We are starting to **run short of** office supplies. 我們的辦公用品快用完了。

☐ **rush** [rʌʃ] – rush to finish (v.) 急著／匆忙地完成 ★★★
They had to **rush** to catch the last train. 他們得趕緊搭上末班車。
● rush 可以當名詞也可以當動詞。
There was a **rush** to get the tickets. 大家都急著搶票。

☐ **sabbatical leave** [sə`bætɪkəl liv] – take a sabbatical leave (n.) ★★★
休留職停薪假
He plans to write a book during his **sabbatical leave**.
他打算在休職假期間寫一本書。
● 經常出現在 Part 7 的詞彙。

☐ **sacrifice** [`sækrəˌfaɪs] – sacrifice for the team (v.) 為團隊犧牲 ★★★
She decided to **sacrifice** her free time to help her friend.
她決定犧牲自己的空閒時間幫助朋友。
● sacrifice 可以當名詞也可以當動詞。
They made many **sacrifices** to achieve their goals.
他們為了實現目標做出了許多犧牲。

☐ **safeguard** [`sefɡɑrd] **(= protect, secure)** – safeguard the interests ★★★
(v.) 保護利益
Measures were taken to **safeguard** the public. 為了保護大眾，已採取相關措施。

☐ **safety** [`seftɪ] **and compliance officer** [kəm`plaɪəns `ɔfɪsɚ] – (n.) ★★★
安全暨稽核人員
The **safety and compliance officer** ensures all regulations are followed.
安全暨稽核人員會確保所有人遵守規定。

☐ **sample** [`sæmpl] – sample the product (v.) 品嘗／試吃產品 ★★★
● sample 當動詞時，不是「以樣品方式處理」，而是「品嘗，試吃」的意思。
Customers can **sample** the product before purchasing it.
顧客可以在購買前試吃這項產品。

☐ **sanction** [ˈsæŋkʃən] – impose sanctions (n.) 實施**制裁** ★★★

The UN imposed economic **sanctions** on the country.
聯合國對該國實施經濟制裁。

● sanction 當動詞有「核准，懲罰」的意思。其同義詞包括 penalize（懲罰）、authorize（授權）。

Who **sanctioned** the sanctions? 誰批准了這些制裁措施？

☐ **sanitary** [ˈsænəˌtɛrɪ] – sanitary conditions (a.) 衛生／乾淨的條件 ★★★

The hospital maintains strict **sanitary** conditions to prevent infections.
醫院為了預防感染，維持著嚴格的衛生條件。

● sanitary（衛生的）↔ unsanitary（不衛生的）

The restaurant was shut down due to **unsanitary** conditions.
該餐廳因為環境不衛生而被勒令停業。

☐ **sanitation** [ˌsænəˈteʃən] (= **cleanliness, hygiene**) – improve sanitation (n.) 改善**衛生狀況** ★★★

The city is working to improve **sanitation**. 該市正努力改善公共衛生條件。

☐ **saturate** [ˈsætʃəˌret] – saturate the market (v.) 使市場**飽和** ★★★

The market was **saturated** with similar products.
市場上充斥著相似的產品，已趨於飽和。

☐ **savvy** [ˈsævɪ] – tech-savvy (a.) 精通科技的 ★★★

She is very tech-**savvy** and knows all the latest gadgets.
她非常懂科技，對所有最新的科技產品都瞭若指掌。

☐ **scale** [skel] – on a large scale (n.) 大**規模**地 ★★★

● scale 在 Part 1 常以「秤，天平」的意思出現，而在 on a large scale 這個片語中則表示「規模」；當動詞時有「攀爬」的意思。

The company plans to expand its operations on a large **scale** next year.
該公司計劃明年大規模擴展業務。

The project was implemented on a large **scale**. 該項目以大規模的方式推行。

The octopus **scaled** the wall of the aquarium. 章魚爬上了水族箱的牆壁。

☐ **scale back** – scale back production (v.) 縮減產量 ★★★
Due to decreased demand, the company decided to **scale back** production.
因需求減少,公司決定縮減產量。

☐ **scheme** [skim] – a new scheme (n.) 新計畫 ★★★
They devised a **scheme** to increase sales. 他們設計了一項新計畫以提高銷售量。

☐ **scope** [skop] – wide scope (n.) 廣泛的範圍 ★★★
The **scope** of the project is quite large. 該項目的範圍相當廣泛。

☐ **score** [skɔr] – high score (n.) 高分 ★★★
She achieved the highest **score** in the class. 她拿下了全班最高分。

● score 有「20」的意思。

The project was completed in **a score of** days. 那個專案在20天內完成。

She owns five **scores** of rare books in her personal library.
她的私人圖書館裡收藏了100本珍稀書籍。

● score 也有「樂譜」和「作曲」的意思。

He studied the **score** carefully before the performance.
他在演出前仔細研讀了樂譜。

The composer is famous for his **scores** created for films.
那位作曲家以創作電影配樂而聞名。

● score 當動詞時,意思是「得分,進球」。

She **scored** the winning goal. 她射進了致勝一球。

☐ **scramble** [ˈskræmbl] **(= rush)** – scramble to finish (v.) 倉促地完成 ★★★
They **scrambled** to finish the project before the deadline.
他們在截止日前趕忙完成了專案。

☐ **screening** [ˈskrinɪŋ] – health screening (n.) 健康檢查 ★★★
Regular health **screening** can help detect diseases early.
定期的健康檢查有助於及早發現疾病。

☐ **scrub** [skrʌb] – scrub the floors (v.) 刷洗／用力擦洗地板 ★★★
He **scrubbed** the pots and pans until they were spotless.
他把鍋碗瓢盆刷得一塵不染。

☐ **scrumptious** [ˈskrʌmpʃəs] – a scrumptious meal (a.) 美味可口的一餐 ★★★
The chef prepared a **scrumptious** meal. 廚師準備了一頓非常可口的餐點。

☐ **seamlessly** [ˈsimlɪsli] – integrate seamlessly (adv.) 無縫地整合 ★★★
The transition was handled **seamlessly**. 過渡過程處理得非常順暢。
● 曾出現在第 130 題的正解選項，是個較高程度的單字。

☐ **search** [sɝtʃ] – search for information (v.) 找尋／搜索資訊 ★★★
She **searched** the room for her missing keys. 她在房間裡找她丟失的鑰匙。
● search 可以當名詞也可以當動詞。

They wandered through the forest **in search of** the lost treasure.
他們為了尋找失落的寶藏，在森林中徘徊。

The **search for** the missing person continued for days.
搜尋失蹤者的行動持續了好幾天。

☐ **secluded** [sɪˈkludɪd] – in a secluded area (a.) 在偏僻的地區 ★★★
● 屬於最新出現的考點單字，也是考生常出錯的單字。在 Part 5 中被設定為正解選項。

They built a cabin **in a secluded** area to enjoy some peace and quiet.
他們為了享受平靜安寧，在偏僻地區蓋了一間小屋。

☐ **second-hand** [ˈsɛkəndˌhænd] (= used) – a second-hand store (a.) ★★★
用過的／二手商品店
I found a great deal at the **second-hand** store.
我在那間二手商店找到了一個很划算的商品。

☐ **secure** [sɪˈkjʊr] – secure a bank loan (v.) 獲得銀行貸款 ★★★
He managed to **secure** a job at a top tech company. 他成功在頂尖科技公司找到工作。
● secure a box 表示「用膠帶等將箱子固定住以防鬆脫」，曾在 PART 1 中出題。He managed to **secure** a box to contain the fragile items. 他設法將箱子固定好，以便放入易碎物品。
● secure 當形容詞時表示「安全的，無危險的」。

The area was **secure from** intruders. 那個地區沒有入侵者的威脅，是安全的。

☐ **seduce** [sɪˈdjus] (= entice) – seduce someone with charm (v.) ★★★
用魅力誘惑某人
He tried to **seduce** her with his charm and wit. 他試圖用自己的魅力與機智誘惑她。

☐ **seek** [sik] – seek advice (v.) 尋求／尋找建議 ★★★
She **seeks** new opportunities for growth. 她正在尋找新的成長機會。

☐ **select** [sɪˈlɛkt] – select the best option (v.) 選擇最佳方案 ★★★
She carefully **selected** a gift for her friend's birthday.
她細心挑選了一份朋友生日禮物。
● select 也用於表示「選拔選手或候選人」。
He was **selected** for the team. 他被選入了那支隊伍。

☐ **self-addressed envelope** [self əˈdrɛst ˈɛnvəˌlop] ★★★
(= pre-addressed envelope) – 提供一個回郵信封 (n.)
Please include a **self-addressed envelope** with your application.
請在申請書中附上一個寫好自己地址的回郵信封。

☐ **seniority** [ˌsinˈjɔrətɪ] – based on seniority (n.) 按照資歷 ★★★
Promotions are based on **seniority**. 晉升是根據資歷決定的。

☐ **sense** [sɛns] – sense of humor (n.) 幽默感 ★★★
He has a great **sense of** humor and always makes everyone laugh.
他有很強的幽默感，總是讓大家笑個不停。
● sense 可以當名詞也可以當動詞。其形容詞有 sensitive（敏感的）與 sensible（明智的），要一併記住。
He **sensed** that something was wrong. 他感覺到有些不對勁。

☐ **be sensitive** [ˈsɛnsətɪv] **to (= react strongly to)** ★★★
– be sensitive to criticism (phr.) 對批評很敏感
She **is** very **sensitive to** criticism about her work.
她對自己的工作所受到的批評非常敏感。
● 別與 sensible（明智的，有判斷力的）搞混了！

☐ **be sent a book** – be sent a book by the publisher (phr.) ★★★
收到出版社寄來的書
● send 這個動詞有「授予動詞」的與法，當然也有被動式的用法，類似用法的動詞，像 buy（買）、write（寫）、make（做）…等，雖然也可用於被動語態，但不能將「人也都」擺在主詞的位置。
She **was sent a book** by the publisher to review before its release.
她收到出版社在發行前寄來的書以供審閱。

☐ **separate** [ˈsɛpəˌret] – separate the two issues (v.) 分開這兩個問題 ★★★
The two rooms are separated by a wall. 兩個房間之間隔著一面牆。
● separate A from B：將 A 從 B 中分開
It is important to **separat**e recyclable materials **from** regular trash.
將可回收物與一般垃圾分開是很重要的。

☐ **sequel** [ˈsikwəl] – a sequel to the movie (n.) 電影的**續集** ★★★
● sequel 有「接續」的意思，可和動詞 follow（跟隨）聯想來記憶！通常與介系詞 to 搭配使用。
The **sequel to** the popular movie was highly anticipated.
這部熱門電影的續集備受期待。

☐ **serve** [sɝv] – serve the customers well (v.) 妥善**接待**顧客 ★★★
The waiter will **serve** a customer at the table. 服務生將在餐桌上接待顧客。
● serve as 意為「擔任…職務」；「服兵役」是 serve in the military / do military service。
He **served as** a volunteer for many years. 他擔任志工多年。

☐ **set aside** [sɛt əˈsaɪd] – set aside money (v.) **撥出**款項／**預留**資金 ★★★
The committee **set aside** time for public comments.
委員會預留時間以徵求公眾意見。

☐ **setback** [ˈsɛtˌbæk] – a major setback (n.) 嚴重**挫折**／**打擊** ★★★
The project faced a major **setback** due to budget cuts.
該計畫因預算刪減而遭遇重大打擊。

☐ **settle** [ˈsɛtl] – settle the dispute (v.) 解決**爭端** ★★★
The mediator helped **settle** the dispute between the two parties.
調解人協助雙方解決了爭議。
● settle in 表示「安頓下來，適應生活」。
They decided to **settle** in a small town. 他們決定在一個小鎮定居。

☐ **share** [ʃɛr] – share the information (v.) **分享**資訊 ★★★
● 記住「share A with B」（將 A 與 B 分享）的用法；此外，「市場佔有率」是 market share。
She **shared** her notes **with** the class. 她將自己的筆記分享給全班。

☐ **sharp** [ʃɑrp] – 11 a.m. sharp (adv.) 上午 11 點整 ★★★
- 修飾數字的副詞 precisely、promptly、exactly 通常放在時間數字前；sharp、on the dot 則放在時間數字後！

The meeting starts at 11 a.m. **sharp**. 會議將於上午 11 點整開始。

☐ **shred** [ʃrɛd] – shred documents (v.) 銷毀文件 ★★★
- 用來表達將東西撕得粉碎；另外，碎紙機叫做 shredder。

It's important to **shred** sensitive documents to protect your privacy.
銷毀敏感文件對保護個人隱私而言至關重要。

☐ **shrink** [ʃrɪŋk] – shrink in size (v.) 體積縮小 ★★★
The sweater **shrank** after washing. 這件毛衣洗完之後縮水了。

☐ **sign** [saɪn] – sign the contract (v.) 在合約上簽名 ★★★
She **signed** the contract without hesitation. 她毫不猶豫地在合約上簽了名。
- sign 可以當名詞也可以當動詞，當名詞表示「號誌，標示」。

The **sign** indicated the direction. 指示牌標示了方向。

☐ **signal** [ˈsɪgnəl] – signal the start (v.) 發出開始的信號 ★★★
The captain **signaled** the crew to prepare for departure. 船長示意船員準備啟航。
- signal 可以當名詞也可以當動詞，當名詞表示「信號」。

The **signal** was clear. 信號非常明確。

☐ **significantly better** [sɪgˈnɪfəkəntli ˈbɛtɚ] ★★★
– significantly better than the old one (phr.) 明顯優於舊的
- 常見修飾比較級的副詞：significantly（顯著地）、even、much、still、far、a lot、any、considerably、substantially、slightly + 比較級

The new policy is **significantly better** for employees.
新政策對員工而言大有改善。

☐ **signify** [ˈsɪgnəˌfaɪ] – signify approval (v.) 表示贊同 ★★★
The change in policy **signifies** a new direction for the company.
政策的變更代表公司正邁入新的方向。

☐ **simplify** [ˈsɪmpləˌfaɪ] – simplify the process (v.) 簡化流程 ★★★
We need to **simplify** our procedures. 我們必須簡化程序。

□ **sit** [sɪt] **in on** – sit in on a meeting (v.) 旁聽／列席會議 ★★★
I was invited to **sit in on** the meeting to provide technical support.
我受邀列席該會議以提供技術支援。

□ **situation** [ˌsɪtʃuˈeʃən] – handle the situation (n.) 處理狀況 ★★★
The situation is under control. 情況已經受到控制。
● (be) situated in（位於…）也常出現在多益考題中。
The hotel is **situated in** the heart of the city, offering easy access to major attractions.
該飯店位於市中心，前往主要景點非常方便。

□ **sizable** [ˈsaɪzəbəl] – a sizable amount (a.) 可觀的金額 ★★★
They donated a **sizable** amount to charity.
他們捐出了一筆可觀的金額給慈善機構。

□ **skeptical** [ˈskɛptɪkəl] (= doubtful, suspicious) ★★★
– a skeptical view (a.) 懷疑的觀點
He is **skeptical** about the new policy. 他對這項新政策持懷疑態度。

□ **slant** [slænt] – slant the roof (v.) 使屋頂傾斜 ★★★
They decided to **slant** the roof to improve water drainage.
他們決定讓屋頂傾斜，以改善排水。

□ **sloppily** [ˈslɑpɪlɪ] – sloppily written (adv.) 草率地寫成的 ★★★
The report was **sloppily** written and needed a lot of revisions.
那份報告寫得很潦草，需要大量修改。

□ **soar** [sɔr] – prices soar (v.) 價格飆升 ★★★
● soar 曾在 PART 5 中作為正解的選項。
Housing prices have **soared** in recent years. 近年來房價飆漲。

□ **sober** [ˈsobɚ] – sober judgment (a.) 冷靜的判斷 ★★★
● sober 原來的意思是「沒醉的，清醒的」。
He offered a **sober** assessment of the situation. 他對這種情勢作出冷靜的評估。

□ **soggy** [ˈsɑgɪ] – soggy pie (a.) 濕軟的派 ★★★
● 這個字曾出現在 PART 6 的關鍵解題句中。

If you do, the pie crust will be **soggy**, ruining its crisp texture and making the entire dessert less enjoyable to eat. 那麼做的話，派皮會變得濕軟，不但失去酥脆口感，也讓整個甜點吃起來沒那麼美味。

☐ **solely** [ˈsollɪ] – solely responsible (adv.) 單獨負責 ★★★
The decision was made **solely** by the CEO. 該決策由執行長單獨做出。

☐ **solve** [sɑlv] – solve the problem (v.) 解決問題 ★★★
They **solved** the puzzle together. 他們一起解開了那個謎題。
● 注意區別 unsolved（未解決的）與 resolved（已溶解的）這兩個字彙！
The **unsolved** problem continues to challenge the researchers.
那個未解決的問題依然是研究人員面臨的挑戰。

☐ **sooner** [ˈsunɚ] – (adv.) 更快地，更早地 ★★★
● No sooner ... than …（一…就…）是常見的句型。
No sooner had she left the house **than** it started raining.
她一離開家就開始下雨了。

☐ **sophisticated** [səˈfɪstɪˌketɪd] – sophisticated technology (a.) 精密技術 ★★★
The company uses **sophisticated** technology in its products.
該公司在產品中使用了精密的技術。

☐ **sort** [sɔrt] **out** – sort out the issues (v.) 解決問題 ★★★
The manager helped **sort out** the issues. 經理協助解決了這些問題。

☐ **sort** [sɔrt] **through** – sort through old photographs (v.) 整理／篩選舊照片 ★★★

● PART 1 中會常聽到這個片語，而在 PART 5 中 through 曾作為正解選項。

She spent the afternoon **sorting through** old photographs.
她花了一整個下午整理舊照片。
I need to **sort through** these files to find the missing report.
我得整理這些檔案，找出遺失的報告。

☐ **sought-after** [ˈsɔtˌæftɚ] – highly sought-after (a.) ★★★
非常搶手的／炙手可熱的
This book is highly **sought-after**. 這本書非常搶手。

☐ **sparsely populated** [ˈspɑrslɪ ˈpɑpjəˌletɪd] ★★★
— a sparsely populated region (phr.) 人口稀少的地區
The countryside is **sparsely populated**. 那片鄉村地區人口稀少。
● 反義的 densely populated 是「人口稠密的」意思。

☐ **spearhead** [ˈspɪrˌhɛd] — spearhead the campaign (v.) 主導活動 ★★★
He was chosen to **spearhead** the new marketing campaign.
他被選中主導新的行銷活動。

☐ **speculate** [ˈspɛkjəˌlet] — speculate about the future (v.) 推測未來 ★★★
They **speculated on** the possible outcomes. 他們對可能的結果進行了推測。
● speculate 除了「推測」，也可用於「投機」的意涵上。

☐ **split** [splɪt] — split the bill (v.) 分攤帳單／各付各的 ★★★
The group **split into** two teams. 那個團體被分成了兩組。

☐ **spontaneously** [spɑnˈtenɪəslɪ] — spontaneously decided (adv.) ★★★
一時興起而決定的
They **spontaneously** decided to take a trip. 他們一時興起決定去旅行。

☐ **sporadic** [spəˈrædɪk] — sporadic rain (a.) 間歇性／零星降雨 ★★★
● sporadic 的同義詞有 occasional（偶爾的）、infrequent（不頻繁的）、irregular（不規則的）、intermittent（間歇的）。
There were **sporadic** showers throughout the day. 零星的陣雨下了整天。

☐ **spouse** [spaʊs] — vacation with spouse (n.) 和配偶一起度假 ★★★
Employees can include their **spouse** in the company health plan.
員工可以將配偶納入公司健保計畫中。

☐ **spread** [sprɛd] — spread the news (v.) 散播／讓大家知道這項消息 ★★★
The disease **spread** quickly through the town. 那個疾病迅速傳遍整個小鎮。

☐ **stage** [stedʒ] — stage a play (v.) 上演一齣戲 ★★★
The theater company will **stage** a production of Shakespeare's Hamlet next month.
該劇團將於下個月上演莎士比亞的《哈姆雷特》。
● stage 可以當名詞也可以當動詞。

He performed **on stage**. 他在舞台上表演。

☐ **stand** [stænd] **in for** – stand in for a teacher (v.) **代表**老師 ★★★
She will **stand in for** the teacher while he is on leave. 老師休假期間將由她代課。
● 這個片語常出現在 PART 5 的考題中。

☐ **stand** [stænd] **up for** – stand up for your rights (v.) **捍衛**你的權利 ★★★
He always **stands up for** what he believes in. 他總是捍衛自己所信仰的事。

☐ **standard** [ˋstændɚd] – meet the standard (n.) **達到／符合**標準 ★★★
The product meets industry **standards**. 該產品符合業界標準。
● 在 meet the needs（需求）／standards（標準）／requirements（要求）／deadline（截止日期）等用法中，meet = satisfy（滿足）。

The company strives to **meet the needs** of its customers.
公司致力於滿足顧客的需求。

☐ **staple** [ˋstepl] – a staple food (a.) **主餐／主食** ★★★
Rice is a **staple** food in many countries. 米飯是許多國家的主食。

☐ **starch** [stɑrtʃ] – add starch to the laundry (n.) ★★★
在洗好的衣物上**上漿**（讓衣服更硬挺）
● 最新出現在多益考題中的單字，也指製作漿糊時所用的「澱粉」。

The housekeeper added **starch** to the laundry to keep the shirts crisp.
管家為了讓襯衫保持挺括，在洗好的衣物上上漿。

☐ **state** [stet] – state the objectives (v.) **陳述／表明**目標 ★★★
He will **state** his opinion during the meeting. 他會在會議上表達自己的意見。
● state 當名詞時表示「狀態」。

The **state** of the economy is improving. 經濟狀況正在改善中。

☐ **state-of-the-art** [ˋstetəvðiˋɑrt] – state-of-the-art technology (a.) ★★★
最先進的技術
● 與其同義的形容詞包括 cutting-edge（最尖端的）、up-to-date（最新的）、high-tech（高科技的）、innovative（創新的）、latest（最新式的）、contemporary（當代的）。

The laboratory is equipped with **state-of-the-art** technology.
那間實驗室配備了最先進的技術。

☐ **station** [ˈsteʃən] – station a guard (v.) **部署**守衛 ★★★
They **stationed** a guard at the entrance. 他們在入口處派駐一名守衛。

☐ **stationary** [ˈsteʃəˌnɛrɪ] – remain stationary (a.) 保持**靜止的**狀態 ★★★
The car remained **stationary** despite the green light.
儘管是綠燈，車子仍停著不動。

☐ **status** [ˈstetəs] (= condition, position) – the project status (n.) ★★★
專案**狀況**
What is the **status** of the new project? 新專案的進度如何？

☐ **stay** [ste] – stay at a hotel (v.) **住在**飯店 ★★★
They **stayed** at a hotel during their trip. 他們在旅行期間住在一間飯店裡。
● stay on track 意為「照著計劃進行」，是個重要片語。
During the project, it's important to **stay on track** to meet the deadlines.
在進行專案期間，為了在期限前完成，依計劃推進是很重要的。

☐ **stay on the line** – Stay on the line, please. (phr.) ★★★
請**在線上等候（不要掛斷）**
Please **stay on the line** while I transfer your call.
幫您轉接電話時，請稍候在線上。

☐ **steep** [stip] – a steep hill (a.) **陡峭的**山丘 ★★★
The path was **steep** and rocky. 那條路又陡又多石頭。
● 常與 rather/very/quite（非常）等副詞連用。

☐ **step down** – step down from the position (v.) 從某職位**卸任** ★★★
The CEO decided to **step down** after 20 years. CEO 在任 20 年後決定卸任。

☐ **step in** (= intervene) – step in to help (v.) 為了幫助而**介入** ★★★
The manager had to **step in** to resolve the conflict. 經理不得不介入來解決衝突。

☐ **stimulate** [ˈstɪmjuˌlet] – stimulate growth (v.) **促進／活化**成長 ★★★
The new policy is expected to **stimulate** the economy. 新政策預計將促進經濟成長。

☐ **stint** [stɪnt] – a short stint (n.) 短暫的**工作期** ★★★
  ● 這是個連 900 分以上的考生也不太知道的單字，一定要記下來！

He had a brief **stint** as a teacher before becoming a writer.
他成為作家前，曾短暫當過老師。

☐ **stipend** [ˋstaɪˌpɛnd] **(= fixed regular payment, allowance)** ★★★
  – a monthly stipend (n.) 每月的**薪津**

He receives a monthly **stipend** for his research work. 他因研究工作每月領取薪資。

☐ **stipulate** [ˋstɪpjuˌlet] – stipulate the conditions (v.) **明訂**這些條款 ★★★

The contract **stipulates** the terms of the agreement. 合約中明訂了協議條款。

☐ **stopover** [ˋstɑpˌovɚ] – a brief layover or stopover (n.) ★★★
  短暫**停留**或**中途停靠**

They had a **stopover** in Paris on their way to Tokyo.
他們在前往東京的途中，在巴黎中途停留。（意指停留超過 24 小時）

☐ **straightforward** [ˌstretˋfɔrwɚd] – straightforward instructions (a.) ★★★
  簡單明瞭／直接了當的指示

The manual provided **straightforward** instructions on how to assemble the furniture.
手冊提供了簡單明瞭的家具組裝說明。

☐ **strengthen** [ˋstrɛŋkθən] – strengthen the relationship (v.) **強化**關係 ★★★
  ● 字尾加上 -en 後成為及物動詞，例如：broaden（拓寬）、sharpen（使銳利）、enlarge（放大）、encourage（鼓勵）這些也都是。

Exercise helps to **strengthen** muscles. 運動有助於強化肌肉。

☐ **stress** [strɛs] – stress the importance (v.) **強調**重要性 ★★★

The teacher **stressed** the importance of completing assignments on time.
那位老師強調準時完成作業的重要性。

  ● stress 也可當不及物動詞，表示「感到壓力」。

He tends to **stress** about small details. 他對瑣碎的小細節常感到壓力。

  ● 一併記住 under stress/pressure（承受壓力）。

She is under a lot of **stress** at work. 她在工作上承受很大的壓力。
She performs well even when she is **under stress**. 她即使在壓力下也能表現良好。

☐ **striking** [ˈstraɪkɪŋ] – a striking resemblance (a.) ★★★
引人注目的／驚人的相似性

She has a **striking** resemblance to her mother. 她和她母親長得非常像。

☐ **stringent** [ˈstrɪndʒənt] – stringent rules (a.) 嚴格的規定 ★★★

The school has **stringent** rules regarding attendance. 該校對出席有著嚴格的規定。

☐ **striped** [straɪpt] – a striped shirt (a.) 有條紋的襯衫 ★★★
- 美國國旗由星星與條紋組成，因此稱為 Stars and Stripes。這是 PART 1 與 PART 5 的常見的正解單字。

He wore a blue and white **striped** shirt to the party.
他穿著藍白條紋襯衫去參加派對。

☐ **structure** [ˈstrʌktʃɚ] – organizational structure (n.) 組織結構 ★★★
The building's **structure** is sound. 那棟建築的結構非常穩固。

☐ **stunning** [ˈstʌnɪŋ] – a stunning view (a.) 絕美的景色 ★★★
- stunning 在英式英語中常用來形容令人屏息的美景。

The hotel room offered a **stunning** view of the ocean.
那間飯店房間提供了壯麗的海景。

☐ **subcontract** [ˌsʌbˈkɑntrækt] – subcontract the work (v.) ★★★
將工作發包出去

They decided to **subcontract** the construction work. 他們決定將建築工程外包。

☐ **submission** [səbˈmɪʃən] – submission of documents (n.) 文件的提交 ★★★
The deadline for **submission** is next Friday. 提交的截止日期是下週五。
- submission 也有「投降」的意思，動詞為 submit（提交，投降）。

The general's **submission** ended the conflict. 將軍的投降結束了這場衝突。

☐ **submit** [səbˈmɪt] – submit the report (v.) 提交報告 ★★★
She **submitted** her application last week. 她上週提交了申請表。
- 記住 submit（提交）／send（寄送）／deliver（遞交）／complete（完成）／finish（完成）／be over（結束）+ by + 時點 的用法！

She promised to **finish** the report by Friday. 她承諾在星期五前完成報告。

☐ **subsequent** [ˈsʌbsəˌkwənt] **to** – subsequent to the meeting (phr.) ★★★
會議之後
Subsequent to the announcement, there was a lot of speculation.
在公告之後，引發了許多揣測。

☐ **subside** [səbˈsaɪd] **(= decrease, diminish)** – subside gradually (v.) ★★★
逐漸平息
● sub〔= under〕+ side〔= sit〕→ 坐下去 → 下沉 → 減弱／平息
The pain will subside gradually. 疼痛會逐漸減輕。
After the storm, the floodwaters began to **subside**. 暴風過後，洪水開始退去。

☐ **substantially** [səbˈstænʃəlɪ] – substantially increase (adv.) 顯著增加 ★★★
The company's revenue has **substantially** increased.
該公司的營收大幅成長。
● 記住 even/much/still/far/a lot/significantly/substantially/considerably + 比較級形容詞的用法！
This car is **even** better than the last one. 這輛車比上一輛好得多。
The price is **significantly** higher this year. 今年的價格明顯更高。

☐ **substitute** [ˈsʌbstəˌtjut] – substitute the old for the new (v.) ★★★
用新的取代舊的
● substitute 可以當名詞也可以當動詞，常與介系詞 for 搭配使用。
They **substituted** apples for oranges in the fruit basket.
他們在水果籃裡用蘋果取代了柳橙。
You can use honey as a **substitute for** sugar. 你可以用蜂蜜來取代糖。

☐ **successor** [səkˈsɛsɚ] – a chosen successor (n.) 選定的接班人 ★★★
The CEO announced his chosen **successor**. 執行長宣布了他選定的接班人。

☐ **succinct** [səkˈsɪŋkt] – a succinct summary (a.) 簡潔的摘要 ★★★
She provided a **succinct** summary of the report.
她提供這份報告的簡明摘要。

☐ **succumb** [səˈkʌm] – succumb to pressure (v.) 屈服於壓力 ★★★
He refused to **succumb to** the pressure and continued to stand by his principles.
他拒絕屈服於壓力，並繼續嚴守自己的原則。

He **succumbed to** the disease after a long battle. 他在長期抗病後病倒了。

☐ **such as** – such as apples and oranges (phr.) 像是蘋果和柳橙　★★★
She likes fruit **such as** apples and oranges. 她喜歡像蘋果和柳橙這樣的水果。

☐ **suffer** [`sʌfɚ] – **suffer from** a disease (v.) 罹患疾病　★★★
● 常以 suffer from 形式出現。
She **suffers from** severe migraines. 她患有嚴重的偏頭痛。

☐ **suit** [sut] – suit the needs of the clients (v.) 迎合客戶需求　★★★
● 這裡的 suit = meet = satisfy。
We offer services that **suit** the needs of our clients. 我們提供符合客戶需求的服務。

☐ **be suitable** [`sutəbl] **for** – be suitable for the job (phr.) 適合這份工作　★★★
● 意義類似的表達用語包括：be fit for, be appropriate for, be well-suited for, be ideal for，這些都與 for 搭配使用。
He **is suitable for** the job due to his skills and experience.
他因擁有技術與經驗，非常適合這份工作。

☐ **summarize** [`sʌmə͵raɪz] – summarize the points (v.) 概括要點　★★★
He **summarized** the article in a few sentences. 他用幾句話概述了那篇文章。

☐ **supervise** [`supɚ͵vaɪz] – supervise the team (v.) 監督團隊　★★★
She **supervises** a staff of ten people. 她監管十名員工。

☐ **suppose** [sə`poz] – suppose the worst (v.) 假設最糟情況　★★★
Suppose you win the lottery—what would you do with the money?
假如你中了樂透，你會如何使用這筆錢呢？
● suppose 也有表示「猜想，認為」的意思。
I **suppose** you are right. 我想你是對的。

☐ **suppress** [sə`prɛs] – suppress one's anger (v.) 壓抑／忍住怒氣　★★★
The government tried to **suppress** the protest. 政府試圖平定那場抗議活動。

- ☐ **surpass** [sɚ`pæs] – surpass expectations (v.) 超越／超出預期 ★★★
  The new product **surpassed** our expectations. 新產品超出了我們的預期。

- ☐ **surveillance** [sɚ`veləns] – a surveillance camera (n.) 監視攝影機 ★★★
  The store installed a new **surveillance** camera system.
  該商店安裝了新的監視攝影系統。

- ☐ **survey** [`sɝ·ve] – conduct a survey (n.) 進行問卷調查 ★★★
  ● 注意 conduct/do research（進行研究）、conduct/do a survey（進行調查）的單複數用法：research 為不可數名詞，survey 為可數名詞。

  The research team will conduct a **survey** to gather data on consumer preferences.
  研究團隊將進行問卷調查，以收集消費者偏好資料。
  ● survey 可以當名詞也可以當動詞。

  They s**urveyed** the area for potential sites. 他們調查了該地區，以尋找潛在地點。

- ☐ **survive** [sɚ`vaɪv] – survive the crisis (v.) 度過危機／熬過困境 ★★★
  ● sur〔= beyond〕+ vive〔= live〕→ 活得下去 → 存活 → 克服，撐過

  Only a few plants **survived** the harsh winter. 僅有少數植物熬過了嚴酷的冬季。

- ☐ **susceptible** [sə`sɛptəbl] – susceptible to disease (a.) 易受疾病影響的 ★★★
  ● vulnerable = susceptible

  Young children are often more **susceptible to** illnesses.
  幼童常對疾病較為敏感與脆弱。

- ☐ **suspend** [sə`spɛnd] – suspend the service (v.) 暫停服務 ★★★
  The service was **suspended** due to non-payment. 因為欠費，該項服務被暫停了。

- ☐ **suspended** [sə`spɛndɪd] (= **temporarily removed**) ★★★
  – suspended from school (a.) 被停學
  He was **suspended** from school for breaking the rules. 他因違反校規而被停學。

- ☐ **sustain** [sə`sten] – sustain growth (v.) 持續成長 ★★★
  They have enough resources to **sustain** the project.
  他們擁有足以讓這項專案持續進行的資源。
  ● sustainable food: 環保食物 – 將 sustainable 翻譯為「環保的」的書籍，目前僅限於筆者所撰寫的書。

The restaurant is committed to serving **sustainable** food sourced from local farms.
該餐廳致力於提供取材自當地農場的環保食物。

☐ **switch** [swɪtʃ] – switch roles (v.) 交換角色 ★★★
She decided to **switch** her major from biology to computer engineering.
她決定將主修從生物學改為電腦工程。
● switch 有「按下電源開關」的意思。
She **switched** the light **off**. 她把燈關掉了（按了電源開關）。

☐ **symbolize** [ˈsɪmbəˌlaɪz] – symbolize the values (v.) 象徵價值 ★★★
● symbolize = stand for（象徵）
The dove **symbolizes** peace. 鴿子象徵和平。

☐ **sympathize** [ˈsɪmpəˌθaɪz] – sympathize with the victims (v.) ★★★
同情受害者
We **sympathize with** those affected by the tragedy.
我們對那些受到這場悲劇影響的人表達慰問。（= 我們對那些受難者感同身受。
＊常用於向災難受害者致意的語句）

☐ **synthesize** [ˈsɪnθəˌsaɪz] – synthesize information (v.) 整合資訊 ★★★
The analyst **synthesized** information from various sources to create a comprehensive report. 該分析師整合了來自各種來源的資訊，以撰寫一份全面的報告。
● synthesize 也可當及物動詞，表示「使合成」。
The chemist **synthesized** a new compound. 那位化學家合成了一種新化合物。

☐ **synthetic** [sɪnˈθɛtɪk] **(= artificial, man-made)** ★★★
– synthetic material (a.) 合成的／人造的材料
The jacket is made from **synthetic** materials. 這件夾克是由合成材料製成的。

☐ **systematic** [ˌsɪstəˈmætɪk] – a systematic approach (a.) 系統性的方式 ★★★
They took a **systematic** approach to solve the problem.
他們採取一種系統性的方法來解決問題。

☐ **systematize** [ˈsɪstəməˌtaɪz] – systematize the process (v.) 將流程系統化 ★★★
They need to **systematize** their workflow. 他們得將工作流程系統化。

☐ **tackle** [ˈtækl] – tackle the problem (v.) **解決／處理**問題 ★★★
The team is **tackling** the issue head-on. 團隊直接面對這問題且正在處理中。
We need to **tackle** this issue immediately. 我們必須立刻解決這問題。

☐ **tactics** [ˈtæktɪks] – marketing tactics (n.) 行銷**戰術** ★★★
The company used aggressive marketing **tactics**. 那家公司採用強勢的行銷戰術。

☐ **take ~ for granted** [ˈgræntɪd] **(= assume)** ★★★
– take safety for granted (v.) 視安全**為理所當然**
Many people **take** their health **for granted** until they get sick.
許多人在生病之前都一直認為自己的健康是理所當然的。

☐ **take into account** [əˈkaʊnt] **/ consideration** [kənˌsɪdəˈreʃən] ★★★
– take into account the weather (v.) 把天氣**列入考量**
We need to **take into account/consideration** the traffic conditions.
我們需要考量交通狀況。

☐ **take the place** [ples] **of (= replace)** ★★★
– take the place of the leader (v.) **取代**領導者**的位置**
She will **take the place of** the leader during his absence.
他不在的期間由她代理領導職位。

☐ **take turns** [tɝnz] **(= alternate)** – take turns driving (v.) **輪流**開車 ★★★
They **took turns** driv**ing** dur**ing** the long trip. 他們在漫長的旅途中輪流開車。

☐ **tangible** [ˈtændʒəbl] – tangible results (a.) **有形且具體的**成果 ★★★
The benefits of the program are **tangible**. 該計畫的好處是具體可見的。
● tangible 也可表示「實際的」。
The project brought **tangible** benefits to the community, such as improved infrastructure.
該專案為社區帶來了實質性的好處，例如基礎建設的改善。
● tangible asset（有形資產）　intangible asset（無形資產）

☐ **tangle** [ˈtæŋgl] **up** – headphones tangle up (v.) 耳機線**纏在一起** ★★★
The wires got **tangled up** behind the desk. 電線在書桌後方纏在了一起。

☐ **tasteful** [ˈtestfəl] – a tasteful decor (a.) 高雅的裝潢 ★★★
The room had a **tasteful** decor that everyone admired.
那個房間的裝潢高雅，令所有人讚賞。

☐ **tear** [tɛr] **down** – tear down the old building (v.) 拆除舊建築 ★★★
● tear down = demolish
They decided to **tear down** the old building and construct a new one.
他們決定拆除舊建築並興建新大樓。

☐ **temporary** [ˈtɛmpəˌrɛrɪ] – a temporary job (a.) 臨時的工作 ★★★
She found a **temporary** job for the summer. 她找到一份暑期的臨時工作。

☐ **tentative** [ˈtɛntətɪv] **(= temporary, provisional)** ★★★
– a tentative schedule (a.) 暫定的行程
The dates are **tentative** and may change. 日期是暫定的，可能會有所變動。

☐ **tenuous** [ˈtɛnjʊəs] **(= weak)** – a tenuous connection (a.) ★★★
薄弱的關係／牽強附會
The evidence against him was **tenuous** at best.
對他不利的證據充其量也只是微弱的。

☐ **terminate** [ˈtɝməˌnet] – terminate the contract (v.) 終止合約 ★★★
The company decided to **terminate** his employment.
公司決定終止與他的雇傭關係。

☐ **terrain** [təˈren] – rough terrain (n.) 崎嶇地形 ★★★
The vehicle is designed for rough **terrain**. 這輛車是為崎嶇地形設計的。

☐ **testify** [ˈtɛstəˌfaɪ] – testify in court (v.) 在法庭上作證 ★★★
She was called to **testify** at the trial. 她被傳喚到庭上作證。

☐ **testimonial** [ˌtɛstəˈmonɪəl] – a customer testimonial (n.) 顧客推薦文 ★★★
The website features **testimonials** from satisfied customers.
這個網站有個特色是，會看到滿意顧客的推薦文。

☐ **testimony** [ˈtɛstəˌmonɪ] – give testimony (n.) 提供證詞 ★★★
The witness gave **testimony** during the trial. 該名證人在審判期間提供了證詞。

- ☐ **that being said** – (phr.) 話雖如此／儘管如此　★★★
  - ● 這個片語作為情境副詞用，在 PART 6 中曾被設計為正確答案的選項。

  The project was difficult. **That being said**, the team completed it on time.
  這個專案很困難。儘管如此，團隊還是準時完成了。

- ☐ **theorize** [ˋθɪəˏraɪz] – theorize about the cause (v.) 推論原因　★★★

  Scientists **theorize** about the origins of the universe.
  科學家針對宇宙的起源進行理論推測。

- ☐ **thorough** [ˋθɝo] (= **exhaustive**) – a thorough investigation (a.)　★★★
  徹底的調查

  The police conducted a **thorough** investigation. 警方進行了一次徹底的調查。

- ☐ **thriving** [ˋθraɪvɪŋ] – a thriving business (a.) 興旺的生意　★★★

  The small shop has grown into a **thriving** business.
  那家小店已經發展成一家蒸蒸日上的公司。

- ☐ **tidy** [ˋtaɪdɪ] – a tidy room (a.) 整潔的房間　★★★

  She keeps her room **tidy**. 她保持房間整潔。

- ☐ **tighten** [ˋtaɪtn̩] – tighten the security (v.) 加強安全措施　★★★
  - ● en- 開頭或 -en 結尾的單字通常都有及物動詞的用法，如 broaden（擴大）、sharpen（使銳利）、enlarge（放大）、encourage（鼓勵）等。

  The company decided to **tighten** security measures after the recent data breach.
  在最近發生資料外洩事件後，公司決定加強安全措施。

  ● tighten 也有「緊縮（預算等）」的意思。

  They need to **tighten** their budget. 他們需要緊縮預算。

- ☐ **time difference** [ˋtaɪm ˋdɪfərəns] (= **time zone difference**)　★★★
  – calculate the time difference (n.) 計算時差

  We need to calculate the **time difference** for our conference call.
  我們需要為了電話會議計算時差。

- ☐ **time-consuming** [ˋtaɪm kənˏsjumɪŋ] – time-consuming process (a.)　★★★
  耗時的過程

  The paperwork is very time-consuming. 這些文書作業非常耗時。

☐ **tireless** [ˈtaɪrlɪs] – tireless efforts (a.) 不懈的努力 ★★★
She is known for her **tireless** efforts to improve education.
她以為改善教育所付出的不懈努力而聞名。

☐ **tolerate** [ˈtɑləˌret] – tolerate the delay (v.) 容忍延遲 ★★★
He couldn't **tolerate** the noise. 他無法忍受那噪音。

☐ **toll-free** [ˈtolˈfri] (= free) – toll-free number (a.) 免付費電話號碼 ★★★
You can reach our customer service **toll-free**. 你可以免付費撥打我們的客服電話。

☐ **top-notch** [ˈtɑpˈnɑtʃ] (= excellent, first-rate) ★★★
– top-notch quality (a.) 一流的品質
The restaurant is known for its **top-notch** quality food.
這家餐廳以頂級品質的美食聞名。

☐ **total** [ˈtotl] – total amount (a.) 總金額／全部的金額 ★★★
● total 表示「總數的」，也可當動詞表示「加總為」。
The **total** amount due is $100. 應繳總金額為 100 美元。
The damages **totaled** over a million dollars. 損害賠償金額總計超過一百萬美元。

☐ **toxic** [ˈtɑksɪk] – toxic chemicals (a.) 有毒的化學物質 ★★★
Exposure to **toxic** chemicals can be harmful. 接觸有毒化學物質可能會對健康造成危害。
● 其名詞為 toxication（中毒）。

☐ **train** [tren] – train new employees (v.) 訓練新進員工 ★★★
The company has implemented a new program to **train** its managers in effective leadership skills. 公司已實施新方案，培訓主管掌握有效的領導技巧。

☐ **tranquil** [ˈtræŋkwɪl] – a tranquil setting (a.) 寧靜的環境 ★★★
The garden provides a **tranquil** setting for relaxation.
花園提供了一個適合放鬆的寧靜環境。

☐ **transaction** [trænˈsækʃən] – financial transaction (n.) 金融交易 ★★★
The **transaction** was completed successfully. 該筆交易已成功完成。

☐ **transcript** [ˈtrænˌskrɪpt] – request one's official transcript (n.) 申請某人的正式成績單 ★★★

She submitted her college **transcript** with her job application.
她在求職申請中附上了大學成績單。

☐ **transfer** [træns`fɝ] / [`træns fɚ] ★★★
– be transferred to the London office (v.) 被調職／調派到至倫敦辦公室
● transfer 常以「主詞 + 被動語態」出現，其衍生字 transferable（可轉讓的）也曾為考題中的正解選項。

He was **transferred to** a different department within the company.
他被調至公司內的另一個部門。

☐ **transform** [træns`fɔrm] – transform the organization (v.) 改造組織 ★★★
The new leader **transformed** the company. 新上任的領導者徹底改造了公司。

☐ **transition** [træn`zɪʃən] – smooth transition (n.) 順利的過渡期／轉變 ★★★
The **transition** from school to work can be challenging.
從學校過渡到職場可能會很有挑戰性。

☐ **translate** [træns`let] – translate the document (v.) 翻譯文件 ★★★
She **translated** the book **into** English. 她把那本書翻譯成英文。

☐ **transparent** [træns`pɛrənt] – transparent glass (a.) 透明的玻璃 ★★★
The office has **transparen**t glass walls. 那間辦公室有透明的玻璃牆。
● 所以 transparent lie 就是「一看就穿幫的謊言」。

☐ **transport** [`trænspɔrt] – transport the goods (v.) 運輸貨物 ★★★
The company **transports** goods across the country using its fleet of trucks.
該公司利用自家車隊將貨物運送到全國各地。
● transport 可以當名詞也可以當動詞。

The transport **arrived** on time. 運輸車準時抵達。

☐ **treat** [trit] **(= deal with)** – treat the issue with urgency (v.) ★★★
緊急**處理**問題
The manager **treated** the issue with great sensitivity to avoid any misunderstandings.
經理非常謹慎地處理該問題，以避免任何誤解。
● treat 也可表示「對待」或「請客」。

The doctor **treats** patients with compassion. 醫生懷著同情心對待病人。

He **treated** his friend **to** lunch. 他請朋友吃午餐。
I will treat. 我請客！

☐ **tremendous** [trɪˈmɛndəs] – a tremendous effort (a.) **極大的**努力 ★★★
It took a **tremendous** effort to complete the project on time.
要準時完成這個專案，付出了極大的努力。

☐ **trigger** [ˈtrɪgɚ] – trigger a response (v.) **引發**反應 ★★★
The news **triggered** a strong reaction from the public.
這則新聞引發了大眾強烈的反應。

☐ **triple** [ˈtrɪpl] – profits have tripled (v.) 獲利**成長為三倍** ★★★
The population of the town has **tripled** in the last decade.
該鎮人口在過去十年間有了三倍的成長。
● three times（三倍）用法：earns three times more → 賺了三倍多 ★★★
She works **three times** harder than her colleagues. 她比同事更努力三倍地工作。

☐ **troupe** [trup] – theater troupe (n.) 戲劇**團體** ★★★
The theater **troupe** performed a new play. 該戲劇團體上演了一部新劇。

☐ **turbulence** [ˈtɝbjuləns] – experience turbulence (n.) 經歷**亂流** ★★★
The plane experienced turbulence during the flight. 飛機在飛行途中遇到了亂流。

☐ **turn over a new leaf** – (idiom) **改過自新** ★★★
After his recovery, he decided to **turn over a new leaf** and live a healthier lifestyle.
康復後，他決定改過自新，過更健康的生活。
● turn 當動詞表示「翻頁」，當名詞則表示「輪流」。
She **turned** the page. 她翻了頁。
It is your **turn** to deal the cards. 輪到你發牌了。

☐ **turnaround** [ˈtɝnəˌraʊnd] (= response, completion)
– a quick turnaround (n.) 快速**完成任務** ★★★
The team is known for their quick **turnaround** on projects.
這個團隊以快速完成專案聞名。
● turnaround 在商業英語中常指「從接單到交貨所需的時間」。
The company experienced a dramatic **turnaround** in its financial performance.
該公司在財務表現上出現了戲劇性的轉變。

☐ **turnout** [ˋtɝn͵aʊt] – a high voter turnout (n.) 高**投票率／出席率** ★★★
The **turnou**t for the event was impressive. 該活動的出席人數令人印象深刻。
● turnout 也可指「出席人數」。

☐ **turnover rate** [ˋtɝn͵ovɚ ret] – a high turnover rate (n.) ★★★
（職場中）高的流動率
The company is working to reduce its **turnover rate**.
該公司正在努力降低員工的離職率。

☐ **ultimate** [ˋʌltəmɪt] – an ultimate goal (a.) 終極目標 ★★★
The ultimate goal is to achieve sustainability. 最終目標是實現永續發展。

☐ **ultimately** [ˋʌltəmɪtlɪ] – ultimately responsible (adv.) 最終負責的 ★★★
She is ultimately responsible for the project's success.
她對這個專案的成功最終負責。

☐ **unanimous** [juˋnænəməs] – a unanimous decision (a.) 一致性的決定 ★★★
The decision was unanimous among the committee members.
委員會成員全體一致通過該決定。

☐ **unavoidable** [͵ʌnəˋvɔɪdəbl] – an unavoidable consequence (a.) ★★★
無可避免的結果
The decision led to an unavoidable consequence.
那項決策導致一個**無可避免**的結果。

☐ **unbiased** [ʌnˋbaɪəst] – an unbiased report (a.) 公正無私的報告 ★★★
● unbiased ↔ biased（有偏見的）– biased 是帶有負面含義的字。
● impartial（不偏私的）↔ partial（偏私的）– partial 也帶有負面含義。
We need an **unbiased** opinion on the matter.
關於此問題，我們需要一個不偏頗的意見。
The journalist is known for her **unbiased** reporting.
那位記者以其公正無私的報導聞名。

☐ **unclaimed luggage** [ʌnˋklemd ˋlʌgɪdʒ] ★★★
– retrieve unclaimed luggage (n.) 領回**無人認領的行李**
The airport has a section for **unclaimed luggage**.
機場有一個專門放置無人認領行李的區域。

☐ **unclutter** [ʌn`klʌtɚ] – unclutter the space (v.) 將空間**整理乾淨** ★★★
She decided to **unclutter** her office. 她決定把辦公室整理一下。

☐ **unconventional** [ˌʌnkən`vɛnʃənl] – an unconventional method (a.) ★★★
非傳統的／不依慣例的方法
She used an **unconventional** method to solve the problem.
她用了一種非傳統的方式來解決這個問題。

☐ **under no circumstance** [`sɝkəmˌstæns] ★★★
– Under no circumstance should you do that. (phr.) **無論如何**你**都不**該那樣做
● 此片語中的 under 曾出現在正解的選項中。
Under no circumstance should you share your password.
無論如何你都不應將你的密碼分享出去。

☐ **undergo** [ˌʌndɚ`go] – undergo a transformation (v.) **經歷**轉變 ★★★
He will **undergo** surgery next week. 他下週要動手術了。

☐ **underlie** [ˌʌndɚ`laɪ] – underlie the theory (v.) **成為**理論**的基礎** ★★★
Honesty **underlies** his philosophy. 誠實是他哲學的根基。

☐ **undertake** [ˌʌndɚ`tek] – undertake the project (v.) ★★★
承擔／著手進行此專案
They **undertook** the task with enthusiasm. 他們懷著熱情承擔了那項任務。
They **undertook** the responsibility of organizing the event.
他們承擔了籌辦活動的責任。
He decided to **undertake** the challenging task.
他決定著手進行那項具挑戰性的任務。

☐ **unequivocally** [ˌʌnɪ`kwɪvəkəlɪ] – unequivocally support (adv.) ★★★
明確地支持
The board **unequivocally** supports the new policy. 董事會明確支持這項新政策。

☐ **unfamiliar** [ˌʌnfə`mɪljɚ] – unfamiliar with the rules (a.) **不熟悉**規則的 ★★★
She is **unfamiliar with** the local customs. 她對當地習俗不熟悉。

☐ **unforeseen** [ˌʌnfɔr`sin] – unforeseen circumstances (a.) ★★★
無法預見的情況

New Updated List | 285

They had to cancel the event due to **unforeseen** circumstances.
他們因突發狀況不得不取消活動。

☐ **unify** [ˋjunəˌfaɪ] – unify the team (v.) 整合團隊 ★★★

The leader's goal is to **unify** the divided community.
那位領導的目標是團結分裂的社區。

☐ **uninhabited** [ˌʌnɪnˋhæbɪtɪd] – an uninhabited island (a.) ★★★
無人居住的島嶼（＝無人島）

● uninhabited 可理解為 un[= not]+in+habit[= live]+ed，即「無人居住的」。補充：habitat 指「動植物棲息地」，來自 habit[= live] + at[= place]。

The explorers discovered an **uninhabited** island in the Pacific Ocean.
探險家們在太平洋上發現了一座無人島。

☐ **uninterrupted** [ˌʌnɪntəˋrʌptɪd] – uninterrupted service (a.) ★★★
不中斷的服務

The company provides **uninterrupted** service to its customers.
該公司為客戶提供不間斷的服務。

☐ **unless accompanied** [əˋkʌmpənɪd] **by an adult** ★★★
(= **adult supervision required**) – No entry unless accompanied by an adult (phr.) 未有成人陪同不得進入

Children are not allowed to enter **unless accompanied by** an adult.
孩童未有成人陪同不得進入。

● accompanied 曾出現在 PART 5 中的正確選項。

☐ **unsanitary** [ʌnˋsænəˌtɛrɪ] (= **unhygienic**) – unsanitary conditions (a.) ★★★
不衛生的環境

The restaurant was closed due to **unsanitary** conditions.
該餐廳因衛生條件不佳而被勒令關閉。

☐ **unseasonably** [ʌnˋsiznəblɪ] (= **not usual for the time of year**) ★★★
– unseasonably warm (adv.) 氣候異常溫暖的

● 常用於描述與季節不符的氣候變化。

It has been **unseasonably** cold this week. 這週天氣異常寒冷。

☐ **unsolicited** [ˌʌnsə`lɪsɪtɪd] – unsolicited advice (a.) 未經請求的建議 ★★★
She received a lot of **unsolicited** advice about her personal life.
她收到許多對她私生活的多管閒事的建議。

☐ **unstick** [ʌn`stɪk] – unstick the pages (v.) 將黏在一起的頁面分開 ★★★
● 這是日本多益測驗中最新的出題單字。

She used a knife to **unstick** the pages of the old book.
她用刀子將舊書黏在一起的頁面分開。

☐ **until** [ən`tɪl] – until tomorrow (prep.) 直到明天 ★★★
The office will be closed **until** tomorrow. 辦公室將關閉至明天。

☐ **unveil** [ʌn`vel] – unveil the plan (v.) 揭示這項計畫 ★★★
The company will **unveil** its new product next week. 該公司將於下週發表新產品。

☐ **unwind** [ʌn`waɪnd] – unwind after a long day (v.) ★★★
在漫長一天後放鬆心情
She likes to **unwind** with a good book. 她喜歡透過閱讀好書來放鬆身心。

☐ **up and running** – get up and running (idiom) ★★★
處於啟用中／運作中的狀態
The new system is now **up and running**. 新系統現在已經正常運作。

☐ **up front** [frʌnt] – pay up front (phr.) 預先／事先付款 ★★★
The landlord requires three months' rent paid **up front**.
房東要求預付三個月的租金。

☐ **update** [ʌp`det] – a news update (n.) 新聞更新／最新消息 ★★★
We received an **update** on the construction project's progress.
我們收到關於建設專案進度的最新消息。

☐ **upgrade** [ʌp`gred] – upgrade the system (v.) 升級系統 ★★★
The company plans to **upgrade** its computer network. 公司計畫升級其電腦網路。
They **upgraded** their phones **to** the latest model. 他們把手機升級成最新的型號。

☐ **uphold** [ʌp`hold] – uphold the decision (v.) 維持這項決定 ★★★
The judge upheld the **ruling**. 法官維持這項判決。

☐ **upholstery** [ʌp`holstərɪ] (= **fabric covering**) ★★★
– clean the upholstery (n.) 清潔（沙發等的）覆蓋布料
We need to clean the **upholstery** on the sofa. 我們需要清潔沙發上的布套。

☐ **upscale** [`ʌp͵skel] – an upscale restaurant (a.) 高檔的餐廳 ★★★
They dined at an **upscale** restaurant. 他們在一家高檔餐廳用餐。

☐ **up-to-date** [`ʌptə`det] – up-to-date information (a.) 最新的資訊 ★★★
The website provides **up-to-date** news. 那個網站提供最新的新聞。

☐ **urge** [ɝdʒ] – urge someone to finish (v.) 催促某人去完成… ★★★
The coach **urged** the team **to** finish the race strong.
教練催促隊員們要有氣勢地完成比賽。

☐ **at the urging** [`ɝdʒɪŋ] **of** – at the urging of one's friends (phr.) ★★★
在某人朋友**的敦促之下**
● urging 是名詞，意思是「敦促，力勸」。「at the urge of」是錯誤的用法。此片語自 1999 年 2 月首次被出題後，偶爾仍出現於考題中。

He decided to apply for the job **at the urging of** his friends.
他在朋友的勸說下決定應徵那份工作。

☐ **utilize** [`jutəl͵aɪz] – utilize the resources efficiently (v.) ★★★
有效率地**運用**資源
The team **utilized** all available tools. 那個團隊運用了所有可用的工具。
We need to **utilize** our resources more efficiently. 我們必須更有效率地運用資源。

☐ **vacate** [`ve͵ket] (= **leave, empty**) – vacate the premises (v.) ★★★
清空／撤離場所
Please vacate the room by noon. 請在中午前清空房間。
They were asked to **vacate** the building. 他們被要求全數離開那棟建築物。

☐ **valid** [`vælɪd] – a valid reason (a.) 正當的理由 ★★★
Her argument was **valid**, and it convinced everyone in the meeting.
她的論點很有道理，並說服了會議上的所有人。
● valid 也有「（期限上）有效的」之意。

The ticket is **valid** for one year. 這張票有效期限為一年。

☐ **validate** [ˈvæləˌdet] – validate the findings (v.) 證實調查結果有效 ★★★
The results need to be **validated** by further research.
這些結果需要進一步研究來加以證實。

☐ **valuable** [ˈvæljʊəbl] – a valuable asset (a.) 珍貴的資產 ★★★
She received **valuable** advice from her mentor. 她從導師那裡得到了寶貴的建議。

☐ **variable** [ˈvɛrɪəbl] – variable weather (a.) 變化無常的天氣 ★★★
The weather in this region is highly **variable**. 這地區的天氣非常多變。

☐ **variety** [vəˈraɪətɪ] – variety of music genres (n.) ★★★
各種的／多樣的音樂類型
The restaurant offers a variety of dishes. 這間餐廳提供各式各樣的菜餚。
● variety（變種）與之相對的詞彙可參考 pure-blood（純種的）。
The kennel specializes in **pure-blood** breeds. 該犬舍專門飼養純種犬。

☐ **vary** [ˈvɛrɪ] – vary the methods (v.) 改變方法／使方法多樣化 ★★★
The chef can vary the ingredients in the recipe to create different flavors.
那位主廚可以變化食譜中的材料來創造不同的風味。
The results may **vary** depending on the conditions.
結果可能視條件的不同而有所變化。

☐ **vast** [væst] – vast majority (a.) 大多數（← 範圍廣泛的多數） ★★★
The **vast** majority of people agreed with the proposal. 絕大多數人同意這項提案。

☐ **vaulted ceiling** [ˈvɔltɪd ˈsilɪŋ] – a beautiful vaulted ceiling (n.) ★★★
美麗的拱形天花板
The church features beautiful **vaulted ceilings** and stained glass windows.
那座教堂的特色是美麗的拱形天花板和彩繪玻璃窗。

☐ **vegetarian** [ˌvɛdʒəˈtɛrɪən] – a vegetarian diet (n.) 素食飲食 ★★★
She follows a **vegetarian** diet for health reasons. 她為了健康而採取素食飲食。
● 補充說明：vegan 指的是不吃肉也不吃牛奶、起司、雞蛋等動物性產品的「純素主義者」。
He follows a **vegan** diet and avoids all animal products.
他實行純素食，避免所有動物性產品。

☐ **vehicle** [ˈviɪkəl] – a transport vehicle (n.) 運輸**車輛** ★★★
● 從嬰兒車到卡車，所有有輪子的東西都算是 vehicle。
They rented a **vehicle** for their trip. 他們為了旅行租了一輛車。

☐ **venue** [ˈvɛnju] – an event venue (n.) 活動**場地** ★★★
The wedding **venue** was beautifully decorated. 婚禮場地被裝飾得很漂亮。

☐ **verdict** [ˈvɝdɪkt] (= judgment, decision) – a jury verdict (n.) ★★★
陪審團的**裁決**
The jury reached a guilty **verdict**. 陪審團作出了有罪裁決。

☐ **verify** [ˈvɛrəˌfaɪ] – verify account details (v.) **驗證**帳戶資訊 ★★★
Please **verify** your identity before proceeding. 請在繼續操作前確認您的身分。

☐ **vested interest** [ˈvɛstɪd ˈɪntrəst] – have a vested interest (n.) ★★★
擁有**既得／既定**利益
They have a **vested interest** in maintaining the current system.
他們擁有維持現行制度的既得利益。
● vested 曾出現在試題的正確答案選項中。

☐ **vetting process** [ˈvɛtɪŋ ˈprɑsɛs] – go through a vetting process (n.) ★★★
經過**篩選過程**
● vetting process 原指對人或事物進行徹底審查或評估的過程（careful review / detailed assessment）。它曾出現在 PART 7 文章中，且若不了解其含義則無法作答。vetting process 在該文章中表示要成為會員要經過篩選機制（selective in admitting members）。
All members must go through a **vetting process** before being able to view posts or add comments.
所有會員在查看貼文或留言前都必須經過一個審核過程。

☐ **vibrate** [ˈvaɪˌbret] – a phone vibrates (v.) 手機**震動** ★★★
My phone **vibrates** when I get a text message. 我收到簡訊時，手機會震動。

☐ **vicinity** [vəˈsɪnətɪ] – in the vicinity (n.) 在**附近** ★★★
There are several good restaurants in the **vicinity**. 附近有幾家不錯的餐廳。

☐ **view** [vju] – view the landscape (v.) **欣賞**景色 ★★★

We went to the top of the hill to **view** the landscape.
我們為了欣賞景色而爬上了山頂。

● 請記住 with a view to...（為了…目的），此時 view 是名詞，後面的 to 是介系詞。

She enrolled in the course **with a view to** improv**ing** her language skills.
她為了提升語言能力而報名了這門課程。

☐ **vigilant** [ˋvɪdʒələnt] – remain vigilant (a.) 保持**警覺／警惕** ★★★
The guards remained **vigilant** throughout the night. 守衛們整晚都保持警戒。

☐ **vigorous** [ˋvɪgərəs] – vigorous exercise (a.) **劇烈的**運動 ★★★
● invigorate 是 in+vigor[= 力量]+ate：把力量注入 → 使活化，使有精神
● 含有 vigor 的字詞皆與「力量，精力」有關。

He enjoys **vigorous** exercise every morning. 他每天早上都進行劇烈運動。

☐ **violate** [ˋvaɪəˏlet] – violate the terms of the agreement (v.) ★★★
違反協議條款

The company was fined for **violating** safety regulations.
該公司因違反安全規定而被罰款。

☐ **virtual** [ˋvɝtʃʊəl] – a virtual meeting (a.) **虛擬**會議 ★★★
● virtual 除了「事實上的」意思外，也常用於「虛擬實境」相關領域。

The team held a **virtual** meeting to discuss the project.
該團隊舉行了一場線上會議來討論這個專案。

☐ **virtually** [ˋvɝtʃʊəlɪ] **(= online, remotely)** – attend virtually (adv.) ★★★
線上／遠端參加

● virtually 除了「幾乎，實際上」的意思外，「線上地，以虛擬方式」的意思也很重要。

We attended the conference **virtually**. 我們是以線上方式參加這場會議的。
Virtually all the tickets were sold out. 幾乎所有的票都已售罄。

☐ **visualize** [ˋvɪʒʊəˏlaɪz] – visualize the outcome (v.) **具象化／想像**結果 ★★★
She **visualized** her success. 她想像著自己成功的畫面。

☐ **vital** [ˋvaɪtl] – a vital role (a.) **重要的／不可或缺的**角色 ★★★
Proper nutrition is vital for good health. 適當的營養對健康至關重要。

● 請記住句型：It is vital/important/imperative/necessary ... + that S + 原形V」

It is vital that everyone arrive on time for the meeting.
所有人準時參加會議是非常重要的。

☐ **vivid** [ˋvɪvɪd] – vivid imagination (a.) 生動的想像力 ★★★
She described the scene in vivid detail. 她把那個場景描寫得非常生動細緻。

☐ **volatile** [ˋvɑlətl] **(= unstable)** – a volatile market (a.) 動盪不安的市場 ★★★
The stock market has been very volatile lately.
最近股市非常動盪。

☐ **volunteer** [ˋvɑlənˋtɪr] – volunteer for the community (v.) 為社區做志工 ★★★
She volunteers at the local animal shelter. 她在當地的動物收容所做志工。

☐ **vote** [vot] – vote on the proposal (v.) 針對提案進行投票 ★★★
● vote 可以當名詞也可以當動詞。

The citizens will vote for their new mayor next week.
市民將於下週投票選出新市長。

The vote was unanimous. 投票結果為全體一致通過。

☐ **vulnerable** [ˋvʌlnərəbl] – vulnerable to attack (a.) 易受攻擊的 ★★★
The system is vulnerable to cyberattacks. 該系統容易受到網路攻擊。

☐ **warn** [wɔrn] – warn about the danger (v.) 對危險提出警告 ★★★
They warned us about the potential risks. 他們警告我們可能存在的風險。
● 請記住 warn against（對⋯提出警告）這個用法。

The doctor warned against eating too much sugar due to its health risks.
醫生警告說，吃太多糖會有健康風險。

☐ **warrant** [ˋwɔrənt] – warrant further investigation (v.) 構成進一步調查的理由 ★★★
The situation warrants immediate attention. 這種情況需要立即關注。
● warrant 也有「保證」的意思。

☐ **waste** [west] – waste resources (v.) 浪費資源 ★★★
● waste 可以當名詞也可以當動詞。

Please do not **waste** food; it's important to reduce food waste.
請不要浪費食物；減少食物浪費是很重要的。

We need to reduce **waste** in our operations.
我們必須在營運中減少浪費。

☐ **wear** [wɛr] – wear a uniform (v.) 穿制服 ★★★

He likes to **wear** comfortable clothes when he's at home.
他喜歡在家時穿舒適的衣服。

● wear out 的意思是「因磨損而損壞」。

The tires are starting to **wear out**. 輪胎開始磨損了。

☐ **wear and tear** [`wɛr ənd `tɛr] – normal wear and tear (n.) ★★★
正常的**磨損與損耗**

● 請勿將 wear and tear 翻成「穿著與眼淚」。

The warranty covers normal **wear and tear**. 保固涵蓋正常的磨損與損耗。

☐ **weigh** [we] – weigh the options (v.) 權衡選項 ★★★

They **weighed** the pros and cons before making a decision.
他們在做出決定前衡量了利與弊。

☐ **welcome kit** [`wɛlkəm kɪt] (= orientation package, starter pack) ★★★
– an employee welcome kit. (n.) 員工迎新包

● 指為了歡迎新員工或訪客所提供的資訊或物品套組，公司或組織中常見。welcome 曾作為正解出題，welcomed 與 welcoming 為誤選項。

The new hires received an employee **welcome kit** on their first day.
新進員工在入職第一天收到了一份員工迎新包。

☐ **what the future holds for me** (= future possibilities) ★★★
– wonder what the future holds for me (phr.) 好奇**未來會發生什麼事**

● 這用法中的 what 曾出現在 PART 5 中的正解選項。

I often wonder **what the future holds for me**.
我常常好奇未來對我來說會有什麼樣的安排。

☐ **while on duty** [`dutɪ] – while on duty at the hospital (adv.) ★★★
在醫院**值勤**時

● while (you are) on duty 中的 while 常被設計為正確選項，而錯誤選項會有 during。

Nurses are not allowed to use their phones **while on duty**.
護士在值勤期間不得使用手機。

☐ **while supplies last** [sə`plaɪz læst] **(= until out of stock)** – available while supplies last (phr.) 只要還有庫存就能供貨（即，售完為止）
● 這個用法中的 while 曾出現在 PART 5 中的正解選項中。
The offer is available **while supplies last**. 該優惠在庫存剩餘期間內有效。

☐ **wholesome** [`holsəm] – wholesome food (a.) 健康的食物 ★★★
She always prepares **wholesome** meals for her family.
她總是為家人準備健康的餐點。

☐ **wilderness** [`wɪldɚnɪs] – the camp in the wilderness (n.) ★★★
荒野／曠野中的營地
They set up camp **in the wilderness**. 他們在荒野中紮營。

☐ **willing** [`wɪlɪŋ] – willing to help (a.) 樂於助人的 ★★★
● be willing（願意）／likely（可能的）／ready（準備好的）／liable（很容易的）+ to-V」的用法，請整組記憶！常是 PART 5 的出題選項。
They are always **willing to** help others. 他們總是樂於助人。

☐ **win a contract** [`kɑntrækt] **(= secure a contract)** ★★★
– win a contract for the project (v.) 獲得該專案的合約
The company **won a contract** to build the new bridge.
該公司獲得了建造新橋的合約。

☐ **wire** [`waɪr] **money to** – wire money to an account (v.) ★★★
匯款至一個帳戶
She **wired money to** her son's bank account. 她匯款到她兒子的銀行帳戶。

☐ **with care** [kɛr] **(= carefully)** – (phr.) 小心地／仔細地 ★★★
Please read the instructions **with care**. 請仔細閱讀說明書。

☐ **with no hidden fees** [`hɪdn̩ fiz] **(= with transparent cost)** ★★★
– service with no hidden fees (phr.) 本服務收費透明，不額外加價
The service comes **with no hidden fees**, so you know exactly what you're paying for.
這項服務收費透明，不額外加價，因此你能清楚知道自己的花費。
● 這用法常出現在 PART 7 的廣告文案中。

☐ **withdraw** [wɪðˋdrɔ] – withdraw the application (v.) 撤回申請　★★★
He decided to **withdraw** his application **from** the job position.
他決定撤回自己對那份工作的申請。

● withdraw 也有「提領（錢）」的意思。

She **withdrew** $100 **from** her account. 她從帳戶中提領了 100 元。

● 請記住 withdraw 的名詞為 withdrawal（撤回；提款）

☐ **without notice** [ˋnotɪs] (= **without warning**)　★★★
– leave without notice (phr.) 不告而別
He left the company **without notice**. 他不告而別地離開了公司。

☐ **without a reservation** [͵rɛzɚˋveʃən]　★★★
– go to the restaurant without a reservation (phr.) 沒訂位就去餐廳吃飯
We decided to try our luck and went to the restaurant **without a reservation**.
我們決定碰碰運氣，沒預約就去了餐廳。

☐ **without reservation** [͵rɛzɚˋveʃən] – accept without reservation (phr.)　★★★
毫無保留地接受
She accepted the job offer **without reservation**.
她毫無保留地接受了那份工作機會。

● 由以上 without a reservation 與 without reservation 來看，差一個冠詞，意思就完全不同了。

☐ **withstand** [wɪðˋstænd] – withstand pressure (v.) 承受壓力　★★★
The structure can **withstand** strong winds. 那個結構可以承受強風。

The building was designed to **withstand** earthquakes.
那棟建築是為了承受地震而設計的。

● withhold（保留）與 withdraw（提領）很容易被混淆，請一併記住其差異。

The company decided to **withhold** the bonus until the project was completed.
公司決定等到專案完成後才發放獎金。

She went to the bank to **withdraw** some money for her trip. 她去銀行提領一些旅費。

☐ **witness** [ˋwɪtnɪs] – witness the event (v.) 目擊事件　★★★
She **witnessed** the car accident from across the street.
她在街道對面目擊了那場車禍。

● witness 可以當名詞也可以當動詞，當名詞表示「目擊者」。

He was a **witness to** the accident. 他是那起事故的目擊者。

☐ **work** [wɝk] **towards** – work towards a greener future. (v.) ★★★
朝著更環保的未來**努力**

The team is **working towards** achieving the company's goals.
團隊正努力實現公司的目標。

☐ **worry** [ˋwɝɪ] – worry about the outcome (v.) 擔心結果 ★★★
There is no need to **worry**. 沒有必要擔心。

☐ **would-be doctors** [wʊd͵bi ˋdɑktɚz] ★★★
– training for would-be doctors (phr.) 為準醫生所設的訓練
The program offers training for **would-be doctors**. 該課程提供給準醫生的訓練。

☐ **yet** [jɛt] **vs. still** [stɪl] – (adv.) 還沒 vs. 仍然 ★★★
● 否定句與疑問句中的 yet 表示「還沒或還不能」。
I have not seen the movie **yet**. 我還沒看那部電影。
They haven't finished their homework **yet**. 他們還沒做完作業。
● still 表示某狀態「仍然」持續不變。
I am **still** working on the project. 我仍在處理那個專案。
She **still** lives in the same house. 她仍然住在同一間房子裡。

☐ **yield** [jild] – yield results (v.) 產生結果 ★★★
The experiment **yielded** unexpected results. 那項實驗產生了意料之外的結果。
● 請記住 yield to（屈服於…，順從…）的用法。
After a long debate, he decided to **yield to** the majority opinion.
經過長時間辯論後，他決定順從多數人的意見。

☐ **zealous** [ˋzɛləs] **(= enthusiastic)** – a zealous supporter (a.) ★★★
熱情的支持者
He is a **zealous** supporter of environmental causes. 他是環保事業的熱情支持者。

☐ **zero** [ˋzɪro] **in on (= focus on)** – zero in on the target (v.) 集中目標 ★★★
The team **zeroed in on** the most critical issues. 團隊集中處理最關鍵的問題。

☐ **zoom** [zum] – zoom in on the traffic accident (v.) ★★★
<u>放大</u>交通事故現場<u>的畫面</u>
● 要表達「將…（鏡頭、畫面等）放大」時常用 zoom in on。

The photographer **zoomed in on** the subject. 攝影師把鏡頭放大對準目標物。

MEMO

TOEIC

PART 5/6/7

New Updated List
★★

出現超過2次的字詞列表

☐ **abate** [ə`bet] – abate noise (v.) 減輕／消除噪音（污染） ★★
The city implemented new regulations to **abate** noise pollution.
該市為了減少噪音污染，實施了新規定。

☐ **abbreviation** [ə`brivɪˌeʃən] – a common abbreviation (n.) 常見的縮寫 ★★
"Dr." is a common **abbreviation** for "doctor." Dr. 是 doctor 的常見縮寫。
TOEIC is the **abbreviation** of Test of English for International Communication.
TOEIC 是 Test of English for International Communication 的縮寫。

☐ **abnormally** [æb`nɔrməlɪ] – abnormally high (adv.) 異常地高 ★★
● 與其反義的 normally（正常地）通常搭配現在簡單式動詞。
The patient had an **abnormally** high fever. 該名病人出現異常高燒。

☐ **abrasion** [ə`breʒən] – suffer an abrasion (n.) 受到擦傷 ★★
He suffered an **abrasion** on his knee after falling off his bike.
他從腳踏車上摔下來，膝蓋擦傷了。

☐ **abreast** [ə`brɛst] – keep abreast of (adv.)（為了不落後）跟上⋯的進展 ★★
He tries to **keep abreast of** the latest developments. 他努力跟上最新的發展動態。
● keep abreast of = be up to date with / be informed about

☐ **abridge** [ə`brɪdʒ] – abridge a text (v.) 刪減一段文字 ★★
The editor **abridged** the text to make it shorter. 編輯將那段文字刪減，使其更簡短。

☐ **abridged** [ə`brɪdʒd] – an abridged version (a.) 刪減版 ★★
I read the **abridged** version of the novel for the class assignment.
我為課堂作業閱讀了那部小說的刪節版。

☐ **abstract** [`æbstrækt] (= theoretical, conceptual) ★★
– an abstract concept (a.) 抽象的概念
The theory is too **abstract** for beginners. 對初學者來說，這套理論太抽象了。

☐ **accentuate** [æk`sɛntʃuˌet] – accentuate the positive (v.) ★★
強調／凸顯正面特質
She likes to **accentuate** her eyes with makeup. 她喜歡用化妝來突顯自己的眼睛。

☐ **accolade** [`ækəˌled] – a prestigious accolade (n.) 很有聲望的獎項 ★★

The scientist received a prestigious **accolade** for her research.
那位科學家因其研究獲得一份具有相當聲望的獎項。

☐ **accredited** [ə`krɛdətɪd] **(= authorized, certified)** ★★
– an accredited institution (a.) 公認的／獲認證的機構
The university is an **accredited** institution. 那所大學是獲得認證的機構。

☐ **accumulation** [əˌkjumjə`leʃən] **(= gathering, amassing)** ★★
– accumulation of wealth (n.) 財富的累積
The **accumulation** of wealth is not his primary goal.
財富的累積並不是他的主要目標。

☐ **accustomed** [ə`kʌstəmd] **to (= used to, familiar with)** ★★
– become accustomed to (a.) 習慣於／適應於…
She became **accustomed to** the new environment. 她已習慣新環境。

☐ **across the board** [ə`krɔs ðə bɔrd] **(= all-inclusive)** ★★
– change across the board (phr.) 全面性的變化
The new policy applies **across the board**. 新政策全面適用。

☐ **adaptation** [ˌædæp`teʃən] **(= adjustment, conversion)** ★★
– film adaptation (n.) 電影改編
● 常用來表示將小說等「改編（adapt）」成電影來上映）→ 改編成電影
The book's film **adaptation** was a great success. 那本書的電影改編非常成功。

☐ **adjourn** [ə`dʒɝn] – adjourn the meeting (v.) 休會 ★★
The meeting was **adjourned** until further notice. 該會議暫停，直到另行通知。

☐ **admire** [əd`maɪr] – admire the view (v.) 欣賞／讚嘆風景 ★★
They stopped to **admire** the sunset. 他們停下來欣賞日落。

☐ **be advised** [æd`vaɪzd] **that (= inform)** – (phr.) 通知／提醒… ★★
Please **be advised that** the office will be closed on Friday.
請注意，本辦公室將於星期五休息。
● 若 advised 被設計為正解選項時，通常錯誤選項中會有 advisable。

☐ **advisory** [ædˋvaɪzərɪ] **(= warning, guidance)** ★★
– a weather advisory (n.) 天氣**預警**注意報

A weather **advisory** was issued for the area. 該地區已發布天氣警報。

● 當形容詞的 advisory（衍生自 advise），有「顧問的」意思，例如 advisory committee（諮詢委員會）在考試中也很常見。

☐ **advocate** [ˋædvəket] – a human rights advocate (n.) 人權**擁護者／主張者** ★★

She is a passionate **advocate for** gender equality. 她是性別平等的熱情擁護者。

● advocate 可以當名詞也可以當動詞。

He **advocates for** environmental protection. 他主張環境保護。

☐ **affiliation** [əˌfɪlɪˋeʃən] **(= association, connection)** ★★
– political affiliation (n.) 政治**立場／隸屬**

He has no political **affiliation**. 他沒有任何政治立場或所屬政黨。

☐ **affix** [əˋfɪks] – affix the label (v.) **貼上**標籤 ★★

● 與 affix 同義的動詞包括 attach、fasten、stick。

Please **affix t**he stamp to the envelope. 請將郵票貼在信封上。

Affix the postage stamp to the top right corner of the envelope.
請將郵票貼在信封右上角。

● affix 也有「簽（名）」的意思。

Affix your signature at the bottom of the document. 請在文件底部簽名。

☐ **afloat** [əˋflot] **(= solvent)** – keep afloat (a.) 保持**無負債的狀態** ★★

The company managed to stay **afloat** during the recession.
該公司在經濟衰退期間設法維持無債經營。

● afloat 原意是「漂浮著的（buoyant, floating）」。

☐ **aforementioned** [əˋfɔrmɛnʃənd] **(= previously mentioned)** ★★
– aforementioned details (a.) **前述**細節

The **aforementioned** details are crucial for the project.
前述細節對這項計畫至關重要。

☐ **agrarian** [əˋgrɛrɪən] – an agrarian society (a.) **農業**社會 ★★

The region has a largely **agrarian** economy. 該地區的經濟多以農業為主。

☐ **allegedly** [ə`lɛdʒɪdlɪ] – allegedly committed a crime (adv.) 據說犯下罪行 ★★
He **allegedly** committed the crime but has not yet been charged.
據說他犯了個罪，但尚未被起訴。

☐ **allure** [ə`lʊr] – the allure of the city (n.) 城市的魅力 ★★
The **allure** of the city attracted many artists.
這座城市的魅力吸引了許多藝術家前來。

☐ **alphabetize** [`ælfə͵bətaɪz] – alphabetize the files (v.) 按字母順序排列檔案 ★★
Please **alphabetize** the list of names. 請將名單按字母順序排列。

☐ **alteration** [͵ɔltə`reʃən] **(= change, modification)** ★★
– make an alteration (n.) 進行變更
They made some **alterations** to the schedule. 他們對行程做了一些變更。

☐ **altitude** [`æltə͵tjud] **(= height, elevation)** – a high altitude (n.) 高海拔 ★★
The climbers reached a high **altitude** on the mountain.
登山者抵達了一個高海拔地區。
The plane reached a cruising **altitude** of 30,000 feet.
飛機達到了三萬英尺的巡航高度。

☐ **alumni** [ə`lʌmnaɪ] **(= graduates, former students)** ★★
– university alumni (n.) 大學校友
The university has a strong network of **alumni**. 該大學擁有強大的校友網絡。
● alumni 是複數形，其單數是 alumnus。

☐ **ameliorate** [ə`miljə͵ret] – ameliorate the situation (v.) 改善情況 ★★
The new policy is designed to **ameliorate** the living conditions of the poor.
新政策旨在改善貧困人口的生活條件。

☐ **amphitheater** [`æmfə͵θɪətə] – an outdoor amphitheater (n.) ★★
戶外圓形劇場
The concert was held in an outdoor **amphitheater**. 音樂會在戶外圓形劇場舉行。

☐ **amplifier** [`æmplə͵faɪə] **(= amp, booster)** – a guitar amplifier (n.) ★★
吉他音箱／擴音器
He plugged his guitar into the **amplifier**. 他將吉他插入擴音器。

☐ **amplify** [ˈæmpləˌfaɪ] (= **increase, magnify**) – amplify the sound (v.) ★★
放大聲音
The speakers **amplify** the sound. 喇叭會放大聲音。

☐ **annotate** [ˈænəˌtet] (= **add notes to**) – annotate the text (v.) ★★
在文字裡**加入註解**
The teacher asked the students to **annotate** the text for better understanding.
老師請學生為文字加上註解，以便更好理解。

☐ **announce** [əˈnaʊns] – publicly announce changes (v.) 公開**宣布**變更事項 ★★
The CEO **announced** the new product launch. 執行長宣布了新產品的推出。

☐ **antique** [ænˈtik] (= **old, vintage**) – antique furniture (a.) **古董**家具 ★★
She collects **antique** furniture. 她收藏古董家具。

☐ **appetizing** [ˈæpəˌtaɪzɪŋ] (= **delicious-looking, tempting**) ★★
– an appetizing meal (a.) **令人食慾大開的**一餐
The food looked very **appetizing**. 食物看起來非常可口。

☐ **apply the ointment** [əˈplaɪ ði ˈɔɪntmənt] – apply the ointment to the ★★
affected area (v.) **將藥膏塗在**患處
The doctor advised him to **apply the ointment** after washing the wound.
醫生建議他在清洗傷口後塗上藥膏。

☐ **appointment book** [əˈpɔɪntmənt bʊk] (= **planner, diary**) ★★
– schedule in the appointment book (n.) 將預定行程寫入**行事表**中／排進**行程**中
Please write your next appointment in the **appointment book**.
請將您的下次預約寫入行事曆。

☐ **appraisal** [əˈprezəl] – a performance appraisal (n.) 績效**評估** ★★
Employees receive a performance **appraisal** every year.
員工每年都會接受績效評估。

☐ **apprentice** [əˈprɛntɪs] – start as an apprentice (n.) 從**學徒（身分）**開始 ★★
He began his career as an **apprentice** in a carpentry shop.
他從木工坊的學徒開始他的職涯。

● apprenticeship 則是「實習階段，學徒訓練期」。

☐ **apprise** [əˋpraɪz] **(= inform)** – apprise someone of changes (v.) ★★
告知某人變動事項

Please **apprise** us **of** any updates on the project status.
若專案狀況有更新，請告知我們。

☐ **arable** [ˋærəbl] **(= farmable, cultivable)** – arable land (a.) 可耕作的土地 ★★

The region has a lot of **arable** land. 那個地區有許多可耕作的土地。

☐ **arbitrarily** [ˋɑrbə͵trɛrəlɪ] – act arbitrarily (adv.) 任意行事 ★★

The rules were enforced **arbitrarily**, causing confusion.
規則被任意執行，導致了混亂。

☐ **arbitration** [͵ɑrbəˋtreʃən] – undergo arbitration (n.) 接受仲裁 ★★

The dispute was settled through **arbitration**. 該爭端透過仲裁解決。

☐ **ardent** [ˋɑrdn̩t] – an ardent supporter (a.) 熱烈的支持者 ★★

She is an **ardent** supporter of the arts. 她是藝術的熱烈支持者。

☐ **arguable** [ˋɑrgjuəbl] **(= debatable, questionable)** ★★
– an arguable point (a.) 可爭論的觀點

It's an **arguable** point, but I believe it's true.
這是一個有爭議的觀點，但我相信這是真的。

☐ **argumentative** [͵ɑrgjuˋmɛntətɪv] **(= quarrelsome, contentious)** ★★
– an argumentative person (a.) 愛爭論的／好辯的人

He is known to be an **argumentative** person who enjoys debating every issue.
他是個以愛爭論每一件事而聞名的人。

☐ **articulate** [ɑrˋtɪkjulet] **(= eloquent, clear)** – an articulate speaker (a.) ★★
口齒清晰的演說者

She is an **articulate** speaker who captivates her audience.
她是位口齒清晰、能吸引觀眾的演說者。

　　● articulate 可當形容詞，也可當動詞（意指「清楚表達」）。

He was able to **articulate** his ideas clearly. 他能清楚地表達自己的想法。

☐ **as well as (= and also, in addition to)** – A as well as B (phr.) A 以及 B ★★

He speaks French **as well as** English. 他會說法文以及英文。

- **aspect** [ˋæspɛkt] **(= facet, feature)** – an important aspect (n.) ★★
重要的**面向**

　One important **aspect** of the job is communication.
　這份工作的一個重要方面是溝通。

- **assertion** [əˋsɝʃən] **(= claim, statement)** – make an assertion (n.) ★★
提出**主張**

　His **assertion** was supported by evidence. 他的主張有證據支持。

- **assignment** [əˋsaɪnmənt] **(= task, duty)** – complete an assignment (n.) ★★
完成**交辦任務**

　The **assignment** is due next week. 這項任務下週必須完成。

- **assurance** [əˋʃʊrəns] **(= guarantee, promise)** – give assurance (n.) ★★
給予**保證／確認**

　She gave me **assurance** that everything would be fine. 她向我保證一切都會沒事。

- **attentive** [əˋtɛntɪv] **(= alert, considerate)** – attentive to (a.) ★★
對⋯表示**關注**／展現**體貼**

　He is very **attentive to** his guests. 他對客人非常體貼。

- **audit** [ˋɔdɪt] – a financial audit (n.) 財務**審計** ★★

　The company undergoes a financial **audit** every year. 該公司每年都會接受財務審計。

- **authentic** [ɔˋθɛntɪk] **(= genuine, real)** – an authentic experience (a.) ★★
真實的／實際的體驗

　The restaurant offers an **authentic** dining experience. 這間餐廳提供真正的用餐體驗。

- **authenticate** [ɔˋθɛntɪˌket] – authenticate the painting (v.) ★★
確認那幅畫是真品

　The document was **authenticated** by a notary. 那份文件經由公證人確認為真品。

- **automotive** [ˌɔtəˋmotɪv] **(= related to cars)** – automotive industry (a.) ★★
汽車產業

　The **automotive** industry is facing significant changes. 汽車產業正面臨重大變革。

- **averse** [əˋvɝs] – averse to change (a.) **厭惡／不喜歡**變化 ★★

306

- 常與介系詞 to 一起使用。

He is not **averse to** trying new things. 他不排斥嘗試新事物。

☐ **aviator** [ˈevɪˌetɚ] – famous aviators (n.) 有名的**飛行員** ★★

The museum has a display dedicated to famous **aviators**.
那間博物館有一個展覽是專門紀念著名飛行員的。

☐ **avionics** [ˌevɪˈɑnɪks] – avionics repair (n.) **航空電子設備**修理 ★★

The **avionics** system on the aircraft needs an upgrade.
該飛機的航空電子設備系統需要升級。

☐ **backlog** [ˈbæklɔɡ] **(= accumulation, pileup)** – a backlog of orders ★★
訂單**積壓**

The company is facing **a backlog of** orders. 公司目前面臨訂單積壓的情況。

☐ **beneficiary** [ˌbɛnəˈfɪʃɪˌɛrɪ] – a named beneficiary (n.) ★★
指定**受益人／受領人**

She was the named **beneficiary** of her uncle's will. 她是她叔叔遺囑中的指定受益人。

☐ **barefoot** [ˈbɛrˌfʊt] – walk barefoot (adv.) 赤腳行走 ★★

- 這個字也常出現在聽力測驗的 PART 1 中。

She enjoys walking **barefoot** on the beach. 她喜歡在海灘上赤腳行走。

☐ **based** [best] **in location**（地點）– a company based in Seoul (phr.) ★★
總部設在首爾的公司

- be based on 表示「以…為根據」，而 be based in（總部位於…）用來表示地點。

The company is **based in** Seoul but operates worldwide.
該公司總部設在首爾，但業務遍及全球。

☐ **beyond repair** [rɪˈpɛr] – (phr.) 無法修復的 ★★

The damage to the building was **beyond repair**. 該建築物的損壞已無法修復。

- 也記下 beyond description（難以形容的）的用法。

The beauty of the sunset was **beyond description**. 夕陽的美難以言喻。

☐ **big-name** [ˈbɪɡˈnem] **(= famous, well-known)** – a big-name actor (a.) ★★
知名的**演員**

The event attracted several **big-name** celebrities. 這場活動吸引了幾個達官顯貴前來。

☐ **blindly** [ˋblaɪndlɪ] **(= without seeing, unquestioningly)** ★★
– follow blindly (adv.) 盲目地跟從
She followed the instructions **blindly**. 她盲目地遵從指示。

☐ **blurry** [ˋblɝɪ] **(= unclear, fuzzy)** – blurry vision (a.) 模糊的視線 ★★
His vision became **blurry** after the accident. 他在那場事故之後視力變得模糊。

☐ **boon** [bun] – the government's financial boon (n.) 政府的財政補助 ★★
● 其原意是「有用的東西或幫助」，多益考題中曾出現，是大部分相關教材都沒有收錄到的。

The scholarship is a **boon** for students from low-income families.
這筆獎學金對低收入家庭的學生而言是一大幫助。

☐ **brass** [bræs] – made of brass (n.) 黃銅／銅器製的 ★★
The door handles were made of polished **brass**, giving the room a classic look.
門把是用拋光黃銅製成，使整個房間呈現古典風格。

● brass 也有「銅管樂器」的意思。

The band played a song featuring **brass** instruments.
那支樂團演奏了一首以銅管樂器為特色的歌曲。

☐ **breakthrough** [ˋbrɛk͵θru] – a scientific breakthrough (n.) ★★
科學上的重大突破
The researchers made a significant **breakthrough** in cancer treatment.
研究人員在癌症治療上取得了重大突破。

☐ **brevity** [ˋbrɛvətɪ] **(= conciseness, succinctness)** ★★
– brevity of the message (n.) 訊息的簡潔
The **brevity** of the speech was appreciated by everyone. 演講簡短受到大家的讚賞。

☐ **bribe** [braɪb] – accept a bribe (n.) 收受賄賂 ★★
The politician was arrested for accepting a **bribe**. 那位政治人物因收受賄賂而遭逮捕。

☐ **built-in** [ˋbɪltˋɪn] **(= integrated)** – a built-in feature (a.) 內建的功能 ★★
The new software has several **built-in** features for convenience.
這款新軟體具有數個方便使用的內建功能。

☐ **bureaucracy** [bjʊ`rɑkrəsɪ] **(= administration, red tape)** ★★
– government bureaucracy (n.) 政府官僚體系／繁文縟節
The process was delayed by government **bureaucracy**.
此程序因政府的官僚體系而遭延誤。

☐ **bypass** [`baɪˌpæs] **(= avoid, circumvent)** – bypass the problem (v.) ★★
規避／繞過問題
They decided to **bypass** the issue for now. 他們決定暫時繞過這個問題。

☐ **capsize** [`kæpˌsaɪz] – capsize the small fishing boat (v.) 使小型漁船翻覆 ★★
High winds caused the small boat to **capsize**. 強風導致這艘小船翻覆。

☐ **carousel** [ˌkærʊ`sɛl] **(= conveyor)** – baggage carousel (n.) ★★
行李輸送帶／轉盤
We waited for our luggage at the baggage **carousel**. 我們在行李轉盤等行李。
● 也可以指遊樂園裡的「旋轉木馬」，它是 PART 1/5/7 的常見單字。

☐ **carpool** [`kɑrˌpul] – carpool to work (v.) 一起搭車／共乘上班 ★★
Carpooling helps reduce traffic and pollution. 共乘有助於減少交通壅塞與污染。

☐ **carport** [`kɑrˌpɔrt] **(= shelter, garage)** – build a carport (n.) ★★
搭建簡易車棚
They built a **carport** next to the house. 他們在房子旁邊搭建了一個簡易車棚。

☐ **cartography** [kɑr`tɑgrəfɪ] – study cartography (n.) 研讀地圖製作學 ★★
He studied **cartography** in college. 他在大學時主修地圖製作學。
● cartography 是聽力的 PART 4 中會出現的、與 map 同義的字，要記住！

☐ **catchy** [`kætʃɪ] **(= memorable, appealing)** – a catchy tune (a.) ★★
朗朗上口的旋律
The song has a very **catchy** tune. 這首歌的旋律十分朗朗上口。

☐ **charter** [`tʃɑrtɚ] **(= rent, hire)** – charter a boat (v.) 租／包船 ★★
They **chartered** a boat for the day. 他們包了一艘船用一天。

☐ **chiropractor** [`kaɪrəˌpræktɚ] – see a chiropractor for back pain (n.) ★★
因背痛而看整脊師

My **chiropractor** recommended exercises to improve my posture.
我的整脊師建議我做些運動來改善姿勢。

☐ **chore** [tʃɔr] – a household chore (n.) 家庭**雜務**／家**務** ★★
Doing the laundry is a common household **chore**. 洗衣服是常見的家務事。

☐ **choreography** [ˌkɔriˈɑgrəfɪ] (= dance design, arrangement) ★★
– dance choreography (n.) 舞蹈編排
The **choreography** of the dance was beautiful. 那段舞蹈的編排非常優美。

☐ **chronologically** [ˌkrɑnəˈlɑdʒɪkəlɪ] (= sequentially, in order) ★★
– arrange chronologically (adv.) **依時間順序**排列
The events are listed **chronologically** in the book. 書中將事件依時間順序排列。

☐ **clash** [klæʃ] (= conflict, confrontation) – a culture clash (n.) 文化**衝突** ★★
There was a **clash** of opinions during the meeting. 會議中出現了意見衝突。

☐ **classified section** [ˈklæsəˌfaɪd ˈsɛkʃən] ★★
– the classified section for jobs (n.) 求職**分類廣告版面**
He found a great deal on a used car in the **classified section**.
他在分類廣告欄找到了一輛價格划算的二手車。

☐ **clogged** [klɑgd] (= blocked, obstructed) – a clogged drain (a.) ★★
堵塞的排水口
The sink is **clogged** with food debris. 水槽因食物殘渣而堵塞。

☐ **cluttered** [ˈklʌtɚd] – a cluttered desk (a.) 凌亂的書桌 ★★
● 考題中曾以 be/remain cluttered（保持凌亂的狀態）的形式出現。
His desk is always **cluttered** with papers. 他的書桌總是堆滿文件，一團亂。

☐ **collate** [kəˈlet] (= assemble, compare) – collate information (v.) ★★
彙整／比對資料
The data was **collated** from various sources. 該數據是從各種來源彙整而來的。

☐ **collateral** [kəˈlætərəl] – used as collateral (n.) 作為**擔保品**使用的 ★★
The house was used as **collateral** for the loan. 那棟房子被拿來作為貸款的擔保品。

☐ **collectively** [kəˋlɛktɪvlɪ] (= jointly, together) ★★
– collectively decide (adv.) 共同決定
We will **collectively** decide on the next steps. 下一步我們會一起做出決定。
● 曾作為 PART 5 試題中的正解選項。

☐ **come down with** – come down with the flu (v.) 感染流感 ★★
● come down with 用於生病情況；與其混淆的 come up with 則是「想出（主意等）」。
He **came down with** the flu and had to stay home from work.
他得了流感，只好請假在家休息。

☐ **commend** [kəˋmɛnd] – be commended for bravery (v.) ★★
因英勇行為受到讚賞／表揚
The firefighter was **commended for** his bravery.
那位消防員因其英勇行為而受到表揚。

☐ **commensurate** [kəˋmɛnsəret] (= proportionate, equal) ★★
– commensurate with the results (a.) 與結果相稱的
Your salary will be **commensurate with** your experience.
你的薪資將與你的經歷相稱。

☐ **commentator** [ˋkɑmən͵tetɚ] (= analyst, announcer) ★★
– a sports commentator (n.) 體育評論員／賽事播報員
The sports **commentator** gave a detailed analysis of the game.
該體育評論員對這場比賽做了詳細分析。

☐ **communal** [kəˋmjunl] – a communal living space (a.) ★★
共享的／共用的生活空間
The dormitory has a **communal** kitchen. 那間宿舍設有共用廚房。

☐ **compel** [kəmˋpɛl] (= force, coerce) – compel compliance (v.) ★★
強制遵守規定
The law can **compel** individuals **to** pay taxes. 法律可以強制個人繳稅。

☐ **compliance department** [kəmˋplaɪəns dɪˋpɑrtmənt] – The compliance ★★
department handles regulatory adherence. (n.) 稽核部門處理規章遵守情形
● 通常由會計稽核部門負責這項工作。

The **compliance department** is reviewing the new policy.
稽核部門正在審查新政策。

☐ **conceit** [kən`sit] **(= arrogance, vanity)** – full of conceit (n.) 充滿**自負** ★★

His **conceit** made him unpopular with his colleagues.
他的自大使他在同事間不受歡迎。

☐ **concession** [kən`sɛʃən] **(= compromise, allowance)** ★★
– make a concession (n.) 作出**讓步**

The union made several **concessions** during the negotiations.
工會在協商過程中作出了幾項讓步。

He was willing to make a **concession** to reach an agreement.
他願意作出讓步以達成協議。

☐ **concierge** [kɑnsɪ`ɛrʒ] – a hotel concierge (n.) 飯店**接待員** ★★

The **concierge** helped us with dinner reservations. 接待員幫我們預訂晚餐。

☐ **concurrent** [kən`kɝənt] – concurrent sessions (a.) **同時進行的**會議場次 ★★

The conference had several **concurrent** sessions. 該會議有幾場同時進行的場次。

☐ **condensed** [kən`dɛnst] **(= shortened, abridged)** ★★
– a condensed version (a.) **精簡的**版本

This is a **condensed** version of the original report. 這是原始報告的精簡版。

☐ **confide** [kən`faɪd] – confide in me (v.) 向我**傾訴秘密** ★★

He often **confides in** his best friend. 他經常向他最好的朋友傾訴秘密。

☐ **conglomerate** [kən`glɑməret] – the largest conglomerates (n.) ★★
規模最大的**企業集團**

He works for one of the largest **conglomerates** in the world.
他在世界最大的企業集團之一工作。

☐ **consensus** [kən`sɛnsəs] **(= agreement, accord)** ★★
– reach a consensus (n.) 達成**共識**

The team reached a **consensus** on the project plan. 團隊在這專案計畫上達成共識。

The committee reached a **consensus** on the proposal. 委員會在這提案上達成共識。

☐ **consent** [kənˋsɛnt] **(= permission, agreement)** – give consent (n.) ★★
表示**同意**
She gave her **consent** for the procedure. 她同意了該項程序。

☐ **conspicuously** [kənˋspɪkjuəslɪ] – conspicuously visible (adv.) **明顯**可見 ★★
The sign was **conspicuously** placed at the entrance.
那個標誌被顯眼地放置在入口處。

☐ **constituency** [kənˋstɪtʃuənsɪ] **(= electorate, district)** ★★
– represent a constituency (n.) 代表**選區**／（選區的）**選民**
The politician represents a large **constituency**.
這名政治人物代表的是一個人數眾多的選區。

☐ **constituent** [kənˋstɪtʃʊənt] **(= component)** – constituent elements (a.) ★★
構成的**要素**
Oxygen is a **constituent** element of water. 氧是構成水的一種成分。
● constituent 也可以作為名詞，意思是「構成要素，選民，選區居民」。
The **constituents** of the mixture must be carefully measured.
混合物的構成要素必須仔細測量。
The senator held a town hall meeting to hear the concerns of her **constituents**.
該參議員舉辦了市民大會，傾聽其選區居民的擔憂。

☐ **constitute** [ˋkɑnstət͵ut] – constitute a whole (v.) **構成**一個整體 ★★
The five points **constitute** a strong argument. 這五個要點構成了有力的論據。

☐ **consulate** [ˋkɑnsəlet] **(= embassy, diplomatic office)** ★★
– visit the consulate (n.) 造訪**領事館**
We went to the **consulate** to apply for a visa. 我們去領事館申請簽證。

☐ **contain** [kənˋten] – contain one's excitement (v.) **抑制**興奮情緒 ★★
He struggled to **contain** his anger during the meeting. 他在會議中努力壓抑怒火。

☐ **convict** [kənˋvɪkt] – convict a criminal (v.) **判決**罪犯**有罪** ★★
He was **convicted of** robbery. 他因搶劫而被判有罪。

☐ **cordon** [ˋkɔrdn] **off** – cordon off an area (v.) ★★
封鎖某個區域／**限制**地區**人員的進出**

New Updated List | 313

The police **cordoned off** the area to investigate the crime scene.
警方為了調查犯罪現場，封鎖了該地區。

☐ **corrosion** [kəˋroʒən] **(= rust, deterioration)** – metal corrosion (n.) ★★
金屬**腐蝕**

The metal showed signs of **corrosion**. 該金屬出現了腐蝕跡象。

The metal is coated to prevent **corrosion**. 金屬經過塗層處理以防止腐蝕。

● 補充：erosion 是指「侵蝕」。

☐ **corruption** [kəˋrʌpʃən] **(= dishonesty, bribery)** ★★
– political corruption (n.) 政治**腐敗**

The government is cracking down on **corruption**. 政府正在嚴厲打擊貪腐行為。

☐ **courtyard** [ˋkɔrtˏjɑrd] **(= patio, garden)** – a beautiful courtyard (n.) ★★
美麗的**庭院**

The hotel has a beautiful **courtyard**. 那間飯店有個美麗的庭院。

☐ **credential** [krɪˋdɛnʃəl] **(= certificate, qualification)** ★★
– a job credential (n.) 職務**資格證明書**

She has all the necessary credentials for the job.
她擁有勝任這份工作所需的一切資格證明。

☐ **cumulative** [ˋkjumjəlˏetɪv] – cumulative effects (a.) 累積的效果 ★★

The cumulative impact of the changes was significant. 這些變化的累積影響非常顯著。

☐ **curtail** [kɝˋtel] – curtail spending (v.) 削減支出 ★★

The company decided to curtail its spending to save money.
公司決定削減支出以節省資金。

☐ **custodian** [kʌˋstodɪən] **(= caretaker, janitor)** – a school custodian (n.) ★★
學校**管理員**

The custodian is responsible for maintaining the school.
該管理員負責學校的日常維護。

☐ **decay** [dɪˋke] – begin to decay (v.) 開始**腐爛／衰敗** ★★

If left untreated, the wood will begin to **decay**. 如果不加處理，這塊木頭會開始腐爛。

● decay 可以當名詞也可以當動詞。也有及物動詞的用法，表示「使腐敗」。

The smell of **decay** filled the abandoned house.
一股腐爛的味道瀰漫在那棟廢棄的房子裡。

☐ **deception** [dɪˋsɛpʃən] – a clever deception (n.) 聰明的**欺騙手段** ★★
The thief's **deception** was eventually uncovered. 那名竊賊的騙局最終被揭穿。

☐ **deem** [dim] – deem... necessary (v.) 認為⋯是有必要的 ★★
The manager **deem**ed it necessary to call a meeting. 經理認為有必要召開會議。

☐ **default** [dɪˋfɔlt] – default on a loan (v.) 未償還／拖欠貸款 ★★
They were forced to **default** on their loan due to financial difficulties.
他們因財務困難被迫拖欠貸款。

☐ **defiance** [dɪˋfaɪəns] (= **rebellion, resistance**) – an act of defiance (n.) ★★
反抗行為
His actions were an act of **defiance** against the rules.
他的行為是對規則的挑戰與反抗。

☐ **deficit** [ˋdɛfəsɪt] (= **shortfall, loss**) – a budget deficit (n.) 預算**赤字** ★★
The company is facing a large budget **deficit**. 該公司正面臨巨額預算赤字。

☐ **deform** [dɪˋfɔrm] (= **distort, warp**) – deform the shape (v.) ★★
使這個形狀**變形**
Heat can **deform** plastic. 熱會讓塑膠變形。

☐ **delegation** [dɛləˋgeʃən] (= **group, committee**) – send a delegation (n.) ★★
派遣**代表團**
The country sent a **delegation** to the conference. 該國派遣了一個代表團參加會議。

☐ **delineate** [dɪˋlɪnɪ͵et] – clearly delineate the boundaries (v.) 清楚**劃定**界線 ★★
● delineate 是由 de + line（劃線）+ ate 組成 → 可理解為「清楚劃定界線」。
The contract **delineates** the responsibilities of each party.
合約清楚劃定了各方的責任。

☐ **delinquent** [dɪˋlɪŋkwənt] (= **law-breaking, overdue**) ★★
– delinquent behavior (a.) 不良／犯法的行為
The school aims to reduce **delinquent** behavior among students.
學校致力於減少學生的不良行為。

☐ **a deluge** [ˈdɛljudʒ] **of (= large number of)** ★★
– a deluge of complaints (phr.) 大量的投訴案件

The company received **a deluge of** complaints after the product recall.
產品回收後，該公司收到了大量投訴。

☐ **delve** [dɛlv] **(= investigate, explore)** – delve into a topic (v.) ★★
深入探討某主題

She **delved into** the history of the region. 她深入研究了該地區的歷史。

☐ **demographic** [ˌdɛməˈɡræfɪk] **(= statistical, population-related)** ★★
– demographic changes (a.) 人口統計的變化

The report analyzes **demographic** changes in the region.
該報告分析了該地區的人口統計變化。

☐ **demonstrate** [ˈdɛmənˌstret] **(= show, exhibit)** ★★
– demonstrate a technique (v.) 展示一項技術

The teacher **demonstrated** the new technique. 老師展示了那項新技術。

☐ **denote** [dɪˈnot] – denote an error (v.) 表示錯誤 ★★

A checkmark next to the name **denotes** completion. 名字旁的勾號表示已完成。

☐ **depletion** [dɪˈpliʃən] **(= exhaustion, reduction)** ★★
– resource depletion (n.) 資源枯竭

The **depletion** of natural resources is a serious concern.
天然資源的枯竭是一項嚴重的問題。

☐ **deploy** [dɪˈplɔɪ] **(= station, position)** – deploy troops (v.) 部署部隊 ★★

The government decided to **deploy** more troops to the area.
政府決定在該地區部署更多部隊。

● deploy 也有「展開」的意思。

The company plans to **deploy** new technology across all departments.
該公司計畫在所有部門導入新技術。

☐ **depot** [ˈdipo] – a bus depot (n.) 公車車庫 ★★

The buses are stored at the **depot** overnight. 公車在夜間都停放在車庫中。

● depot 也有「倉庫」的意思，注意字尾 -t 不發音！

- ☐ **deputy** [ˋdɛpjətɪ] **(= assistant, second-in-command)** ★★
  – a deputy director (n.) 副主任／副局長
  She is the **deputy** director of the organization. 她是該組織的副主任。

- ☐ **derision** [dɪˋrɪʒən] **(= mockery)** – be met with derision (n.) 遭到嘲笑 ★★
  His proposal was met with **derision** from his colleagues. 他的提案遭到同事們的嘲笑。

- ☐ **descent** [dɪˋsɛnt] – make a descent (n.) 下降 ★★
  The plane began its **descent** into the airport. 飛機開始下降準備降落在機場。

- ☐ **desist** [dɪˋzɪst] – desist from further action (v.) 停止進一步行動 ★★
  The company was ordered to **desist from** using the copyrighted material.
  該公司被命令停止使用受版權保護的資料。

- ☐ **deteriorate** [dɪˋtɪrɪəˌret] **(= decline, worsen)** – deteriorate rapidly (v.) ★★
  急速惡化
  Her health began to **deteriorate** rapidly. 她的健康開始急速惡化。

- ☐ **dermatologist** [ˌdɝməˋtɑlədʒɪst] – see a dermatologist (n.) ★★
  找皮膚科醫師看診
  She visited a **dermatologist** for her skin condition.
  她因為皮膚問題去看了皮膚科醫師。

- ☐ **devalue** [dɪˋvælju] – The currency may devalue. (v.) 貨幣可能貶值。 ★★
  - ● de[= down]+value: 使價值降低，de[= down]+scribe[= write] = write down（敘明，描述）

  Economic instability can **devalue** the national currency.
  經濟不穩定可能會使國家貨幣貶值。

- ☐ **diffuse** [dɪˋfjuz] – begin to diffuse (v.) 開始擴散／分散 ★★
  The fan helped **diffuse** the heat throughout the room.
  電風扇有助於將熱氣擴散至整個房間。

- ☐ **digit** [ˋdɪdʒɪt] – enter a digit (n.) 輸入一個數字 ★★
  - ● 7-digit number 是指像 7,000,000 這樣的「七位數」。

  Please enter the last four **digits** of your phone number.
  請輸入您的電話號碼最後四位數字。

☐ **dilute** [daɪˈlut] – dilute a solution (v.) 稀釋溶液 ★★
You need to **dilute** the solution with water before using it.
使用前需要用水稀釋這個溶液。

☐ **diplomatic** [ˌdɪpləˈmætɪk] (= **tactful**) – diplomatic relations (a.) ★★
外交關係
They established **diplomatic** relations with the new country.
他們與那個新國家建立了外交關係。
● diplomatic」在日常生活中也有「圓滑的」、「有手腕的」意思。

☐ **dire** [ˈdaɪr] (= **terrible, severe**) – dire consequences (a.) 嚴重的後果 ★★
The company is in **dire** financial straits. 那家公司陷入了嚴重的財務危機。

☐ **discontinue** [ˌdɪskənˈtɪnju] (= **stop, cease**) – discontinue a product (v.) ★★
中止某產品的生產
The company decided to **discontinue** the product. 公司決定停產該產品。

☐ **discredit** [dɪsˈkrɛdɪt] – discredit the politician (v.) 使政治人物失去信譽 ★★
False accusations can **discredit** a person's reputation.
虛假的指控可能會損害一個人的名譽。

☐ **discreet** [dɪˈskrit] – discreet with personal information (a.) ★★
對個人資訊謹慎的
She made a **discreet** inquiry about the job opening. 她小心翼翼地詢問了職缺的情況。

☐ **discretionary** [dɪˈskrɛʃənˌɛrɪ] (= **optional, voluntary**) ★★
– discretionary funds (a.) 可自行支配的資金
The manager has **discretionary** funds for emergencies.
經理擁有可自行支配的緊急備用金。

☐ **distinctive** [dɪˈstɪŋktɪv] (= **unique, characteristic**) ★★
– distinctive features (a.) 獨特的特徵
The building has a **distinctive** architectural style. 那棟建築有著獨特的建築風格。

☐ **distort** [dɪsˈtɔrt] (= **twist, misrepresent**) – distort the truth (v.) ★★
扭曲事實
The report was accused of **distorting** the truth. 該報告被指控扭曲了事實。

☐ **diverge** [də`vɝdʒ] – The two paths diverge here. (v.) 兩條路在這裡**分岔**。 ★★
Their opinions began to **diverge** on the issue.
他們在這個問題上的意見開始出現分歧。

☐ **diversify** [də`vɝsə‚faɪ] **(= expand, vary)** – diversify the portfolio (v.)
將投資組合**多元化** ★★
Investors are looking to **diversify** their portfolios.
投資者正尋求使其投資組合多元化。

☐ **do one's utmost** [`ʌt‚most] **(= try one's best, do one's best)** – (v.) ★★
盡全力
She **did her utmost to** finish the project on time. 她盡全力準時完成這個專案。

☐ **dock** [dɑk] – anchor the dock (n.) 停靠**碼頭** ★★
The cargo ship is being unloaded at the **dock**. 貨船正在碼頭卸貨。

☐ **dominate** [`dɑmə‚net] **(= control, rule)** – dominate the market (v.)
主導市場 ★★
The company aims to **dominate** the market. 該公司以主導市場為目標。

☐ **drain** [dren] **(= empty, remove)** – drain the water (v.) **排水，放水** ★★
Please **drain** the water from the tank. 請將水箱裡的水排出來。

☐ **drapery** [`drepərɪ] – heavy drapery (n.) 厚重的**窗簾／帷幔** ★★
● 動詞 drape 表示「裝飾」。
The room was decorated with heavy **drapery**. 房間用厚重的窗簾裝飾。

☐ **drowsy** [`draʊzɪ] – feel drowsy (a.) 感到**睏倦** ★★
He felt **drowsy** after taking the medication. 他服藥後感到昏昏欲睡。

☐ **due largely** [`dju lɑrdʒlɪ] to **(= mainly because of)** – (prep.) ★★
主要是因為…
The delay was **due largely to** bad weather. 延誤主要是因為天氣惡劣。

☐ **dwell** [dwɛl] **on** – dwell on the past (v.) **對過去耿耿於懷** ★★
It's not healthy to **dwell on** past mistakes. 老是耿耿於懷過去的錯誤並不健康。
● dwell on 還有「反覆思考」的意思。

☐ **dwindle** [ˋdwɪndl̩] – dwindle in number (v.) 數量**減少**／逐漸變少 ★★

The population of the village has **dwindled** over the years.
那個村莊的人口這些年來逐漸減少。

☐ **earmark** [ˋɪrmɑrk] **A for B** – earmark funds for education (phr.) ★★
將資金**撥作**教育**用途**

The government **earmarked** additional funds **for** infrastructure projects.
政府為基礎建設項目撥出追加資金。

The committee **earmarked** funds **for** the new library. 委員會撥款給新圖書館。

☐ **electronically** [ˌɪlɛkˋtrɑnɪkəlɪ] **(= digitally)** – electronically sign (adv.)
以**電子方式**簽署 ★★

The document can be signed **electronically**. 文件可以以電子方式簽署。

☐ **eloquence** [ˋɛləkwəns] **(= fluency, expressiveness)** – speech with eloquence (n.) 口才流利／雄辯的演說 ★★

The politician's speech was full of **eloquence**. 那位政治人物的演講充滿雄辯之詞。

● 副詞 eloquently 曾出現在 PART 5 的正解選項中。

☐ **embargo** [ɪmˋbɑrgo] **(= ban, restriction)** – a trade embargo (n.) ★★
貿易**禁運令**

The government imposed a trade **embargo**. 政府實施了貿易禁運。

The government imposed an **embargo** on arms shipments.
政府對武器運輸實施了禁運。

☐ **empathic** [ɛmˋpæθɪk] / **empathetic** [ɛmpəˋθɛtɪk] ★★
– empathic approach (a.) 設身處地的／換位思考的做法

● empathic approach 比較常用的是 empathetic approach。

The therapist's **empathic** listening made the patient feel understood.
治療師設身處地地聆聽，讓病人覺得有人懂他。

☐ **empathize** [ˋɛmpəˌθaɪz] – empathize with others (v.) 與他人**產生共鳴** ★★

● empathize 是指「對於…（他人的感受）有同感（understand and share the feelings of another person）」，也就是「感同身受」，和拼字相似的 emphasize（強調）意義完全不同！在最近的閱讀測驗中，empathize 被以 share his feelings 的替換語句方式出題。

She could easily **empathize with** others who had experienced similar hardships.
她能輕易地與經歷過類似困難的人產生共鳴。

☐ **emphatic** [ɪmˋfætɪk] **(= forceful, assertive)** – an emphatic denial (a.) ★★
斷然否決
She gave an **emphatic** denial of the accusations. 她對那些指控予以斷然否認。

☐ **be emphatic** [ɪmˋfædɪk] about – (phr.) 強調… ★★
She **was emphatic about** the importance of education. 她強調教育的重要性。

☐ **emporium** [ɪmˋpɔrɪəm] **(= store, marketplace)** ★
– a large emporium (n.) 大型商場 ★
They visited a large **emporium** in the city. 他們參觀了市區的一家大型商場。

☐ **enchant** [ɪnˋtʃænt] **(= charm, captivate)** – enchant the audience (v.) ★★
使觀眾著迷
The performance **enchanted** the audience. 那場演出讓觀眾著迷。

☐ **enclose** [ɪnˋkloʊz] **(= include, insert)** ★★
– enclose a document (v.) 附上文件
Please enclose a copy of your résumé. 請附上你的履歷表副本。
● 以下句型經常出現，請熟記！
Please find **enclosed** a copy of your contract. 附上合約書副本。

☐ **encompass** [ɪnˋkʌmpəs] **(= include, cover)** ★★
– encompass all areas (v.) 涵蓋／包含所有區域
The course will **encompass** all aspects of the subject.
這門課程將涵蓋該主題的所有面向。

☐ **encyclopedia** [ɪnˌsaɪkləˋpidɪə] – read an encyclopedia (n.) 閱讀百科全書 ★★
He enjoyed reading the **encyclopedia** to learn new facts.
他喜歡閱讀百科全書來學習新知。

☐ **enduringly** [ɪnˋdjʊrɪŋlɪ] **(= permanently, lastingly)** ★★
– enduringly popular (adv.) 持續受到歡迎的
The book has been **enduringly** popular since its release.
這本書從出版以來就一直受到歡迎。

☐ **enterprising** [ˈɛntɚˌpraɪzɪŋ] (= **ambitious, entrepreneurial**) ★★
– an enterprising individual (a.) 有進取心的／具企業家精神的個人
He is an **enterprising** young man with many ideas.
他是個有許多想法且有進取心的年輕人。

☐ **entrée** [ˈɑntre] (= **main dish, main course**) ★★
– choose an entrée (n.) 選擇主菜
The **entrée** was served with a side salad. 主菜搭配附餐沙拉一起上桌。

☐ **entrepreneur** [ˌɑntrəprəˈnɝ] – become a successful entrepreneur (n.) ★★
成為成功的企業家
● 是來自法語的單字，因此拼法較特殊。
The young **entrepreneur** started her own tech company.
那位年輕的企業家創立了自己的科技公司。

☐ **enumerate** [ɪˈnjuməˌret] (= **list, count**) – enumerate the reasons (v.) ★★
列舉理由
He **enumerated** the reasons for his decision. 他舉出自己做出這項決定的理由。

☐ **erratic** [ɪˈrætɪk] (= **unpredictable**) – erratic behavior (a.) ★★
反覆無常的／古怪的行為
His **erratic** behavior made it difficult to work with him.
他反覆無常的行為令人難以與其共事。

☐ **erupt** [ɪˈrʌpt] – a volcano erupts (v.) 火山爆發 ★★
The volcano **erupted**, spewing lava and ash into the air.
火山爆發時，將熔岩和火山灰噴向空中。

☐ **exceptional** [ɪkˈsɛpʃənl] (= **extraordinary, remarkable**) ★★
– an exceptional talent (a.) 傑出的才能
He has an **exceptional** talent for music. 他擁有音樂方面傑出的才華。

☐ **excursion** [ɪkˈskɝʒən] – go on an excursion (n.) 去遠足／郊遊 ★★
They went on an **excursion** to the mountains. 他們到山上去遠足了。

☐ **exemplary** [ɪgˈzɛmplərɪ] (= **commendable, ideal**) ★★
– exemplary behavior (a.) 模範行為

She was recognized for her **exemplary** behavior. 她以其模範行為而受到表揚。

☐ **exert** [ɪɡˈzɝt] **(= apply, use)** – exert influence (v.) 發揮影響力 ★★
He **exerted** all his influence to get the job done.
他運用了所有的影響力來完成這項工作。

☐ **exhaustive** [ɪɡˈzɔstɪv] **(= thorough, comprehensive)** ★★
– exhaustive research (a.) 徹底的研究
The report is based on **exhaustive** research. 這份報告有全面性的研究作為依據。

☐ **existing** [ɪɡˈzɪstɪŋ] **(= current, present)** ★★
– existing conditions (a.) 現有條件
The **existing** conditions must be improved. 現有條件必須加以改善。

☐ **exorbitant** [ɪɡˈzɔrbətənt] **(= excessive, outrageous)** ★★
– exorbitant prices (a.) 過高的價格
The prices at the hotel were **exorbitant**. 那家飯店的價格過高。

☐ **expedition** [ˌɛkspəˈdɪʃən] **(= journey, exploration)** ★★
– a scientific expedition (n.) 科學探險
They embarked on a scientific **expedition** to the Arctic.
他們展開了一趟前往北極的科學探險。

☐ **explicit** [ɪkˈsplɪsɪt] **(= clear, definite)** – explicit instructions (a.) ★★
明確的指示
He gave **explicit** instructions to the team. 他給了團隊明確的指示。

☐ **exploit** [ɪkˈsplɔɪt] **(= take advantage of, utilize)** ★★
– exploit resources (v.) 剝削／開採資源
The company was accused of **exploiting** workers. 該公司被指控剝削勞工。

☐ **extravaganza** [ɪkˌstrævəˈɡænzə] – an annual dance extravaganza (n.)
一年一度的舞蹈盛會／盛事 ★★
The music festival was an **extravaganza** of lights and sounds.
那場音樂節是一場燈光與聲音交織的華麗盛會。

☐ **fast approaching** [fæst əˈproʊtʃɪŋ] – a fast approaching deadline (a.) ★★
快速逼近的截止期限

● approaching 曾出現在考題的正解選項中。

With the holidays **fast approaching**, many people are busy shopping.
隨著假期快速逼近，許多人忙著購物。

☐ **feat** [fit] – a remarkable feat (n.) 驚人的**壯舉** ★★
Climbing Mount Everest is an incredible **feat**.
登上聖母峰是一項令人難以置信的的壯舉。
● 可搭配 laud（稱讚）一同記憶，都是拼字簡短卻常被忽略的高分詞彙。

☐ **fee** [fi] **(= charge, cost)** – an admission fee (n.) 入場**費** ★★
The admission **fee** is $10. 入場費是 10 美元。

☐ **fictitious** [fɪkˈtɪʃəs] **(= imaginary, invented)** ★★
– a fictitious character (a.) **虛構的**人物
The story is about a **fictitious** character. 這個故事是關於一個虛構的人物。

☐ **fill an order** – fill an order for books (v.) **處理**書籍**訂單** ★★
We need to **fill the order** by the end of the week.
我們必須在本週結束前處理這筆訂單。

☐ **financial statement** [faɪˈnænʃəl ˈstetmənt] **(= balance sheet, report)** ★★
– prepare a financial statement (n.) 編製**財務報表**
The accountant prepared the **financial statement** for the year.
會計師編製了本年度的財務報表。

☐ **fiscal** [ˈfɪskəl] **(= financial, economic)** – a fiscal policy (a.) **財政**政策 ★★
The government announced new **fiscal** policies. 政府宣布了新的財政政策。

☐ **fleet** [flit] **(= group, collection)** – car fleet (n.) 車輛**隊伍** ★★
The company has **a fleet of** delivery trucks. 那家公司擁有一支送貨卡車隊。

☐ **fleetingly** [ˈflitɪŋli] **(= briefly, momentarily)** ★★
– glance fleetingly (adv.) 匆匆地／大略地看一下
He glanced **fleetingly** at the document. 他匆匆地瞄了一眼那份文件。

☐ **floorplan** [ˈflorplæn] **(= layout, blueprint)** – a house floorplan (n.) ★★
住宅**平面圖**

The **floorplan** of the new house is very spacious. 新房子的平面圖非常寬敞。

☐ **flounder** [ˈflaʊndɚ] – flounder in the water (v.) 在水中掙扎 ★★
The boat **floundered** in the rough sea. 這艘船在洶湧的海上掙扎搖晃。

☐ **follow up on (= address, pursue)** – follow up on the request (v.) ★★
處理請求事項
I'll **follow up on** the request next week. 我下週會處理這項申請。

☐ **forage** [ˈfɔrɪdʒ] **(= search, scavenge)** – forage for food (v.) 搜尋食物 ★★
Animals **foraged for** food in the forest. 動物們在森林中尋找食物。

☐ **foreman** [ˈfɔrmən] **(= supervisor, overseer)** ★★
– a construction foreman (n.) 工地監工
The **foreman** managed the construction site. 監工管理建築工地。

☐ **forerunner** [ˈfɔrʌnɚ] – a forerunner of modern technology (n.) ★★
現代科技的先驅
The early computer was a **forerunner** of modern technology.
早期的電腦是現代科技的先驅。
● 比賽中的「第二名，亞軍」英文是 runner-up。
He became the **runner-up** in the competition. 他在那場比賽中獲得了亞軍。

☐ **forge** [ˈfɔrdʒ] – forge a signature (v.) 偽造簽名 ★★
He was accused of trying to **forge** a signature on the check.
他被指控試圖在支票上偽造簽名。

☐ **format** [ˈfɔrmæt] **(= layout, structure)** – a document format (n.) ★★
文件格式
The **format** of the document needs to be revised. 這份文件的格式需要修改。

☐ **fortnight** [ˈfɔrtnaɪt] **(= two weeks, two-week period)** ★★
– every fortnight (n.) 每兩週一次
They will return in a **fortnight**. 他們會在兩週後回來。

☐ **foyer** [ˈfɔɪɚ] **(= entrance hall, lobby)** – a hotel foyer (n.) 飯店大廳 ★★
They waited in the hotel **foyer**. 他們在飯店大廳等候。

☐ **garnish** [ˈgɑrnɪʃ] **(= decorate, embellish)** – garnish a dish (v.) 裝飾料理 ★★
The chef **garnished** the dish with fresh herbs. 廚師用新鮮的香草來裝飾這道料理。

☐ **get in touch** [tʌtʃ] **with (= contact)** – (v.) 和…聯絡 ★★
● 這個用法中的 touch」會被設計為正確選項。
I'll **get in touch with** you later. 我晚點會跟你聯絡。

☐ **gifted** [ˈɡɪftɪd] – a gifted musician (a.) 有天賦的音樂家 ★★
She is a **gifted** musician with a natural talent for the piano.
她是一位擁有鋼琴天賦的音樂家。

☐ **glowing** [ˈɡloɪŋ] **(= enthusiastic, praising)** – glowing reviews (a.) ★★
盛讚的評論
The restaurant received **glowing** reviews. 那間餐廳獲得盛讚的評論。

☐ **glowingly** [ˈɡloɪŋlɪ] – a glowingly lit room (adv.) 燈光明亮的房間 ★★
The candles burned **glowingly** in the dark, creating a warm and inviting atmosphere.
蠟燭在黑暗中明亮地燃燒，營造出溫暖又吸引人的氛圍。
● 「明亮地」是此字的原意，也可延伸表示「熱情地，極力稱讚地」。
The manager spoke **glowingly** about the team's recent achievements.
經理對團隊近期的成就極力稱讚。
The review was **glowingly** positive. 那篇評論極為正面。

☐ **gratifying** [ˈɡrætəˌfaɪɪŋ] – a gratifying result (a.) 令人欣慰的結果 ★★
It was **gratifying** to see the students improve. 看到學生進步令人感到欣慰。

☐ **grief** [grif] **(= sorrow, sadness)** – deep grief (n.) 深切的悲傷 ★★
She was overcome with **grief** after the loss of her pet. 她因失去其寵物而悲痛萬分。

☐ **grout** [ɡraʊt] – apply the grout (n.) 塗抹填縫劑 ★★
● 通常表示塗在浴室、廚房等瓷磚縫隙中的「薄泥漿」，它是日本多益最新的考題字彙。
After laying the tiles, they applied the **grout** to seal the gaps.
鋪好瓷磚後，他們塗上薄泥漿來封住縫隙。

☐ **hedge** [hɛdʒ] **(= bush, fence)** – plant a hedge (n.) 種植樹籬 ★★
They planted a **hedge** around their garden. 他們在花園周圍種了樹籬。

326

☐ **helpline** [ˈhɛlplaɪn] **(= hotline, support line)** – call the helpline (n.) ★★
撥打**客服專線**
If you need assistance, call the **helpline**. 若你需要協助，請撥打客服專線。

☐ **high-end** [ˈhaɪˈɛnd] **(= luxury, premium)** – high-end products (a.) ★★
高端產品
The store sells **high-end** electronics. 那家店販售高端電子產品。

☐ **hilarious** [hɪˈlɛrɪəs] **(= very funny, amusing)** – a hilarious joke (a.) ★★
極其滑稽的笑話
He told a **hilarious** joke that made everyone laugh.
他講了一個讓大家都笑翻天的笑話。

☐ **hostile** [ˈhɑstl̩] **(= unfriendly)** – a hostile environment (a.) **敵意的**環境 ★★
The company faced a **hostile** takeover bid. 那家公司面臨來者不善的併購提案。

☐ **hover** [ˈhʌvɚ] – hover in place (v.) 在原地**徘徊／盤旋** ★★
The drone **hovered** above the ground. 無人機在地面上方盤旋。

☐ **hypothesis** [haɪˈpɑθəsɪs] – formulate a hypothesis (n.) **創立**一個假設 ★★
The scientist tested the **hypothesis** through experiments.
科學家透過實驗驗證這項假設。

☐ **illegible** [ɪˈlɛdʒəbl̩] **(= unreadable, unclear)** ★★
– illegible handwriting (a.) **難以辨認的**筆跡
His handwriting is nearly **illegible**. 他的字跡幾乎難以辨認。

☐ **immense** [ɪˈmɛns] **(= huge, enormous)** ★★
– an immense sum of money (a.) 一筆**龐大的**金額
The project required an **immense** amount of time. 該專案需要大量的時間。

☐ **immune** [ɪˈmjun] – immune from prosecution (a.) **免於**被起訴的 ★★
● 常以 immune from 的形式出現。
The diplomat is **immune from** prosecution under international law.
該外交官根據國際法免於被起訴。

☐ **immunize** [ˈɪmjuˌnaɪz] – be immunized against a disease (v.) ★★
對某疾病有免疫力
Children are often **immunized** against measles. 小孩通常會接種預防麻疹的疫苗。

☐ **impair** [ɪmˈpɛr] (= **damage, weaken**) – impair vision (v.) 損害視力 ★★
The disease can **impair** vision. 這種疾病可能會損害視力。

☐ **impound** [ɪmˈpaʊnd] (= **seize, confiscate**) – impound a vehicle (v.) ★★
扣押車輛
The police **impounded** his car. 警方扣押了他的車子。

☐ **impromptu** [ɪmˈprɑmptju] – an impromptu speech (a.) 即興演講 ★★
He gave an **impromptu** speech at the event. 他在活動中發表了一段即興演講。

☐ **in a row** [roʊ] (= **consecutively**) – (phr.) 連續地 ★★
She won three games **in a row**. 她連續贏了三場比賽。

☐ **in a timely manner** [ˈtaɪmlɪ ˈmænɚ] (= **on time**) – (phr.) 及時地 ★★
Please submit your report **in a timely manner**. 請準時提交你的報告。

☐ **in bulk** [bʌlk] – buy in bulk (phr.) 大量購買 ★★
They decided to buy supplies **in bulk** to save money.
他們決定大量採購物資以節省費用。

☐ **in conjunction** [kənˈdʒʌŋkʃən] **with** (= **along with, together with**) ★★
– (phr.) 與⋯一起
The event was organized **in conjunction with** the local community.
該活動是與當地社區共同籌辦的。

☐ **in its entirety** [ɪnˈtaɪrətɪ] – read in its entirety (phr.) 全部閱讀 ★★
The book must be read **in its entirety** to be fully understood.
這本書必須全部閱讀才能充分理解。

☐ **in line** [laɪn] **with** (= **according to**) – (phr.) 符合，依據 ★★
The changes are **in line with** the new regulations. 這些變更符合新的規定。

☐ **in no time** (= **very quickly**) – finish in no time (phr.) 立刻完成 ★★

The task was completed **in no time**. 這項任務很快就完成了。

☐ **in the near/foreseeable** [nɪr/fɔrˋsiəbl] **future (= soon)** – (phr.)　★★
在不久的將來／可預見的未來
We plan to launch the product **in the near future**.
我們計劃在不久的將來推出此產品。
I**n the foreseeable future**, advancements in technology are expected to continue rapidly. 在可預見的未來，科技會越來越進步，而且速度很快。

☐ **inceptive stage** [ɪnˋsɛptɪv ˋstedʒ] – at its inceptive stage (n.)　★★
在它的**初始階段**
At this **inceptive stage**, we are gathering initial data.
在這初始階段，我們正在收集初步資料。

☐ **inconspicuous** [͵ɪnkənˋspɪkjʊəs] **(= unnoticeable, discreet)**　★★
– an inconspicuous location (a.) 不顯眼的位置
The key was hidden in an **inconspicuous** place. 鑰匙被藏在一個不起眼的地方。

☐ **increment** [ˋɪnkrəmənt] **(= addition, increase)**　★★
– a salary increment (n.) 薪資**增加**
Employees received an annual salary **increment**. 員工們獲得了年度的加薪。

☐ **in-depth** [ˋɪn͵dɛpθ] **(= thorough, detailed)** – an in-depth analysis (a.)　★★
深入的分析
The report provides an **in-depth** analysis of the data. 這份報告提供資料的深入分析。

☐ **indigenous** [ɪnˋdɪdʒənəs] – indigenous plants (a.) 原生／本地植物　★★
These practices are **indigenous** to the region. 這些做法是這個地區原本就有的。

☐ **infection** [ɪnˋfɛkʃən] **(= disease, contamination)**　★★
– a bacterial infection (n.) 細菌感染
He is recovering from a bacterial **infection**. 他正從細菌感染中康復。

☐ **influx** [ˋɪnflʌks] **(= arrival, flood)** – influx of tourists (n.) 觀光客湧入　★★
The city saw a large **influx of** tourists this summer.
今年夏天這個城市迎來大量的觀光客。

☐ **informed decision/choice** [ɪnˈfɔrmd dɪˈsɪʒən/tʃɔɪs] – make an informed ★★
decision/choice (n.) 做出**基於資訊／有所根據的決定／選擇**
It's important to make an **informed decision**. 做出有根據的決定是很重要的。

☐ **ingenious** [ɪnˈdʒinɪəs] **(= clever, inventive)** ★★
– an ingenious solution (a.) **巧妙的**解決方案
● in+genious (genius 天才): 天才在裡面 → 足智多謀的
She came up with an **ingenious** solution to the problem.
她提出了一個巧妙的解決方法。

☐ **inherently** [ɪnˈhɪrəntlɪ] **(= essentially, naturally)** ★★
– inherently dangerous (adv.) **原本就是**危險的
The activity is **inherently** dangerous. 這活動本質上就是具有危險性的。

☐ **in-house** [ˈɪnˌhaʊs] – in-house training (a.) **內部**訓練 ★★
The company provides **in-house** training for all new employees.
公司為所有新進員工提供內部訓練。

☐ **inlay** [ˈɪnˌle] – a gold inlay (n.) 金色**鑲嵌** ★★
The table was decorated with a beautiful gold **inlay**.
那張桌子裝飾著漂亮的金色鑲嵌圖案。

☐ **insistent** [ɪnˈsɪstənt] **(= firm, persistent)** – an insistent demand (a.) ★★
堅持的要求
She was **insistent on** getting a refund. 她堅持要退款。

☐ **instinctively** [ɪnˈstɪŋktɪvlɪ] **(= automatically, naturally)** ★★
– react instinctively (adv.) **本能地／下意識地**反應
She reacted **instinctively** to the danger. 她下意識中對於危險做出反應。

☐ **instructive** [ɪnˈstrʌktɪv] **(= educational, informative)** ★★
– an instructive example (a.) **有教育意義的**範例
The lecture was very **instructive**. 那場演講非常有教育意義。

☐ **intake** [ˈɪnˌtek] – increase intake (n.) 增加**攝取量** ★★
The doctor advised her to increase her **intake** of vitamins.
醫生建議她增加維他命的攝取量。

☐ **interchangeable** [ˌɪntɚˋtʃendʒəbl̩] (= **replaceable, identical**) ★★
– interchangeable parts (a.) 可替換的零件
These parts are **interchangeable**. 這些零件可以互換。

☐ **interim** [ˋɪntərəm] – an interim report (a.) 臨時性的／中期的報告 ★★
● an interim report（中期報告）這個詞彙在多益考試中經常出現。
The **interim** report was presented at the meeting. 中期報告在會議上提出來。
The team submitted an **interim** report to update the progress.
團隊提交了一份臨時報告來更新進度。

☐ **intermission** [ˌɪntɚˋmɪʃən] – during intermission (n.) ★★
在間歇／幕間休息期間
They went to get snacks during the **intermission**. 他們在幕間休息時去買點心。

☐ **intermittently** [ˌɪntɚˋmɪtn̩tlɪ] (= **occasionally, periodically**) ★★
– rain intermittently (adv.) 間歇性降雨
It rained **intermittently** throughout the day. 間歇性的雨下了一整天。

☐ **interpersonal** [ˌɪntɚˋpɝsən l̩] (= **between people, social**) ★★
– interpersonal skills (a.) 人際間的／社交的技巧
Strong **interpersonal** skills are important in this job.
這份工作非常重視良好的社交技巧。

☐ **intersection** [ˌɪntɚˋsɛkʃən] (= **crossroads, junction**) ★★
– a busy intersection (n.) 壅塞的十字路口
Be careful when driving through the **intersection**. 開車經過交叉路口時要小心。

☐ **intricacy** [ˋɪntrəkəsɪ] (= **complexity, detail**) ★★
– intricacy of design (n.) 設計上的錯綜複雜
The **intricacy** of the design is impressive. 設計上的錯綜複雜令人印象深刻。

☐ **intrigue** [ɪnˋtrig] (= **fascinate, interest**) – intrigue the audience (v.) ★★
引起觀眾的興趣
The mystery novel **intrigued** the audience. 那本推理小說引起了觀眾的興趣。

☐ **intriguingly** [ɪnˋtrigɪŋlɪ] – intriguingly complex (adv.) 耐人尋味的複雜 ★★

Intriguingly, the ancient manuscript contained modern references.
有趣的是，那本古老手稿裡面有現代的引用資料。

☐ **intuitive** [ɪnˋtʊətɪv] **(= instinctive, perceptive)** ★★
– an intuitive design (a.) 直觀的設計
The app's **intuitive** design makes it easy to use. 此應用程式的直觀設計讓人容易上手。

☐ **irrigate** [ˋɪrəˌɡet] **(= water, supply)** – irrigate the fields (v.) ★★
為田地灌溉／澆水
Farmers use canals to **irrigate** their fields. 農夫們利用運河為田地灌溉。

☐ **keep...posted** [ˋpostɪd] **on (= inform... of)** – (v.) ★★
持續讓…（某人）得知…（消息等）
Please **keep** me **posted on** any updates. 如果有任何更新，請隨時讓我知道。

☐ **lag** [læɡ] **behind** – lag behind in technology (v.) 在技術方面落後 ★★
The company **lags behind** its competitors in adopting new technology.
該公司在採用新技術方面落後其競爭對手。

☐ **lanyard** [ˋlænjɚd] – an ID badge on a lanyard (n.) 掛繩上的識別證 ★★
Employees are required to wear their ID badges on a **lanyard** at all times in the office.
員工在辦公室內必須隨時佩戴掛在掛繩上的員工證。

☐ **latent** [ˋletn̩t] **(= hidden, dormant)** – latent potential (a.) 潛在的力量 ★★
He has **latent** talent in music. 他在音樂方面有潛在的天賦。

☐ **leaflet** [ˋliˌflɪt] – distribute a leaflet (n.) 發送傳單 ★★
They distributed **leaflets** to promote the event. 他們發送傳單來宣傳活動。

☐ **ledger** [ˋlɛdʒɚ] **(= book, record)** – an accounting ledger (n.) ★★
會計帳本／帳簿
The accountant updated the **ledger** with new entries. 會計人員用新的條目更新了帳簿。

☐ **legible** [ˋlɛdʒəb!] **(= readable, clear)** – legible handwriting (a.) ★★
可辨識的／清晰的筆跡
Please make sure your handwriting is **legible**. 請確保你的字跡清楚易讀。

☐ **legislation** [ˌlɛdʒɪsˈleʃən] (= **law, enactment**) – pass legislation (n.) ★★
通過**法案**

The government passed new **legislation** to improve road safety.
政府通過了旨在改善道路安全的新法案。

☐ **leisurely** [ˈliʒɚlɪ] (= **slowly, unhurriedly**) – stroll leisurely (adv.) ★★
悠閒地散步

They strolled **leisurely** through the park. 他們悠閒地在公園裡散步。

☐ **lessen** [ˈlɛsn̩] (= **reduce**) – lessen the impact (v.) 減輕影響 ★★
● 不要看成 lesson（課程）這個字了！

We need to find ways to **lessen** the impact of the new policy.
我們需要找出能減少新政策影響的方法。

☐ **levy** [ˈlɛvɪ] (= **tax, charge**) – impose a levy (n.) 施加徵稅／稅款 ★★

The government imposed a **levy** on imports. 政府對進口商品課徵了稅金。

☐ **levy A on B** – levy a tax on imports (v.) 對出口商品課稅 ★★

The government decided to **levy** a tax **on** luxury goods. 政府決定對奢侈品課稅。

☐ **loot** [lut] – loot a store (v.) 搶劫商店 ★★

During the riot, several stores were **looted**. 暴動期間有幾間商店遭到搶劫。

☐ **lure** [lʊr] (= **attract, entice**) – lure customers (v.) 吸引顧客 ★★

The store used discounts to **lure** customers. 那家商店利用折扣吸引顧客。

☐ **mandate** [ˈmændet] (= **order, directive**) – an official mandate (n.) ★★
正式的**命令**

The agency was given a **mandate** to reduce pollution. 該機構接獲減少污染的指示。

☐ **manuscript** [ˈmænjuˌskrɪpt] (= **document, script**) ★★
– submit a manuscript (n.) 提交手稿

The author submitted her **manuscript** to the publisher.
作者將她的手稿提交給出版社。

☐ **marginal notes** [ˈmɑrdʒɪnəl nots] – write marginal notes (n.)
撰寫**旁註**（寫在正文旁或段落結尾處的註解） ★★

The professor's **marginal notes** were very helpful for studying.
教授的旁註對學習非常有幫助。

☐ **marginally** [ˈmɑrdʒɪnəlɪ] – increase marginally (adv.) ★★
略微上升／稍微增加

The test scores improved **marginally** this year. 今年的考試成績略有提升。

☐ **markedly** [ˈmɑrkɪdlɪ] **(= noticeably, significantly)** ★★
– markedly different (adv.) 明顯地／顯著地不同

Her performance has improved **markedly**. 她的表現顯著提升了。

☐ **mastermind** [ˈmæstɚˌmaɪnd] **(= orchestrate, organize)** ★★
– mastermind a plan (v.) 指揮／操控計畫

He **masterminded** the whole operation. 他指揮了整個行動。

● mastermind 當名詞時表示「主謀／策劃者（planner）」。

The police finally caught the criminal **mastermind** behind the robbery.
警方終於逮捕了那起搶案的主謀。

☐ **mechanism** [ˈmɛkəˌnɪzm] **(= device)** ★★
– safety mechanism in place (n.) 安全裝置設置完成

● mechanism 指的是「具有特定功能或目的的系統或裝置」，而 mechanic 當名詞表示「維修工／技師」。

The safety **mechanism** in the machine prevents accidents.
機器內的安全裝置可防止意外發生。

☐ **memoir** [ˈmɛmwɑr] **(= autobiography, reminiscence)** ★★
– write a memoir (n.) 撰寫回憶錄

She wrote a **memoir** about her experiences. 她寫了一本關於自身經歷的回憶錄。

☐ **memorandum** [ˌmɛməˈrændəm] – send a memorandum (n.) ★★
發送備忘錄／公文

The manager sent a **memorandum** to all employees about the new policy.
經理向全體員工發送了有關新政策的公文。

● memorandum 在 PART 7 的各種文本中，memo（= memorandum）也可能表示「公文／通告」等意思。

☐ **menace** [ˈmɛnɪs] – a real menace (n.) 實際的威脅 ★★

The stray dog was a **menace** to the neighborhood. 那隻流浪狗對該社區構成威脅。

☐ **milestone** [ˈmaɪlˌston] **(= significant event, landmark)** ★★
– an important milestone (n.) 重要的<u>里程碑／重大事件</u>
The launch of the new product was a **milestone** for the company.
新產品的推出是該公司的一個重要里程碑。

☐ **minus** [ˈmaɪnəs] – minus the $20 discount (prep.) <u>扣除／減去</u> 20 元折扣 ★★
He earned $1,000 **minus** taxes and fees. 他扣除稅金與手續費後賺了 1,000 元。

☐ **miscellaneous** [ˌmɪsəˈleniəs] **(= varied, assorted)** ★★
– miscellaneous items (a.) <u>雜項的／各式各樣的</u>物品
The drawer is full of **miscellaneous** items. 抽屜裡裝滿了各式各樣的雜物。

☐ **mishap** [ˈmɪsˌhæp] **(= accident, misfortune)** – a minor mishap (n.) ★★
輕微的<u>災禍</u>
There was minor **mishap** during the event. 活動中發生了輕微的事故。

☐ **modest** [ˈmɑdɪst] **(= humble, moderate)** – a modest income (a.) ★★
<u>微薄的</u>收入
He lives on a **modest** income. 他靠著微薄的收入生活。
● modest 也有「謙虛的」意思。

☐ **move** [muv] **up (= advance, be promoted)** ★★
– move up the corporate ladder (v.) <u>升職／晉升</u>更高職位
She worked hard to **move up** the corporate ladder. 她為了在公司晉升而努力工作。
● 像爬階梯一樣往組織高層晉升，因此 move up the corporate ladder 表示「升職」。

☐ **mundane** [ˌmʌnˈden] – mundane tasks (a.) <u>日常的／乏味的</u>工作 ★★
● mundane 用來形容「無趣的，平凡無奇的」，這是從 2018 年新制多益以來經常出現的單字。
She finds doing the laundry to be a **mundane** task.
她覺得洗衣服是件無趣的日常事務。

☐ **municipal** [mjuˈnɪsəpl] – municipal government (a.) <u>地方自治／市</u>政府 ★★
The **municipal** government is responsible for public services.
市政府負責提供公共服務。

☐ **must-see** [ˈmʌstˌsi] **(= essential, noteworthy)** ★★
– a must-see attraction (a.) 必訪景點
The Eiffel Tower is a **must-see** attraction in Paris. 艾菲爾鐵塔是巴黎必看的景點。

☐ **navigate** [ˈnævəˌget] **(= find one's way, explore)** ★★
– navigate the website (v.) 瀏覽／導覽網站
He found it easy to **navigate** the website. 他覺得瀏覽這個網站很容易。

☐ **neutrality** [njuˈtrælətɪ] **(= impartiality, objectivity)** ★★
– maintain neutrality (n.) 保持中立
The country maintained its **neutrality** during the conflict. 該國在衝突期間保持中立。

☐ **niche** [nɪtʃ] – a profitable niche (n.) 有利可圖的切入點 ★★
The company found a profitable **niche** in the tech industry.
該公司在科技產業中找到一個可以獲利的切入點。

☐ **not that I know of (= not as far as I know)** – (phr.) 就我所知並非如此 ★★
Is he coming to the party? **Not that I know of**. 他要來參加派對嗎？就我所知沒有。

☐ **notion** [ˈnoʃən] **(= idea, concept)** – a general notion (n.) ★★
普遍的概念／想法
He had a vague **notion** of what was needed. 他對於需要什麼只有個大概的想法。

☐ **nuisance** [ˈnjusn̩s] **(= annoyance, bother)** – a public nuisance (n.) ★★
擾民的／大家都討厭的事物
The noise from the construction site is a **nuisance**. 工地的噪音真是惹人厭。

☐ **null** [nʌl] **and void** [vɔɪd] **(= invalid)** – declare null and void (a.) ★★
宣告無效
The contract was declared **null and void**. 該合約被宣告無效。

☐ **nutrient** [ˈnjutrɪənt] **(= food, nourishment)** ★★
– an essential nutrient (n.) 必要的營養素
Vegetables are rich in **essential** nutrients. 蔬菜富含必需營養素。

☐ **obfuscate** [ˈɑbfəˌsket] **(= confuse, obscure)** – obfuscate the truth (v.) ★★
混淆真相

The spokesperson tried to **obfuscate** the truth. 發言人試圖混淆真相。

☐ **observe** [əbˈzɝv] **one's anniversary** [ˌænəˈvɝsərɪ] – (v.) ★★
慶祝某人的紀念日
The company **observes** its anniversary with a special event each year.
該公司每年舉辦特別活動來慶祝紀念日。

☐ **observe the expiration date** [ˌɛkspəˈreʃən det] – (v.) 注意有效期限 ★★
Please **observe the expiration date** on the food packaging.
請注意食品包裝上標示的有效期限。

☐ **obstacle** [ˈɑbstəkl] **(= barrier, hurdle)** – overcome an obstacle (n.) ★★
克服**障礙**
They faced many **obstacles** during the project. 他們在這項專案中面臨了許多障礙。

☐ **obstruct** [əbˈstrʌkt] **(= block)** – obstruct the view (v.) 擋住／妨礙視野 ★★
The tree **obstructs** the view from the window. 那棵樹擋住了窗外的風景。

☐ **off season** [ɔfˈsizn̩] – during the off season (n.) 淡季期間 ★★
Hotels are cheaper during the **off season**. 飯店在淡季時比較便宜。

☐ **offence** [əˈfɛns] **(= crime, violation)** – commit an offence (n.) ★★
犯**罪**／做了**違法行為**
He was charged with a minor **offence**. 他因輕微犯罪被起訴。

☐ **on a weekly basis** [ˈwiklɪ ˈbesɪs] **(= weekly)** – (phr.) 每週，以週為單位 ★★
The team meets **on a weekly basis**. 該團隊每週會開會。

☐ **on the wane** [wen] – (phr.) 正在減弱中，正在衰退中 ★★
Interest in the old technology is o**n the wane**. 人們對舊技術的興趣正在減少。

☐ **out of print (= no longer available)** – books out of print (phr.) ★★
絕版書籍
That book has been **out of print** for years. 那本書已經絕版好幾年了。

☐ **outbreak** [ˈaʊtˌbrek] **(= occurrence)** – an outbreak of disease (n.) ★★
疾病**爆發**

New Updated List | 337

There was an **outbreak** of the flu in the school. 學校裡爆發了流感。

☐ **outnumber** [aʊtˈnʌmbɚ] – outnumber opponents (v.) 在人數上壓倒對手 ★★
The fans of the home team far **outnumbered** the visitors.
主隊的球迷人數遠超過客隊球迷。

☐ **outpatient** [ˈaʊtˌpeʃənt] (= non-resident patient) ★★
– an outpatient clinic (n.) 門診部／不必住院的診所
He visited the **outpatient** clinic for a check-up. 他去門診部做健康檢查。

☐ **outreach** [ˈaʊtˌritʃ] (= s-ervice) – community outreach (n.) ★★
社區服務活動
The program focuses on community **outreach**. 該計畫專注於社區服務活動。

☐ **outskirts** [ˈaʊtˌskɝts] (= fringe, edge) – on the outskirts (n.) ★★
位於郊區／市郊
They live on the **outskirts** of the city. 他們住在城市的郊區。

☐ **outsource** [ˈaʊtsɔrs] (= contract out, delegate) ★★
– outsource services (v.) 將服務外包
They decided to outsource their IT services. 他們決定將其 IT 服務外包。

☐ **outspoken** [ˈaʊtˌspokən] (= frank, candid) – an outspoken critic (a.) ★★
直言不諱的評論家
He is an outspoken critic of the government. 他是一名對政府直言不諱的評論家。

☐ **outthink** [ˈaʊtˈθɪŋk] (= outsmart, outwit) ★★
– outthink the competition (v.) 比對手頭腦更靈光／設想更周到
They managed to outthink their competition. 他們設法用頭腦勝過其競爭對手。

☐ **parameter** [pəˈræmətɚ] (= limit, boundary) ★★
– set parameters (n.) 設定參數
We need to set clear parameters for the project. 我們需要為這個專案設定明確的參數。

☐ **parlor** [ˈpɑrlɚ] (= shop, salon) – a beauty parlor (n.) 美容院／店舖 ★★
She owns a small beauty parlor downtown. 她在市中心擁有一家小型美容院。

☐ **patronize** [ˈpetrəˌnaɪz] **(= support)** – patronize a business (v.) ★★
支持某個商家

They **patronize** local businesses whenever possible. 他們盡可能支持當地商家。

● patronize 也有「光顧，常去」的意思，此時的同義字包括 frequent（常去，常光顧），也一併記住。

☐ **peak season** [ˈpik ˈsizn̩] – during the peak season (n.) 在旅遊**旺季**期間 ★★

The resort is crowded during the **peak season**. 這個度假村在旅遊旺季時非常擁擠。

☐ **percussion** [pɚˈkʌʃən] – play percussion (n.) 演奏**打擊樂器** ★★

The **percussion** section added a lively beat to the music.
打擊樂器組為音樂增添活力的節奏。

☐ **persuasive** [pɚˈswesɪv] **(= convincing, compelling)** ★★
– a persuasive argument (a.) 具說服力的論點

She made a **persuasive** argument for the new policy.
她對這項新規範提出了具說服力的論點。

☐ **peruse** [pəˈruz] – peruse a document (v.) 仔細閱讀文件 ★★

She **perused** the contract before signing it. 她在簽字之前仔細看過這份合約。

☐ **pervasive** [pɚˈvesɪv] **(= prevalent)** – pervasive corruption (a.) ★★
普遍存在的貪腐

The influence of social media is **pervasive** among teenagers.
社群媒體的影響力在青少年之中是相當普及的。

☐ **philanthropic** [ˌfɪlənˈθrɑpɪk] **(= charitable, humanitarian)** ★★
– philanthropic activities (a.) 慈善活動

The foundation is known for its **philanthropic** activities.
該基金會以其慈善活動聞名。

☐ **plaque** [plæk] – a commemorative plaque (n.) 紀念匾／牌 ★★

The **plaque** commemorates the founder of the company.
這塊紀念牌是為了紀念該公司的創辦人。

☐ **plight** [plaɪt] **(= hardship, difficulty)** – plight of refugees (n.) ★★
難民的困境

The **plight** of refugees is a global concern. 難民的困境是全球關注的問題。

☐ **plot** [plɑt] – plot against the state (v.) 策劃顛覆國家的陰謀　★★
They **plotted** to overthrow the government, carefully planning every detail.
他們密謀推翻政府，並仔細計劃每個細節。
● plot當名詞時，有「(小說、電影等的)情節」的意思。
The **plot** of the movie was intriguing. 那部電影的劇情引人入勝。

☐ **pointy** [ˋpɔɪntɪ] – pointy part of the cactus (n.) 仙人掌尖尖的部分　★★
Be careful when handling the cactus, as it has **pointy** parts.
處理仙人掌時要小心，因為它有尖尖的部分。

☐ **populate** [ˋpɑpjə‚let] – populate the database (v.) 填滿資料庫　★★
The researchers **populated** the database **with** new data.
研究人員用新數據填滿了資料庫。

☐ **portray** [pɔrˋtre] (= **depict, represent**) – portray a character (v.)　★★
描繪／演出一個角色
The actor **portrayed** the character brilliantly. 那位演員精彩地詮釋了那個角色。
The actor will **portray** a historical figure in the new movie.
那位演員將在新片中飾演一位歷史人物。

☐ **postmark** [ˋpost‚mɑrk] (= **stamp, date**) – postmark a letter (v.)　★★
在信件上蓋上郵戳
● postmark 通常用於被動語態中。
The letter was **postmarked** yesterday. 這信件上蓋了昨天的郵戳。

☐ **precedent** [ˋprɛsɪdnt] – set a precedent (n.) 建立先例　★★
The court's decision set a **precedent** for future cases.
法院的判決為日後的案件設下了一個判例。

☐ **predicament** [prɪˋdɪkəmənt] – a serious predicament (n.) 嚴重的困境　★★
She found herself in a serious **predicament** when she lost her wallet.
她遺失錢包時感覺自己陷入了嚴重的困境。

☐ **premature** [‚priməˋtʃʊr] (= **early, hasty**) – a premature decision (a.)　★★
草率的／為時過早的決定

340

It is **premature** to make a decision now. 現在下決定還太早。

☐ **prevalence** [ˈprɛvələns] **(= commonness, widespread)** ★★
– prevalence of a disease (n.) 疾病的**盛行／流行程度／普遍性**
The **prevalence** of diabetes is increasing. 糖尿病的盛行率正在上升。

☐ **principal** [ˈprɪnsəpl] **(= head, chief)** – a school principal (n.) 學校**校長** ★★
The school **principal** addressed the students. 校長向學生們發表了演說。
● principal 當形容詞時有「主要的」意思。

☐ **principle** [ˈprɪnsəpl] **(= rule, precept)** – a basic principle (n.) 基本**原則** ★★
Honesty is a fundamental **principle**. 誠實是基本原則。

☐ **printing** [ˈprɪntɪŋ] **and duplication** [ˌdjupləˈkeʃən] ★★
– offer printing and duplication services (n.) 提供**列印與資料複製**服務
The office has a machine for **printing and duplication**.
辦公室有一台可用於列印與資料複製的機器。

☐ **privilege** [ˈprɪvəlɪdʒ] **(= advantage, honor)** – a special privilege (n.) ★★
特權，特別待遇，榮幸
It was a **privilege** to meet the president. 有機會見到總統是一種榮幸。

☐ **proficiency** [prəˈfɪʃənsɪ] **(= skill, competence)** ★★
– language proficiency (n.) 語言的**精通力**
Language **proficiency** is required for this job. 語言的流暢度是這份工作所要求的。

☐ **profusion** [prəˈfjuʒən] – profusion of flowers (n.) **大量**的花朵 ★★
The garden was a **profusion** of colors in the spring. 花園在春天充滿繽紛色彩。

☐ **projected** [prəˈdʒɛktɪd] **(= expected, forecasted)** ★★
– projected growth (a.) **預估的**成長
The **projected** growth for the company is 10%. 公司預估成長率為10%。

☐ **proliferation** [prəlɪfəˈreʃən] **(= spread, increase)** ★★
– nuclear proliferation (n.) 核武**擴散**
● NPT = Nuclear Non-Proliferation Treaty（核武禁止擴散條約）
There are concerns about nuclear **proliferation**. 人們對核武擴散表示擔憂。

☐ **prominent** [ˈprɑmənənt] – a prominent scientist (a.) 卓越的科學家 ★★
The **prominent** author will be speaking at the event next week.
那位赫赫有名的作家將於下週的活動中發表演說。
● prominent 也有「顯眼的」意思。
The statue was placed in a **prominent** location. 那座雕像被放在顯眼一個的位置。

☐ **proponent** [prəˈponənt] – proponents of the bill (n.) 法案的支持者 ★★
P**roponents** of renewable energy highlight its environmental benefits.
再生能源的支持者強調其環保益處。

☐ **proportion** [prəˈpɔrʃən] (= **percentage, ratio**) – large proportion (n.) ★★
高比例／大部分
A large **proportion** of the population is affected. 大部分人口都受到影響。

☐ **proprietor** [prəˈpraɪətɚ] – a proprietor of a local bookstore (n.) ★★
當地書店的店主／所有權人
The **proprietor** greeted the customers warmly. 店主熱情地迎接顧客。

☐ **proprietary** [prəˈpraɪətɛrɪ] (= **exclusive, patented**) ★★
– proprietary software (a.) 專有的軟體
The company uses **proprietary** software. 該公司使用專有軟體。

☐ **prosperity** [prɑˈspɛrətɪ] (= **wealth, success**) ★★
– economic prosperity (n.) 經濟繁榮
The country is experiencing a period of **prosperity**. 該國正經歷一段繁榮時期。

☐ **prosthetics** [prɑsˈθɛtɪks] – advances in prosthetics (n.) ★★
義肢／假體技術的進步
She is learning to walk with her new **prosthetics**.
她正在學習使用她的新義肢來走路。

☐ **prudently** [ˈprudn̩tlɪ] (= **wisely, cautiously**) – act prudently (adv.) ★★
謹慎地行動
They acted **prudently** in the face of danger. 他們在面對危險時表現得很謹慎。

☐ **publicity** [pʌbˈlɪsətɪ] (= **advertising, promotion**) – gain publicity (n.) ★★
獲得媒體關注

The event gained a lot of **publicity**. 那場活動獲得了大量媒體關注。
- 獲得媒體關注也意味著產生宣傳效果，因此 publicity 也有「宣傳」的意思。

☐ **pundit** [ˈpʌndɪt] – a political pundit (n.) 政治**權威人士** ★★
She is a well-known political **pundit** on TV. 她是電視上知名的政治權威。

☐ **purposely** [ˈpɝpəslɪ] **(= intentionally, deliberately)** ★★
– purposely avoid (adv.) **故意／刻意**迴避
He **purposely** avoided the question. 他故意避開那個問題。

☐ **purveyor** [pɚˈveɚ] – a purveyor of goods (n.) 商品**供應商** ★★
The company is a well-known **purveyor** of gourmet foods.
那家公司是知名的高級食品供應商。

☐ **push a lawn mower** [lɔn ˈmoɚ] – spend the afternoon pushing a lawn ★★
mower (v.) 一整個下午**推著割草機**度過
He enjoys **pushing a lawn mower** on weekends. 他喜歡在週末推著割草機割草。

☐ **push back (= postpone, delay)** – push back the deadline (v.) ★★
延後截止日期
They decided to **push back** the deadline by a week. 他們決定將截止日期延後一週。

☐ **put together (= assemble)** – put together the model (v.) **組裝**模型 ★★
It took them a few hours to **put together** the furniture.
他們花了幾個小時才把家具組裝好。

☐ **quarantine** [ˈkwɔrənˌtin] **(= isolate, confine)** – quarantine the area (v.) ★★
隔離該地區
They decided to **quarantine** the area to prevent the spread of disease.
他們決定為了防止疾病擴散而隔離該地區。
- quarantine 可以當名詞也可以當動詞

The animals were placed **in quarantine** to prevent the spread of disease.
為了防止疾病擴散，這些動物被隔離了。

☐ **quirk** [kwɝk] – an interesting quirk (n.) 有趣的**怪癖／癖好** ★★
- quirk 意指「特殊習慣或特徵 (a peculiar or unusual habit or characteristic)」，是多數考生不熟悉的單字，但常出現在 TOEIC 閱讀中。

New Updated List | 343

One of his **quirks** is that he always wears mismatched socks.
他的怪癖之一是總是穿著不成對的襪子。

☐ **radius** [ˈredɪəs] **(= distance, range)** – within a radius (n.) ★★
在方圓的範圍內
The store is located within a 5-mile **radius**. 那家店位於方圓五英哩的範圍內。
● radius 原指「半徑」的意思。

☐ **rally** [ˈrælɪ] **(= gathering, assembly)** – a political rally (n.) 政治集會 ★★
Thousands of people attended the political **rally**. 數千人參加了那場政治集會。

☐ **ramp** [ræmp] – a wheelchair ramp (n.) 輪椅坡道 ★★
The building is equipped with a wheelchair **ramp**. 這棟建築配有殘障友善通道。

☐ **rapt** [ræpt] – rapt attention (a.) 全神貫注的注意力 ★★
The children listened with **rapt** attention to the storyteller.
孩子們全心聆聽著說故事者講故事。

☐ **rebate** [ˈribet] **(= refund, discount)** – get a rebate (n.) 獲得退費 ★★
We received a **rebate** on our taxes. 我們收到稅金退費。
● rebate 也常用來表示「折扣，回扣」。

☐ **receptionist** [rɪˈsɛpʃənɪst] **(= clerk, front desk staff)** ★★
– a hotel receptionist (n.) 飯店櫃檯人員
The **receptionist** greeted us warmly. 櫃檯人員熱情地迎接我們。

☐ **reclaim** [rɪˈklem] **(= retrieve, recover)** – reclaim land (v.) 收回土地 ★★
The company aims to **reclaim** its market position. 該公司目標是重新取得市場定位。

☐ **recruit** [rɪˈkrut] **(= hire, enlist)** – recruit employees (v.) 招募員工 ★★
The company is **recruiting** new employees. 公司正在招募新的員工。

☐ **rectangular** [rɛkˈtæŋgjulɚ] – a rectangular shape (a.) 長方形的形狀 ★★
The table has a **rectangular** shape, which fits perfectly in the dining room.
這張桌子是長方形的，非常適合放在餐廳裡。

☐ **rectify** [ˈrɛktəˌfaɪ] – rectify an error (v.) 更正錯誤 ★★

The company promised to **rectify** the error. 公司承諾會更正這項錯誤。

☐ **reel** [ril] in – an advertisement to reel in (v.) 吸引人的／誘人上鉤的廣告 ★★
● 此用法源自於 reel in 的本意，reel in the fish 是「把魚拉上來」。
The campaign successfully **reeled in** a large number of supporters.
該活動成功吸引了大量支持者的關注。

☐ **refute** [rɪˈfjut] **(= disprove)** – refute the argument (v.) 反駁論點 ★★
She **refuted** the argument with solid evidence. 她以確鑿的證據反駁了那項主張。

☐ **reimburse** [ˌriɪmˈbɝs] **(= repay, refund)** – reimburse expenses (v.) ★★
報銷費用
The company will **reimburse** your travel expenses. 公司將會報銷你的差旅費用。

☐ **reimbursement** [ˌriɪmˈbɝsmənt] **(= repayment, refund)** ★★
– expense reimbursement (n.) 費用報銷／退款
You can apply for **reimbursement** of travel expenses. 你可以申請差旅費用的報銷。

☐ **rein** [ren] **(= control, restrain)** – rein in spending (v.) 控制支出 ★★
The manager decided to **rein in** spending. 經理決定控制開支。

☐ **remainder** [rɪˈmendɚ] – remainder of the day (n.) ★★
剩下的一天／當天的剩餘時間
He spent the **remainder** of the day relaxing. 他用當天剩下的時間放鬆休息。

☐ **reminiscent** [ˌrɛməˈnɪsn̩t] **(= suggestive, evocative)** ★★
– reminiscent of (a.) 讓人回憶起⋯的／令人想起⋯的
The song is **reminiscent of** the 1980s. 這首歌讓人想起 1980 年代。

☐ **remittance** [rɪˈmɪtn̩s] – send a remittance (n.) 匯款（項）／寄匯款 ★★
She sends a **remittance** to her family every month. 她每個月都會寄匯款給家人。

☐ **remuneration package** [rɪˌmjunəˈreʃən ˈpækɪdʒ] ★★
– a competitive remuneration package (n.) 具競爭力的酬勞（包含各類津貼）
The company offers a competitive **remuneration package** to attract top talent.
公司為了吸引頂尖人才，提供具競爭優勢的酬勞。

☐ **renewal** [rɪˋnjuəl] – renewal of contract (n.) 合約**更新**／**續**約 ★★
The **renewal** of the contract was approved by both parties.
合約的更新已獲得雙方認可。

☐ **replica** [ˋrɛplɪkə] **(= copy, duplicate)** – an exact replica (n.) ★★
精確的**複製品**
The museum displayed an exact **replica** of the artifact.
博物館展出那件文物的精準仿製品。

☐ **repository** [rɪˋpɑzəˌtɔrɪ] **(= storage, archive)** – a data repository (n.) ★★
資料**儲存庫**
The library serves as a **repository** of knowledge. 圖書館具有知識儲存庫的功能。

☐ **reprimand** [ˋrɛprəˌmænd] – receive a reprimand (n.) 受到**譴責**／**訓斥** ★★
He received a **reprimand** for his careless mistake. 他因為粗心的錯誤而受到訓斥。

☐ **reputable** [ˋrɛpjutəbl̩] **(= respectable, trustworthy)** ★★
– a reputable firm (a.) **聲譽良好的**公司
He works for a **reputable** firm in the industry. 他在業界一家聲譽良好的公司上班。

☐ **respire** [rɪˋspaɪr] – respire deeply (v.) 深**呼吸** ★★
● respire 是 re[= back] + spire[= breathe]：吸回來 → 呼吸
● inspire 是 in + spire[= breathe]：注入 → 激勵／鼓舞
● perspire 是 per[= through] + spire[= breathe]：透過皮膚呼吸 → 出汗
After the race, he sat down to **respire** deeply. 比賽後，他坐下來深呼吸。

☐ **respondent** [rɪˋspɑndn̩t] **(= participant, answerer)** ★★
– a survey respondent (n.) 問卷**回答者**
Survey **respondents** were asked about their preferences. 受調者被問及他們的偏好。

☐ **restriction** [rɪˋstrɪkʃən] **(= limitation, constraint)** ★★
– impose restrictions (n.) 施加**限制**／**約束**
The government imposed new **restrictions** on travel. 政府對旅遊實施新的限制。

☐ **restructure** [rɪˋstrʌktʃɚ] **(= reorganize, reshape)** ★★
– restructure the company (v.) **重組**公司

The company decided to **restructure** its operations. 公司決定重組其營運架構。

- [ ] **retention** [rɪˋtɛnʃən] – employee retention (n.) 員工留任　★★
  - ● retention rate（員工留任率）↔ turnover rate（員工流動率）

  The company has a high employee **retention** rate. 該公司的員工留任率很高。

- [ ] **retrospective** [ˌrɛtrəsˋpɛktɪv] (= **looking back**)　★★
  – a retrospective exhibition (a.) 回顧展

  The museum is holding a **retrospective** exhibition of the artist's work.
  博物館正在舉辦這位藝術家的作品回顧展。

- [ ] **revamp** [rɪˋvæmp] (= **renovate, improve**) – revamp the house (v.)　★★
  改造房子

  They decided to **revamp** the old house. 他們決定改造這棟老房子。

- [ ] **revel** [ˋrɛvəl] – revel in the celebration (v.) 在慶祝活動中盡情狂歡　★★
  - ● 最新日本多益考題單字。

  They **reveled in** the celebration after their victory.
  他們在勝利後的慶祝活動中盡情狂歡。

- [ ] **revert** [rɪˋvɝt] (= **return, go back**) – revert to type (v.) 恢復原狀　★★
  - ● 與介系詞 to 搭配使用。

  The system will **revert to** its default settings. 系統將會恢復為預設設定。

- [ ] **rightly** [ˋraɪtlɪ] – be rightly proud of achievements (adv.)　★★
  理所當然地對於成就感到自豪

  He was **rightly** praised for his efforts. 他付出了努力，被誇獎是理所當然的。

  She was **rightly** concerned about the issue. 她會擔心那個問題是有道理的。

- [ ] **ripple** [ˋrɪpl̩] – a ripple effect (n.) 漣漪效應　★★

  The decision had a **ripple** effect throughout the industry.
  該決策對整個產業產生了連鎖反應。
  - ● ripple 原意是「水面上的漣漪，波紋」。

- [ ] **roster** [ˋrɑstɚ] (= **list, register**) – a team roster (n.) 球員名單／名冊　★★

  The coach announced the team **roster** for the game. 教練公布出賽的球隊名單。

☐ **rustic** [ˈrʌstɪk] – a rustic charm (a.) 質樸的魅力／鄉村風情 ★★
The cabin has a **rustic** charm that visitors love.
那間小木屋有著遊客們喜愛的質樸魅力。

☐ **sag** [sæg] – sag under weight (v.) 因重量而**塌陷** ★★
The shelf **sagged** under the weight of the books. 書架因為書的重量而下垂了。

☐ **sailing mast** [ˈselɪŋ mæst] (= **pole, spar**) – a tall sailing mast (n.) ★★
高大的**帆船桅杆**
The boat's tall **sailing mast** is visible from the shore.
那艘船的高桅杆從岸邊都能看見。

☐ **sanctuary** [ˈsæŋktʃʊˌɛrɪ] – (n.) a wildlife sanctuary 野生動物**保護區** ★★
The wildlife **sanctuary** is home to many endangered species.
該野生動物保護區是許多瀕危物種的棲息地。
　● 可比喻為「庇護所，心靈的避風港（a place of comfort and peace; a safe place）」，
　　這個解釋曾出現在考題中。
After a long day at work, her home became her **sanctuary** where she could relax and unwind. 經歷了辛苦的一天後，她的家成了她可以放鬆休息的避風港。

☐ **sapling** [ˈsæplɪŋ] – plant saplings (n.) 種植**幼樹／幼苗** ★★
The park was filled with young **saplings**. 公園裡種滿了幼苗。

☐ **saturation** [ˌsætʃəˈreʃən] – market saturation (n.) 市場**飽和（狀態）** ★★
The company is facing market **saturation** in its current region.
該公司在其目前地區面臨市場飽和的窘境。

☐ **scaffolding** [ˈskæfəldɪŋ] (= **structure, framework**) ★★
– set up scaffolding (n.) 搭設**鷹架**
　● 鷹架是建築術語，指為了能在工地高處施工而臨時搭建的結構物。
The workers set up **scaffolding** around the building.
工人們在這建築物四周搭設了鷹架。

☐ **scam** [skæm] (= **fraud, deception**) – an online scam (n.) 網路**詐騙** ★★
She fell victim to an online **scam**. 她成了網路詐騙的受害者。

☐ **scarcity** [ˈskɛrsətɪ] (= **shortage, lack**) – scarcity of resources (n.) ★★
資源**短缺**

The **scarcity** of water is a major issue. 水資源短缺是一個重大問題。

☐ **scrap** [skræp] **(= piece, fragment)** – scrap metal (n.) 廢金屬 ★★
The car was sold **for scrap**. 那輛車被當成廢鐵賣掉了。

☐ **sediment** [ˈsɛdəmənt] **(= deposit, residue)** – river sediment (n.) ★★
河川沈積物
The river carries a lot of **sediment**. 那條河流夾帶著大量沈積物。

☐ **sequence** [ˈsikwəns] **(= order, series)** – DNA sequence (n.) ★★
DNA 序列／順序
The **sequence** of events is crucial to the story. 故事中事件的順序至關重要。

☐ **set up (= assemble, arrange)** – set up a tent (v.) 搭帳篷 ★★
We **set up** the tent before nightfall. 我們在天黑前搭好了帳篷。

☐ **simulate** [ˈsɪmjʊˌlet] – simulate the conditions (v.) 模擬條件 ★★
The software **simulates** real-life scenarios. 這套軟體模擬了現實情境。

☐ **sluggish** [ˈslʌgɪʃ] – sluggish economy (a.) 經濟蕭條／不景氣 ★★
The **sluggish** economy has affected many businesses. 蕭條的經濟影響了許多企業。

☐ **solicit** [səˈlɪsɪt] – solicit donations (v.) 徵求捐助 ★★
The charity is **soliciting** donations for its latest campaign.
那個慈善機構正在為最新的活動募款。

☐ **solitary** [ˈsɑləˌtɛrɪ] **(= alone, isolated)** – solitary confinement (a.) ★★
單獨監禁
He enjoys **solitary** walks in the park. 他喜歡在公園裡獨自散步。

☐ **spare** [spɛr] **no expense** [ɪkˈspɛns] **on** – (v.) 在…（方面）不惜花費 ★★
The company **spared no expense on** the new office building.
公司砸重金打造新的辦公大樓。

☐ **specialty** [ˈspɛʃəltɪ] – the shop's specialty teas (n.) ★★
那家店專賣的／特製的茶品
The bakery's **specialty** is chocolate cake. 那家烘焙店的的拿手招牌就是巧克力蛋糕。

New Updated List | 349

☐ **spoil** [spɔɪl] **(= ruin, damage)** – spoil the surprise party (v.) ★★
破壞驚喜派對

Don't **spoil** the surprise party by telling anyone.
別告訴任何人,不然會破壞了驚喜派對。

☐ **spurious** [ˈspjʊrɪəs] **(= false, fake)** – spurious claims (a.) ★★
虛假的／偽造的主張

The report contained **spurious** claims. 這份報告中有一些虛假的主張。

☐ **stabilize** [ˈstɛbəˌlaɪz] **(= steady, secure)** – stabilize the economy (v.) ★★
穩定經濟

The government took measures to **stabilize** the economy. 政府採取穩定經濟的措施。

☐ **stagger** [ˈstægɚ] – stagger under the weight (v.) ★★
被重量壓得搖搖晃晃／蹣跚而行

He **staggered** under the weight of the heavy box.
他因為這沉重的箱子而走得搖搖晃晃。

☐ **stagnant** [ˈstægnənt] **(= still, inactive)** – stagnant economy (a.) ★★
停滯的／蕭條的經濟

The **stagnant** economy needs a boost. 停滯的經濟需要一點刺激。

☐ **stance** [stæns] – take a stance (n.) 採取立場／態度 ★★

The politician took a strong **stance** on environmental issues.
那位政治人物在環保議題上採取強硬的態度。

☐ **standstill** [ˈstændˌstɪl] – come to a standstill (n.) 進入停止／停頓狀態 ★★

Traffic came to a **standstill** due to the accident. 因為這起事故造成車流停滯不前。

☐ **stationery** [ˈsteʃəˌnɛrɪ] – buy stationery (n.) 購買文具 ★★

She bought some **stationery** for her office. 她買了一些辦公室要用的文具。

☐ **sterile** [ˈstɛrəl] **(= clean, germ-free)** – sterile environment (a.) ★★
無菌的環境

The surgical instruments must be kept **sterile**. 外科手術器械必須保持無菌狀態。

☐ **stipulation** [ˌstɪpjəˈleʃən] – important stipulations (n.) 重要的條款 ★★

350

One of the **stipulations** of the agreement is that the project must be completed by December. 該合約其中一項條款是專案必須在十二月前完成。

- [ ] **strenuous** [ˈstrɛnjuəs] **(= arduous, demanding)** ★★
  – strenuous exercise (a.) 劇烈的／費力的運動
  He avoids **strenuous** exercise due to his heart condition.
  他因為心臟疾病而避免激烈運動。
  The work requires **strenuous** physical activity. 那項工作需要劇烈的體能活動。

- [ ] **stringently** [ˈstrɪndʒəntlɪ] **(= strictly, rigorously)** ★★
  – enforce stringently (adv.) 嚴格執行
  The new rules were **stringently** enforced. 新規定被嚴格地執行了。

- [ ] **subordinate** [səˈbɔrdnɪt] – manage one's subordinates (n.) ★★
  管理某人的**下屬**
  He is responsible for managing his **subordinates**. 他負責管理其部屬員工。

- [ ] **subsidize** [ˈsʌbsəˌdaɪz] **(= finance, support)** – subsidize housing (v.) ★★
  補助住宅費用
  The government **subsidizes** housing for low-income families.
  政府為低收入家庭提供住宅補助。

- [ ] **substance** [ˈsʌbstəns] **(= material, matter)** – harmful substance (n.) ★★
  有害**物質**
  The lab is testing for harmful **substances**. 實驗室正在檢測有害物質。

- [ ] **substitution** [ˌsʌbstəˈtʃuʃən] **(= replacement, exchange)** ★★
  – substitution of ingredients (n.) 材料的**替代／替用品**
  You can use honey as a **substitution** for sugar. 你可以用蜂蜜來替代糖。

- [ ] **subtle** [ˈsʌtl] **(= delicate)** – a subtle change (a.) 細微的變化 ★★
  There was a **subtle** change in her attitude. 她的態度出現了細微的變化。

- [ ] **subtotal** [ˈsʌbˌtotl] **(= partial sum)** – calculate the subtotal (n.) ★★
  計算**小計金額**
  The **subtotal** of your purchase is $50. 你的購買商品金額小計是50元。

- [ ] **successive** [səkˈsɛsɪv] **(= consecutive, sequential)** ★★
  – successive wins (a.) 連續的勝利
  The team has had five **successive** wins. 該隊已經連贏了五場。

- [ ] **succinctly** [səkˈsɪŋktlɪ] **(= briefly, concisely)** ★★
  – explain succinctly (adv.) 簡要說明
  She explained the rules **succinctly**. 她簡要說明了規則。

- [ ] **such that** – arranged such that they look perfect (phr.)
  特地安排讓他們看起來完美 ★★
  The plan was designed **such that** it could be easily implemented.
  這項計畫特地設計成夠輕鬆執行。

- [ ] **superfluous** [suˈpɝfluəs] – superfluous information (a.) 多餘的資訊 ★★
  The report contained a lot of **superfluous** information. 報告中包含大量多餘的資訊。

- [ ] **supersede** [ˌsupɚˈsid] – supersede the old model (v.) 取代舊型號 ★★
  This document **supersedes** all previous versions. 這份文件取代了所有先前版本。

- [ ] **supplement** [ˈsʌpləmənt] **(= additive, complement)** ★★
  – a dietary supplement (n.) 營養補充品
  He takes a dietary **supplement** daily. 他每天服用營養補充品。

- [ ] **surcharge** [ˈsɝˌtʃɑrdʒ] **(= extra charge, fee)** – a surcharge for... (n.) ★★
  的附加費用
  There is a **surcharge** for overweight luggage. 行李超重會產生附加費用。

- [ ] **swiftly** [ˈswɪftlɪ] **(= quickly, rapidly)** – move swiftly (adv.) 快速移動 ★★
  The situation was handled **swiftly** and efficiently.
  這樣的狀況被迅速且有效地處理好了。

- [ ] **symmetrically** [sɪˈmɛtrɪklɪ] **(= evenly, proportionally)** ★★
  – symmetrically arranged (adv.) 對稱地排列
  The flowers were **symmetrically** arranged in the vase. 花瓶裡的花擺得很工整。

- [ ] **tailor** [ˈtelɚ] **A to B** – tailor the program to the students' needs (v.) ★★
  依學生需求量身設計課程

The course **is tailored to** beginners. 該課程是為初學者量身設計的。

☐ **take initiative** [ɪˈnɪʃətɪv] (= **lead, take charge**) – (v.) ★★
採取主動、主導行動
● 在這用語中，initiative 通常被設計為正確選項。
She decided to **take initiative** in the project. 她決定在這個專案中主動出擊。

☐ **takeover** [ˈtekovɚ] – a company takeover (n.) 公司併購 ★★
The smaller company is facing a **takeover** by a larger corporation.
這家小公司正面臨著大企業的併購。

☐ **tax** [tæks] **on** – impose a tax on (n.) 對⋯課稅／徵稅 ★★
● on 是正確答案。
The government imposed a **tax on** sugary drinks. 政府對含糖飲料課稅。

☐ **tensely** [ˈtɛnslɪ] (= **anxiously, nervously**) – wait tensely (adv.) ★★
緊張地等待
They waited **tensely** for the test results. 他們緊張地等待考試結果。

☐ **tenure** [ˈtɛnjur] – academic tenure (n.) 教職人員的終身職位 ★★
He was awarded **tenure** after years of teaching at the university.
他在大學任教多年後獲得終身教職的身分。
● tenure 也有「任期」的意思。

☐ **terrestrial** [təˈrɛstrɪəl] (= **earthly, land-based**) ★★
– a terrestrial ecosystem (a.) 陸地的／地球上的生態系統
The **terrestrial** ecosystem is diverse and complex. 地球的生態系統多樣且複雜。

☐ **thermal** [ˈθɝməl] (= **heat-related**) – thermal energy (a.) 熱能 ★★
The plant generates **thermal** energy. 那座工廠產出熱能。

☐ **thoroughfare** [ˈθɝoˌfɛr] – main thoroughfares (n.) 主要幹道 ★★
Traffic was heavy on the main **thoroughfares** during rush hour.
尖峰時間主要幹道的車流量相當大。

☐ **threshold** [ˈθrɛʃhold] (= **limit, boundary**) – pain threshold (n.) ★★
疼痛的容忍度／臨界點

New Updated List | 353

He has a high pain **threshold**. 他對疼痛的容忍度很高。（意思是比一般人更能忍痛）

☐ **thrive** [θraɪv] **(= flourish, prosper)** – thrive in business (v.) ★★
在事業上**大放異彩**／**生意興隆**
The company continues to **thrive** despite the challenges.
儘管面臨挑戰，該公司仍持續發展壯大。

☐ **tip over** – The vase tipped over. (v.) 花瓶**翻倒**／**傾倒**了。 ★★
Be careful not to **tip over** the glass of water. 小心別把水杯打翻了。

☐ **to the purpose** [ˋpɝpəs] **(= to the point)** – (phr.) 切合目的的 ★★
His suggestions were practical and **to the purpose**. 他的建議實用且切合目的。
● 另外，to the point（切中要點的）這個片語也要記住！
Her presentation was clear and **to the point**. 她的簡報清晰且切中要點。

☐ **be totaled** [ˋtotl̩d] – The car was totaled. (phr.) ★★
那輛車**完全報廢了**／**成了廢車**。
The insurance company declared the vehicle **totaled**. 保險公司宣布該車已完全報廢。

☐ **transfer** [ˋtrænsfɚ] – unlimited transfers between accounts (n.) ★★
帳戶之間的無限次**轉帳**／**轉移**／**調動**
● transfer 可以當名詞也可以當動詞，用來表示位置或所有權的變更。
You can make unlimited **transfers** between accounts. 你可以進無限次的帳戶轉帳。

☐ **transit** [ˋtrænsɪt] **(= transportation, passage)** – in transit (n.) ★★
運送／運途中
The goods are currently **in transit**. 貨品目前正在運送途中。

☐ **treasurer** [ˋtrɛʒərɚ] **(= finance officer, bookkeeper)** ★★
– a club treasurer (n.) 俱樂部的**會計**／**財務主管**
The club **treasurer** is responsible for managing the funds.
俱樂部的財務主管負責管理資金。

☐ **tribute** [ˋtrɪbjut] – pay tribute (n.) 表達**敬意** ★★
The concert was held as a **tribute to** the late musician.
這場音樂會是為了紀念這位已故的音樂家而舉辦的。

● tribute 也有「獻辭，頌詞」的意思。

☐ **trivial** [ˈtrɪvɪəl] (= **unimportant, insignificant**) – a trivial matter (a.) ★★
瑣碎的小事
He often worries about **trivial** matters. 他常為一些小事煩惱。

☐ **troubleshoot** [ˈtrʌblˌʃut] (= **diagnose, resolve**) ★★
– troubleshoot issues (v.) 解決問題
The technician is here to **troubleshoot** the issues. 技術人員是來解決問題的。

☐ **tutorial** [tjuˈtɔrɪəl] (= **lesson, guide**) – an online tutorial (n.) ★★
線上教學／指南
I watched an online **tutorial** to learn the software.
我為了學習這套軟體而觀看線上教學。

☐ **unassuming** [ˌʌnəˈsumɪŋ] (= **modest, humble**) ★★
– an unassuming demeanor (a.) 謙遜的態度
He has an unassuming demeanor despite his fame.
他雖然有名氣，但仍保持謙遜的態度。

☐ **unclog** [ˌʌnˈklɑg] (= **clear, unblock**) – unclog a drain (v.) 疏通排水道 ★★
He used a plunger to unclog the sink. 他用吸盤疏通了水槽。

☐ **underprivileged** [ˌʌndɚˈprɪvəlɪdʒd] (= **disadvantaged, deprived**) ★★
– underprivileged children (a.) 弱勢兒童
The charity supports underprivileged children. 那家慈善機構支援弱勢兒童。

☐ **understandably** [ˌʌndɚˈstændəblɪ] (= **rightly, justifiably**) ★★
– understandably upset (adv.) 理所當然地生氣
She was understandably upset about the news. 可想而知她對這消息會感到生氣。

☐ **undue** [ˌʌnˈdu] (= **excessive, unnecessary**) – undue stress (a.) ★★
過度的／被不當施加的壓力
He felt **undue** stress at work. 他在工作上感受到過度的壓力。

☐ **unmistakable** [ˌʌnmɪˈstekəbl̩] (= **clear, obvious**) ★★
– an unmistakable sign (a.) 明顯的徵兆

There was an **unmistakable** sense of urgency. 有一種明顯的緊迫感。

☐ **unwavering** [ˌʌnˈwevərɪŋ] **(= steady, resolute)** ★★
– unwavering support (a.) 堅定不移的支持

She has the **unwavering** support of her family. 她得到家人堅定不移的支持。

☐ **upbeat** [ˈʌpˌbit] **(= optimistic, positive)** – an upbeat attitude (a.) ★★
樂觀的態度

She always has an **upbeat** attitude. 她總是保持樂觀的態度。

☐ **upkeep** [ˈʌpˌkip] **(= maintenance, care)** – upkeep of the garden (n.) ★★
庭園的維護

Regular **upkeep** of the garden is necessary. 定期維護庭園是必要的。

☐ **upright** [ˈʌpˌraɪt] **(= vertical, erect)** – stand upright (adv.) 直直地站著 ★★

The vase stood **upright** on the shelf. 花瓶直立在架子上。

☐ **utility service** [juˈtɪlətɪ ˌsɝ·vɪs] **(= public service, utility)** ★★
– public utility service (n.) （水、電等）公共事業服務

They provide **utility services** such as water and electricity.
他們提供水電等公共服務。

☐ **utilization** [ˌjutəlɪˈzeʃən] **(= use, employment)** ★★
– resource utilization (n.) 資源利用

Efficient **utilizatio**n of resources is crucial. 資源的有效利用非常重要。

☐ **utterly** [ˈʌtɚlɪ] **(= completely, totally)** – utterly disappointed (adv.) ★★
相當失望

She was **utterly** disappointed by the results. 她對結果非常失望。

☐ **vague** [veg] **(= unclear, indistinct)** – a vague idea (a.) ★★
模糊的／不明確的想法

She had a **vague** idea of what she wanted. 對於自己想要什麼，她只有模糊的想法。

☐ **vanish** [ˈvænɪʃ] **(= disappear, evaporate)** – vanish from sight (v.) ★★
從視線中消失

The magician made the coin **vanish**. 魔術師讓這硬幣消失了。

356

☐ **vault** [vɔlt] – documents in the vault (n.) 地窖裡的文件 ★★
The jewels are kept in a high-security **vault**.
那些珠寶被保存在高度安全管理的金庫裡。

☐ **verifiable** [ˌvɛrəˈfaɪəbl] – verifiable evidence (a.) 可驗證的證據 ★★
The data provided by the study is **verifiable** through independent sources.
研究所提供的數據，可透過獨立的來源加以驗證。

☐ **the very man** – the very man we need (n.) 正是我們需要的這名男子 ★★
● very 在這裡當形容詞。另外，雖然 very 通常當副詞用，但它不能用來修飾動詞。
I very thank you. (✗) Thank you very much. (○)
He is **the very man** who solved the problem. 他就是解決問題的那個人。

☐ **vibrant** [ˈvaɪbrənt] **(= lively, energetic)** – a vibrant city (a.) ★★
充滿活力的城市
The city is known for its **vibrant** nightlife. 這座城市以充滿活力的夜生活聞名。

☐ **violation** [ˌvaɪəˈleʃən] **(= breach, infringement)** ★★
– a traffic violation (n.) 交通違規
He was fined for a traffic **violation**. 他因交通違規被罰款。

☐ **void** [vɔɪd] **(= emptiness, gap)** – create a void (n.) 製造空白 ★★
Her departure left a **void** in the team. 她的離開讓團隊出現空虛感。

☐ **walk-in** [ˈwɔkˌɪn] **(= without appointment)** – a walk-in clinic (a.) ★★
直接去就能看病的診所
They visited a **walk-in** clinic for their check-up.
他們前往一家不用預約掛號的診所做檢查。

☐ **wary** [ˈwɛrɪ] **(= cautious, suspicious)** – be wary of (a.) ★★
對⋯持有戒心／小心翼翼
She **was wary of** strangers. 她對陌生人有所戒心。

☐ **way in the back** – sit way in the back (phr.) 坐在最後面 ★★
● way 當副詞，意思是「遠遠地（away）」。
They chose to **sit way in the back** of the theater. 他們選擇坐在劇院的最後面。

☐ **well in advance (= far ahead)** – plan well in advance (phr.) ★★
很早就提前計劃

You should book your tickets **well in advance**. 你應該很早就要訂票。

☐ **when it comes to (= regarding)** – (phr.) 談到⋯／在⋯方面 ★★

W**hen it comes to** cooking, he is an expert. 談到烹飪，他是專家。

● to 是介系詞，後面接名詞或動名詞。

☐ **windowsill** [ˈwɪndoˌsɪl] **(= window ledge)** ★★
– flowers on the windowsill (n.) 窗臺上的花

She placed a pot of flowers on the **windowsill**. 她在窗臺上放了一盆花。

☐ **with the exception** [ɪkˈsɛpʃən] **of (= except for)** – (phr.) 除了⋯之外 ★★

Everyone is invited **with the exception of** John.
除了 John 之外，所有人都被邀請了。

☐ **worth** [wɝθ] **(= valuable, worthwhile)** – worth the effort (a.) ★★
值得付出努力

The project is **worth** the effort. 這項計畫值得付出努力。

☐ **worthwhile** [ˌwɝθˈhwaɪl] **(= valuable, rewarding)** ★★
– a worthwhile investment (a.) 有價值的投資

It's a **worthwhile** investment of your time. 這是值得你花時間去做的投資。

☐ **worthy** [ˈwɝθɪ] **(= deserving, valuable)** – a worthy cause (a.) ★★
值得投入的事業

They are raising money for a **worthy** cause. 他們正在為一個值得投入的事業籌款。

☐ **yearn** [jɝn] **(= long for, desire)** – yearn for freedom (v.) 渴望自由 ★★

She **yearned** for a change in her life. 她渴望生活中的改變。

TOEIC

PART 5/6/7

New Updated List

★

出現超過1次的字詞列表

☐ **aide** [ed] – a personal aide to the CEO (n.) CEO 的私人**助理** ★
The governor's **aide** organized the press conference.
州長的助理安排了記者會。

☐ **avert** [əˈvɝt] – avert a crisis (v.) **避免**危機 ★
The quick action of the firefighters helped **avert** a disaster.
消防員的迅速行動幫助避免了一場災難。

☐ **batter** [ˈbætɚ] – batter the coastline (v.) **襲擊**海岸線 ★
The heavy rain and strong winds **battered** the construction site, causing delays in the project timeline. 暴雨和強風襲擊了施工現場，導致工程進度延誤。

☐ **blemish** [ˈblɛmɪʃ] – cover the blemish (n.) 遮蓋**瑕疵／斑點** ★
The makeup covered the **blemish** on her skin. 化妝品遮住了她皮膚上的瑕疵。

☐ **cessation** [sɛˈseʃən] – the cessation of hostilities (n.) 敵對行為的**停止／中止** ★
Both parties agreed to a **cessation** of the fighting. 雙方同意停戰。

☐ **clout** [klaʊt] **(= influence)** – political clout (n.) 政治**影響力** ★
The senator has considerable political **clout** in the government.
那位參議員在政府中擁有相當大的政治影響力。

☐ **consignment** [kənˈsaɪnmənt] **(= shipment, delivery)** ★
– a consignment shop (n.) **寄賣**店
The store sells clothes on **consignment**. 那家店以寄賣方式銷售服裝。

☐ **contraction** [kənˈtrækʃən] **(= shrinking, tightening)** ★
– muscle contraction (n.) 肌肉**收縮**
The muscle **contraction** caused him pain. 肌肉收縮讓他感到疼痛。

☐ **crunch** [krʌntʃ] **(= calculate, analyze)** – crunch numbers (v.) ★
處理一大堆數據**計算**
The accountant had to **crunch** the numbers. 會計師必須埋頭處理許多數據。

☐ **discrete** [dɪˈskrit] **(= separate, distinct)** – discrete units (a.) **獨立的**單位 ★
The course is divided into **discrete** units. 這門課被劃分了各個獨立的單元。

360

☐ **eventful** [ɪˈvɛntfəl] **(= busy, momentous)** – an eventful year (a.) ★
多災多難的一年
It has been an **eventful** year for the company. 對這家公司來說，這是多災多難的一年。

☐ **grossly** [ˈɡrosli] **(= extremely, excessively)** – grossly inaccurate (adv.) ★
相當不準確
The report was **grossly** inaccurate. 這份報告極度不準確。

☐ **heron** [ˈhɛrən] – a heron by the lake (n.) 湖畔的**蒼鷺** ★
● 最新日本多益考題單字，對多數考生來說較為陌生。
We spotted a **heron** by the lake during our hike. 健行時我們在湖邊發現了一隻蒼鷺。

☐ **hiatus** [haɪˈetəs] **(= break, pause)** – a temporary hiatus (n.) 暫時**停止** ★
The show is on a temporary **hiatus**. 這個節目暫時停播。

☐ **induct** [ɪnˈdʌkt] **(= admit, install)** – induct... into the hall of fame (v.) ★
引入名人堂
She was **inducted into** the hall of fame last year. 她在去年被引入名人堂。

☐ **irritant** [ˈɪrətənt] **(= annoyance, aggravation)** – a skin irritant (n.) ★
皮膚**刺激物**
The chemical is a known skin **irritant**. 這種化學物質是一種已知的皮膚刺激物。

☐ **janitorial** [ˌdʒænɪˈtɔrɪəl] **(= cleaning, custodial)** – janitorial services (a.) ★
清潔管理服務
The school hired a company for **janitorial** services. 學校聘請了一家公司提供清潔服務。

☐ **jersey** [ˈdʒɝzɪ] **(= shirt, uniform)** – a football jersey (n.) 足球**運動衫** ★
He bought a new football **jersey**. 他買了一件新的足球運動衫。

☐ **mainstay** [ˈmenˌste] **(= support, foundation)** – economic mainstay (n.) ★
經濟**支柱**
Agriculture is the **mainstay** of the economy. 農業是經濟的支柱。

☐ **makeover** [ˈmekˌovɚ] **(= transformation, renovation)** ★
– a complete makeover (n.) 徹底改造／全新面貌
She decided to get a complete **makeover**. 她決定徹底改造自己。

☐ **nausea** [ˈnɔzɪə] (= sickness, queasiness) – feel nausea (n.) 感到噁心 ★
The medication can cause **nausea**. 那藥可能會引起噁心感。

☐ **precipitous** [prɪˈsɪpətəs] (= steep, sudden) – a precipitous decline (a.) ★
急劇的／突然的減少
The company faced a **precipitous** decline in sales. 公司面臨銷售額急劇下降。

☐ **seemingly** [ˈsimɪŋlɪ] (= apparently, outwardly) ★
– seemingly impossible (adv.) 表面上／看似不可能
It was a **seemingly** impossible task. 那是一項看似不可能的任務。

☐ **slop** [slɑp] over (= spill, overflow) – (v.) 溢出，濺出 ★
Water began to **slop over** the sides of the pot. 鍋邊開始溢出水來。

☐ **virtue** [ˈvɜtʃu] (= goodness, morality) – a virtue of... (n.) …的美德 ★
Patience is considered a **virtue**. 耐心被視為一種美德。

☐ **vociferously** [voˈsɪfərəslɪ] (= loudly) – vociferously protest (adv.) ★
大聲抗議地
The crowd **vociferously** protested against the new law. 人群大聲抗議這項新的法案。

☐ **wreath** [riθ] – place a wreath (n.) 擺放花圈 ★
The door was decorated with a festive **wreath** for the holidays.
為迎接假期，門上掛上了喜慶的花環。

☐ 常見的縮寫

PIN	Personal Identification Number 個人識別碼
AKA	Also known As 又名
ASAP	As Soon As Possible 盡快
BTW	By The Way 順便說一下（轉換話題時使用）
CEO	Chief Executive Officer 執行長
DIY	Do It Yourself 自己動手做（在新創圈中很常用）
FAQ	Frequently Asked Questions 常見問題
HR	Human Resources 人力資源部
PR	Public Relations 公共關係，對外宣傳
RSVP	Répondez S'il Vous Plaît. 請回覆（源自法語縮寫）

c.c.　　carbon copy （電子郵件中）副本

re　　referring to （電子郵件中）關於

HVAC　Heating, Ventilating, and Air Conditioning 暖氣、通風與空調系統

Even Homer nods.

一起來解這道題吧！

> Shady Grove shoppers who spend $80 or more will ----- for a 20 percent discount on their next order.
>
> (A) replace
> (B) account
> (C) qualify
> (D) deliver
>
> 正解：(C)
>
> 翻譯：Shady Grove 的顧客如果花費超過 80 美元，就有資格在下一筆訂單獲得 20% 的折扣。

這一題讓我在參加考試時一時大意而答錯了！因為「account for + 數字」這個用法太常見了！所以我當時心想「喔…這題啊！不就是考這用法嗎？！」然後開心地直接選了，完全沒多想，結果後來才驚覺「糟糕！錯了！」其實句中正確用法應該是表「有…的資格」的 qualify for。

另一方面，account for 應適用於如下語境：

☐ **account for + number**：佔…比例

　Tourists account for 35% of the city's total annual revenue.
　觀光客佔該城市年度總收入的 35%。

　Online sales account for 25% of the company's total revenue.
　線上銷售量佔公司總收入的 25%。

　Exports account for more than 50% of the nation's economy.
　出口佔國家經濟的 50% 以上。

雖然我是多益 500 次應試紀錄保持人暨滿分講師，但這道題還是答錯了。就算拿了再多次滿分，遇到這種犯錯的題目還是很心痛。

現在，我忍不住想再喊一次：

I never lose! Either I win or learn. 我從不認輸！我不是贏，就是學到一課。

PART 6
連接副詞（conjunctive adverbs）總整理

在 Part 6 中，每一篇文章底下都會出 4 個填空題，其中有一道題要你填入符合前後文意的句子。在這類題目中，用來呈現前後文關係的「連接副詞」就是 Part 6 的核心概念。請注意別把它跟「副詞連接詞」搞混了。連接詞可以連接句子、單字或片語，但副詞沒有這種功能。嚴格來說，Part 6 要考的是能夠呈現文意的副詞或副詞片語，因此我稱之為「連接副詞」。

① Contrast / Concession：對比／讓步

☐ **However** 然而

She had always preferred classical music. **However,** after attending a jazz concert, she developed a fondness for it as well.
她一直偏好古典音樂。**然而**，在參加了一場爵士音樂會後，她也開始喜愛爵士樂了。

☐ **Nonetheless** 儘管如此

The journey was fraught with difficulties. **Nonetheless**, they felt it was worth it when they saw the breathtaking view.
旅途充滿艱辛。**儘管如此**，當他們看到令人屏息的美景時，仍覺得一切都值得。

☐ **On the other hand** 另一方面

The first half of the movie was quite slow. **On the other hand**, the second half was full of unexpected twists.
這部電影的前半段節奏相當緩慢。**另一方面**，後半段卻充滿了意想不到的轉折。

☐ **Conversely** 相反地

In urban areas, public transport is often the quicker option. **Conversely**, in rural areas, owning a car is usually more convenient.
在都會區，大眾運輸工具通常是更快的選擇。**相反地**，在鄉村地區，有車通常更方便。

☐ **Instead** 反而，卻

He was supposed to travel by plane. **Instead**, he chose to take the train to enjoy the scenic route. 他原本應該搭飛機旅行。**不過**，他**卻**選擇搭火車以欣賞沿途風景。

☐ **In contrast** 相較之下

Urban areas are bustling with activity. **In contrast**, rural areas are much quieter and serene. 都會區活動頻繁且熱鬧。**相較之下**，鄉村地區則安靜且寧靜多了。

☐ **With that said** 話雖如此（緩和先前意見的語氣）

The plan is risky and could lead to complications. **With that said**, the potential rewards could be substantial.
這計畫有風險且可能帶來相關問題。**話雖如此**，潛在的回報可能相當可觀。

☐ **After all** 畢竟

The team worked overtime to meet the deadline; **after all**, it was crucial for securing the contract. 團隊為了在期限內完成而加班；**畢竟**，這對拿下合約相當重要。

☐ **On the contrary** 相反地

She didn't find the movie boring. **On the contrary**, she thought it was very exciting.
她並不覺得這部電影無聊。**相反地**，她覺得非常精彩。

☐ **To the contrary** 相反的是

He expected the trip to be exhausting. **To the contrary**, it was relaxing and refreshing.
他原以為這趟旅行會很累。**相反的是**，旅行讓他感覺放鬆且精神氣爽。

☐ **Nevertheless** 儘管如此

The weather was not ideal for a picnic. **Nevertheless**, they decided to go ahead with their plans. 天氣並不適合野餐。**儘管如此**，他們還是決定按計畫進行。

☐ **Even so** 即便如此

She knew it was risky to invest in the startup. **Even so**, she decided to take the plunge.
她明知道投資新創公司有風險。**即便如此**，她還是決定大膽投資。

② Addition / Supplementation：補充／追加

☐ **Furthermore** 而且

The study suggests a significant correlation between diet and health. **Furthermore**, it indicates that regular exercise enhances these benefits.
研究顯示飲食與健康之間有重大關聯性。**而且**，研究還指出規律運動能提升這些好處。

☐ **Additionally** 此外

The museum offers guided tours of the exhibits. **Additionally**, special workshops are available for children on weekends.
博物館提供展場的導覽服務，**此外**，週末假日期間還為兒童舉辦特別工作坊。

☐ **Moreover** 再者

He is an excellent painter. **Moreover**, his skills as a sculptor are equally impressive.
他是一位出色的畫家。**再者**，他身為雕刻師的技藝同樣令人讚嘆。

☐ **In addition** 除此之外

The software provides robust data analysis tools. **In addition**, it is user-friendly and easy to navigate.
這款軟體提供強大的資料分析工具。**除此之外**，它也很容易使用及操作。

☐ **Besides** 此外

She is a talented singer. **Besides**, she can also play the piano and the violin.
她是一位有天賦的歌手。**此外**，她還會彈鋼琴和拉小提琴。

③ Cause / Effect：原因／結果

☐ **Consequently** 因此

The company failed to adapt to market changes. **Consequently**, it suffered a significant decline in sales. 公司未能適應市場變化。**因此**，銷售量大幅下滑。

☐ **As a result** 結果

There was a major power outage in the city. **As a result**, many businesses had to temporarily close. 城市發生了大規模停電。**結果**，許多商家不得不暫時關門。

☐ **Therefore** 所以

All the evidence points to his innocence. **Therefore**, he should be acquitted of all charges. 所有證據都顯示他是清白的。**所以**，他應該被宣判所有罪名不成立。

☐ **In fact** 事實上

He claimed he could run a mile in under five minutes. **In fact**, he did it in four minutes and thirty seconds.
他聲稱自己能在五分鐘內跑完一英里。**事實上**，他用了四分三十秒就完成了。

☐ **As expected** 如預期

The team worked hard on the project. **As expected**, they completed it on time and within budget. 團隊在這個專案中相當努力。**一如預期**，他們在預算內完成了。

④
Sequence / Time：順序／時間

☐ **Afterward** 以後

They went for a long hike. **Afterward**, they relaxed at a nearby café.
他們走了一段長程的山路。**後來**，他們在附近一家咖啡廳休息一下。

☐ **Then** 然後

First, assemble the frame. **Then**, attach the wheels.
首先，組裝框架。**然後**，安裝輪子。

☐ **Subsequently** 隨後

The novel received critical acclaim upon its release. **Subsequently**, it was adapted into a successful movie.
這部小說一出版便受到評論家一致好評。**隨後**，它被改編成一部成功的電影。

☐ **In the meantime**（與此）同時

The main course is still cooking. **In the meantime**, let's prepare the salad.
主菜還在烹調中。**同時**，我們來準備沙拉吧！

☐ **Meanwhile**（與此）同時

She started preparing dinner. **Meanwhile**, he set the table.
她開始準備晚餐，**同時**，他擺好了餐桌。

☐ **Before long** 不久之後

The new cafe opened in town. **Before long**, it became very popular with locals and tourists alike. 新咖啡館在鎮上開張。**不久**，就深受當地居民和遊客喜愛。

⑤
Condition / Supposition：條件／假設

☐ **If not** 否則

Make sure to water the plants daily. **If not**, they may not survive in this hot weather.
務必要每天澆水。**否則**，它們在這麼熱的天氣裡可能活不下來。

☐ **If so** 如果是這樣／那麼

Did you complete the assignment? **If so**, please submit it before the deadline.
你完成作業了嗎？**那麼**，請在截止日期前交了吧。

☐ **In that case** 如此一來

If the weather turns bad, **in that case**, we'll need to reschedule the event.
如果天氣變糟，**如此一來**，我們就得重新安排活動日期。

☐ **Otherwise** 否則

Keep the flowers in sunlight and water them regularly. **Otherwise**, they may not survive. 把花放在有陽光的地方並定期澆水。**否則**，它們可能活不下來。

☐ **In any case** 無論如何

We might not finish the project by tomorrow, but **in any case**, we'll do our best.
我們可能無法在明天之前完成專案，但**無論如何**，我們都會盡全力。

☐ **Alternatively** 或者，不然

You can take the bus to get there. **Alternatively**, you could ride your bike.
你可以搭公車去那裡。**不然**，你也可以騎你的自行車去。

⑥ Comparison / Similarity：比較／相似

☐ **Similarly** 同樣地

Many athletes train rigorously to improve their performance. **Similarly**, students must study diligently to excel in their exams.
許多運動員嚴格訓練以提升表現。**同樣地**，學生也必須努力學習才能在考試中脫穎而出。

☐ **Likewise** 同樣

She is proficient in French. **Likewise**, she speaks Spanish fluently.
她精通法語。**同樣**，她的西班牙語也很流利。

☐ **Comparatively** 相對地

This year's sales figures are **comparatively** higher than last year's, showing a significant growth in the market. 今年的銷售數據比去年**相對**更高，顯示出市場有顯著的成長。

☐ **Just as** 就如同…

Just as the sun nourishes plants, positive feedback can motivate people.
就如同太陽為植物提供養分，正面的回饋能夠激勵人們。

☐ **In the same way** 同樣地

A good teacher can inspire a love of learning in students. **In the same way**, a good leader can inspire a team to achieve great things.
一位好的老師能激發學生熱愛學習。**同樣地**，一位好的領導人能激勵團隊達成偉大的事情。

☐ **Equally** 平等地

He respects all his colleagues and treats them **equally**, regardless of their position.
他尊重他所有的同事，且無論其職位高低都**平等**對待他們。

⑦ Conclusion/Summary：結論／總結

☐ **In the end** 最終

There were many challenges along the way. **In the end**, the project was a great success.
一路走來有許多挑戰。**最終**，這項計畫該專案獲得了巨大的成功。

☐ **For instance** 例如

There are many ways to reduce our environmental impact. **For instance**, we can start by recycling and conserving water.
有許多方法可以減少我們對環境的影響。**例如**，我們可以從回收與節約用水開始。

☐ **For example** 例如

He has many hobbies, **for example**, hiking, painting, and playing the guitar.
他有許多嗜好，**比方說**，畫畫及彈吉他。

☐ **As an example** 比方說

To illustrate the importance of teamwork, consider ants. **As an example**, an ant colony works together seamlessly to achieve common goals.
若要說明團隊合作的重要性，想一下螞蟻吧。**比方說**，一個螞蟻團隊能夠無縫地一起合作來達成共同的目標。

☐ **As mentioned earlier** 如前所述

As mentioned earlier, the meeting has been rescheduled to next Friday.
如前所述，會議已改期至下週五。

☐ **In summary** 總而言之

In summary, the proposed changes aim to improve efficiency and customer satisfaction.
總之，提出來的變更事項，目的就是提升效率與顧客滿意度。

☐ **In conclusion** 結論是

In conclusion, the study confirms the positive impact of exercise on mental health.
結論是，這項研究證實了運動對心理健康的正面影響。

☐ **To sum up** 總括來說

To sum up, our strategy should focus on both digital and traditional marketing channels.
總括來說，我們的策略應同時著重於數位與傳統的行銷管道。

☐ **All things considered** 綜合各方面考量

All things considered, moving to a new location seems like the best option for our growing business.
綜合各方面考量，對於我們這種成長中的公司，搬到一個新的地點似乎是最佳的選擇。

☐ **Most significantly** 最重要的是

The project led to numerous improvements. **Most significantly**, it resulted in a 50% increase in overall efficiency.
這項計畫改善了許多問題。**最重要的是**，整體效率提升了50%。

PART 7
歷屆常見的同義字詞列表（Synonyms List）

在 TOEIC 考試中，PART 5/6 要在 15~20 分鐘內完成，而 PART 7 從第 147 題到第 200 題共 54 題，需要在 50~55 分鐘內完成。因此這是一場與時間的戰鬥。對於已經從一開始的 PART 1 學習到現在，以及學過本書收錄的單字者，應該不會太吃力，但必須充分練習實際解題，才能取得好成績。

28.mp3

001 ☐ **degree = level** 水準，階段
He has a high **degree** of proficiency in English. 他的英文**程度**很高。

002 ☐ **credit = recognition** 認可，認證
The scientist received **credit** for her groundbreaking research.
那位科學家因其突破性的研究而獲得**認可**。

003 ☐ **assure = promise** 約定，保證
The manager **assured** the team that resources would be available.
經理向團隊**保證**資源將可供使用。

004 ☐ **stretch = section** 路段，部分
We walked a long **stretch** of the coastal path. 我們走過了沿海小徑的一大**段路**。

005 ☐ **taste = preference** 偏好，嗜好
His **taste** in music varies from classical to modern.
他的音樂**喜好**從古典到現代都有涉獵。

006 ☐ **carry = keep in stock** 以庫存備有，販售
The store **carries** a wide range of electronic goods.
該商店**販售**各式各樣的電子產品。

007 ☐ **cover = talk about** 談論，涉及

The documentary **covers** the effects of climate change.
這支紀錄片**有提到**氣候變遷的結果。

008 ☐ **craft = skill** 手藝，技術

She admired his **craft** in woodworking. 她對他的木工**技術**感到讚嘆。

009 ☐ **facility = center** 設施，中心

The new sports **facility** offers various activities. 新建的運動**場所**提供各種活動。

010 ☐ **fine = skillful** 熟練的，能幹的

She is a **fine** artist with an eye for detail.
她是一位對細節很講究且**技術精湛的**藝術家。

011 ☐ **temper = moderate** 緩和，調節

He had to **temper** his enthusiasm with caution. 他必須謹慎地**緩和**自己的熱情。

012 ☐ **assume = undertake** 擔任，承擔

She **assumed** the role of project manager. 她**承擔**了專案經理的角色。

013 ☐ **association = connection** 關聯，連結

There is a strong **association** between diet and health.
飲食與健康之間有密切的**關聯性**。

014 ☐ **reflect = indicate** 反映，顯示

The statistics **reflect** the change in consumer behavior.
統計數據**反映出**消費者行為的變化。

015 ☐ **work out = finalize** 完成，最後確定

They **worked out** the details of the agreement. 他們**完成**了這份協議的細節。

016 ☐ **available = accessible** 可取得的，可使用的

The report is **available** online for all employees.
這份報告可讓所有員工在網路上**取得**。

017 ☐ **budget = economical** 在預算內的，經濟實惠的

We found a **budget** option for our vacation. 我們找到了一個**經濟實惠的**度假方案。

New Updated List | 373

018 ☐ **conclusion = end** 結論，結束

The **conclusion** of the film was unexpected. 電影的**結局**出人意料之外。

019 ☐ **appeal to = attract** 對…有吸引力，吸引…的注意

The new design **appeals to** a younger audience. 新設計**吸引**了年輕觀眾的注意。

020 ☐ **listed = identified** 列出的，被標示的

The ingredients are **listed** on the back of the package. 成分被**列**在包裝的背面。

021 ☐ **lead = guide** 引導，帶領

Her experience helps her **lead** the team through complex projects.
她的經驗幫助她在複雜的專案中**帶領**團隊。

022 ☐ **sales figures = sales amounts** 銷售額

The company's **sales figures** for the quarter were impressive.
公司本季度的銷售額**令人驚艷**。

023 ☐ **hit the shelves = reach** 上市，推出

The new product will **hit the shelves** next month. 新產品將於下個月**上市**。

024 ☐ **regarding = concerning** 關於…，與…有關

He asked a question **regarding** the new policy. 他問了一個**關於**新政策的問題。

025 ☐ **decent = satisfactory** 滿意的，不錯的

The hotel provided **decent** accommodations at a reasonable price.
那間飯店提供**令人滿意的**住宿環境且價格合理。

026 ☐ **gentler = softer** 更溫和的，更柔和的

He prefers a **gentler** approach to teaching. 他比較喜歡用**更柔和的**方式教學。

027 ☐ **design = create** 創作，設計

She will **design** the costumes for the theater production.
她將為這齣舞台劇**設計**服裝。

028 ☐ **serious = committed** 真摯的，奉獻的，熱忱的

Only **serious** buyers are interested in high-value real estate investments.
真唯有**認真的**買家會對高價的房地產投資感興趣。

029 ☐ **handled = performed** 執行的，處理的

The tasks were expertly **handled** by the team.
團隊很專業地把這些任務**處理**好了。

030 ☐ **charged = energized** 充滿活力的，精力充沛的

The team felt **charged** after the inspirational talk.
團隊在聽了鼓舞人心的談話後感覺**充滿活力**。

031 ☐ **depress = reduce** 延緩，降低

High interest rates can **depress** economic growth. 高利率可能**延緩**經濟成長。

032 ☐ **saturated = soaked** 飽和的，浸泡的

The cloth was **saturated** with water. 這塊布用水**浸泡著**。

033 ☐ **vital = essential** 必要的，重要的

Regular exercise is **vital** for maintaining good health.
規律運動對於維持健康是**重要的**。

034 ☐ **deal with = address** 處理，解決

The manager will **deal with** the customer's complaint promptly.
經理會迅速**處理**顧客的申訴。

035 ☐ **steady = regular** 穩定的，規律的

She maintained a **steady** work schedule throughout the year.
她整年都照著**固定的**時間安排工作。

036 ☐ **momentous = significant** 重大的

The signing of the peace treaty was a **momentous** event in history.
這項和平條約的簽署是歷史上的**重大**事件。

037 ☐ **in the wake of = following** 隨後，在…之後

In the wake of the storm, many houses were damaged.
風暴過**後**，許多房屋毀損了。

038 ☐ **play it safe = be cautious** 謹慎行事

It's better to **play it safe** and double-check the calculations.
為了**謹慎起見**，最好再檢查一次計算結果。

039 ☐ **solidarity = unity** 團結，團結一致

The team showed great **solidarity** during the challenging project.
團隊在這具挑戰性的任務中展現了極大的**團結**。

040 ☐ **deal in = trade in** 經營，買賣

The antique shop specializes in **dealing in** rare collectibles.
這家古董店專門經營稀有藏品的**買賣**。

041 ☐ **come by = obtain** 得到，獲得

She managed to **come by** a ticket to the sold-out concert.
她好不容易**弄到**一張已售罄的音樂會門票。

042 ☐ **instrumental = essential** 重要的

His leadership was **instrumental** in the success of the project.
他的領導對任務的成功有**關鍵作用**。

043 ☐ **represent = speak for** 代表

The lawyer will **represent** the client in court. 律師將在法庭上**代表**當事人。

044 ☐ **untapped = intact** 尚未開發的，未利用的

The remote island has many **untapped** natural resources.
那座偏遠小島有許多**尚未開發**的天然資源。

045 ☐ **mundane = ordinary** 平凡的，日常的

Her daily routine consisted of **mundane** tasks like grocery shopping.
她的日常事務由採買雜貨等**平凡**事務組成。

046 ☐ **act = ordinance** 法令

The city council passed a new **act** to regulate parking in the downtown area.
市議會通過了一項新的**法令**來規範市區的停車。

047 ☐ **thus far = to date / so far / up to now** 到目前為止

The company has been very successful **thus far**. 那家公司到**目前為止**非常成功。

048 ☐ **secure = achieve** 得到

She worked hard to **secure** a promotion at her job. 她努力工作而**獲得**升職。

049 ☐ **contain = hold back** 阻止，防止

　　Firefighters worked tirelessly to **contain** the forest fire.
　　消防員們不辭辛勞地努力**阻止**森林大火。

050 ☐ **give way to = yield to** 讓步，被取代

　　The old building **gave way to** a modern skyscraper.
　　那座老舊建築**被**現代化摩天大樓**取代**了。

051 ☐ **note = state** 特別提及

　　I would like to **note** that the project deadline has been extended.
　　我想**特別提一下**，專案截止日期已延後。

052 ☐ **impending = imminent** 即將發生的，臨近的

　　The **impending** storm forced residents to evacuate their homes.
　　臨近的暴風雨迫使居民撤離家園。

053 ☐ **marginal = slight** 輕微的

　　There was only a **marginal** improvement in the company's profits.
　　公司利潤僅有**些微的**改善。

054 ☐ **contrive to do = manage to do** 設法做到

　　He **contrived to** finish the project ahead of schedule. 他**設法**提前進度完成專案。

055 ☐ **entail = involve** 牽涉，伴隨

　　The job **entails** a lot of travel to different locations.
　　這份工作**牽涉到**經常前往許多不同的地點出差。

056 ☐ **menace = threaten** 威脅

　　The aggressive dog began to **menace** the neighborhood.
　　那隻具攻擊性的狗開始對鄰居們造成**威脅**。

057 ☐ **relate = recount** 講述，敘述

　　She **related** the story of her adventure to her friends.
　　她跟她的朋友們**講述**了自己的冒險故事。

058 ☐ **related to = pertinent to** 與…相關的

　　The discussion focused on topics **related to** the project.
　　討論聚焦於與該專案**相關的**主題。

059 ☐ **extent = scope** 範圍，規模

　　The **extent** of the damage caused by the earthquake was extensive.
　　地震造成的損害**範圍**十分廣泛。

060 ☐ **remnant = remains** 殘餘部分，碎片，遺跡

　　Only a **remnant** of the ancient civilization remains today.
　　如今只剩下古代文明的**遺跡**。

061 ☐ **unmet = unfulfilled** （需求等）未被滿足的，未被實現的

　　There are still many **unmet** needs in the community.
　　社區中仍有許多需求**沒有獲得解決**。

062 ☐ **outgoing = departing** 即將離任的

　　The **outgoing** CEO handed over the company to her successor.
　　即將離任的 CEO 將公司交給了她的繼任者。

063 ☐ **stipulations = terms** （合約）條款

　　The contract includes several **stipulations** regarding payment.
　　合約中包含了若干與付款相關的**條款**。

064 ☐ **stipulate = specify** 明確規定，明示

　　The contract **stipulates** the deadline for project completion.
　　合約中**明定**專案完成的期限。

065 ☐ **dismiss = displace** 解雇

　　The company had to **dismiss** several employees due to budget cuts.
　　公司因預算刪減而必須**解雇**數名員工。

066 ☐ **cut the budget = trim the budget** 削減預算

　　The government decided to **cut the budget** for public services.
　　政府決定**削減**公共服務的**預算**。

067 ☐ **impose = levy** 課徵，徵收

　　The government may **impose** taxes on luxury goods. 政府可能對奢侈品**課徵**稅金。

068 ☐ **province = realm** 領域

378

Her expertise is in the **province** of environmental science.
她的專業知識屬於環境科學**領域**。

069 ☐ **off-site = remote** 遠端的，以遠端方式

Due to the pandemic, many employees are working **off-site**.
由於疫情，許多員工正進行**遠距**工作。

070 ☐ **momentarily = briefly** 片刻，暫時

I will be away from my desk **momentarily**. 我會**暫時**離開一下座位。

071 ☐ **break down = analyze** 分析

We need to **break down** the data to understand the patterns.
我們必須**分析**數據才能理解那些模式。

072 ☐ **breakdown = analysis** 分析

The **breakdown** of the report revealed interesting trends.
報告的**分析結果**揭示了有趣的趨勢。

073 ☐ **spot = notice** 注意到，發現

I **spotted** a rare bird in the park this morning.
今天早上我在公園裡**發現**一隻稀有的鳥。

074 ☐ **attendance = turnout** 出席人數，參加人數

The **attendance** at the conference exceeded our expectations.
會議的**出席**人數超出我們的預期。

075 ☐ **exhaustive = thorough / complete** 徹底的，完整的

She conducted an **exhaustive** review of the research data.
她對研究數據進行**透徹的檢視**。

076 ☐ **processed foods = packaged foods** 加工食品

Many **processed foods** contain additives and preservatives.
許多**加工食品**含有添加物和防腐劑。

077 ☐ **fledgling = emerging** 新生，新手

The **fledgling** company is still finding its place in the market.
那家**新創**公司仍在市場中尋找自己的定位。

078 ☐ **beyond question = undoubtedly / out of question** 毫無疑問

Her dedication to the project is **beyond question**.
她對此專案的奉獻是**毫無疑問的**。

079 ☐ **factor in = consider** 考慮，顧及

When planning the budget, it's important to **factor in** unexpected expenses.
在規劃預算時，**將**意外的支出**納入考量**是很重要的。

080 ☐ **groundbreaking = innovative** 創新的

Groundbreaking inventions often lead to significant advancements in technology. **開創性的**發明往往會帶來科技上的重大進展。

081 ☐ **operations manual = tutorial** 操作手冊，使用指南

The **operations manual** provides detailed instructions for using the equipment. **操作手冊**提供有關設備使用的詳細指南。

082 ☐ **premises = building / property** 附帶建物的土地，不動產

The company owns the **premises** where its headquarters are located.
該公司擁有其總部座落位置的**產權**。

083 ☐ **follow = obey / observe** 順從，遵守

Employees must **follow** the company's code of conduct.
員工必須**遵守**公司的行為準則。

084 ☐ **engrossing = compelling** 引人入勝的

The novel was so **engrossing** that I couldn't put it down.
那本小說太**引人入勝**了，我沒辦法將它放下。

085 ☐ **of little account = of little importance** 不重要的

His opinion is **of little account** in this decision.
他的意見對於這項決定中並**不重要**。

086 ☐ **feedback = reaction / review / input / evaluations / suggestions**
回饋，反應，評論，意見，評估，建議

We appreciate your **feedback** on our products.
我們感謝您對我們產品提出**反饋意見**。

087 ☐ **fraction = part / portion** 部分

Only a **fraction** of the work has been completed. 工作只完成了一**部分**。

088 ☐ **locations = stores** 分店，店鋪

The retailer plans to open more **locations** in the coming year.
該零售商計劃在明年開設更多**分店**。

089 ☐ **confidential = classified / sensitive** 機密的

The contents of the report are highly **confidential**. 該報告的內容高度**機密**。

090 ☐ **makeshift = provisional / improvised / tentative** 臨時的，權宜的

They set up a **makeshift** shelter using available materials.
他們用現有的材料搭建了一個**臨時**避難所。

091 ☐ **scrutinize = investigate** 詳細檢查，調查

The auditor will **scrutinize** the financial records of the company.
會計稽核員將**仔細審查**公司的財務記錄。

092 ☐ **succinct = concise** 簡潔的

Her presentation was **succinct** and to the point. 她的報告**簡潔**明瞭。

093 ☐ **gratuity = tip** 小費

It's customary to leave a **gratuity** for good service at restaurants.
在餐廳享受到良好服務時，給**小費**是稀鬆平常的。

094 ☐ **remainder = balance** 餘額，剩餘

After paying the bills, she checked the **remainder** in her bank account.
付完帳單後，她查看了銀行帳戶中的**餘額**。

095 ☐ **unbeatable = invincible** 無敵的，難以擊敗的

Their team was **unbeatable** throughout the championship.
他們的團隊在整個錦標賽中都是**無敵的**。

096 ☐ **compulsory = obligatory / mandatory / required** 義務的，必須的

Attendance at the safety training is **compulsory** for all employees.
出席安全教育講座對所有員工來說是**義務性的**。

097 ☐ **sustain damage = suffer damage** 受到損壞，蒙受損害
　　The earthquake caused the building to **sustain** significant **damage**.
　　地震使建築物**承受**相當大的**損壞**。

098 ☐ **enduring = lasting** 持久的，持續的
　　Their **enduring** friendship has lasted for decades.
　　他們**堅定不移**的友情已持續數十年之久。

099 ☐ **lax = lenient** 鬆散的
　　The teacher was criticized for being too **lax** with discipline.
　　那位老師因在紀律上過於**鬆散**而受到批評。

100 ☐ **subcontract = outsource** 外包，發包給下游廠商
　　The company decided to **subcontract** the production of certain components.
　　公司決定將特定零件的生產**外包**。

101 ☐ **depend on = rely on / hinge on** 依賴，取決於
　　The success of the project will **depend on** effective teamwork.
　　專案的成功將**取決於**有效的團隊合作。

102 ☐ **hinder = intervene in / interfere** 妨礙，干涉
　　Please don't **hinder** the progress of the construction work. 請不要**妨礙**施工進度。

103 ☐ **supply = furnish with / dispense** 供應
　　The vending machine can **supply** snacks and beverages.
　　自動販賣機可以**供應**零食和飲料。

104 ☐ **phenomenally = exceedingly / exceptionally / extraordinarily**
　　驚人地
　　The company's profits have grown **phenomenally** in the last year.
　　公司的利潤在過去一年中**驚人地**成長。

105 ☐ **mistakenly = inadvertently / unintentionally / involuntarily**
　　錯誤地，無意中地
　　He **mistakenly** deleted the important email from his inbox.
　　他**誤**將收件匣中重要的電子郵件刪除了。

106 ☐ **sturdy = durable / rugged** 堅固的

The hiking boots are made to be **sturdy** and withstand rough terrain.
這登山靴做得很**結實**，可以承受崎嶇的地形。

107 ☐ **ignore = disregard / pay no attention to / overlook** 忽視

It's important not to **ignore** safety warnings. 不**忽視**安全警告是很重要的。

108 ☐ **equipment = gear / device / apparatus** 設備

The laboratory is equipped with state-of-the-art research **equipment**.
這間實驗室配備了最先進的研究**設備**。

109 ☐ **feasible = achievable / attainable / doable** 可行的

The proposed project is **feasible** within our budget constraints.
提出的這項計畫在我們的預算限制內是**可行的**。

110 ☐ **delay = defer / postpone / put off** 延遲，延後

They had to **delay** the meeting due to unexpected circumstances.
因為有突發狀況，他們不得不將會議**延後**。

111 ☐ **belongings = possessions / effects / personal items** 隨身物品

He packed his **belongings** before moving to a new apartment.
他在搬到新公寓前就打包好自己的**隨身物品**。

112 ☐ **projection = prediction / estimation / forecast** 預測，推估

The financial **projection** for the next quarter looks promising.
下一季財**測**看起來是樂觀的。

113 ☐ **effort = exertion / endeavor / attempt** 努力

Their collective **effort** led to the successful completion of the project.
他們的共同**努力**促成這項計畫的成功完成。

114 ☐ **oversee = supervise / manage / administer** 監督，管理

She was promoted to **oversee** the entire department. 她獲升職為整個部門的**監督**。

115 ☐ **promote = advertise / endorse / publicize** 宣傳

The company plans to **promote** their new product through various marketing strategies. 這家公司計劃透過各種行銷策略來**宣傳**他們的新產品。

116 ☐ **review = examination / critique / assessment** 檢討

The supervisor conducted a thorough **review** of the project's progress.
主管對於專案的進程進行徹底的**檢討**。

117 ☐ **confiscate = seize / forfeit / impound** 沒收

The authorities may **confiscate** illegal items found during inspections.
當局可能會**沒收**在查驗中發現的違禁品。

118 ☐ **resident = occupant / inhabitant / dweller** 居民

The **resident** of the apartment next door is very friendly.
隔壁公寓的**居民**非常友善。

119 ☐ **restructure = reorganize / overhaul / revamp** 重組

The company decided to **restructure** its management team.
該公司決定**重組**管理團隊。

120 ☐ **feasibility = possibility / practicality / viability** 可行性

The **feasibility** study will determine if the project can be executed.
可行性研究將決定這項計畫能否執行。

121 ☐ **sophisticated = refined / advanced / elegant** 精緻的

The design of the new building is **sophisticated** and modern.
新大樓的設計既**精緻**又現代化。

122 ☐ **carry out = execute / implement / perform** 執行

They plan to **carry out** the project according to the established timeline.
他們計劃將根據既定時程來**執行**這項計畫。

123 ☐ **opportunity = chance / possibility / prospect** 機會

She saw the job opening as an excellent career **opportunity**.
她將這項職缺視為一個極佳的職涯**機會**。

124 ☐ **shortcomings = defects / drawbacks / flaws** 缺點

The product has a few **shortcomings** that need improvement.
那產品有一些需要改進的**缺點**。

125 ☐ **revision = modification / amendment / adjustment** 修改

The **revision** of the document is almost complete. 文件的**修改**幾乎要完成了。

126 ☐ **speculation = conjecture / guesswork / surmise** 推測

There is a lot of **speculation** about the outcome of the election.
關於選舉結果有許多**推測**。

127 ☐ **complimentary = free / gratis / on the house** 免費的

They offered **complimentary** tickets to the event.
他們提供了這場活動的**免費**門票。

128 ☐ **expense = cost / expenditure / outlay** 費用

We need to keep track of our **expenses** to stay within budget.
我們得記錄我們的**支出費用**，以免超出預算。

129 ☐ **price reduction = discount / markdown / cut / deal** 折扣

The store is offering a special **price reduction** on selected items.
這家商店針對特定商品提供**降價優惠**。

130 ☐ **be slated to = be scheduled to** 預定要

The new movie **is slated to** be released next month. 新電影**預定**在下個月上映。

131 ☐ **virtual = online** 線上的

The conference will be held in a **virtual** format this year.
今年的會議將於以**線上的**模式進行。

132 ☐ **$10/hour = hourly wage of $10** 時薪 10 美元

Entry-level workers receive a starting rate of pay of $10 **per hour**.
初級員工的起薪是**每小時** 10 美元。

133 ☐ **a dramatic increase in demand = a sudden increase in business**
需求的急遽增加

The shop experienced **a dramatic increase in demand** during the holiday season. 這家店在假期時**生意突然變得非常好**。

134 ☐ **new course content = new curriculum** 新的課程

The committee will meet next week to plan **new course content** for the fall semester. 委員會將於下週開會，規劃秋季上學期**新的課程內容**。

135 ☐ **review contact information = confirm personal data** 確認聯絡資料

It's important to **review contact information** at the beginning of each school year. 在個每學年開始時**確認聯絡資料**是很重要的。

136 ☐ **respond to questions = handle inquiries** 處理詢問

The customer service department is trained to efficiently **respond to questions**. 客服部門接受過訓練，可以有效率地**處理問題**。

137 ☐ **founder = establisher** 創辦人

The **founder** of the company was involved in its operations for over 50 years. 該公司的**創辦人**參與經營已超過50年。

138 ☐ **transfer = move** 調動，調職

She will **transfer** to the company's branch in another city.
她將**調職**到該公司位於另一城市的分公司。

139 ☐ **on the horizon = in the near future / upcoming / forthcoming** 即將到來的

Several new projects are **on the horizon** for the next fiscal year.
幾個新專案已安排在**即將到來**的下個會計年度。

140 ☐ **accessible = understandable** 容易理解的

The teacher explained the complex theory in an **accessible** manner.
那位老師以**容易理解**的方式解釋這個複雜的理論。

141 ☐ **situated = positioned** 位於

The hotel is **situated** in a quiet area just outside the city center.
這家飯店**位於**市中心外圍的一個寧靜地區。

142 ☐ **utilize = take advantage of / use / employ** 使用

We need to **utilize** all available resources to complete the project on time.
我們得**使用**所有可利用的資源，方能來準時完成這項專案。

143 ☐ **custom = tailored / customized / personalized** 客製化的、訂製的
She prefers **custom** garments that fit her unique style.
她偏好符合自己獨特風格的**客製化**服裝。

144 ☐ **facilitator = instructor** 主持人，講師
The **facilitator** guided the group through the workshop effectively.
講師有效率地帶領全組人員走完整個工作坊流程。

145 ☐ **informative = instructive** 能增長知識的
The documentary was both **informative** and entertaining.
那部紀錄片既**能增長知識**又很有趣。

146 ☐ **evolve = develop** 發展，演變
Over the years, his music style has continued to **evolve**.
多年來他的音樂風格一直在**演變**。

147 ☐ **evolution = development** 發展
The **evolution** of technology has transformed how we communicate.
科技的**發展**已改變了我們的溝通方式。

148 ☐ **progressive = gradual** 漸進的
The **progressive** changes in the company policy have been well received by employees. 公司政策的**漸進式**變化普遍受到員工好評。

149 ☐ **refine = improve** 改進，精進
She took the feedback to **refine** her presentation skills.
她利用回饋意見來**精進**她的簡報技巧。

150 ☐ **sense = perceive** 感覺到
He could **sense** the tension in the room as soon as he entered.
他一進房間就能**感受到**裡面的緊張氣氛。

151 ☐ **have something to do with = be concerned about** 與⋯有關
Her research **has something to do with** climate change.
她的研究**與**氣候變遷**有關**。

152 ☐ **suggest = put forward** 建議，提出

He **suggested** a new approach to increase productivity.
他**提出**了一種提高生產力的新方法來。

153 ☐ **produce = bring forth** 生產，提出

The team worked hard to **produce** results within the deadline.
團隊為了在截止期限內**交出**成果而努力工作。

154 ☐ **contingent = dependent** 以⋯為條件的，取決於⋯的

His approval is **contingent on** the final report. 他的批准**取決於**最終報告。

155 ☐ **commission = order** 委託，訂單

He received a **commission** to paint a mural for the new library.
他接到一個新圖書館壁畫繪製的**委託案**。

156 ☐ **correspondence = communication** 書信往來，通信

She found a stack of old **correspondence** in the attic.
她在閣樓發現了一疊舊**信件**。

157 ☐ **captivating = enchanting** 迷人的，吸引人的

The novel was so **captivating** that I read it in one sitting.
這本小說太**令人著迷**了，我一口氣就看完了。

158 ☐ **implicit = implied** 含蓄的，隱含的

There was an **implicit** understanding between them that they would not discuss the matter. 他們之間有個**心照不宣的**默契，就是不討論這件事。

159 ☐ **extensive = widespread** 廣泛的，大量的

The researcher had **extensive** knowledge on ancient Roman history.
這位研究者對古羅馬歷史瞭解**甚多**。

160 ☐ **verify = confirm** 驗證，確認

Please **verify** your email address to complete the registration.
請**確認**您的電子郵件位址以完成註冊。

161 ☐ **capacity = role** 身分，角色

In his **capacity** as chairman, he called the meeting to order.
他以主席的**身分**宣布會議開始。

162 ☐ **commentary = narration** 解說，評論

He provided live **commentary** during the football match.
他在這場足球賽中提供現場即時**解說**。

163 ☐ **contend with = face** 面對

She had to **contend with** severe weather conditions during her hike.
她在健行途中必須**面對**惡劣的天候狀況。

164 ☐ **convene = gather** 聚集

The committee will **convene** next Thursday to discuss the proposal.
委員會將於下週四**聚在一起**討論這項提案。

165 ☐ **debit = deduct** 扣款

The amount was **debited** from my account this morning.
這筆金額今天早上從我的帳戶中**扣除**了。

166 ☐ **gadget = device** 裝置，工具

He loves collecting **gadgets** that make everyday tasks easier.
他很喜歡收集能讓日常工作更簡單的**裝置**。

167 ☐ **apparently = seemingly** 似乎，看來

A**pparently**, the meeting has been postponed to next week.
看來，會議已被延至下週了。

168 ☐ **deteriorate = worsen** 惡化

The patient's health began to **deteriorate** rapidly. 病人的健康開始迅速**惡化**。

169 ☐ **excerpt = portion** 節錄

The teacher read an **excerpt** from the novel to the class.
老師向全班朗讀這本小說中的一段**節錄**。

170 ☐ **subsidy = grant** 補助金

The government offers a **subsidy** for solar panel installations.
政府提供太陽能板安裝的**補助金**。

171 ☐ **honoree = awardee** 得獎者

The **honoree** at the ceremony was a renowned philanthropist.
典禮中的**獲獎者**是一位知名的慈善家。

172 ☐ **errand = task** 差事

Could you run an **errand** for me and pick up some groceries?
你能幫我跑個**差事**，去買些雜貨嗎？

173 ☐ **before long = soon** 很快

She should be arriving **before long**. 她應該**很快**就到了。

174 ☐ **later this week = by the end of the week / soon**
本週結束前／這禮拜之內

We need to finalize the project **later this week**.
我們必須**這禮拜結束前**完成這項專案。

175 ☐ **command = order** 命令

The general **commanded** that the troops should be ready by dawn.
將軍**命令**部隊必須在黎明前整裝待發。

176 ☐ **imperative = crucial** 重要的

It is **imperative** that we address this issue immediately.
立即處理這個問題是**很重要的**。

177 ☐ **county = district** 縣，郡

They live in the largest **county** in the state. 他們住在該州最大的**郡**。

178 ☐ **temperately = moderately** 節制地

He always argues his point **temperately**, without losing his cool.
他總能**心平氣和地**辯述自己的觀點，不會失去理智。

179 ☐ **increasingly = progressively** 越來越

The city has become an **increasingly** famous tourist destination.
這城市已成為一個**越來越**夯的觀光勝地。

180 ☐ turn to = rely on 依靠

When times get tough, she knows she can always **turn to** her family for support.
當艱難時刻來臨時,她一直都知道自己能**尋求**家人的支持。

181 ☐ render = make 使得

The news **rendered** him speechless. 那個消息**讓**他啞口無言。

182 ☐ impacted = affected 受影響的

The **impacted** wisdom tooth must be extracted.
那顆長歪的(被卡住的)智齒必須拔除。

● 確切來說,impacted 的意思是「被其他牙齒蓋住或卡住,而無法長出來的」,也可說成「埋伏的」意思。affected 則是「被細菌侵襲、患病的」之意,所以兩者可作為同義詞使用。

183 ☐ secure a bank loan = obtain financing 取得銀行貸款

They managed to **secure a bank loan** to start their business.
他們成功**取得銀行貸款**來開展他的事業。

184 ☐ temp agency = employment agency 短期工作仲介,人力仲介所

She found temporary work through a **temp agency**.
她透過一家**短期工作仲介**找到了一份臨時的工作。

185 ☐ original = first 原本的,最初的

The **original** manuscript is stored in the national archives.
原本的手稿被保存在國家檔案館。

186 ☐ initiative = project 方案,專案

She launched an **initiative** to improve local healthcare services.
她推出了一項提升本地醫療服務的的**方案**。

187 ☐ function = gathering 聚會,活動

Our events coordinator will assist you in planning a memorable wedding or corporate **function**.
我們的活動統籌人員將協助您規劃一場難忘的婚禮或公司**聚會活動**。

188 ☐ **ordinarily** = **typically** 一般來說

Ordinarily, the trains run on time without any delays.
一般來說，火車都是準時運作的，不會延誤。

189 ☐ **just** = **exactly** 正好，確切地

He arrived **just** as the meeting was about to start. 他**正好**在會議即將開始時到達。

190 ☐ **engage** = **involve** 使參與，使投入

The program aims to **engage** young people in community service.
這項計畫旨在**讓**年輕人**參與**社區服務。

191 ☐ **be backed** = **be supported** 得到支持，後援

The proposal **was backed** by several prominent members of the board.
那項提案得到了幾位董事會核心人物成員的**支持**。

192 ☐ **meet** = **achieve** 達成

The team **met** their sales targets ahead of schedule. 團隊提前**達成了**銷售目標。

193 ☐ **charge** = **require** 要求，收取

The event will **charge** an entry fee of $10 per person.
這場活動將**收取**每人 10 美元的入場費。

194 ☐ **secure** = **obtain** 獲得，確保

They managed to **secure** funding for the new development project.
他們成功**獲得**了新開發專案的資金。

195 ☐ **capture** = **represent** 捕捉到，呈現出

The painting perfectly **captures** the beauty of the sunset.
那幅畫完美地**捕捉到**日落的美。

196 ☐ **facilitate** = **assist** 促進，協助

The manager's role is to **facilitate** communication between the departments.
經理的角色是**促進**部門之間的溝通。

197 ☐ **highlight** = **emphasize** 強調

The report **highlights** the key findings from the research.
這份報告**強調**研究中的重大發現。

198 ☐ **illustrate = demonstrate / show** 說明，舉例展示

The professor used a diagram to **illustrate** the concept.
教授使用圖表來**說明**這個概念。

199 ☐ **modify = alter** 修改，調整

The engineer had to **modify** the design to improve efficiency.
那位工程師必須**修改**設計來提高效率。

200 ☐ **signify = indicate** 示意，表明

The red light **signifies** that the machine is in use. 紅燈**表示**機器正在使用中。

201 ☐ **undergo = experience** 經歷，接受

The patient will **undergo** surgery tomorrow morning.
病人將在明天早上**接受**手術。

202 ☐ **justify = explain** 使合理化，辯解

He tried to **justify** his actions to his parents. 他試圖向父母**辯解**自己的行為。

203 ☐ **window = period** 期間

● window 除了「窗戶」的意思外，「期間」也是重要的意思。一般教材不會提到這個解釋。

The application **window** for the scholarship closes next week.
獎學金的申請**期間**將於下週截止。

204 ☐ **ready = prepared** 準備好的

She is **ready** to start her new job. 她已經**準備好**開始她的新工作。

205 ☐ **run = lead** 帶領，經營

He **runs** a successful business. 他把生意**經營**得有聲有色。

206 ☐ **properties = assets** 資產

The company owns several **properties** in the city. 該公司於本市擁有幾項**資產**。

207 ☐ **match = coordinate with** 與…匹配／協調

Her skills **match** the job requirements perfectly. 她的技能與職務要求完全**匹配**。

208 ☐ **turn = gain** 獲得，賺取（利益等）

The company managed to **turn** a profit in its first year of operation.
該公司在其營運的第一年就成功**獲**利了。

209 ☐ **measures = procedures** 措施，程序

The government implemented new safety **measures** to protect citizens.
政府實施新的安全**措施**以保護市民。

- measures 指為了解決問題或達成目標而採取的措施或程序，與 procedures 為同義詞。

210 ☐ **appropriate = suited** 適合的，適當的

She wore **appropriate** clothing for the formal event.
她為這場正式的活動穿上了**合適的**服裝。

211 ☐ **issues = problems** 問題

- issues 指「需要討論或解決的問題或議題」，與 problems 為同義詞。

The team addressed several key **issues** during the meeting.
團隊在會議中討論了幾個重要**議題**。

212 ☐ **accommodate = satisfy** 容納，滿足

- accommodate 的基本意思是「容納」，也可表示滿足需求或給予便利，與 satisfy 為同義詞。

We strive to **accommodate** our customers' preferences in every aspect of our service. 我們努力在我們各方面的服務中**滿足**顧客的偏好。

- adapt 意為「調整，適應」，雖然看似同義詞，但它是不及物動詞的用法。

We strive to **adapt** our services to our customers' preferences.
我們努力**調整**服務以符合顧客的偏好。

213 ☐ **manage = lead** 管理，帶領

- manage 指有效管理或帶領組織或人員，與 lead 為同義詞。

She **manages** a team of 20 people at her company.
她在公司**管理**一個由20人組成的團隊。

214 ☐ **volume = number** 量，數量

The **volume** of sales increased significantly last quarter.
上一季度的銷售**量**大幅增加。

215 ☐ **discipline = field** 學科領域，領域

She has a background in the **discipline** of psychology.
她具備心理學**領域**的背景。

216 ☐ **support = take care of** 扶養，照顧

She works hard to **support** her family. 她努力工作以**扶養**她的家人。

217 ☐ **interest = curiosity** 興趣，好奇心

The documentary sparked an **interest** in environmental issues.
那部紀錄片引起人們對環境問題的**關注**。

218 ☐ **open = start** 開始，開啟

They will **open** the meeting with a brief introduction.
他們將以一段簡短的介紹**開始**這場會議。

219 ☐ **prominent = noticeable** 顯眼的，突出的

Her artwork has become more **prominent** in recent exhibitions.
她的作品在最近的展覽中變得更加**顯眼**。

220 ☐ **course = progression** 過程，進行

The **course** of the project has been smooth so far.
這項專案的**進行**目前為止都還順利。

221 ☐ **impression = belief** 印象，看法

I had the **impression** that he was not interested in the job.
我的**看法**是他對那份工作沒有興趣。

222 ☐ **flat = unchanging** 平坦的，沒變化的

The sales figures remained **flat** over the last quarter. 上一季的銷售數字持**平**。

223 ☐ **engage = hire** 雇用，招聘

The company plans to **engage** new staff for the upcoming project.
公司計劃為即將到來的專案**聘請**的新員工。

224 ☐ **impact = effect** 影響，效果

The new policy had a significant **impact** on employee productivity.
新政策對員工的生產力產生了顯著的**影響**。

225 ☐ **unique = unequaled** 獨特的，唯一的

Her **unique** style of painting has gained her many admirers.
她以**獨特的**繪畫風格獲得了許多仰慕者。

226 ☐ **mild = gentle** 溫和的，柔和的

The weather was **mild**, perfect for a walk in the park.
天氣**溫和**，非常適合去公園散步。

227 ☐ **input = advice** 建議，意見

We value your **input** on how to improve our services.
我們重視您對於改善服務方式的**意見**。

228 ☐ **establish = start** 設立，開始

The company was **established** in 1995. 那家公司**成立**於1995年。

229 ☐ **process = complete** 處理，完成

The application will be **processed** within three business days.
申請書將在三個工作天內**處理完畢**。

230 ☐ **pick up = obtain** 習得，獲得

She **picked up** some valuable skills during her internship.
她在實習期間**學到**了一些寶貴的技能。

231 ☐ **accommodate = provide space for** 容納，提供空間

The hotel can **accommodate** up to 300 guests. 那家飯店最多可**容納**300位房客。

232 ☐ **equivalent = same** 相等的，相同的

One Euro is **equivalent** to about 1 dollar and 18 cents. 1歐元約**等於**1.18美元。

233 ☐ **be held = be presented** 舉行，被舉辦

The conference will **be held** next week in New York. 會議將於下週在紐約**舉行**。

234 ☐ **complex = building** 綜合設施，建築

● 「蠶室綜合運動場」的英文是 Jamsil Sports Complex。complex 表示「由多棟建築物組成的大型複合式建築或園區」，可作為 building 的同義詞。

The shopping **complex** offers a variety of stores and restaurants.
這個購物**園區**提供各式各樣的商店和餐廳。

多益常考的「be ＋形容詞／過去分詞＋ for」用語總整理

☐ **be appropriate for** 適合於…
This outfit **is appropriate for** the occasion. 這套服裝**適合**該場合。

☐ **be necessary for** 對…是必需的
Water **is necessary for** life. 水**對於**生命來說**是必要的**。

☐ **be ready for** 準備好要…
She **is ready for** the interview. 她已**準備好**參加面試。

☐ **be essential for** 對…是不可缺的
Vitamins **are essential for** good health. 維生素**對**健康**來說是不可缺的**。

☐ **be perfect for** 對…而言是完美的
This book **is perfect for** young readers. 這本書**對**年輕讀者**來說是完美的**。

☐ **be sufficient for** 對…足夠
The funds **are sufficient for** the project. 這筆資金**對**該專案**來說足夠了**。

☐ **be eligible for** 有資格獲得…
He **is eligible for** the scholarship. 他**有資格獲得**這項獎學金。

☐ **be suitable for** 適合於…
This job **is suitable for** someone with your skills.
這份工作**適合**擁有你這種技能的人。

☐ **be grateful for** 對於⋯表示感謝
She **is grateful for** your help. 她**對**你的幫助**心懷感謝**。

☐ be prepared for 對⋯做好準備
The team **is prepared for** the competition. 那支隊伍已經**為**這場比賽**做好準備**。

☐ **be qualified for** 有⋯的資格
He **is qualified for** the position. 他有資格擔綱這個職位。

☐ be known for 因⋯而聞名
This restaurant **is known for** its excellent service. 這家餐廳**以其絕佳的服務聞名**。

☐ **be responsible for** 對⋯有責任
She **is responsible for** managing the team. 她**負責**管理這個團隊。

☐ be recognized for 因⋯而受到肯定
The artist **is recognized for** her unique style.
那位藝術家**以其獨特的風格受到肯定**。

☐ **be available for** 可供⋯使用
The software **is available for** download. 這個軟體**可供**下載。

☐ be compensated for 因⋯而獲得補償
Workers **are compensated for** overtime. 勞工**因**加班而**獲得補償**。

☐ **be renowned for** 因⋯而有名
The city **is renowned for** its historical landmarks. 這座城市**因其歷史地標而有名**。

☐ **be useful for** 對⋯有用
This tool **is useful for** fixing small appliances. 這個工具**對**修理小型家電很**有用**。

☐ be famous for 以⋯聞名
The town **is famous for** its annual festival. 這個小鎮**以其年度慶典而聞名**。

☐ **be ideal for** 對⋯而言是理想的
This location **is ideal for** a family vacation. 這個地點**對**家庭度假**來說很理想**。

「How ＋形容詞／副詞＋主詞＋動詞」句型總整理

使用口訣幫助記憶：「形副」帶著「主動」走。

- **How beautiful** the sunset is!
  夕陽有**多麼美麗**啊！

- **How quickly** he finished the work!
  他完成工作有**多快**啊！

- **How happy** they were to see each other again!
  他們再次相見時有**多麼高興**啊！

- **How amazing** this discovery is!
  這項發現有**多麼驚人**啊！

- **How carefully** she planned the event!
  她策劃這場活動有**多麼細心**啊！

- **How proud** we are of you!
  我們有**多麼**為你感到**驕傲**啊！

- **How quiet** the room became after the announcement!
  公告發佈後，房間變得**多麼安靜**啊！

- **How delicious** the cake tastes!
  這蛋糕有**多麼美味**啊！

- **How hard** he tried to solve the problem!
  他為了解決這個問題有**多麼努力**啊！

☐ **How surprised** she was by the news!
她對這消息是**多麼地驚訝**啊！！

結語

How hard Darren worked to write this TOEIC vocabulary book!

各位選擇本書的讀者們！希望你們能早日脫離 TOEIC，並過著更幸福、更成功的人生！

索引 INDEX

A

a bale of hay	22
a broken water pipe	58
a collection of	150
a deluge of	316
a dramatic increase in demand	385
a few	75
a fitness center	58
a grocery store	58
a line of	150
a list of	150
a manufacturing plant	58
a person or persons	236
A pipe is damaged.	58
a radio station	58
a series of	150
a sudden increase in business	385
a variety of	150
abandoned	33
abashed	33
abate	300
abbreviation	300
aberrant	33
abide by	150
abiding	33
able	33
abnormal	33
abnormally	300
abolish	150
about	35
above	35
abrasion	300
abreast	300
abridge	300
abridged	300
abruptly	75
absent	33
absorb	150
absorbing	33
abstract	33, 87, 300
absurd	33
abundance	27
abundant	33, 87
accelerate	100
accentuate	300
accept	24
access	87
accessible	373, 386
acclaim	150
accolade	300
accommodate	87, 394, 396
accomplish	151
accordingly	151
account	87
accredited	301
accrue	151
accumulate	151
accumulation	301
accurate	33, 151
accuse	151
accustomed	301
achievable	383
achieve	151
achieve	151, 376, 392
aching	33
acidic	33
acknowledge	151
acoustic	33
acquaintance	152
acquire	87
acrid	33

across	35	afford	64
across the board	301	affordable	89
act	152, 376	afloat	302
active	33	aforementioned	302
activity	27	After all	365
adamantly	152	Afterward	367
adapt	87	aggravate	153
adaptable	152	aggregate	154
adaptation	301	agile	153
add	24, 152	agrarian	302
Additionally	366	aid	154
address	24, 27, 152, 375	aide	360
adhere	152	aim	75
adjacent	88	airplane, aircraft	27
adjourn	301	airtight	154
adjust	24, 152	aisle	19
adjusting	33	AKA	362
adjustment	385	alarm	27
administer	153, 383	album	27
admire	301	alignment	154
admit	153	All things considered	371
adopt	88	allay	154
adorn	24	allegedly	303
advance to	88	alleviate	75
advanced	153, 384	allocate	89
advantage	88	allow ○○○ to V	89
adventure	27, 153	allure	303
adversely	75	alone	16
advertise	383	along	35
advertisement	27	alongside	35
advice	396	alphabetize	303
advisory	302	Also Knows As	362
advocate	302	alter	393
affected	391	alteration	303
affiliation	302	alternate	24
affirmative	153	alternative	75
affix	302	Alternatively	369

although	154	apple	27
altitude	303	apply for	156
alumni	303	apply the ointment	304
ambiguous	154	apply to	156
ameliorate	303	appointment book	304
amend	155	appraisal	304
amendment	385	appreciate	63
amenity	76	apprentice	304
amid	155	apprise	305
amphitheater	303	approach	24
ample	89	appropriate	68, 394
amplifier	303	approve	63
amplify	304	apron	27
an airplane	58	aptitude	90
an array of	90	arable	305
analysis	89, 379	arbitrarily	305
analyze	379	arbitration	305
anchor	27	arched	33
anchored	33	archival	156
anecdote	155	archive	90
animal	27	ardent	305
annotate	304	ardently	156
announce	304	arduous	90
annual physical exam	65	are displayed	16
annulment	155	area	27
anonymous	155	arguable	305
antenna	27	argumentative	305
anticipate	89	around	35
antique	304	arrange	24, 156
apartment	27	arrangement	156
apparatus	383	arrogant	156
apparently	89, 389	art museum	27
appeal to	155, 374	art supplies	156
appearance	155	articulate	305
append	90	artisanal	157
appetizing	304	As a result	365
applause	76	as a token of	157

INDEX | 403

As an example	370	at	35
As expected	367	at a later date	158
as indicated	157	at no cost	57
as mentioned	157	at the cost of	158
As mentioned earlier	370	at the discretion of	158
as of	90	at the outset	158
as of yet	157	at the price of	158
as opposed to	157	at the rate of	158
as per	157	at the urging of	288
as planned	157	athlete	158
as reported	157	athlete	27
as shown	157	attach	24
As Soon As Possible	362	attached	33
as to	157	attachment	27
as well as	305	attainable	383
as of yet	157	attempt	91, 383
ASAP	362	attendance	379
ascend	24	attentive	366
ash	27	attic	27
aside	35	attract	68, 374
aside from	157	attribute A to B	158
aspect	306	audio-visual	91
aspiring	158	audit	306
assemble	24	augment	158
assembly	90	authentic	306
assertion	306	authenticate	306
assessment	384	authorize	63
assets	393	autograph	159
assignment	306	automatic bank withdrawal	65
assist	392	automotive	306
assistant manager	66	autonomous	159
association	373	autonomy	159
assorted	91	available	33, 65, 373
assume	91, 373	averse	306
assurance	306	avert	360
assure	76, 372	aviation	159
astronomy	27	aviator	307

avid	89
avionics	307
awardee	390
aware	89
away	35
awning	20, 27

B

back	33, 35, 159
back order	159
backdrop	159
backed up	33
backlash	159
backlog	307
backpack	27
backup	159
baggage allowance	91
baggage claim	91
bake	24
balance	381
balance A and B	160
balloon	27
bankruptcy	160
bare	33
barefoot	307
barring	92
barter	160
based in location	307
batch	160
batter	360
be	24
be about to water	21
be accountable for	151
be accountable to sb	151
be advised that	301
be affiliated with	153
be almost out of	68

be appropriate for	397
be arranged	22
be available for	398
be backed	392
be bound to	161
be canceled	57
be cautious	398
be compensated for	398
be concerned about	389
be condemned to	167
be decorated with	22
be doubtful about	180
be eligible for	397
be emphatic about	321
be essential for	397
be famous for	398
be fed up with	190
be grateful for	398
be held	396
be ideal for	398
be indulged in	207
be known for	398
be liable for	215
be liable to	215
be mounted	22
be necessary for	397
be outfitted with	232
be perfect for	397
be prepared for	398
be presented	396
be propped against	22
be qualified for	398
be ready for	397
be recognized for	398
be renowned for	398
be responsible for	257, 398
be responsive to	257

be scheduled to	385	bilingual	161
be seated	22	bin	27
be sensitive to	264	bird	27
be sent a book	264	blanket	27
be slated to	141, 385	blemish	360
be subject to	83	blindly	308
be sufficient for	397	blizzard	161
be suitable for	276, 397	block	24
be supported	392	blue	33
be supposed to	69	blueprint	92
be totaled	354	blurry	308
be useful for	398	board	24, 27
beach	27	boat	27
beat	160	boil down to	161
bed	27	book	27, 62
beef up	160	bookcase	27
Before long	368, 390	booklet	27
behind schedule	69	boon	308
belief	395	boost	76
belongings	383	boot	27
bend	24, 160	border	18, 92
benefactor	160	bottom line	18, 92
beneficiary	307	box	27
benefits package	76	brainstorm	92
Besides	366	brass	308
bestow	160	breach	161
between	35	bread maker	57
between the hours of 7 a.m. and 3 p.m.	58	break down	379
beverage	20, 27	break ground	161
bewildering	160	breakthrough	308
beyond question	380	breathtaking	162
beyond repair	307	brevity	308
biased	161	bribe	308
bicycle	27	brick	27, 33
big-name	307	brick building	27
bike	27	brick-and-mortar	162
bilateral	161	bridge	27

brief	162	cafeteria	27
briefcase	27	cake	27
briefly	379	cake ready	64
bring forth	388	calculator	27
bring up	162	calendar	27
brisk	162	call back	57
broken	33	call for	93
broom	27	call in sick	163
brown	33	call off	163
browse	24, 92	camera	27
browsing	21	canopy	20, 27
brush	27	can't find	57
BTW	362	cap	163
bucket	27	capacity	93, 388
budget	373	capital	93
building	27, 380, 396	capitalize on	93
built-in	308	capsize	329
bulb	27	captivating	93, 389
bundle	24	capture	392
burden	92	car	28
bureaucracy	309	car window	28
bustling	162	carbon copy	363
button up	24	carbon footprint	163
buy	57	card	28
by	35	cardboard	33
by the end of the week	390	cargo	28
by the end of this week	390	carousel	309
by the hour	162	carpentry tool	28
by the time S + V	162	carpet	28
By The Way	362	carpool	309
bylaw	163	carport	309
bypass	309	carry	24, 372
		carry out	384
C		cart	28
		cartography	309
c.c.	362	carton	20, 28
cabinet	27	cash register	28
cable	27		

cast	24	chop	24
casting a shadow	22	chore	310
casual	163	choreographer	164
cat	28	choreography	310
catchy	309	chronic	164
category	163	chronologically	310
cater	65	circuit	28
cater to	93	circulation	164
caterer	94	circumstance	164
caution	94	cite A as B	94
cavity	164	city	28
center	373	clarify	95
CEO	362	clash	310
certificate	94	classified	381
cessation	360	classified section	310
chair	28	clean	24
chalkboard	28	cleaner	28
challenging	94	cleaning	28
chance	384	clerical	164
chandelier	28	clientele	95
change	57	climb	19, 24
change plans	57	climbing	33
charge	378	clip	24
charge A with B	94	clock	28
charged	375	clogged	310
charter	309	close	24, 95
chat	24	close by	69
check	24, 63, 92	closed	33
check for	94	closely	95
checkout line	28	closet	28
chef	28	cloth	28
Chief Executive Officer	362	clothing	28
child	28	clout	360
chimney	28	clumsy	164
chiropractor	309	cluttered	310
choir	19, 164	coast	28
choose from	69	coffee	19, 28

408

coffee pot	28	compel	311
cognizant	95	compelling	166
coin	28	compensate	96
coincide with	165	compete	97
coincidence	95	compile	166
cold	33	complaint	97
collaborate on	96	complete	97, 379, 396
collaborate with	96	complex	396
collapse	165	compliance department	311
collate	310	complication	166
collateral	310	complimentary	57, 77, 385
collect	63	compose	24
collectively	311	comprehensive	97
colorful	33	comprise	97
come along	165	compromise	166
come back	61	compromising	167
come by	57, 376	compulsory	167, 381
come down with	311	computer	28
come up with	96	conceal	167
comfortable	33	concede	167
command	165, 390	conceit	312
commemorate	165	conceive	167
commend	311	concerning	374
commensurate	311	concession	312
comment	165	concierge	312
commentary	165, 389	concise	97, 381
commentator	311	conclusion	374
commission	165, 388	concrete	28
committed	374	concurrent	312
commodities	166	condense	167
common	76	condensed	312
communal	311	conducive	168
communication	388	conduct	97
comparable to	96	confection	168
Comparatively	369	confectionary	168
compassionate	166	confer	168
compatible	96	confide	312

confident	168	contend with	389
confidential	98, 381	content	170
configuration	168	contingency	170
confirm	388	contingent	388
confirm personal data	386	continuous	170
confiscate	384	contraction	360
confiscation	168	contribute	98
conform	169	contrive to	170, 377
congenial	169	controversial	170
congested	169	convene	170, 389
conglomerate	312	Conversely	365
conjecture	385	convert A into B	171
connection	373	convey	98
conscientiously	169	convict	313
consecutive	169	convinced	171
consensus	312	convincing	171
consent	313	cooking	28
Consequently	366	cooperate	171
conservatory	169	coordinate	171
consider	380	coordinate with	379
considerable	169	cope with	171
consignment	360	copy	19
consistent	98	cordon off	313
consolidate	98	corner	28
conspicuous	169	correlation	171
conspicuously	313	correspond	99
constituency	313	correspondence	99, 388
constituent	170, 313	corridor	99
constitute	313	corrosion	314
construction	28	corruption	314
consulate	313	cost	385
consult	98	cost a fortune	64
contagious	170	cost a little more	68
contain	313, 377	cost-effective	99
container	21, 28	costly	171
contamination	170	counsel	171
contend	98	count	172

counter	28
counterfeit	172
counterpart	99
county	390
course	395
courteous	172
courtyard	314
cover	60, 372
craft	373
crate	20, 28
create	374
credential	99, 314
credit	372
creditor	172
crevice	172
criteria	100
criticize	100
critique	384
crooked	172
cross	24
crouch	24
crouch down	19
crowded	33
crucial	100, 390
crunch	360
cubicle	172
culinary	100
culminate in	172
cumulative	314
cupboard	19, 28, 100
curb	19, 100
curbside pickup	173
curiosity	395
curriculum vitae	77
curtail	314
curve	19
curved	33

custodian	314
custody	173
custom	387
customer reviews	61
customize	173
customized	173, 387
customs declaration	173
cut	24, 385
cut cost	57
cut the budget	378
cutback	173
cutlery	28
cutting board	28
cyclist	28

D

dam	28
dark	33
data breaches	100
deactivation	101
deadline	64
deal	385
deal in	376
deal with	375
debit	101, 389
debris	19
decay	314
decent	374
deception	315
decipher	173
decline	101
decorate	101
deduct	389
deem	315
deepen	101
default	315
defects	384

defer	173, 383	depletion	316
defiance	315	deploy	316
defibrillation equipment	174	deposit	77
deficiency	174	depot	316
deficit	315	depreciate	175
definitely	101	depress	375
deform	315	deputy	317
defy description	102	deride	175
degree	372	derision	317
delay	383	derive	175
delayed	57	dermatologist	317
delegate	102	descent	317
delegation	315	deserted	33
delete	174	design	374
deliberate	174	designate	102
delineate	315	designated	77
delinquent	315	desist	317
deliver	57	desk	28
delve	316	detach	175
demand	102	details	67
demeanor	174	detergent	175
demographic	316	deteriorate	175, 317, 389
demolish	24	determine	78
demonstrate	316, 393	detour	24
demonstration	60	detrimental	103
denote	316	devalue	317
denounce	174	develop	387
dense	33	development	387
densely	175	deviation	175
deny	102	device	383, 389
departing	378	devise	103
depend	102	diabetes	176
depend on	382	diagnose	176
dependent	388	diffuse	317
depending on	77	digit	317
depict	175	digits	60
deplete	102	dignitary	103

412

dignity	176	dispatch	177
diligent	103	dispense	382
dilute	318	dispense with	177
dimension	103	disperse	177
diminish	103	displace	177, 378
diner	28	display	16, 28
dining	21, 28, 33	display case	28
dinner plate	28	dispose of	104, 177
dip	78	disproportionate	178
diplomatic	318	disqualify	178
dire	318	disregard	383
direct	24	disseminate	178
dirt	28	dissipate	178
dirty	33	dissolve	178
disburse	103	distill	178
discard	176	distinct	104
discern	176	distinctive	318
discerning	176	distinguish	178
discharge	176	distinguished	178
discipline	75, 395	distort	318
disclose	177	distract	104
discontinue	318	distracting	179
discount	385	distribute	24, 177
discredit	318	district	390
discreet	318	dive	24
discrepancy	103	diverge	319
discrete	360	diverse	104
discretionary	318	diversify	319
discriminate	104	divert	179
discuss	177	dividend	179
disembark	19, 24	division	163
dish	28	DIY	362
dishes	28	do	24
dishwasher	28	Do It Yourself	362
dislocate	177	do one's utmost	319
dismantle	24, 177	doable	383
dismiss	378	dock	319

INDEX | 413

document	28, 65, 104	durable	104, 383
dog	28	during a specific time	58
domain	179	dustpan	28
domestic	179	dusty	33
dominant	104	dwell on	319
dominate	319	dweller	384
donate	179	dwindle	320
door	19, 28		
doorknob	28		
dormant	179	**E**	
dosage	180	eager	105
dose	180	earmark A for B	320
doubt	180	earn	181
down	35	earrings	28
down payment	180	ease	181
downturn	180	economical	173
draft	180	ecstatic	181
drain	319	edge on	182
drapery	319	effect	395
drastically	181	effects	383
draw	181	efficient	182
drawback	181	effort	383
drawbacks	384	elaborate on	105
drawer	19, 28	electricity	68
drawing	181	electronically	320
drawings	28	electronics	28
dress	28	elegant	384
drinking	33	element	105
driver	28	elevate	182
driveway	28, 181	elevated	182
drop by	57	elevator	19, 28
drop me a line	181	elicit	182
drop off	57	eliminate	182
drowsy	319	eloquence	320
dry	24, 33	elucidate	182
duct	28	email	182
due largely to	319	embargo	320
		embark	105

embezzle	182	enjoyable	184
embrace	183	enlightening	106
embroidery	29	enmity	184
emerge	105	enormous	184
emergency	105	enroll in	184
emerging	379	ensure	184
emission	183	entail	184, 377
empathic	320	enter	24
empathize	320	enterprising	322
emphasize	183, 392	enthusiastic	184
emphatic	321	entrance	29
employ	386	entrant	185
employee	29	entrée	322
employment agency	391	entrepreneur	322
emporium	321	entrust sb with A	185
empty	24, 33	enumerate	322
enable	78	envelope	22, 29
enchant	321	environmentally-friendly	185
enchanting	388	envision	185
enclose	321	epidemic	185
encompass	321	Equally	369
encounter	106, 183	equate	185
encouraging	183	equipment	383
encrypt	106	equivalent	185, 396
encyclopedia	321	eradicate	185
end	374	erect	24, 106
end table	29	ergonomic	106
endeavor	183, 383	errand	62, 186, 390
endorse	183, 383	erratic	302
endorsement	106	erupt	302
enduring	382	escalate	186
enduringly	321	escalator	19, 29
energized	375	essential	375, 376
engage	106, 391, 396	establish	107, 394
engrave	183	established	186
engrossing	380	establisher	386
enhance	106	estimates	65

INDEX | 415

estimation	383	exertion	383
evacuation	186	exhale	188
evaluate	107	exhaustive	323, 381
evaluations	380	exhibit	24, 107
even if	107	existing	323
even so	186, 366	exorbitant	323
even though	186	expand	107
evenly	186	expect	107
eventful	361	expedite	188
every hour on the hour	186	expedition	323
every three months	57	expenditure	385
evict	187	expense	385
evoke	187	experience	393
evolution	387	experiment	66
evolve	387	expertise	188
exactly	68, 392	expiration date	188
exaggerate	187	explain	393
examination	384	explicit	108, 323
examine	24, 187	exploit	323
examining	15	explore	108
excavate	187	exponentially	188
excavation	187	expose	78
exceedingly	382	express train	188
excel in	187	exquisite	188
except	187	extend	16, 22, 24, 67, 108
exceptional	322	extensive	388
exceptionally	382	extent	378
excerpt	107, 389	extinction	189
exclude	107	extract	389
excluding	187	extraordinarily	382
exclusively	66, 187	extravaganza	323
excursion	322	extroverted	189
execute	188	eyeglasses	29
execute implement	384		
exemplary	322	**F**	
exempt	107	fabric	29
exert	323	fabulous	108

façade	108	feed	24
face	24, 389	feedback	190, 380
facet	108	feeling	190
facilitate	189, 392	fence	29
facilitator	387	ferment	191
facility	373	fictitious	324
fact	189	field	29, 395
factor	108	fierce	191
factor in	380	figure out	110
factory floor	29	file	29
factual	189	file drawer	29
faculty	109	fill	24
fad	79	fill an order	324
fade	189	fill in for	191
fail	190	film	24, 29
faithful	190	final	191
fall	24	finalize	373
fall dramatically	109	finance	191
fallen	33	financial statement	324
familiar	109	find	110
fan	29	fine	373
FAQ	362	finicky	191
fare	109	firm	110
farm	29	first	391
fascinate	190	first come, first served	69
fast approaching	323	fiscal	324
fasten	20, 24	fish	24, 29
fastening	33	fix	24, 110
faucet	29	flag	29
favor	66	flagship	191
feasibility	384	flair	191
feasible	109, 383	flammable	191
feat	324	flat	395
feature	190	flattered	62, 110
federal	109	flattering	192
fee	324	flaunt	192
fee waiver	190	flaws	384

INDEX | 417

fledging	379	fortify	193
flee	192	fortnight	325
fleet	324	forward	35
fleetingly	324	forward A to B	110
flexibility	67	fossil fuel	193
flexible	110	foster	110, 193
flimsy	192	founder	386
floor	29	fountain	29
floorplan	324	four times a year	57
flounder	325	foyer	325
flourish	192	fraction	381
flower	29	frame	29
fluent	61, 192	fraud	193
fluorescent	33	free	57, 385
fluorescent light	29	frequent	193
focus	79	Frequently Asked Questions	363
fold	24	friction	193
follow	380	fridge	29
follow up on	325	from	35
following	375	front	33
food	29	frugal	193
footage	192	fruit	29
football	29	frustration	193
for	35	fuel	66
For example	370	fulfill	193
For instance	370	full	33
for the sake of	192	full potential	194
forage	325	fun and laughter	194
forecast	383	function	391
foreman	325	functional	194
forerunner	325	fund	194
forest	29	fundamental	194
forfeit	192, 384	furnish with	382
forge	325	furnished	194
format	325	furniture	29
formula	192	Furthermore	366
forthcoming	386		

G

gadget	389
gain	195, 394
gap	111
garbage	29
gardener	29
garner	195
garnish	326
gate	29
gather	15, 25, 389
gathered	21
gathering	391
gender	195
generate	111
generic	195
genetic	195
gentle	396
gentler	374
genuine	111
get	57
get a hold of	61
get along with	195
get back	57
get in touch with	326
get through with	195
getaway	195
gifted	326
gimmick	195
give away	196
give in to	196
give off	196
give out	196
give rise to	196
give someone a list of workers	58
give way to	377
giveaway	196
given	196
glance	25
glancing at	15
glass	29
glass partition	29
glasses	29
glitch	111
globe	19
glove(s)	19, 29
glowing	326
glowingly	326
go on	197
go on the market	197
go over	111
goods	197
govern	197
grabbing	15
gradual	387
grant	197, 390
grasp	25, 111
grasping	15, 22
grass	29
grassy	33
gratifying	326
gratis	111, 385
gratuity	381
gravel	29
green	33
greet	25
greeting	33
grief	326
grievance	197
grill	29
grossly	361
ground	29
groundbreaking	380
ground-breaking ceremony	111
group	29

INDEX | 419

grout	326	heads-up	70
guesswork	385	heal	199
guidance	197	Health Talk on Kinglish radio	58
guide	374	hearty	79
guitar	29	Heating, Ventilating, and Air Conditioning	363

H

		heavy	33
habit	112	heavy rain	57
hail	198	heavy snowfall	57
hair	29	heavy-duty	199
halfway through	112	hedge	326
hallway door	29	heighten	199
halt	198	helmet	29
hammer	29	help	62
handbag	29	helpline	327
handheld	198	herald	199
handle	112	heredity	200
handle inquiries	386	heron	361
handled	375	hiatus	361
hands-on	112	high	34
hang	25	high-end	327
hang onto	198	highlight	200, 392
harsh	198	highly	200
hat	29	high-visibility	200
haul	198	hilarious	327
have	25	hill	29
have every intention of -ing	112	hinder	382
have experience -ing	198	hinge on	382
have since been	199	hire	395
have something to do with	387	hit the road	200
have trouble -ing	199	hit the shelves	374
have until	199	hold	25
have yet to	112	hold back	377
hazard	199	holding	15, 20
head	60	hole	29
headline	112	hone	200
headquarters	112	honorarium	200

honoree	390
hook	29
horticulturist	113
hospitality	201
hostile	327
hostility	201
hot	34
hourly wage of $10	371
house	29
hover	327
however	154, 364
HR	362
Human Resources	362
HVAC	363
hygiene	201
hypothesis	327

I

I have arranged a meeting.	58
I'm not feeling well.	58
I've already set up an appointment with him.	58
I've got a bad cold.	58
identical	34
identification	29
identified	374
identify	113
idle	201
If not	368
If so	368
ignition	201
ignore	383
illegible	327
illuminate	25
illustrate	113, 393
imitate	201
immediate	113

immediate supervisor	201
immediately after	113
immense	327
immersive	113
immigration	201
imminent	377
immune	327
immunize	328
impact	113, 395
impacted	391
impair	328
impartial	202
impeccable	114
impede	202
impending	202, 377
imperative	390
implement	202
implicit	202, 388
implied	388
impose	114, 378
impound	328, 384
impression	395
impromptu	328
improve	387
improvise	202
improvised	381
in	35
in a row	328
in a timely manner	328
in accord with	202
In addition	366
in alliance with	203
In any case	368
in bulk	328
in celebration of	203
in charge of	203
in chronological order	203

In conclusion	370	incline	205
in conjunction with	328	include	114
In contrast	365	including	205
in defiance of	203	incomprehensible	205
in detail	203	inconspicuous	328
in duplicate	203	inconvenience	206
In fact	367	incorporate	114
in front of	18, 21, 35	increase	114
in honor of	203	increasingly	390
in its entirety	328	incredulous	206
in light of	204	increment	328
in line with	328	incumbent	114
in no time	328	incur	206
in observance of	123	indeed	206
In summary	370	indefinitely	206
in terms of	204	in-depth	207, 329
In that case	368	indicate	206, 373, 393
in the black	204	indicative	206
In the end	370	indict	206
In the meantime	368	indigenous	329
in the near future	386	indoors	35
in the near/foreseeable future	329	induce	207
in the newspaper	204	induct	361
in the red	204	industrious	207
In the same way	369	industry	115
in the wake of	375	inevitable	207
in turn	204	infection	329
in writing	204	infer	207
inadvertently	114, 382	inflate	25
inaugurate	204	influx	329
incentive	205	inform	115
inception	205	informal	115
inceptive stage	328	informative	387
incessantly	114	informed decision/choice	330
incidental	205	infrastructure	207
inclement	205	ingenious	330
inclement weather	57	inhabitant	384

inhale	207	interim	331
inherently	330	intermediate	209
in-house	330	intermission	331
initiative	208, 391	intermittent	209
inject	208	intermittently	331
inlay	330	interpersonal	331
innate	208	interpret	126
innovative	380	interrupt	209
inordinate	115	intersection	29, 331
input	380, 396	intervene	210
inquiry	208	intervene in	382
inside	35	into	35
insight	208	intoxicate	210
insistent	208, 330	intricacy	331
insolvent	115	intricate	210
insomnia	208	intrigue	331
inspect	208	intriguingly	331
install	25, 209	introduce	116
installment	115	introverted	210
Instead	365	intuitive	332
instinctively	330	inventory	210
institute	209	invest	117
instructive	330, 387	investigate	117, 381
instructor	387	invincible	381
instrument	29	invite	117
instrumental	115, 376	involuntarily	368
insubordinate	209	involve	117, 377, 391
insurance	116	iron	25, 29
intact	112, 366	irony	210
intake	330	irretrievable	210
integral	209	irrigate	332
integrate	116	irritant	361
intentionally	209	isolate	210
interact	116	issue	117
interchangeable	331	issues	395
interest	57, 116, 395	itemize	211
interested parties	209	items	29
interfere	116, 382	itinerary	211

J

jacket	29
janitorial	361
Japan Airlines flight	58
jar	29
jargon	211
jeopardize	211
jersey	361
jewelry	29
job description	211
job opening(s)	60, 117
join	118
join + person	57
jot down	25, 118
journey	211
judge	118
judging from	211
juggle	211
jump	212
just	392
Just as	369
justify	118, 393

K

keen	212
keep ~ posted on	332
keep in stock	372
keep informed of	212
key	29, 212
keyboard	29
keynote address	118
key ring	29
kind	118
Kinglish Textile factory	58
kitchen	29
kitchen appliance	57
kitchen drawer	30
kite	30
knack	212
kneel	20, 25
know	25

L

label	212
ladder	30
ladies	30
lag behind	332
lagoon	30
laminate	30
lamp	30
lamppost	30
lampshade	30
land	79
landfill	212
landscape maintenance	30
lanyard	332
lapse	213
laptop	30
large	34, 118
lasting	118, 382
late	57
latent	332
later this week	390
laud	213
launch	119
laundry	213
lavatory	213
lavish	213
lawn	30
lax	382
lay down	213
lay off	213
layover	213
lead	19, 119, 213, 374, 393, 394

lead to	18	license	119
leading	79	lid	19, 30
leaf	30	life expectancy	216
leaf through	25	life-sized	216
leaflet	332	lift	25
leak	69	lift a ban on	216
lean	214	light	34
lean against	25	light fixtures	21
leap	214	lighthouse	30
learn	214	likely	79
leave	119	likewise	216, 369
leave out	214	limit	216
leaves	30	limited	79
leaving	34	line	17, 21, 25, 30
ledger	332	lined	34
leftovers	214	linger	216
legacy	214	lingering	80
legal	119	liquidate	216
legible	332	list	120
legislation	333	listed	374
leisurely	333	lit	34
length	30	literacy	216
lenient	382	literal	217
lessen	333	litigation	217
let down	214	litter	18, 30, 217
let up on	214	live	120
lethargic	214	live up to	217
letter	30	loan	120
letterbox	30	loath	217
letterhead	215	local	120
level	372	locally	80
leverage	215	locally grow	70
levy	378	locate	62, 120
levy A on B	333	located	34
liability	215	locations	381
liaison	215	locker	30
liberate	215	lodge	120

log	30	maneuver	219
logistics	120	manicured	218
long	34	manipulate	219
longevity	217	manual	121
look	25	manufacture	219
looking at	21	manuscript	333
looking into	15	many	80
loot	333	map	30
lose	57	margin	121
loud	217	marginal	377
lounge	25	marginal notes	333
lower	34, 217	marginally	334
lucrative	218	marital	219
luggage	30	mark	219
lukewarm	218	markdown	80, 395
lumber	30	markedly	334
lure	333	market	219
luxurious	218	marketplace	30
		marvel	219

M

		master	219
machine	30	mastermind	334
magazine	30	match	393
magnet	30	material	30
mainstay	361	maternal	219
maintenance	121	matinee	220
make	25, 391	matting	30
make it to	218	maximize	220
make room for	218	meagerly	121
make sense	63	means of	220
make sure to	121	Meanwhile	368
make the most of	218	measure	25, 121
makeover	361	measurement	30
makeshift	381	measures	394
manage	383, 394	meat	19
manage to do	377	mechanic	30
mandate	333	mechanism	334
mandatory	218, 381	mediate	220

medical equipment	30	missing	222
medication	60	mistakenly	282
mediocre	220	mitigate	222
meet	19, 392	mix-up	222
meet + person	57	mobilize	222
memoir	334	moderate	122, 373
memorabilia	70, 220	moderately	390
memorandum	334	modest	335
memorize	220	modification	385
menace	334, 377	modify	222, 393
mend	25	momentarily	379
mention	221	momentous	223, 375
mentor	221	momentum	222
menu	30	monetary	223
merchandise	30	money order	223
merge	221	money-back guarantee	122
mesmerize	221	monitor	30, 223
metal	34	monopoly	223
meteorologist	221	mop	25
meticulous	221	morale	223
meticulously	221	Moreover	366
microphone	19	mortgage	223
microscope	19	most	122
microwave	30, 57	most of	122
migrate	221	Most significantly	371
mild	396	motivate	223
milestone	335	motorcycle	30
mingle	222	mount	16
minimize	222	mountain	30
minor	121	mountain road	30
minus	335	move	25, 386
minutes	122	move up	335
mirror	30	moving costs	60
miscellaneous	335	mow	25
mishap	335	much to the surprise	122
mislead	222	mug	30
misplace	57, 222	multicultural	224

mundane	335, 376	next (adv.)	35
municipal	335	niche	336
mural	224	nimble	225
musical arrangements	224	no later than	226
musician	30	nominal fee	226
must-see	336	nominate	226
mutual	224	Nonetheless	350
mutually	224	no-obligation quote/estimate	226
myriad	224	not that I know of	336
		not to mention	226
		notable	226

N

nail	30	notably	226
namely	224	note	377
narrate	224	notebook	30
narration	389	noteworthy	123
narrow	34	notice	25, 379
narrow down	225	noticeable	395
narrowly	225	notify	123
natural habitat	225	notion	336
nausea	362	notwithstanding	227
navigate	225, 336	novel	227
near	35	novice	227
nearby	225	nuisance	336
nearly	123	null and void	336
necessary	123	number	394
necklace	30	numerically	227
necktie	30	nursery	80
neglect	225	nurture	227
negligence	225	nutrient	336
negotiate	123	nutritious	227
neutrality	336		
Nevertheless	366		

O

new	34	obey	380
new course content	386	obfuscate	336
new curriculum	386	obituary	227
newsletter	66	object	123
newspaper	30	objective	227

obligation	228	on call	229
obligatory	381	on display	16, 21
obscurity	228	on foot	67
observatory	228	On the contrary	365
observe	380	on the horizon	124, 386
observe one's anniversary	337	on the house	385
observe the expiration date	337	On the other hand	364
obsolete	228	on the rise	229
obstacle	337	on the spot	229
obstruct	337	on the verge of	230
obtain	124, 376, 392, 396	on the waiting list	230
obtain financing	391	on the wane	337
occupant	384	on time	65
occupied	17, 22, 34	on top of that	230
occur	124	one year	57
of little account	380	ones vs. them	230
of little importance	380	online	66, 385
off	35	onsite	230
off season	337	on-the-job experience	230
offence	337	opaque	230
offer	57, 124	open	25, 34, 395
offer an apology	57	opening	30
offer an apology to sb	228	operate	25, 124
off-limits	228	operations manual	386
offset	229	ophthalmology	230
off-site	379	opportunity	384
off-street	228	oppose	231
often	70	opposite	34
old	34	opt for	231
omit	229	optimal	231
on	35, 229	optimize	231
on a budget	229	optimum	231
on a first-come, first-served basis	229	orange	34
on a regular basis	80	order	388, 390
on a weekly basis	337	orderly	125
on and off	229	ordinance	376
on average	124	ordinarily	392

ordinary	376	overhaul	232, 384
organize	67, 125	overhead	35
orientation	64	overhead bin	30
original	391	overhead compartment	30
originate	231	overlook	18, 25, 232, 383
ornament	30	overseas	233
other than	231	oversee	232, 383
Otherwise	368	oversight	125
Our sales are not as high as we'd hoped.	58	overt	232
		overtake	233
out	35	overturn	233
out of print	337	overwhelm	233
out of question	380	overwhelming	125
out of shape	232	owe	61, 233
out of stock	57	own	125
out of the office	66		
outbreak	337	**P**	
outdoor	34	pack	25, 125
outdoor area	30	packaged foods	379
outdoor dining area	30	packed	34
outdoors	35	packet	233
outgoing	378	paddle	25
outlay	385	page	30
outlet	30	paint can	30
outnumber	338	painting	30
outpatient	338	pamphlet	30
outreach	338	pantry	233
outside	35	pants	30
outskirts	338	paper	30
outsource	338, 382	paramedic	233
outspoken	338	parameter	338
outstanding	232	parlor	338
outthink	338	part	377
outweigh	232	partial	233
over	35	participate	126
overcome	125	particulars	233
overdue	125	partition	25

partnership	234	Personal Identification Number	362
party	126	personal items	383
pass	19, 25, 234	personalized	387
pass away	234	perspective	236
pass out	234	persuade	127
past	35	persuasive	339
pasture	234	pertaining to	236
paternal	234	peruse	339
path	19	pervasive	339
patience	126	pesticide	236
patio	126	petition	237
patronage	234	petitioner	237
patronize	339	phase	237
pay	25, 126	phenomenally	382
pay no attention to	383	phenomenon	237
payable	234	philanthropic	339
peak season	339	philanthropy	237
pediatrician	234	photograph	30
peel off	69	photographs	58
peer	234	phrase	237
penalize	234	pick	25, 237
pending	235	pick up	396
penetrate	235	picking	34
pension	127	pictures	58
perceive	235, 387	picturesque	238
percussion	339	pier	238
perform	126, 384	pigment	238
performed	385	piled	18, 34
period	235, 393	PIN	362
periodical	235	pitch	238
perishable	235	pivotal	127
perk	235	place an order for	127
permanent	126	plan	127
permit	127	plaque	339
persist	236	platform	238
persist in/with	236	plausible	238
personal effects	236	play	127

play it safe	375	posted	34
plea	238	postmark	340
please	238	postpone	240, 383
pledge	239	potential	128
plentiful	239	potted	34
plight	339	potted plant	22
plot	340	pottery	30
plug	25	pour	25
plumber	239	power outage	240
plummet	239	PR	362
plunge	239	practical	128
podium	239	practicality	384
poignant	239	precaution	241
point	25	precede	241
pointed	34	precedent	340
pointy	340	precipitation	128
poise	239	precipitous	362
policy	239	precise	128
polish	25	precisely	241
polished	239	preclude	241
polite	128	precondition	128
poll	240	predecessor	241
pollutant	81	predicament	340
ponder	240	predict	241
ponderous	240	prediction	383
poor weather conditions	57	predominantly	241
populate	340	preference	372
portable	240	preferred	241
portion	240, 381, 389	preliminary	242
portray	340	premature	340
position	128	premier	242
positioned	386	premiere	242
positive	240	premise	242
possess	128	premises	380
possessions	383	preoccupied	242
possibility	384	pre-paid	242
post	240	prepare	129

prepared	393	proceed	81
prerequisite	242	proceedings	244
prescribe	242	proceeds	244
prescription	65, 242	process	70, 130, 396
presence	243	processed foods	379
present	129	procrastinate	130
preserve	243	procure	245
preside	243	procurement	245
pressure	129	produce	130, 388
prestigious	129	product	130
presumably	243	professional	130
presume	243	proficiency	341
pretend	243	profitable	245
prevail	243	profusion	341
prevalence	341	progress	130
prevalent	243	progression	395
previous	129	progressive	387
price reduction	385	progressively	390
primary	129	project	130, 391
primary and elementary	244	projected	341
primarily	243	projection	383
prime	129	proliferation	341
principal	341	prolific	245
principle	341	prominent	342, 395
print	25	promise	372
printing	341	promote	131, 393
prior to	129	promotion	60, 62
priority	130	prompt	131
pristine	245	promptly	68, 245
private dining area	64	prop	25
privilege	341	properties	393
proactive steps	244	property	380
probable	244	proponent	342
probationary	244	proportion	342
problems	394	propose	245
procedure	244	proprietary	342
procedures	394	proprietor	342

prospect	384	put ~ to rest	247
prospective	245	put forward	388
prosper	246	put in	57
prosperity	342	put in for	247
prosthetics	342	put off	383
protect	313	put together	343
protective	34		
protocol	246	**Q**	
prototype	246	qualify	247
prove	131	quality	132
provide	57, 131	quantity	247
provide names of workers	58	quarantine	343
provide space for	396	quarter	132
provided that	246	quarterly	57
province	378	query	132
provision	131	question	132
provisional	381	queue	247
provoke	246	quirk	343
proximity	246	quote	62, 132, 248
proxy	246		
prudent	246	**R**	
prudently	342	rack	30
prune	25	radius	344
public relations	247, 362	rain date	248
publicity	342	raise awareness of	248
publicize	383	rally	344
pull	25	ramp	344
pull over	247	random	248
pundit	343	randomly	248
purchase	57, 132	range	133
purpose	132	rank	133
purposely	343	rapport	248
pursue	247	rapt	344
purveyor	343	rarely	133
push	25	rate	133
push a lawn mower	343	rather	133
push back	343	ratio	248

rational	248	recover	250
rave	249	recreational	34
re	363	recruit	250, 344
reach	25, 133, 374	rectangular	344
reaching for	22	rectangular-shaped	34
react	134	rectify	344
reaction	380	recuperation	250
readily available	134	recurrence	251
ready	393	recycle	251
realize	134	red	34
realm	378	redeem a coupon	135
reap	249	reduce	135, 375
rear	34	reduce spending	57
rearrange	25	reduction	251
reason	134	redundant	135
rebate	344	reel in	345
rebuild	249	refer	136
recall	134	referral	81
recede	249	referring to	363
receipt	31	refine	387
receive	249	refined	384
recent	134	refinery	251
receptacle	249	reflect	25, 251, 373
receptionist	344	refrain	136
recession	249	refreshments	66
reciprocal	250	refrigerator	20, 31, 57
reckless	250	refugee	251
reclaim	344	refurbish	251
recognition	372	refurbishment	251
recognize	134	refuse	251
recognized	250	refute	345
recollect	250	regain	252
recommend	63, 135	regard	252
reconcile	250	regarding	374
reconfigure	135	register	57, 252
record	135	regret	252
recount	377	regrettably	252

regular	81, 375	removing	21
regular hours	70	remuneration package	345
regulate	252	render	255, 391
reimburse	67	renew	64, 255
reimbursement	345	renewal	346
rein	345	renowned	255
reinforce	252	rent	255
reiterate	136, 253	reorganize	384
reject	253	repair	25, 255
rejuvenation	253	replace	25, 58, 137
rekindle	253	replica	346
relate	253, 377	reply	137
related to = pertinent to	377	Répondez S'il Vous Plaît.	362
relax	253	report	255
relaxing	16, 136	reportedly	255
release	136	repository	346
relevant	253	represent	255, 376, 392
reliable	136	reprimand	346
relieve	253	reputable	346
relinquish	254	reputedly	255
relocation expenses	69	request	255
reluctant	254	request that S (should) V	137
rely	136	require	256, 392
rely on	382, 391	required	381
remain	136	reschedule	57
remainder	345, 381	rescue	256
remains	378	research	137
remark	254	resemble	256
remedy	254	reserve	256
remind	254	resident	384
reminder	136	resign	256
reminiscent	345	resilient	137
remit	254	resist	256
remittance	345	resolution	256
remnant	378	resolve	256
remote	254, 379	resort	257
remove	25, 254	resounding	137

436

respective	81	reward	138
respire	346	ridership	259
respond to questions	386	rig	259
respondent	346	rightly	347
rest	25	rinse	25
rest assured	257	ripple	347
resting	16, 34	risk	138
restock	25	risky	81
restrain	257	river	31
restrict	257	road	31
restriction	346	robust	259
restructure	246, 384	rock	31
result	138	rocky	34
resume	257	role	138, 389
resurface	25	roll up	25
resurfacing	258	roof	31
retain	258	rope	31
retention	347	roster	347
retire	258	rotate	259
retreat	258	rough	259
retrieve	258	roughly	138
retrospective	347	round-shaped	34
return	33, 138	route	20
revamp	347, 384	routine	138
reveal	258	routine maintenance	70
revel	347	row	25
revere	258	RSVP	139, 362
reverse	70	rug	31
revert	347	rugged	383
review	258, 380, 384	ruined	34
review contact information	386	rule	139
revise	259	run	25, 139, 393
revision	385	run into	259
revitalize	259	run short of	260
revoke	259	runway	31
revolutionize	138	rush	31, 260
revolving	34	rush hour traffic	64

rustic	348

S

sabbatical leave	260
sacrifice	260
safe	139
safeguard	260
safety and compliance officer	260
sag	348
sail	25, 31
sailing mast	348
sales amounts	374
sales figures	374
sales representative	57
Sales targets were not met.	58
salesperson, salesman	57
same	396
sample	260
sanction	261
sanctuary	348
sanitary	261
sanitation	261
sapling	348
satisfactory	374
satisfied customers	139
satisfy	394
saturate	261
saturated	375
saturation	348
save	139
savvy	261
saw	19, 31
sawdust	31
say I'm sorry	57
scaffolding	31, 348
scale	261
scale back	262
scam	348
scarcity	348
scarf	31
schedule	63, 140
scheduling conflict	65
scheme	262
scientific	34
scope	262, 378
score	262
scramble	262
scrap	349
scrape	25
screen	31
screening	262
screwdriver	31
scrub	25, 262
scrumptious	263
scrutinize	140, 380
sea	31
sealant	31
seamlessly	263
search	263
seasonal allergies	69
seasoned	140
seat	25, 31
seated	16
secluded	263
second-hand	263
section	372
secure	263, 376, 392
secure a bank loan	391
security deposit	64
sediment	349
seduce	263
see	25, 140
seek	264
seemingly	362, 389

seize	384	shoes	31
select	264	shoreline	31
selection	61	short notice	66
self-addressed envelope	264	shortcomings	384
self-guided drones	140	shovel	26, 31
sell	140	show	141, 393
semifinal	141	shred	266
seniority	264	shrink	266
sense	264, 387	shut	266
sensitive	381	sick leave	68
separate	25, 265	sidewalk	31
sequel	265	sign	31, 266
sequence	349	sign up	57
serious	374	signal	266
serve	265	significant	375
serve as	82	significantly better	266
set	25, 141	signify	266, 393
set aside	265	similar	34
set to hit store shelves	82	Similarly	369
set up	57, 349	simplify	266
setback	265	simulate	349
settle	265	simultaneously	82
sew	20, 26	sink	31
shaded	34	sip	26
shadow	16	sit	26
shadowing	141	sit in on	267
shake	26	sitting	15
share	265	situated	34, 141, 386
sharp	266	situation	267
shed	26	sizable	267
shelf	31	skeptical	267
shelve	26	skill	141, 373
shelves	31	skillful	373
shelving unit	31	sky	31
shielded	34	slacks	31
shift	60, 82	slant	267
shoelace	31	sleeve	31

INDEX | 439

slide	26	speak for	376
slight	377	spearhead	269
slippers	31	specialty	349
slop over	362	specify	378
sloppily	267	speculate	269
sluggish	349	speculation	385
smokestack	31	split	269
snack	31	spoil	350
so far	376	spontaneously	269
soaked	375	sporadic	269
soar	267	spot	379
sober	267	spouse	269
socially	67	spread	269
sofa	31	spurious	350
softer	374	square	18
soggy	267	stabilize	350
soil	31	stable	142
sold out	57	stack	26
solely	268	stage	269
solicit	349	stagger	350
solidarity	376	stagnant	350
solitary	349	stair-shaped	34
solve	268	stance	350
solvent	141	stand	26
Sony Gym	58	stand in for	270
soon	390	stand out	68
sooner	268	stand up for	270
sophisticated	268, 384	standard	270
sort	26	standing	16
sort out	268	standstill	350
sort through	268	staple	270
sought-after	268	starch	270
source	142	start	26, 142, 375, 396
sow	20	state	270, 377
spare no expense on	349	state-of-the-art	270
sparsely populated	269	station	271
speak	142	stationary	271

440

stationery	350	striking	273
statue	31	string	26
status	271	stringent	273
stay	62, 271	stringently	351
stay on the line	271	striped	34, 273
steady	375	stroll	26
steep	34, 271	strolling	18
step	26, 31	strong wind	57
step down	271	structure	273
step in	271	study	142
step over	26	stunning	273
sterile	350	sturdy	383
stick	31	subcontract	273, 382
still	297	submission	273
stimulate	271	submit	273
stint	272	subordinate	351
stipend	272	subscribe	67
stipulate	272, 378	subsequent to	274
stipulation	350	Subsequently	367
stipulations	378	subside	274
stir	26	subsidize	351
stone	31	subsidy	390
stool	22, 31	substance	351
stop	142	substantially	274
stop by	57	substitute	274
stopover	272	substitution	351
store	31, 82	subtle	351
store window	31	subtotal	351
stores	381	succeed	142
stow	26	successive	352
straightforward	272	successor	274
strategy	82	succinct	274, 381
streamline	83	succinctly	352
strengthen	272	succumb	274
strenuous	351	such as	275
stress	272	such that	352
stretch	372	suffer	275

suffer damage	382	systematic	277
suggest	143, 388	systematize	277
suggestions	380		
suit	275	**T**	
suitcase	31	table	31
suited	70, 394	tack	26
sum	143	tackle	278
summarize	167, 275	tactics	278
superfluous	352	tailor A to B	352
supersede	352	tailored	83, 387
supervise	275, 383	take	26
supplement	352	take ~ for granted	278
supply	31, 143, 382	take ~ into account	144
support	143, 395	take advantage of	386
suppose	275	take care of	395
suppress	275	take initiative	353
surcharge	352	take into account/consideration	278
surmise	385	take the place of	278
surpass	276	take turns	278
surveillance	276	takeover	353
survey	276	Takeshiyama Supermarket	58
survive	276	talk about	372
susceptible	276	tangible	278
suspend	26, 276	tangle up	278
suspended	276	task	140, 390
sustain	276	taste	372
sustain damage	382	tasteful	279
sustainable	143, 144	tax on	353
sweep	26	teacup	31
swiftly	352	team	61, 144
swim	26	tear	26
switch	58, 277	tear down	279
symbolize	277	telescope	19
symmetrically	352	temp agency	391
sympathize	277	temper	373
synthesize	277	temperately	390
synthetic	277	temporary	279

tend	83	thrive	354
tensely	353	thriving	280
tent	31	through	35
tentative	279, 381	thus far	376
tenuous	279	tidy	280
tenure	353	tie	26, 31
terminate	279	tighten	26, 280
terms	378	time difference	280
terrain	279	time-consuming	280
terrestrial	353	timely	83
test	26, 144	tip	381
testify	279	tip over	354
testimonial	279	tireless	281
testimony	279	tissue	31
thank	144	to	35
that being said	280	to date	144
The bid was too low.	58	to day	396
The bid was well below our asking price.	58	To sum up	371
		To the contrary	365
The deadline cannot be met.	58	to the purpose	354
the disabled	176	toaster	57
the lost and found	120	toilet	31
the opposing point of view	231	tolerate	281
the physically challenged	237	toll-free	281
The product is not available.	58	tomorrow	61
The renovation is not finished yet.	58	tool	31
the very man	257	top	31
Then	267	top-notch	281
theorize	280	total	281
Therefore	367	tow	26
thermal	353	toward	35
thorough	280, 379	towel	31
thoroughfare	353	tower	31
Those cameras are no longer manufactured.	58	toxic	281
		toy	31
threaten	377	track	144
threshold	353	trade	145

INDEX | 443

trade in	376	turnout	284, 379
trail	31	turnover rate	284
train	31, 281	tutorial	355, 380
tranquil	281	typically	392
transaction	281		
transcript	281	**U**	
transfer	282, 354, 386	ultimate	284
transferable	145	ultimately	284
transform	282	umbrella	31
transit	354	unanimous	284
transition	282	unanimously	145
translate	282	unassuming	355
transmit	145	unavoidable	284
transparent	282	unbeatable	381
transport	282	unbiased	284
tray	31	unchanging	395
treasurer	354	unclaimed luggage	284
treat	282	unclog	355
tree	31	unclutter	285
tremendous	283	unconventional	285
trench	31	under	35
trend	145	under no circumstance	285
tribute	354	undergo	285
trigger	283	underlie	285
trim	26	undermine	146
trim the budget	378	underneath	146
triple	283	underprivileged	355
trivial	355	understaffed	70
trouble	63	understand	146
troubleshoot	355	understandable	386
troupe	283	understandably	355
trust	145	understanding	146
try out	64	undertake	285, 373
turbulence	283	underwrite	83
turn	394	undoubtedly	380
turn over a new leaf	283	undue	355
turn to	391	unequaled	396
turnaround	283	unequivocally	285

unfamiliar	285	upscale	288
unforeseen	285	up-to-date	288
unfulfilled	378	urge	288
uniform	31	urgent	66
unify	286	use	26, 146, 386
uninhabited	286	using	16
unintentionally	382	utensil	31
uninterrupted	286	utility service	356
unique	396	utilization	356
unity	396	utilize	288, 386
unless accompanied by an adult	286	utterly	356

V

unload	26		
unmet	378		
unmistakable	355	vacate	288
unoccupied	17, 34	vacated	146
unsanitary	286	vacuum	26
unseasonably	286	vague	356
unsolicited	287	valid	68, 288
unstick	287	validate	289
untapped	376	valuable	289
until	287	value	146
until further notice	84	van	32
unveil	287	vanish	356
unwavering	356	variable	289
unwind	287	variety	289
up	35	various	34
up and running	287	vary	289
up front	287	vase	20, 32
up to now	376	vast	289
upbeat	356	vault	357
upcoming	386	vaulted ceiling	289
update	287	vegetable	32
upgrade	287	vegetarian	289
uphold	287	vehicle	21, 32, 290
upholstery	288	vending machine	32, 61
upkeep	356	vent	22, 32
upon request	146	ventilation	32
upright	356	venue	290

verdict	290	walking distance	69
verifiable	357	wall	32
verify	290, 388	wallet	32
versatile	84	want	146
vested interest	290	warn	292
vetting process	290	warrant	292
viability	384	wary	357
vibrant	357	wash	26
vibrate	290	waste	292
vicinity	290	watch	247
view	290	water	26, 32
vigilant	291	water bottle	32
vigorous	291	water tower	32
violate	291	waterfall	32
violation	357	way in the back	257
violin	32	We are presently renovating our office.	58
virtual	291, 385	We won't be able to finish the project	
virtually	291	by May 1st.	58
virtue	362	wear	26, 293
visible	34	wear and tear	293
visit	26, 57	wearing	15, 20
visualize	291	weave	26
vital	291, 375	weigh	293
vivid	292	welcome	147
vociferously	362	welcome kit	293
void	357	weld	26
volatile	292	well in advance	358
volume	394	wet	34
volunteer	67, 292	what the future holds for me	293
vote	292	wheel	26, 32
vulnerable	292	wheelchair accessible	67
		when it comes to	358

W

		whereas	154
wait	62, 146	while on duty	293
waive	84	while supplies last	294
walk	26	white	34
walk-in	357	wholesaler	147
walking	18	wholesome	294

widespread	388	working on	21
wilderness	294	workshop	32
will not be held	57	worry	296
willing	294	worsen	389
win	147	worth	358
win a contract	294	worthwhile	358
wind	26	worthy	358
window	32, 84, 393	would-be doctors	296
windowpane	32	wrap	26
windowsill	18, 358	wrap up	65
winning	147	wreath	362
wipe	26	wrench	32
wire money to	294	write	148
wish	68	write down	60
with	35		
with care	294	**X**	
with no hidden fees	294	xerox	26
With that said	365		
with the exception	358	**Y**	
withdraw	295	yawn	26
withhold	148	yearn	358
without a reservation	295	yellow	34
without notice	295	yet	296
without reservation	295	yield	296
withstand	295	yield to	377
witness	295		
wood	32	**Z**	
wooden	34	zealous	296
wooden crate	32	zero in on	296
wooden planter box	32	zip	26
work	32, 148	zipper	32
work extra hours	58	zoom	26, 297
work from home	61		
work out	373	**其他**	
work overtime	58	$10/hour	385
work towards	296	12 months	57
worker	32		
working	19		

台灣廣廈 國際出版集團 Taiwan Mansion International Group

國家圖書館出版品預行編目（CIP）資料

多益 TOEIC PART 1~7 狠準單字／金大鈞 著；
-- 初版 -- 新北市：國際學村, 2025.10
　面；　公分
ISBN 978-986-454-447-9（平裝）
1. CST: 多益測驗. 2. CST: 詞彙

805.1895　　　　　　　　　　　　　　114010805

國際學村

多益 TOEIC PART 1~7 狠準單字

作　　者／金大鈞	編輯中心編輯長／伍峻宏
譯　　者／Emma Feng	編輯／許加慶
	封面設計／林珈仔・內頁排版／菩薩蠻數位文化有限公司
	製版・印刷・裝訂／皇甫・秉成

行企研發中心總監／陳冠蒨
媒體公關組／陳柔彣
綜合業務組／何欣穎

發　行　人／江媛珍
法　律　顧　問／第一國際法律事務所 余淑杏律師・北辰著作權事務所 蕭雄淋律師
出　　版／國際學村
發　　行／台灣廣廈有聲圖書有限公司
　　　　　地址：新北市235中和區中山路二段359巷7號2樓
　　　　　電話：（886）2-2225-5777・傳真：（886）2-2225-8052

讀者服務信箱／cs@booknews.com.tw

代理印務・全球總經銷／知遠文化事業有限公司
　　　　　地址：新北市222深坑區北深路三段155巷25號5樓
　　　　　電話：（886）2-2664-8800・傳真：（886）2-2664-8801
郵　政　劃　撥／劃撥帳號：18836722
　　　　　劃撥戶名：知遠文化事業有限公司（※單次購書金額未達1000元，請另付70元郵資。）

■出版日期：2025年10月　ISBN：978-986-454-447-9
　　　　　　　　　　　　　版權所有，未經同意不得重製、轉載、翻印。

토익 답이 되는 단어들
Copyright ©2025 by Dae Kyun Kim
All rights reserved.
Original Korean edition published by Saramin.
Chinese(complex) Translation rights arranged with Saramin.
Chinese(complex) Translation Copyright ©2025 by Taiwan Mansion Publishing Co.,
Ltd. through M.J. Agency, in Taipei.